JOHN KATZENBACH (1950, Princeton, Nueva Jersey) posee una larga trayectoria como periodista especializado en temas judiciales, entre otros medios para *The Miami Herald* y *The Miami News*, trabajo que ha compaginado con la escritura. También ha trabajado para la revista *Herald Tropic* y los periódicos *The New York Times*, *The Washington Post* y *The Philadelphia Inquirer*, y como guionista en adaptaciones cinematográficas de sus propias obras (*La guerra de Hart*, *Al calor del verano* y *Juicio final*).

Con *El psicoanalista* sorprendió al mundo con un thriller tan impactante que, además de convertirse en un best seller, lo elevó a la categoría de maestro del suspense psicológico. *Jaque al psicoanalista* es su esperada continuación.

www.johnkatzenbach.com

Al calor del verano
Retrato de sangre
Un asunto pendiente
Juicio final
La sombra
Juegos de ingenio
La guerra de Hart
El psicoanalista
La historia del loco
El hombre equivocado
El profesor
Un final perfecto
El estudiante
Jaque al psicoanalista

Personas desconocidas

John Katzenbach

Traducción de Gema Moral Bartolomé

El papel utilizado para la impresión de este libro ha sido fabricado a partir de madera procedente de bosques y plantaciones gestionadas con los más altos estándares ambientales, garantizando una explotación de los recursos sostenible con el medio ambiente y beneficiosa para las personas.

Personas desconocidas

Título original: *By Persons Unknown*

Primera edición en B de Bolsillo en España: septiembre, 2018
Primera edición en B de Bolsillo en México: mayo, 2021

penguinlibros.com

Diseño de portada: Estudio Ediciones B
Fotografía de portada: © iStock by Getty Images

ISBN: 978-607-380-134-8

Impreso en México – *Printed in Mexico*

—¿Y quién eres tú?

—Soy parte de ese poder que anhela el mal eternamente y eternamente obra el bien.

GOETHE, *Fausto*

Prólogo

Una noche realmente mala

20.12 h – 9 de octubre de 1996

—Oye, ¿ha vuelto Tessa? No la he oído entrar.

—No. Todavía no.

—Bueno, ¿y dónde está?

—En casa de Tom Lister, supongo. Debe de estar a punto de llegar.

—Ya debería haber vuelto.

—Dale unos minutos más.

—Ya ha anochecido y solo tiene trece años.

—Sí, pero le gusta pensar que es mayor. No debemos tratarla como a una niña de seis años...

—Claro que no, pero debería haber vuelto ya. Trece años son trece años. Ya conoce las normas. Las normas son importantes. ¿Por qué no vas con el coche a casa de Lister y la recoges? Le he dicho a Tessa un millón de veces que tiene que estar en casa antes del anochecer.

Un rápido vistazo por la ventana: noche cerrada. Una noche como la vacía inmensidad del océano Atlántico antes de despuntar el día. Una oscuridad sólida y profunda, impropia de la última hora de la tarde en aquel plácido mundo residencial.

—Deja que les llame primero.

—Vale. Pero llámalos. Ahora, por favor. —Una exigencia indiscutible expresada con incipiente ansiedad.

Marcado. Tercer timbrazo. Hola y hola. Los habituales saludos amistosos. Luego:

—¿Ha salido ya Tessa? La estamos esperando...

—Sí. Se ha ido hace media hora, quizás un poco más. ¿Aún no ha llegado?

—Pues no, aún no...

Interrupción instantánea:

—Dame el teléfono. Déjame hablar a mí.

El auricular cambió de manos.

—Hola, Courtney. Oye, ya debería estar aquí.

—Tienes razón. No se tarda tanto en llegar a tu casa... Espera un momento, deja que lo compruebe por si acaso...

Silencio, seguido de una voz gritando a un dormitorio del piso de arriba:

—¡Sarah! La madre de Tessa está al teléfono. ¿Tessa volvía directamente a casa o tenía que parar en algún sitio primero?

Una pausa momentánea, después una respuesta amortiguada desde el otro lado de una puerta cerrada:

—Volvía a casa directamente. Ya debería haber llegado.

Otra pausa. Luego una voz súbitamente tensa repitiendo la información.

—Sarah dice que volvía directamente a casa.

El silencio por respuesta. El pulso acelerándose. Un leve sudor formándose en la frente y las axilas. Desasosiego como preludio del miedo. Un cambio de postura con los músculos tensos. Un deje de apremio en el diálogo subsiguiente, con un tono más agudo.

—Vamos a salir a buscarla.

—Cuando la encontréis avisadnos, para no quedarnos preocupados. ¿Queréis que Tom os ayude?

—No. Seguro que ya está llegando.

—Ya. Pero llamadnos en unos minutos, cuando la encontréis.

Cuando la encontréis. Una expectativa. Una certeza.

Una mentira.

Colgar. Una expresión distinta en el rostro de la madre. Una aceleración interna: de lo que debería haber sido una modesta inquietud a una curiosidad nerviosa y una súbita alarma en segundos, con el pánico absoluto aguardando, con la llegada inevitable del terror acechando a la vuelta de la esquina.

21.27 h – 9 de octubre de 1996

—Le atiende el nueve once, policía, bomberos, emergencias.

—Ha desaparecido, ha desaparecido. No ha vuelto a casa y ahora ha desaparecido... la hemos buscado pero no está en ninguna parte...

—Cálmese, señora. ¿Quién ha desaparecido?

—Tessa. ¡Mi hija! Volvía de casa de una amiga y no ha llegado. Hemos salido a buscarla pero no la encontramos...

—¿Cuántos años tiene Tessa?

—Trece. ¡Ayúdennos, por favor! ¡Ha desaparecido!

—Dígame su nombre y su dirección. Enviaré una patrulla.

A duras penas logró recordar su nombre y dónde vivía. El miedo, tan profundo y amenazador como la oscuridad del exterior, embrollaba sus palabras y sus pensamientos. Le temblaba tanto la mano que casi no podía sujetar el teléfono. Al otro lado de la habitación, junto a la puerta, su marido, todavía con la chaqueta puesta, los zapatos embarrados, los tejanos desgarrados después de haber hurgado y atravesado arbustos espinosos, el pelo revuelto, permanecía envarado, esperando oír pronto las sirenas acercándose. No sabía si sería capaz de hablar cuando llegara por fin la ayuda. Le parecía que tenía las palabras cosidas a la lengua.

PRIMERA PARTE

Tan solo un par de fracasados mirando a otros fracasados

Oh, qué tela tan enmarañada la que tejemos,
cuando practicamos el engaño por primera vez...

SIR WALTER SCOTT, *Marmion*, 1808.
(Atribuida erróneamente con frecuencia
a William Shakespeare en los alegatos
de los tribunales de justicia modernos.)

1

No murió, pero sabía que su vida había terminado.

Al final de una preciosa tarde, lo que después le pareció terriblemente irónico. Había empezado con una apacible mañana de septiembre, cálida, soleada y maravillosa, deslizándose hacia un sereno mediodía. Cielos azul cobalto.

Gabriel Dickinson se encontraba disfrutando de unas vacaciones de dos semanas en la enorme casa del lago de sus acaudalados suegros. El viaje de un día hasta allí lo había sugerido su mujer, como una oportunidad: «Habla con él. Aconséjale. Te escuchará. Te respeta muchísimo.» Había sido fácil decir que sí. Sentía un gran aprecio por su ocurrente cuñado, aunque el joven pareciera un poco perdido, un poco caprichoso, y bastante desencaminado en la vida: abandono de los estudios de Medicina; un par de negocios empresariales fallidos en poco tiempo; dos relaciones prometedoras bruscamente acabadas, una en divorcio, la otra con lágrimas y acritud. Con cada revés, el gemelo de su mujer parecía más vulnerable, más encantador. Y secretamente él envidiaba la precaria incertidumbre de la vida de su cuñado. A veces Gabe tenía la impresión de estar atado, jugando todas las cartas previsibles de la inalterable baraja de los ascensos en la inamovible burocracia del mediocre departamento de policía en que trabajaba. Y esa impresión lo hacía sentirse desanimado, aunque la gente lo considerara una estrella rutilante destinada al liderazgo. Su vida andaba escasa de aventuras. No era más que interminable papeleo.

Así pues, en aquella espléndida mañana había metido no pocas cervezas y unos sándwiches de jamón y queso en una vieja nevera de plástico rojo, y había aparejado el Beetle Cat. Por qué no embarcar en el pequeño velero y dejar que los suaves vientos los transportaran hasta desconocidas ensenadas, costeando playas solitarias, enmarcadas por altos y verdes pinos, oscuros abetos, afloramientos rocosos bordeando bosques silenciosos que se adentraban en las montañas Adirondack del norte del estado de Nueva York. Los altos picos de piedra gris parecían emerger como antiguas exigencias de los cielos. Más tarde le pareció estar rodeado de las inmensas lápidas de un cementerio olímpico.

El plan era sencillo: un día ocioso, entretenimiento relajante y sin complicaciones, algo de exploración y de charla sobre el futuro. Se habían alejado rápidamente de la casa familiar, navegando, dejando atrás otras aisladas residencias de verano que salpicaban la orilla del lago, saludando con la mano a los ocupantes de otro par de embarcaciones que divisaron, charlando sobre fútbol americano, béisbol, chicas a las que habían conocido en tiempos pretéritos, inventando historias sobre éxitos que ambos sabían falsos, sobre sus trabajos respectivos, sus horribles jefes y sus incompetentes compañeros de trabajo. Se habían contado unos cuantos chistes realmente buenos y algunos terriblemente malos, aunque las risas habían sido iguales para unos y otros. A mediodía se habían turnado para sumergirse en las oscuras y frías aguas junto al velero, antes de auparse de nuevo a bordo, temblando antes de que el sol los calentara y abrieran otra cerveza para acompañar los sándwiches devorados con avidez.

El día le había hecho sentirse joven. Eufórico. Le recordó la universidad.

El primer aviso de que quizá no era todo tan perfecto como parecía fue una súbita brisa del norte que los heló a ambos, justo cuando la tarde decaía y empezaban a hablar de volver a casa. Al notar que se le erizaba la nuca, él había musitado: «Joder.»

Aquel frío repentino hizo que alzara la vista al cielo y viera negros nubarrones formándose en el valle entre dos escarpadas montañas. Aquel ominoso frente de oscuro gris parecía desplazarse inexorablemente hacia ellos, deprisa, como si la tormenta rodara cuesta abajo, adquiriendo velocidad, descontrolada, precipitándose sobre ellos como un coche acelerado que ha perdido agarre sobre una resbaladiza carretera helada.

—Vaya —dijo su cuñado en voz baja cuando también él se fijó en aquel muro tormentoso—. Mejor nos largamos pitando o nos vamos a mojar de lo lindo.

—¡Todo a sotavento! —respondió él, empujando la caña del timón para hacer virar el velero—. Al diablo con los torpedos y a toda velocidad.* Pero vamos a mojarnos igual. —Gabe se refería a la lluvia. Se equivocaba. Aseguró la maroma principal, pero la única vela del Beetle Cat estaba ya tensa y sus bordes se agitaban espasmódicamente, soportando más viento del que podían resistir.

No llegaron muy lejos.

La pequeña embarcación avanzó impulsada por el viento, escorada, tensas las jarcias, crujiendo, lanzando agudos gemidos. Sonidos de peligro como los de una *banshee*. El velero cabeceaba descontroladamente sobre las espumosas olas que súbitamente agitaban la plácida superficie del lago. La temperatura descendió diez grados, tal vez más, en apenas unos segundos. El lago se había teñido de un rabioso gris plomizo, los relámpagos empezaban a sacudir las laderas de las montañas y los truenos resquebrajaban el aire. Una intensa cortina de agua los azotaba. La visibilidad se redujo a pocos metros. Oyó la risa nerviosa de su cuñado. Ambos sabían que estaban en apuros, aunque parecía escapárseles hasta qué punto. La lluvia los martirizaba como finas agujas, dolorosa, perturbadora, de modo que ninguno de los dos vio la repentina ráfaga lateral de viento, tal vez de cincuenta o sesenta kilómetros por hora, que los golpeó. Fue como

* Frase célebre supuestamente pronunciada por el almirante Farragut, que comandaba la flota de la Unión durante la Guerra Civil estadounidense. *(N. de la T.)*

una brusca bofetada en la cara, quizás algo más, pensaría él más adelante: un disparo inesperado. Fue mucho más de lo que la pequeña embarcación manejada por manos inexpertas pudo soportar.

No hubo tiempo siquiera para gritar una advertencia. Se le escapó la caña del timón y el estay mayor se le escurrió entre las manos, el velero quedó sin control, sacudido de proa a popa, y la vela cayó bruscamente al agua. Una ola destrozó la tela y el casco caracoleó frenéticamente. Fue como si el lago se alzara y agarrara al pequeño velero por la garganta.

Lo recordaba: solo dos gritos inmediatamente ahogados por las salpicaduras cuando fueron arrojados al agua, y luego el feroz ruido del casco al volcar; algo que se rompía, algo que chillaba, algo que aullaba. No sabía si aquellos sonidos surgían de él o de la ráfaga que los había atrapado. El agua supuso una conmoción, helada por la sorpresa, y pareció engullirlo. Sabía que debía nadar con todas sus fuerzas, alejarse de la vela que era arrastrada hacia el fondo, potencialmente mortífera si lo atrapaba como una red y lo mantenía bajo el agua. Cuando salió a la superficie, no vio más que un mundo color gris metálico, el aire enfurecido que aporreaba el casco volcado. La espuma lo cegaba, boqueó intentando respirar y luchó denodadamente por acercarse de nuevo al velero. Sabía que aún no estaba muerto, pero la muerte seguía muy cerca.

Perseverante.

Gritó llamando a su cuñado:

—¡Teddy! ¡Teddy! ¿Dónde estás?

—Estoy aquí, Gabe. Al otro lado.

Primera reacción:

—Gracias a Dios. —Pero su voz era débil. ¿Asustado? No. Solo conmocionado.

—¿Estás bien?

—Me he golpeado la cabeza con el mástil cuando hemos volcado. Estoy bien. Solo un poco mareado. Creo que sangra.

—Voy hacia ti.

—No. Estoy bien. Quédate en ese lado. Así estaremos equilibrados. Me he agarrado a la borda.

—Quédate ahí.

—Sí. Quedarse junto al velero. Regla número uno. Hasta yo me la sé. —Su cuñado se echó a reír, en un intento de que todo aquello pareciera una broma pesada—. Mi hermana te va a matar cuando volvamos a casa.

Quiso responder riendo también, pero no pudo.

—A ver, ¿qué clase de capitán eres tú? No recuerdo que se hablara de nada de esto en la descripción del crucero.

Risas otra vez. Apenas se oyeron con el vendaval.

—Teddy, tú agárrate fuerte. Y sigue hablando.

—¿Aunque no sea nada divertido?

—Tú sigue.

—Vale.

Una respuesta sucinta, expresada con una súbita tensión.

Veinte minutos más tarde:

—¿Teddy? ¿Cómo estás?

—Sujetándome apenas.

—¿Qué tal la cabeza?

—Tengo un dolor de mil demonios. ¿Crees que vendrán a buscarnos?

—En cuanto pase la tormenta.

—Cierto. Si pasa.

Treinta minutos:

Sobre ellos el cielo parecía tan negro como el agua, burlándose de sus esperanzas.

—¿Gabe? ¡Gabe!

—Sigo aquí, Teddy. Tú no te sueltes.

—Empiezo a tener un frío del carajo. Estoy temblando. Temperatura corporal en descenso. Hipotermia. Lo recuerdo de cuando hacía Medicina.

—Tú no te sueltes.

—¿Ves la orilla, Gabe? ¿A cuánto está, a unos cien metros quizá? Menos. Más bien cincuenta. Podemos nadar esa distancia con facilidad.

—Quédate junto al velero, Teddy.

—Sé que puedo llegar. Nadaba en el equipo del instituto. Gané campeonatos. Joder, esto no es nada.

Él intentó mostrarse racional.

—Teddy, estás herido. Seguramente tu ropa mojada pesa una tonelada. La costa siempre está más lejos de lo que parece. Quédate junto al velero. Alguien vendrá a rescatarnos.

—Tengo frío, Gabe. No sé si podré seguir sujetándome. Si nado hacia la orilla, haré que la sangre circule y me suba la adrenalina, maldita sea. Sé que puedo conseguirlo. Y en cuanto llegue a la orilla, iré a pedir ayuda.

—¡Quédate junto al velero, Teddy, por favor!

—Quédate tú. Yo me voy. Nos vemos dentro de un rato.

Y eso fue todo.

Los buceadores tardaron dos días en encontrar el cuerpo de su cuñado. Teddy se ahogó a veinte metros de la orilla. Cerca, dijeron, pero en realidad no.

Una semana más tarde, durante la investigación forense, le preguntaron:

«¿No vieron llegar la tormenta?»

«¿Por qué no llevaban chalecos salvavidas?»

«¿Habían bebido?»

No. No lo sé. Sí.

No le reprochó a su mujer que lo abandonara cinco meses después, llevándose a su hijo con ella. Adoraba a su hermano gemelo. Habían llegado al mundo con segundos de diferencia. De niños estaban muy unidos, de mayores aún más. Ya se sabe lo que dicen: «Los gemelos comparten una parte el uno del otro.» Así pues, la mañana en que ella hizo las maletas y le tendió la tarjeta de su abogado, no le sorprendió demasiado. Ni siquiera habían discutido. En todo el tiempo transcurrido desde aquel fatídico día, él no había pedido perdón una sola vez; sabía que jamás se lo concedería. De hecho, seguramente sabía que aquella separación iba a producirse en cuanto Teddy se alejó hacia la orilla demasiado lejana, inalcanzable, aunque el joven no lo supiera ver. Gabe seguramente lo supo antes incluso de divisar la embarcación de salvamento, de agitar los brazos desesperadamente y alargarlos hacia las manos fuertes que lo sacaron de las negras aguas mortales, antes de secarse y de dejar de temblar. En aquel solitario momento supo que, por mucho que la amara, por mucho que todo aquello no fuera más que un terrible accidente, por muy caprichoso que fuera el destino, ella jamás volvería a mirarlo sin ver a su hermano muerto junto a él, como un fantasma acusador.

2

Catorce meses después:

Corazón congelado. Casos congelados, sin resolver.

—¿Intentas que te despidan...?

Gabriel Dickinson era un hombre al que bruscamente habían dejado sin amarras. Todas las tensas ataduras que lo habían mantenido sujeto a una normalidad exterior habían sido cortadas. Era la última hora de la tarde, y estaba incómodamente sentado en un sillón frente al jefe de Policía. El cielo se oscurecía al otro lado de la ventana y el fluorescente del techo confería al despacho una sensación de asepsia, de esterilidad, como si todo allí intentara evitar posibles infecciones. La subjefa, una mujer rechoncha con mechones de pelo grises y una inconfundible actitud que hablaba de dureza, se movía de un lado a otro a su espalda, frunciendo el ceño y sacudiendo la cabeza a menudo. El director de Recursos Humanos —una manera amable de llamar al hombre encargado de deshacerse de policías corruptos a los que no se podía procesar, y de recortar las pensiones de jubilación— estaba apoyado en la pared junto a una hilera de fotografías: la subjefa estrechando la mano al alcalde, estrechando la mano al gobernador, estrechando la mano al presidente. El director de Recursos Humanos tenía un bloc de notas y de vez en cuando anotaba algo.

—¿... o solo suicidarte?

«Una buena pregunta —pensó él—. No la respondas.»

Gabriel, al que habían dado el nombre de un arcángel, era de Nueva Inglaterra; se había criado en una pequeña población cercana a la ciudad donde ahora trabajaba. Su lugar de nacimiento era famoso por sus antiguas casas de tablas blancas y su vasto y verde parque público. Se trataba de rasgos pintorescos, de postal, de los que carecía la ciudad donde trabajaba. Era un entusiasta de los Red Sox, los Patriots, los Bruins y los Celtics, mantenía una actitud taciturna frente a la vida, no se quejaba del invierno pero experimentaba un placer especial con la primavera y el verano. Tenía una vena decididamente irónica, sardónica, que emergía de vez en cuando y en ocasiones le causaba problemas cuando no lograba reprimir el sarcasmo. Su familia se remontaba hasta un primo lejano del famoso poeta al que no había leído jamás, pero con frecuencia había pensado leer. De niño devoraba las novelas de Julio Verne y *El hobbit*, pero ahora prefería leer historia, sobre todo de la Guerra Civil, ya que algunos desventurados parientes habían muerto en batallas como las de Gettysburg y Antietam. Siempre le habían interesado las maniobras de los ejércitos y la devoción de los generales por las causas que defendían, tanto buenas como malas. Tenía una buena educación, con una licenciatura en Ciencias Políticas y una diplomatura en Psicología por la universidad estatal, títulos poco habituales para un policía de carrera. Diecisiete años en el Cuerpo le habían proporcionado una bonita casa en un barrio residencial. Se había casado con una mujer muy por encima de su posición social; su modesta infancia como hijo de dos profesores de instituto, uno de Arte, el otro de Matemáticas, resultaba casi pintoresca en comparación con las residencias de verano de los acaudalados padres de su mujer y sus vacaciones en París. El período de un año, nada memorable, que había pasado patrullando las calles había quedado muy atrás, cuando era veinteañero, y no le había dejado muy buenos recuerdos. Ahora llevaba traje y corbata para ir a trabajar y manejaba gran cantidad de datos. Era miembro del Lion's Club, los fines de semana jugaba al baloncesto en la universidad local contra un equipo formado por abogados, profesores y agentes inmobiliarios para mantenerse en forma, y había sido entrenador de la Liga Infantil de Béisbol durante los años en que su hijo jugaba.

«Me pregunto si jugará ahora en su nueva casa de su nueva ciudad con el tipo que está a punto de convertirse en su nuevo padre.»

Siempre había sabido mantenerse en su sitio, cómodamente instalado en sus rutinas. «Sólido. Así era yo.» Ya no. Una mujer a la que amaba profundamente. Un hijo al que quería con locura. Un trabajo con el que disfrutaba. Todo había desaparecido. «Una ráfaga de viento —pensó—. Una ráfaga de viento y la mala decisión de ir nadando hasta la orilla. Y ni siquiera lo decidí yo.»

Gabe se revolvió en su asiento esperando que cayera el hacha.

«En realidad, mejor no contestes ninguna pregunta. Te van a despedir de todas formas. No lo empeores. Claro que, ¿cómo podría ser peor?»

Había hecho casi todo lo que su diplomatura en Psicología le decía que ocurriría después de que se fueran su mujer y su hijo. Se había desmoronado con rapidez. Cayendo. Rodando cuesta abajo, fuera de control, preguntándose a veces el porqué, pero haciendo caso omiso de esta juiciosa pregunta, al tiempo que seguía hundiéndose cada vez más.

Y ya no se reconocía a sí mismo.

Bebía en exceso. Se presentaba en el trabajo apestando a alcohol y con el aspecto zarrapastroso de quien se ha dormido con la ropa puesta, cosa que solía ocurrir. Su asistencia se volvió irregular; faltaba a reuniones obligatorias y a importantes sesiones de planificación. Sus errores en el trabajo incluían haber perdido ciertos documentos para solicitar una subvención federal con la que comprar un vehículo de asalto urbano, lo que había provocado furiosas discusiones con los miembros del departamento que habían dedicado semanas a reunir la documentación. La situación no mejoró precisamente cuando la solicitud confidencial desaparecida se encontró en el lavabo de caballeros de un casino a más de ciento cincuenta kilómetros de distancia, y la devolvió un crupier de una mesa de *blackjack*, el cual informó a Asuntos Internos de que un Gabriel bastante ebrio había perdido más de mil pavos aquella noche. En las discusiones subsiguientes, un iracundo Gabe espetó toda clase de improperios a subordinados suyos, la clase de improperios que generan quejas o incluso demandas por acoso, y que se prohibían expresamente en varios memorandos escritos por un jefe preocupado por su imagen en un mundo políticamente correcto. «Cabrones. Hijos de puta. Mamones. Gilipollas. Maricones.» Palabras extrañas para él que brotaron de sus labios como si las pronunciara un desconocido.

«¿En quién me he convertido?», se preguntaba.

Todo eso era ya realmente malo, pero lo había rematado al hacerse arrestar dos días más tarde por conducir borracho y dar un nivel de alcohol de 2 mg/l al soplar. Insultó a los agentes que lo detuvieron, forcejeó con ellos cuando le pusieron las esposas, y les repitió: «Voy a hacer que os echen, hijos de puta», cuando lo ficharon y lo metieron en el calabozo. Todas estas amenazas las había pronunciado con dificultad. Amenazas vacías e inútiles incitadas por el alcohol. Los agentes que lo arrestaron tardaron un par de horas en darse cuenta de quién era, tiempo que bastó para que encontraran unos quince gramos de marihuana en el bolsillo de su chaqueta, papel de liar y una receta de Valium que no le pertenecía. Aquella noche especialmente desastrosa había empezado cuando un coche patrulla aparcado frente a un sórdido local de *striptease* de las afueras de su ciudad lo vio salir del bar tambaleándose de mala manera, dejar caer las llaves tres veces antes de lograr abrir la puerta de su coche, y alejarse luego zigzagueando. Buena parte de su desliz había quedado plasmado en la granulada imagen en blanco y negro del vídeo de vigilancia, incluyendo embarazosas tomas en las que, después de gritar obscenidades, se doblaba sobre sí mismo en el calabozo y vomitaba profusamente.

Tal como se daba por sentado en el Cuerpo en general, se había convertido en un desastre total, y rápidamente se había enemistado con gente suficiente como para que se produjera un serio debate sobre si se debía o no tapar aquel desliz. Algunos de los mandamases del departamento querían que se filtrara a los medios locales, para ver cómo le sentaba a Gabe que los periodistas le plantaran una cámara en la cara y le hicieran unas cuantas preguntas comprometedoras para acompañar el reportaje para las noticias de la noche. «A ver cómo sales de esta, capullo.» Por suerte para él, también el jefe había pasado en su momento por un divorcio difícil y, mientras ningún medio de comunicación descubriera que lo habían arrestado y luego lo habían soltado, aún no estaba dispuesto a sacrificar a su adjunto; «aún» era la palabra clave.

Pero el jefe tampoco estaba dispuesto a dejar las cosas tal cual. Así que repitió su pregunta:

—Gabe, te he preguntado si intentas suicidarte o solo que te despidan.

Gabriel no estaba seguro de cuál de las dos opciones estaba más cerca de la verdad. Que lo despidieran era la que más posibilidades tenía. No había pensado en el suicidio, pero ahora que se la presentaban como una opción viable, bueno, ¿por qué no? Lo que quería contestar era: «¿Qué tal una combinación de las dos cosas?»

Cualquier cosa que dijera iba a sonar a excusa, como un escolar quejica intentando salir del paso con una mentira increíble: «Me he dejado los deberes en el autobús después de que el perro se los comiera», así que se limitó a menear la cabeza.

El jefe se inclinó hacia delante sobre su amplia mesa de roble, tratando de dar un tono comprensivo a sus palabras, lo que solo consiguió que Gabe se diera cuenta de que iban a joderlo de una forma u otra, y merecidamente. Había participado en suficientes intervenciones del departamento de policía para saber cómo iba a desarrollarse todo.

—Mira, todos sabemos que ha sido muy duro para ti, pero ya es hora de que lo superes.

—Sí —replicó Gabe. «¿Qué otra cosa puedo decir?»

—Entonces, ¿quieres conservar tu trabajo?

—Sí —volvió a decir él. «¿En serio? ¿Quiero? ¿No preferiría simplemente arrastrarme hasta un agujero y esconderme en él?»

—Bien, hemos trazado un plan para ti.

«Fantástico. Genial. ¿Qué podría ser más humillante?»

—Por supuesto, si prefieres entregar tu arma y tu placa...

—No. —«La placa es inútil, pero podría necesitar el arma para pegarme un tiro.»

—Bueno, me alegro de oírlo.

«En realidad no», pensó Gabe.

—Haré lo que me pidan —dijo, lo que podía o no ser mentira—. ¿Cuál es el plan? —preguntó.

—Sesiones semanales con el psicólogo del departamento...

«Ya lo sabía.»

—Asistencia continuada a un programa de doce pasos.

«Básicamente el procedimiento habitual del departamento. Puedes con ello. Y a lo mejor incluso me ayuda. Joder, tiene que ayudarme. Si quiero que me ayude. Pero no quiero.»

—Vamos a retirarte de todos los comités de estrategia y planificación...

«Eso no me sorprende. No tengo siquiera una estrategia para levantarme por las mañanas.»

—Y cambiaremos tus responsabilidades cotidianas. No te harás cargo prácticamente de nada hasta que te hayas recuperado.

«Vale. Joder, yo también haría lo mismo, si fuera yo quien tomara las decisiones sobre mí.»

—¿Qué quieren que haga? —inquirió en voz baja, preguntándose dónde se escondía el Gabe resolutivo, prometedor, fulgurante y ambicioso. Ese Gabe, comprendió con pesar, seguía aferrándose a un velero volcado en medio de una tormenta.

—Vamos a inventar un nuevo puesto para ti, Gabe. Seguirás teniendo el rango y el sueldo de un jefe adjunto. Pero dirigirás una división de casos sin resolver. Al menos, la dirigirás sobre el papel. Nunca hemos tenido una división así porque esos viejos casos pendientes no hacen más que entorpecer las cosas. Ya lo sabes...

«Sí. Lo sé.»

—Bueno, la realidad es esta: lo que queremos que hagas es un poco de trabajo policial a la antigua usanza, empezando por viejos casos pendientes. Haz algunas llamadas. Revisa los expedientes. Habla con algunos testigos. Actualiza los informes. Mira a ver si surge algo que puedas pasar a un inspector de la Brigada de Investigación Criminal.

La palabra «perfecto» se formó en su cabeza, teñida de sarcasmo, seguida de una observación igualmente mordaz: «Bueno, no tengo otra puta alternativa. De joven, fui un patrullero pésimo y un inspector inepto. Lo que se me daba bien era el papeleo y la burocracia.»

—Entonces repaso los casos, veo si consigo encontrar algo y si lo encuentro...

—Se lo pasas a la Brigada de Investigación Criminal.

«Hago el trabajo duro, tedioso. Por casualidad encuentro algo remotamente relevante o interesante y entonces tengo que pasarlo a otros. Y ver cómo me arrebatan todo el mérito. O sea, es una tarea en la que no puedo estropear nada importante, ni hacer que los demás se cabreen conmigo.»

Gabe asintió. En el departamento, aquello era el equivalente a que lo colocaran a uno sobre un témpano de hielo a la deriva en aguas del Ártico, o a que lo abandonaran en un atolón sin comida, agua ni esperanza. Comprendió que era «una treta para tranquilizar a la oveja descarriada hasta que se organice la vida; a partir de hora voy a ser el Robinson Crusoe de por aquí». También sería una fantástica publicidad para el jefe, que podría llamar a un par de periodistas amigables y decirles: «Mirad, hemos puesto a uno de nuestros mejores investigadores a revisar los casos antiguos. ¿Se dan cuenta? Nuestro departamento nunca olvida. Un nuevo e importante servicio que proporcionamos a nuestros ciudadanos.» Y luego, convenientemente llamaría a esos periodistas justo antes de que el concejo municipal votara sobre su nuevo presupuesto.

—Todo el mundo quiere ver cómo sales del hoyo, Gabe. Esfuérzate —añadió el jefe, que agitó una mano para dar a entender que la reunión había concluido.

«Ya, claro, todo el mundo. Puta suerte», pensó Gabe.

Comprendió que en realidad le habían concedido una prórroga de seis meses. «Quieren que me recupere. Que empiece a comportarme como un ser humano aceptable y normal. Lo llevan claro. Luego me despedirán. Haga lo que haga en ese trabajo ficticio o lo que sea eso de los casos sin resolver, no será suficiente, ni adecuado, ni relevante, ni correcto, y entonces me darán la patada. Adiós muy buenas. Se veía venir.»

Eso lo tenía claro.

«Necesito un trago. O dos. O más.»

—¿Estaré solo en ese trabajo? —preguntó.

Para su sorpresa, el jefe negó con la cabeza. El director de Recursos Humanos tendió al jefe la carpeta amarilla de una ficha personal, que a su vez el jefe empujó por encima de la mesa hacia Gabe.

—Hemos pensado en alguien para que trabaje contigo.

3

En la parte superior del documento que tenía entre las manos había una anotación: «Cerrado. No se requieren nuevas acciones.» Escrita en un rojo chillón con gruesas mayúsculas, indicando que no dejaban opción a debate o explicaciones. No era así.

«Cerrado es una palabra interesante —pensó Marta Rodriguez-Johnson—. Debería significar que algo ha terminado. Que se ha acabado. Completado. Fin de la historia. Envuelto y con un lazo. Pitido final y hora de pasar a otra cosa.»

No creía que existieran muchas posibilidades de que eso ocurriera.

«Empezar de cero.»

No, eso no iba a ocurrir.

«Un nuevo principio.»

Olvídalo.

Respiró hondo, sacudió la cabeza y se encogió de hombros con una especie de impotencia que también denotaba tristeza.

Luego examinó la segunda parte del aviso: No se requiere ninguna otra acción.

«Mentira podrida. Se van a requerir muchas acciones, hoy, mañana, la semana que viene, el mes que viene, el año que viene y quizá cada minuto adicional durante el resto de mi vida.»

Dobló el documento y lo metió en una gran cartera de piel que le hacía de bolso y en la que guardaba su arma nuevecita: un revólver pequeño, de calibre 38, cargado con balas de punta hueca con efecto expansivo, expresamente prohibidas por sus superiores. Ya le daba igual. «Un arma para distancias cortas —pensó—. Para cuando falla todo lo demás.»

«Un arma para distancias cortas.» Recordó la primera vez que había oído esa frase.

Un mes antes:

—Eh, Marta, me alegro de verla. ¿Qué tal van esos ánimos?

—Acabo de volver, ha sido... —Quería decir «duro» o «difícil» o incluso «imposible», pero no lo hizo. Se limitó a decir—: Estoy bien.

Era falso, y ella lo sabía.

Frente a ella, el dueño de la armería asintió. Era un ex hippie bajo y enjuto, con el cabello largo y canoso recogido en una coleta, en contraste con las cabezas rapadas de la clientela que solía frecuentar la tienda. Suministraba armas principalmente a policías de la ciudad y del estado. Nada de amas de casa de clase media en busca de un arma de calibre 25 para que las protegiera de noche. Nada de gordos chillones aspirantes a tipos duros que necesitaban añadir a su arsenal el último rifle semiautomático pseudomilitar, por miedo a que los izquierdistas, los negros, los abogados o el gobierno intentaran quitárselo todo algún día. No había a la vista camisetas inspiradas por la Asociación Nacional del Rifle con la frase: «Solo me quitarán el arma arrancándola de mis frías manos muertas.» El dueño de la tienda de armas llevaba una 9 mm al cinto y tenía una escopeta Mossberg de cañón corto bajo el mostrador. Con eso disuadía de robar a pandilleros demasiado estúpidos para saber quién era probable que anduviera por la tienda... algún policía fuera de servicio. El dueño también servía como una especie de confidente, quizá como un extraño tipo de terapeuta social, no muy distinto de un amistoso barman. Los polis entraban, charlaban sobre lo que habían visto y hecho, intentando desembarazarse de sus conflictos de esa manera. El dueño sabía escuchar y eso lo apreciaban. Ni siquiera era necesario comprar, aunque solían hacerlo, sobre todo después de desahogarse hablando de alguna experiencia perturbadora.

—Bueno, ¿y en qué puedo ayudarla, inspectora?

Ella metió la mano en la cartera y sacó con cautela una Smith and Wesson plateada de 9 mm, en lugar de extraerla de la funda de la cintura, donde acostumbraba llevarla. El arma estaba en una bolsa de plástico sellada con cinta roja y marcada con la palabra «Prueba».

—Balística me ha devuelto esto hoy —dijo.

El tipo asintió.

—Me la quitaron después de...

Marta hizo una pausa, buscando la palabra correcta. ¿Accidente? ¿Incidente? ¿Incidente accidental? ¿Asesinato?

El ex hippie se apresuró a hablar.

—Ya. Es el procedimiento estándar. Igual en todos los departamentos tras un tiroteo en el que un agente ha disparado su arma.

—No puedo quedármela —dijo Marta con voz ahogada. Lo que quería decir era: «Ni siquiera puedo tocarla.»

Se produjo un breve silencio de comprensión mutua. Él alargó una mano y cogió el arma. Ella se sintió más ligera cuando el arma pasó al otro lado del mostrador.

—¿La misma? —preguntó él—. ¿O algo distinto?

—La misma no. Pero sigo necesitando algo potente...

—Una Beretta 40 —dijo él, interrumpiendo sus palabras con el énfasis necesario para interrumpir también sus pensamientos. Cogió un juego de llaves y abrió una vitrina para sacar una semiautomática negro mate de un estante—. En esencia es lo mismo que la 9 mm. Un poco más pesada, pero con la misma precisión y más potencia.

La mano de Marta vaciló sobre el arma. Tuvo que hacer un esfuerzo para agarrarla.

Distinto color. Distinto peso. Distinto tacto.

Esperaba que tuviera un resultado distinto.

—Bien —dijo—. Me la llevo. —Apenas la había examinado.

—¿Quiere tenerla a prueba un par de días, inspectora? Vaya a la galería de tiro y practique. Dispare más de un par de cajas de munición —aconsejó el hombre—. Habitúese a ella. Familiarícese. Esto se lo ofrezco a muchos polis que están pensando en cambiar de arma. Vuelva por aquí cuando esté segura de que es

la adecuada y haremos todo el papeleo. Tiene que sentirse totalmente segura con esta pistola. Es importante, inspectora.

—No, esta me va bien —afirmó ella demasiado deprisa. Una parte de ella le decía: «Es vital que conviertas esta arma en una extensión de tu brazo», mientras que la otra parte le decía: «Aléjala y no la toques jamás.»

Marta era consciente de esta dicotomía. También de que lo que iba a definir su futuro era su experta habilidad para usar esa pistola. «Nunca volveré a ser la persona que era si no lo consigo», pensó.

El dueño de la tienda se dio la vuelta para coger un archivador metálico gris de un estante detrás de él. El archivador tenía un cierre con combinación, que marcó rápidamente. Lo abrió y dejó a la vista cientos de fichas en orden alfabético.

—Nunca recuerdo si la tengo en la R o en la J —dijo sonriente.

Tras unos instantes de búsqueda, sacó una ficha con el nombre de Marta, número de placa, rango y departamento, junto con su domicilio, teléfono y correo electrónico. Ella vio anotada su antigua arma. El hombre tachó la Smith & Wesson de 9mm, así como el número de serie y demás detalles identificativos, y los sustituyó por la misma información, pero de la Beretta 40. Anotó la fecha junto a la 9 mm y escribió «Devuelta» en la ficha.

—¿Quiere que me deshaga de su antigua arma? —preguntó.

—Sí, por favor. No la ponga a la venta. Destrúyala.

—Entiendo, inspectora. Un arma con mal fario.

El hombre agarró la bolsa de pruebas con la 9 mm y la guardó en un estante fuera de la vista. Marta notó que se libraba de otro pequeño peso.

Cuando él estaba a punto de devolver su ficha al archivador metálico, le espetó:

—También quiero un arma de apoyo. Algo fiable y pequeño. —No estaba segura de dónde procedía aquel deseo repentino. Pero era intenso, casi abrumador. Un arma no era suficiente, aunque no habría podido decir por qué. Echó un vistazo a las vitrinas que tenía delante y a las armas que colgaban de las paredes. Revólveres y automáticas. Rifles semiautomáticos, escopetas, armas militares estilo francotirador: todo un despliegue de fuerza mortífera. Armas que matarían desde un kilómetro y

medio de distancia o desde un metro. Marta notó que la mano se le iba hacia delante, casi como si aquellas armas fueran magnéticas, como si se sintiera atraída hacia ellas, y tuvo que hacer esfuerzos denodados para contenerse. Las quería todas y ninguna al mismo tiempo. Quería estar segura, protegida, y en ese mismo instante sentía que no lo merecía. La confusión le parecía peligrosa, pero incapaz de dominarla o de resolverla, o incluso de compartimentarla para que quedara oculta en su interior.

Él frunció el ceño.

—¿Está segura? Pensaba que al departamento no le gustaba que sus inspectores lleven armas de más.

—Sí, estoy segura —replicó ella. No lo estaba.

—Entonces, ¿quiere algo pequeño, que pueda esconder?

—Eso es lo que quiero. —Marta se dio cuenta de que el dueño podría haberle ofrecido cualquiera de las armas que tenía en la tienda e, independientemente del tamaño, la capacidad, la forma o el diseño, ella le habría dicho: «Sí, eso es lo que quiero: una ametralladora, un lanzamisiles antitanque, un obús, un cañón, una réplica de un mosquete antiguo de la Guerra de Independencia.»

Él metió la mano bajo el mostrador y sacó un revólver de calibre 38, la versión con el cañón corto del viejo Colt de reglamento de los años 1920, y se lo ofreció. Comparado con la Beretta que se llevaba y la 9 mm que entregaba, era un arma ligera, como sujetar una pluma.

—En realidad no sirve para acabar con nadie, a menos que lo cargue con sus buenos cartuchos Magnum —le advirtió él—. Pero es pequeño y compacto y se puede llevar en una pistolera de tobillo o en el bolso. Quizás en la guantera del coche. Y es bonito y manejable. Y respondo de su fiabilidad. Puede dejarlo caer en el barro, irse a nadar con oleaje... joder, puede usarlo como martillo para hacer bricolaje los fines de semana, y seguirá disparando perfectamente en distancias cortas. Este revólver es de un fabricante de calidad, con un acabado realmente bueno, y nunca he tenido ninguna queja, aunque los polis ya casi no lo usan.

—Estupendo. Me la llevo. —Y pensó: «En el bolso, con el maquillaje y el pintalabios, el monedero y las tarjetas de crédito, la placa y las llaves del coche, al lado de mi bolígrafo y mi bloc de

notas; simplemente otro accesorio a la moda para una inspectora moderna y bien preparada.»

—Es una buena arma para distancias cortas —dijo el hombre.

Ella pensó: «Un arma para cuando note el aliento de algún asesino en mi mejilla. Un arma para cuando note mi propia respiración.»

Esa noche Marta se obligó a pasar una hora delante del espejo del suelo al techo de su dormitorio, después de acostar a su hija de siete años, y cuando estuvo segura de que su madre no la oiría fingiendo empuñar su nueva arma. La Beretta seguía guardada en la mesita de noche. El revólver seguía oculto en el fondo de su bolso. Decidió practicar con una llave inglesa que pesaba más o menos lo mismo que la pistola. Quería que el movimiento de echar la mano al arma, sacarla, cargar y apuntar a dos manos se convirtiera en una segunda naturaleza para ella... como antes. Era como volver a aprender a caminar. «Entrenar la memoria de los músculos —pensó. Incluso colocó un metrónomo cerca para poder contar mejor—. Uno: llevarse ambas manos al costado. La mano derecha desabrocha la solapa de cuero, la izquierda sujeta la pistolera. Dos: la mano derecha saca el arma, con el dedo índice buscando el gatillo, y la izquierda se prepara para el movimiento de deslizar la corredera. Tres: la mano izquierda carga una bala, cae a un lado, afianzando el arma, y la derecha la levanta hasta una posición cómoda en el centro exacto entre los hombros. Las rodillas levemente flexionadas. La vista siguiendo la dirección del cañón. El dedo en el gatillo. Apretar. Y disparar. Puedo hacerlo. Tengo que hacerlo.»

Se concentró en mirar hacia donde apuntaba la llave inglesa.

«Uno... dos... tres... Bang. No más de tres segundos.»

El metrónomo seguía: clic, clic, clic.

«Y quizá mi compañero viva. Y quizás yo también.»

La luz del atardecer que entraba por la ventana se reflejó en un diploma enmarcado de Yale y le dio en los ojos, distrayéndola. Las preguntas parecían lejanas, amortiguadas, como si alguien gritara algo indescifrable, en una extraña y desconocida lengua, desde muy, muy lejos.

—Bueno, Marta, ¿todavía tienes pesadillas?

No respondió. La pregunta pareció adquirir fuerza e intensidad hasta que súbitamente resonó en su oído.

—Marta. ¿Pesadillas?

—Sí.

—¿A menudo?

—Sí.

—¿Con qué frecuencia?

Ella se tomó un momento para apartarse las ondas de pelo negro de la cara. «Todas las putas noches», pensó.

—¿Podrías describírmelas?

—No sé si quiero hacerlo.

Silencio.

—De acuerdo. Lo intentaré. —Reflexionó un instante.

El psicólogo policial aguardó sin moverse, lo que estuvo a punto de enfurecerla.

—Una cosa es siempre igual —dijo ella por fin.

—¿Y qué es?

—Siempre me estoy ahogando. O bien bajo el agua, o en una habitación donde no hay aire, o me están metiendo algo por la garganta, y por mucho que me empeño, no logro soltarme. Es como si tuviera las manos atadas. Con cuerdas y cadenas. Eso es lo que me despierta. A veces grito.

—¿Cuerdas y cadenas?

—Sí.

—¿O quizás esposas como las de reglamento?

Ella no respondió. Quería gritar, igual que cuando se despertaba de una pesadilla.

Una pausa. El psicólogo asintió. Tenía las manos delante de él, tocándose la yema de los dedos, como una persona que junta las manos en una plegaria pero no logra invocar realmente a un poder superior.

—¿Y qué opinas de esas...? —empezó, pero Marta se apresuró a interrumpirlo.

—Joder, es evidente. ¿No le parece?

Disfrutó con la palabrota. Le dejó un buen sabor de boca. Intentó averiguar si producía algún efecto en la cara de póquer del psicólogo. No produjo ninguno.

Él no replicó. Pétreo.

—No puedo respirar. Es como si lo que me ocurrió me estuviera asfixiando.

Marta tomó aire bruscamente. Una parte de ella quería llorar. Otra parte quería aullar de rabia y agarrar algo como una lámpara de una mesita y estrellarla furiosamente contra el escritorio del psicólogo... quizás incluso contra la cabeza de él. Se deleitaba con el ruido y el alboroto. Anhelaba oír el sonido de algo al romperse. Era como si se balanceara entre esas dos posibilidades: lágrimas y sollozos frente a explosión e ira.

«Contrólate —se dijo—. Mantén la calma. La compostura. Respira hondo. Todo lo que no pudiste hacer aquella noche.»

—¿Piensas en lo que sucedió en el sótano? —preguntó él.

«Cada minuto. No, cada segundo.»

—Por supuesto, de vez en cuando. A ver, es normal. Pero comprendo que fue un accidente.

No tenía muchas esperanzas de que el psicólogo se tragara esa mentira. Por un instante, pensó en meter la mano en la cartera, apartar el arma para corta distancia y agarrar los documentos que había llevado consigo. Podía pasárselos al psicólogo por encima de la mesa y decir: «¿Lo ve? Me han exculpado. Al cien por cien. Todo está arreglado. Y ahora me voy de aquí.»

—No pretendía matarlo —dijo en cambio.

Lo dijo en tono escueto, esperando que sonara razonable. Que demostrara que lo había superado. Que estaba lista para volver al trabajo. Pero a las palabras les siguió un sollozo ahogado, que ojalá el psicólogo no hubiera percibido.

Otro silencio. En ese preciso instante, Marta tuvo la impresión de que la quietud de la habitación era como el ruido de un martillo neumático taladrando incansablemente. Después de un intervalo que a ella le pareció de diez minutos, pero en realidad fueron diez segundos, el psicólogo hizo una sencilla y contundente observación:

—Por supuesto que no. Pero lo mataste.

En el interior de Marta, voces dispares sonaron como sirenas: «Era mi compañero. Mi amigo. El inspector Tompkins era el tipo que me enseñó a ser inspectora de Narcóticos. Éramos colegas. Fue un accidente. Estaba oscuro. Era de noche. Estaba más negro que la noche. Era como estar al borde de un hoyo en la tierra. Sabíamos que el traficante iba armado. Ya nos había disparado dos veces. Seguimos el procedimiento, pedimos refuerzos. Seguramente deberíamos haber esperado. Jamás deberíamos haber bajado a aquel sótano. Pero se nos iba a escapar y teníamos un subidón de adrenalina. Llevábamos semanas trabajando en aquel caso y no podíamos permitir que se esfumara sin más. Seguramente no deberíamos habernos separado, pero no sabíamos dónde estaba él. Dentro. En alguna parte. Oculto. Empuñando un arma. Puesto hasta las putas cejas y dispuesto a morir. ¿Ha estado alguna vez en un fumadero de crack, doctor? ¿Ha visto alguna vez a alguien colocado con polvo de ángel? No tuve tiempo para pensar. Oí el ruido: alguien que cargaba su arma. Uno no sabe lo aterrador que es ese sonido hasta que lo oye en la oscuridad. Creí que iba a morir. No me di cuenta de que era el inspector Tompkins hasta después de disparar. Eso fue lo que determinó el comité de investigación. No soy culpable. Joder, si esa escoria se hubiera rendido cuando se lo ordenamos, no habría pasado nada de todo esto. Nada de todo esto. Nada de todo esto.»

Esta mentira resonó como un eco en el profundo abismo de su interior.

«No, no es una mentira. Es la verdad.»

En el opresivo silencio de la consulta del psicólogo, Marta ya no distinguía la diferencia entre ambas cosas. El recuerdo la asfixiaba. Notó que le brotaban lágrimas de los ojos y le humedecían las mejillas. Estaba confusa, no podía creer que esas lágrimas fueran suyas. Pero no sabía qué otra persona podía estar llorando en la consulta del psicólogo. Dos Martas: una dura, otra débil. Una dispuesta a enfrentarse con cualquier problema, otra que quería huir y esconderse. Sabía que debía ser una o la otra. No sabía cuál.

El psicólogo le tendió un pañuelo de papel y echó un vistazo al reloj de su mesa.

—Creo que deberíamos volver a hablar sobre esto. Pero lo siento, hoy se nos ha acabado el tiempo. Tengo otro paciente.

Marta asintió. Recogió su cartera. «¡Qué estúpida soy! —pensó—. ¿De verdad creías que todo acabaría cuando le enseñara al loquero todos esos documentos que afirman que legalmente no eres culpable?»

Se levantó. El psicólogo hizo un gesto en dirección a la puerta.

—El viernes a las diez de la mañana —dijo—. Hasta entonces.

—Sí.

Marta salió a una pequeña sala de espera. Había un hombre de mediana edad y expresión triste sentado en un sofá raído y lleno de protuberancias, pero se puso en pie rápidamente cuando ella salió. Su cara le sonaba, pero Marta no lograba recordar de qué. Lo examinó: desgarbado, alto, enjuto y atlético, de hombros anchos, traje azul arrugado que no había visto una tintorería en algún tiempo, corbata llamativa, cabello castaño oscuro bastante más largo de lo que permitía la regulación del departamento y expresión afligida.

—¿Es la inspectora Rodriguez-Johnson? —preguntó.

—Sí. ¿Quién lo pregunta?

—Soy el jefe adjunto Gabriel Dickinson —dijo—. Aunque en realidad me acaban de degradar a inspector. —Parte de la tristeza que había percibido ella al principio pareció disiparse con una media sonrisa. Él le tendió la mano—. Vamos a trabajar juntos.

Marta se la estrechó, levemente sorprendida.

—¿Trabajar juntos? —repitió—. Pensaba que aún estaba suspendida.

—Ya no. —Antes de que ella balbuceara otra pregunta, le tendió el documento oficial de nombramiento con el nombre de ella escrito en la primera línea. Los ojos de Marta bajaron hacia el texto.

—Creía que volvería a Narcóticos —dijo.

El día después del tiroteo:

Había pasado por su mesa antes de presentarse en Asuntos Internos para prestar declaración otra vez. Había tardado un momento en darse cuenta de que todos los demás inspectores la estaban mirando. Y reinaba el silencio.

Nadie dijo una palabra.

Ella sentía deseos de gritar: «¡No fue culpa mía!»

Pero no lo hizo. Sintió una docena de pares de ojos siguiéndola cuando se fue, y supo que detrás de cada una de aquellas miradas implacables estaba la réplica: «Sí, lo fue.»

—No. Te han trasladado —anunció el hombre alto.

«Pero yo quiero volver, aunque todos me odien y nunca nadie vuelva a confiar en mí», pensó, mintiéndose a sí misma.

—¿Casos sin resolver? —leyó en voz alta.

—Ajá.

Varios pensamientos cruzaron por la mente de Marta, como «¿qué coño voy a hacer ahí?, ¿qué clase de trabajo es este?, mi sitio está en Narcóticos». Pero el más destacado fue: «Supongo que ahí es donde creen que no mataré a nadie más. O quizá simplemente confían en que no mate a nadie más.»

Estaba a punto de decir algo inteligente y conciso, pero el psicólogo apareció a su espalda.

—Jefe Dickinson —dijo—, ya puede pasar.

Gabe sonrió a Marta y se encogió de hombros.

—Me toca —dijo, pasó por su lado y entró en la consulta.

Por un instante a Marta le pareció que cojeaba, pero luego comprendió que no era ninguna lesión lo que hacía inestable su paso.

4

Una habitación pequeña como un armario. Dos ventanas mugrientas que daban a un aparcamiento barrido por el viento. Dos mesas de acero llenas de marcas. Dos sillas incómodas. Dos ordenadores algo anticuados. Una máquina de fax. Una impresora. Teléfonos. Unos negros archivadores de acero, vacíos. Una máquina de café sucia que emitía un borboteo al funcionar. Una inestable mesa de madera en la que alguien había puesto gran empeño en dejar una palabrota grabada. Sobre ella había apilados expedientes extraídos de un polvoriento almacén del sótano, donde permanecían olvidados. Algunos se habían abierto y examinado tantas veces que los bordes estaban desgastados, rotos y sucios.

—La oficina no es gran cosa que digamos —dijo Gabe, señalando lo obvio. Sujetaba la puerta para que pasara su nueva compañera.

Marta iba a replicar: «Bueno, tampoco nosotros somos ya gran cosa como polis», pero no lo hizo.

—Tenemos que empezar en algún sitio —dijo—. Lo mismo da que sea aquí.

Pero la energía de esta declaración quedó en entredicho cuando se acercó a una de las mugrientas ventanas para mirar al exterior. Levantó un dedo, limpió parte de la suciedad del cristal y contó:

—Seis árboles. Tres o cuatro arbustos. Unas cuantas farolas, cables de electricidad y un contenedor en la esquina. La vista no vale mucho, pero veremos quién entra y sale. Claro que no lo necesitamos.

—Narcóticos era... —empezó Gabe.

—Se mete mucho dinero en ese departamento. Todo de lo más moderno —lo interrumpió Marta, y se encogió de hombros. Y pensó: «Alta tecnología, pero no me sirvió para nada en aquella cloaca de sótano con un traficante colocado con polvo de ángel.»

Gabe se acercó a la pila de expedientes. Un rápido cálculo: doscientos. Tal vez más. «Como si fueran un millón», pensó. Tamborileó sobre el primer expediente y espetó con fingido optimismo:

—¿Todos estos informes no deberían estar introducidos en el nuevo sistema informático? —Debería haber sabido la respuesta a su propia pregunta; formaba parte del equipo que había comprado e instalado la alta tecnología tres años antes, y había supervisado la transferencia de los informes de arrestos y los informes resolutorios de casos abiertos a la jerga informática. Los casos antiguos y abandonados se habían dejado de lado; requerían demasiadas horas de trabajo de oficina.

Simplemente mirar aquella pila hizo que Gabe se sintiera como atrapado en una negra nube.

—Casos antiguos —respondió Marta. También ella conocía la respuesta—. Enfoque anticuado. —Agitó un lápiz en el aire.

«Nada de búsqueda por ordenador, ni comprobación de nombres, fechas, lugares, ni similitud entre delitos o informes de balística —pensó—. Nada de usar las bases nacionales de datos sobre casos sin resolver, ni algoritmos modernos para buscar pistas.»

—Dios.

—Ya, bueno, puede que necesitemos Su ayuda antes de que avancemos mucho más. ¿Cree que deberíamos rezar?

—Seguramente no es mala idea —dijo Gabe, y torció el gesto burlonamente.

Tardaron un rato en adjudicarse las mesas y encender los ordenadores. Luego, dado que no tenían nada más que hacer, cada uno cogió un expediente.

—Necesitamos algún tipo de sistema para revisar todo esto —dijo Marta—. Es decir, una especie de planteamiento básico que nos ayude a buscar cosas concretas.

Y echó un vistazo a la pila de expedientes. Pensó: «Solo uno. Encuentra un caso que pueda pasar de pendiente a resuelto. Consigue unos titulares, tal vez una felicitación del jefe. Con eso me devolverán a la división de Narcóticos y a ser una poli de verdad.»

—Pronto idearé un plan —dijo Gabe. No tenía la menor intención de hacerlo. Se reclinó en la silla—. Creo que en este trabajo se trata menos de usar el teclado y más de hacer llamadas telefónicas, escribir informes y en general perder el tiempo. —No añadió «hasta que me den la patada».

Rio, aunque no había nada remotamente divertido. «A veces —pensó burlonamente—, simplemente tienes que aceptar la total desintegración de tu vida, tu carrera y tu futuro.» Tampoco creía que debiera dar su opinión en voz alta en aquel momento. Imaginaba que ella era más misteriosa para él que al revés. Su caída era evidente para todo el mundo en el departamento. El fracaso de ella era más subterráneo, un accidente provocado por un ruido, tensión, oscuridad y una increíble mala suerte que se había añadido a un gatillo apretado y un solo tiro que había costado una vida y quizás arruinado otra. Lo que le había ocurrido a ella podía haberle ocurrido a cualquiera en el Cuerpo. En cambio, él la había cagado, pero de una forma aburrida y predecible. Sin duda lo de ella era mucho peor, y Gabe sospechaba que sus cicatrices estaban ocultas más profundamente. Le vino a la cabeza un pensamiento: «Debe de ser terrible saber que nadie confía ya en ti. Y saber que tampoco confías en ti mismo.»

De repente se dio cuenta de que esa era una característica que tenían en común. Diferentes caminos. Mismo resultado.

Dos semanas encorvados sobre documentos, tomando notas inútiles, tratando de dar con alguna pista que seguir. Instantes de posibilidad seguidos de horas de realidad plúmbea. Se aficionaron a llamar a su oficina «la Mazmorra». A Gabe se le había ocurrido ese nombre al recordar un videojuego al que solía jugar su hijo. Ahora esos juegos ya no formaban parte de su vida.

Las primeras ideas:

Al azar.

«Eh, quizá podríamos elegir el caso que vamos a estudiar como una lotería. Los arrojamos como espaguetis contra la pared y a ver si alguno se queda pegado.»

Alfabético.

¿Para qué iba a servir eso? A de Ausencia. B de Bloqueado. C de Casualidad... O sea, nada.

Cronológico.

Así podrían clasificar sus fracasos por años. 1995: 7 casos sin resolver. 0 nuevas pistas halladas. Y así... hasta el año en que todos los casos se habían informatizado, pero de esos no les habían encargado que examinaran ninguno. Podían enumerar todos sus fracasos en una plantilla de Excel. Eso sería un error burocrático, señaló Gabe con expresión hosca. No hay que facilitarle a un chupatintas sabihondo la tarea de sumar tus deficiencias y obtener el total de tus fracasos. Lo sabía porque comprendía que eso había sido él en otro tiempo: un chupatintas sabihondo.

El segundo enfoque, por delitos:

Agresiones. Físicas. Sexuales. Atracos.

Una pila de delitos sin resolver, y ninguno que clamara: «¡Aquí está la solución!»

Personas desaparecidas.

Que seguían desaparecidas, al menos por lo que se sabía.

Homicidios.

Resolver un homicidio sería el mayor desafío; pero encontrar respuestas, montar un caso que pudieran llevar a juicio sería lo que más titulares atraería. Ambos comprendieron que prácticamente no tenían posibilidades.

Desafortunada conclusión de Gabe: la pila de expedientes desafiaba cualquier sentido de la organización. «Quizá todas mis habilidades desaparecieron junto con mi familia», pensó. No acertaba a dar con un modo de clasificar lo que estaban haciendo. Comprendió con tristeza que actuar al azar tenía tanto sentido como cualquier otra cosa. Tomar un caso o dos o tres y seguir los pasos dados por los inspectores años atrás, hacer unas cuantas llamadas, ver si milagrosamente se había producido alguna novedad. Y cuando todo eso concluyera en un inevitable callejón sin salida, escribir un informe detallando todo lo que habían hecho.

Y aun así lo despedirían.

Cuando se dio cuenta de esta realidad, se limitó a permanecer sentado a su mesa, balanceándose en su silla. Pensó en soltar un comentario, pero no lo hizo. De pronto se encontró fantaseando sobre episodios de su pasado, siempre momentos en los que había tenido una oportunidad pero no la había aprovechado. A veces eran recuerdos vagamente sexuales: la chica del instituto que le había dejado tocarle los pechos, luego el sexo, y que parecía dispuesta a ir más allá, pero él había parado y nunca había sabido por qué. Otros recuerdos eran menos de toqueteos y más de pérdida: aquella ocasión en la pista de baloncesto con empate en el marcador, el partido a punto de terminar y la pelota en las manos, que había pasado a otro jugador, que había encestado la canasta de la victoria y había abandonado la pista a hombros de sus compañeros de equipo. «Debería haber lanzado yo.» O aquella vez en que su hijo se había acercado y le había preguntado si podían hablar y Gabe le había respondido que luego, que estaba ocupado con unos papeles.

«Siempre he estado ocupado con papeles. Soy así. Siempre seré así.»

La pila de casos sin resolver era como la cara helada de una montaña, imposible de escalar. Pensó que era improbable que pudiera llegar a cambiar el resultado de algún caso, igual que solo podía cambiar el resultado en sus recuerdos a través de la fantasía.

El proceso de examinar los expedientes tenía algo de antiséptico: todos los delitos vivían bien en el pasado. Cada caso se había documentado con anotaciones diarias y unas cuantas fotografías, informes forenses y diagramas de la escena del crimen. Antaño habían sido dinámicos, novedosos. Ahora eran historia cubierta de telarañas. Estaban desvaídos.

Tras unos cuantos días en la Mazmorra, Gabe empezó a jugar a corazones y a solitarios en el ordenador de la oficina durante horas. Cualquiera que hiciera averiguaciones sobre cómo pasaba el tiempo antes de ser despedido lo averiguaría.

No le importaba. «Coloca la sota roja sobre la reina negra.» O: «Llévate todos los corazones. Alcanza la luna.»

Pensó: «Tengo más posibilidades de lograr eso que de encontrar un caso en el que trabajar.»

—¿Qué estás...? —empezó Marta, mirándolo, pero se interrumpió.

Beber ayudaba a Gabe por la noche. Llegar tarde por la mañana, sin lavarse, sin afeitar, también le ayudaba.

Marta lo había visto. Había mantenido la boca cerrada.

Marta se sentía igualmente a la deriva en el océano del crimen. Tras unos primeros días debatiéndose en medio de todos aquellos callejones sin salida, había pedido a Gabe que llamara a las divisiones de casos sin resolver de Nueva York, Detroit y Savannah, Georgia, para ver si algún otro departamento podía arrojar algo de luz sobre un enfoque viable. Nadie les había ayudado. Gabe tuvo la clara impresión de que algunos cuerpos policiales usaban las divisiones de casos sin resolver para aparcar a inspectores indeseables, a los que se acercaban a la jubilación, a los ineptos en general, tal como habían hecho con él. Otros solo utilizaban a inspectores de casos sin resolver cuando surgía algún elemento de conexión con otro caso, cuando tirando de un hilo en otra parte se desencadenaba un nexo de unión y había algo concreto en lo que centrarse. Su tarea, y la de Marta, era distinta. Ellos simplemente revisaban expedientes. Sus esfuerzos eran inútiles, no tenían más objetivo que cumplir con el plan que el jefe había urdido para ambos.

Algunas de las pruebas forenses que a menudo conducían a la resolución de un caso, a los titulares de los periódicos y las alabanzas del departamento estaban significativamente fuera de su alcance. ¿Pruebas de ADN? ¿De quién? ¿Con qué? ¿Nuevos testigos? Si se hubiera presentado alguno, la Brigada de Investigación Criminal rápidamente se habría apoderado del expediente en cuestión, lo habrían seguido hasta el final y el expediente nunca habría llegado a su oficina-prisión. ¿Nuevas pruebas? «Las pruebas no caen de los árboles», pensó Marta.

En una ocasión, ella arrojó un expediente al otro lado de la oficina de pura frustración. Los papeles revolotearon hasta el suelo. Luego, con un suspiro, se levantó, recogió hasta el último trozo de papel y volvió a colocar las hojas en la carpeta.

—Creo —dijo a Gabe en voz baja— que ha de haber cagadas y errores en todos ellos. Pero es imposible encontrarlos, joder, porque los tipos que escribieron estos informes supieron cubrirse muy bien las espaldas.

Él alzó la vista de su vigésimo solitario y sonrió burlonamente. Con frecuencia adoptaba un tono burlón con respecto a sí mismo, al que a Marta le estaba costando acostumbrarse.

—Supongo que no somos más que un par de fracasados estudiando a otros fracasados —dijo.

Marta detestaba semejante descripción. Pero no sabía cómo replicar. Ni tampoco si estaba equivocado.

El problema esencial al que se enfrentaban era simple: existían muy buenas razones por las que aquellos casos se habían «enfriado». «Más bien están congelados y van a la deriva sobre un bloque de hielo en el Antártico, en el Polo Norte, a 50 grados bajo cero bajo una ventisca», se dijo Marta. Otros inspectores habían revisado a fondo todas las pruebas forenses, por pequeñas que fueran, las declaraciones de los testigos, los análisis científicos de la época en que se habían cometido los delitos. Y no habían encontrado nada. *Las primeras 48 horas*, tal como se titulaba el programa televisivo, habían pasado a ser días, luego semanas y finalmente meses, que se habían convertido en años. Y así habían acabado arrinconados.

Olvidados.

Una investigación activa tiene una especie de empuje. Energía. Las piezas encajan como en un rompecabezas.

Con aquellos casos había ocurrido lo contrario.

«Una simple cuestión matemática —se dijo a sí misma—. Uno más uno más uno igual a tres. O sea, haz un arresto y pásaselo todo al fiscal. Estos son todos uno más qué, más quién, más dónde, más por qué. O sea, quién demonios sabe, pasemos a otra cosa más sencilla donde la respuesta sea evidente... En fin, que nunca llegaremos a ninguna parte.»

En un esfuerzo, patético en opinión de Gabe, por organizarse, le había dicho a Marta que seleccionara cualquier expediente en el que encontrara algo destacable después de leerlo. Si había alguna llamada por hacer, la harían, por inútil que pareciera.

En consecuencia, las primeras semanas dedicaron algún tiempo a llamar por teléfono a las otrora víctimas o a sus familiares. Invariablemente fueron conversaciones difíciles. Gabe no estaba preparado para la ira o la tristeza que evocaron esas llamadas:

«No me puedo creer que me llamen ahora, después de tantos años. Nos habíamos esforzado tanto para dejarlo todo atrás...»

O:

«¡Cabrones, la cagasteis pero bien entonces! ¿Qué os hace pensar que ahora puedo ayudaros? ¿Qué os hace pensar que querría ayudaros? Idos a tomar por culo.»

O:

Una exclamación ahogada. Un sollozo. Lágrimas repentinas. Palabras entrecortadas, como: «La semana pasada era su cumpleaños... Habría cumplido los veintiuno.»

O:

Escuchaban educadamente y luego se limitaban a colgar.

Al final de la tarde, acabaron adoptando una rutina predecible y artificial: Gabe metía en su cartera de cuero un par de expedientes que supuestamente revisaría en casa, pero que en realidad ni siquiera iba a sacar. Marta decía algo como: «Ya verás como mañana damos con algo»; animado optimismo que era puro artificio.

Marta no se llevaba ningún expediente a casa. Recorría las calles oscuras en su coche barato, respiraba hondo en la acera frente a su viejo edificio de apartamentos, esbozaba una sonrisa falsa, decidía qué frase trillada usaría cuando su hija de siete años corriera por el pasillo hacia ella, le abrazara las piernas y le preguntara: «¿Has metido a algún malo en la cárcel hoy?» «No, mi amor, hoy no.»

Gabe solía quedarse sentado en el coche en su barrio residencial, aparcado en el sendero de acceso a su casa, contemplando las ventanas oscuras, asustado casi de entrar y estar solo. A menudo repasaba mentalmente conversaciones que había mantenido ese día con víctimas y personas afectadas por crímenes pretéritos. Los agujeros negros que desprendían sus palabras amenazaban con absorberlo a él también. A veces encendía la radio y escuchaba algún estúpido programa deportivo antes de reunir fuerzas para entrar en su propia casa. Algunas noches sacaba el arma y la ponía sobre el regazo, preguntándose qué sentiría si apretaba el cañón contra la sien. Cada día le parecía un viaje interminable de un vacío a otro.

Ambos acudían puntualmente a sus citas con el psicólogo y trataban de decir lo menos posible en cada sesión. Gabe asistía a reuniones de Alcohólicos Anónimos al menos una vez por semana y mentía descaradamente, luego volvía a casa y se servía una copa.

Aún no habían decidido si se caían bien el uno al otro. Habían aceptado la idea de que iban a trabajar juntos, pero hasta el momento no tenían nada en lo que trabajar de verdad.

Gabe creía que estaba atrapado en una ciénaga. «Sota roja sobre reina negra.»

Marta creía que estaba al borde de un barranco. «Cayendo.»

Ambos sabían que tenían que encontrar algo.

«Azar. Accidente», pensó Gabe. Las palabras servían tanto para su vida como para su enfoque sobre los casos sin resolver. Lo mismo ocurría con Marta.

Hacia las nueve de la manana de otro día inútil, Gabe estaba en su mesa, con la vista en el reloj, consciente de que ya llegaba tarde a su cita semanal con el loquero, cuando vio que Marta miraba fijamente los documentos de un expediente con expresión perpleja, como preocupada, daba unos golpecitos con el dedo índice en una hoja y luego se levantaba para coger otros expedientes.

Él la observó con fascinación. Era como presenciar la actuación de un actor de teatro kabuki.

Vio a Marta levantar la cabeza, fruncir el ceño e inclinarse levemente hacia delante. Esparció cuatro expedientes sobre su mesa, pareció comprobar algo por segunda vez y luego volvió a levantar la cabeza. Fue a decir algo, pero se cortó, como si cambiara de rumbo.

—¿No tienes que ir a tu cita? —preguntó por fin.

—Sí. Me estaba preparando para irme. —Menuda comedia. No estaba preparado para nada. Aun así, vaciló al ponerse en pie, y señaló los expedientes—. ¿Has visto algo? —Sentía una pequeña punzada de interés. «Seguramente es la desesperación», se dijo a sí mismo.

Marta se encogió levemente de hombros.

—Bueno, es un poco raro —contestó.

«Raro es mejor que nada», pensó él.

—¿El qué?

Ella le mostró cuatro expedientes.

—Todos son de hace diecinueve años.

—¿De veras?

—Son... —Marta vaciló como si no encontrara la palabra— inusuales.

5

Marta dedicó la hora entera que se pasó Gabe en su cita a leer los cuatro expedientes de 1997 de cabo a rabo, pensando que debía de haberse equivocado, que seguramente estaba un poco loca, que se estaba imaginando una conexión, y que lo que le había llamado la atención era en realidad una coincidencia fácilmente explicable.

Que no significaba nada.

Esta palabra resonó en su interior: «Nada. Nada. Nada.»

Era como si el ritmo de una pegadiza canción pop sonara en su mente, como música de Justin Bieber para preadolescentes, cuando colocó los cuatro expedientes en orden sobre su mesa y los abrió. Por unos instantes le pareció que brillaban como brasas ardientes. Luego se limitó a esperar el regreso de Gabe. Su entrenamiento como inspectora le dijo que debía revisar una vez más todos los expedientes, empezar a familiarizarse con los pormenores de cada caso, iniciando el meticuloso proceso de comprensión, pero no hizo nada de eso. Simplemente se reclinó en su silla, apartándola de la mesa lo justo para no poder leer nada. Se dio golpecitos en los dientes con un lápiz mientras esperaba. Oyó los cansinos pasos de Gabe acercándose por el pasillo vacío que llevaba a la Mazmorra.

Entró.

—Vale —dijo sin saludar—. Ya me he quitado el peñazo de encima. ¿Qué crees haber encontrado?

Ella señaló los cuatro expedientes.

—Míralo tú mismo.

—¿Qué he de buscar? —preguntó él, acercándose.

La mujer se limitó a hacer un gesto. Gabe asintió.

—Entiendo. Es una prueba y quieres comprobar si yo veo lo mismo.

Marta sonrió. «Obviamente.»

Lo primero que a él le pasó por la cabeza fue: «Que te den», seguido de «Ponte a jugar al solitario». Pero lo que hizo fue recoger los expedientes.

—De acuerdo.

Se inclinó sobre el primero como un estudiante nervioso encorvado sobre el examen de acceso a la universidad. La primera hoja era un informe que contenía un resumen del delito cometido, la respuesta inicial, las pruebas recogidas, los testigos entrevistados, las investigaciones posteriores y las acciones emprendidas. Había repasado muchos de aquellos informes en las dos semanas previas.

Leyó rápidamente la hoja. Lo que vio no le sorprendió demasiado:

Homicidio. Hombre blanco de veintitrés años asesinado en un apartamento del centro con una pistola de calibre 44. Una única herida de bala en la nuca. Estilo ejecución. Ningún testigo. Vecinos entrevistados. Familia entrevistada. Fragmentos de bala enviados a balística, pero demasiado dañados para una valoración definitiva. El informe de la autopsia indicaba que tenía tres dedos rotos en la mano derecha. Le habían arrancado dos uñas de la mano izquierda. En el párrafo final había unos crípticos comentarios: «Sin motivo aparente. Sin sospechosos por el momento. Se requiere investigación de seguimiento.»

Eso nunca se hacía. Gabe comprendió por qué el caso había aterrizado en la pila de casos olvidados. «Drogas —supuso—. Un trapicheo de poca monta que se torció.»

Pasó al segundo expediente:

Homicidio. Hombre blanco de treinta y siete años que un corredor había encontrado en un parque aislado a las seis de la mañana. Una única herida de bala en el torso superior. Enfrentamiento, disparo en el corazón. Daños en la mandíbula y los dientes previos a la muerte. Arma del crimen, pistola de calibre 357. Ese detalle procedía de un informe de balística posterior. No se había hallado el arma en la escena del crimen. No había testigos. Entrevistas a familiares y vecinos. No se mencionaba ningún móvil. Los forenses no habían hallado pruebas significativas. «Se requiere investigación de seguimiento.»

Gabe hizo una pausa. «¿Un patético gay que ocultaba sus preferencias a familiares y amigos y había elegido al chapero equivocado?»

Dejó el expediente sobre la mesa y se dispuso a examinar el tercero:

Homicidio. Hombre blanco de treinta y dos años. Abatido con un único disparo al lado derecho de la cabeza, hallado en el asiento del acompañante en un coche aparcado frente a un bloque de apartamentos de clase media. Maniatado con cinta americana, y tenía residuos de la misma cinta en la boca y los labios. Quemaduras en los brazos y alrededor de los genitales. Un solitario testigo en un apartamento superior había oído el disparo, se había dado cuenta de que no procedía de un televisor, se había asomado a la ventana y había visto lo que describió a los agentes como otro hombre blanco que salía del aparcamiento. Incapaz de proporcionar otros detalles como estatura, peso, edad, color de la ropa. Al igual que en los demás casos, no se establecía el móvil. Las entrevistas a familiares y vecinos no habían proporcionado ninguna pista. El informe de balística decía que el arma utilizada fue una semiautomática de calibre 25. «Se requiere investigación de seguimiento.»

«¿Una deuda de juego?»

Gabe depositó el expediente sobre la mesa y pasó al cuarto:

Homicidio.

Sus ojos se desplazaron hasta la última línea del informe: «Se requiere investigación de seguimiento.»

Volvió al texto. Hombre blanco de treinta y cinco años. De nuevo una única herida de bala, pero esta vez con una pistola de 9 mm. Orificio de entrada en la nuca. «¿Otra ejecución?» El cuerpo se había hallado a las afueras de la ciudad, a unos ochocientos metros de un transitado sendero boscoso que bordeaba un río, donde en los cálidos días estivales los jóvenes estudiantes solían ir a bañarse desnudos. Resultaba difícil determinar cuándo se había cometido el crimen, ya que el cadáver en descomposición lo habían descubierto unos cazadores tiempo después. El forense establecía el momento de la muerte al menos tres semanas antes del hallazgo del cuerpo. Hacia el final del informe de la autopsia había un críptico comentario: «La víctima mostraba señales de maltrato previo a su muerte.»

Gabe vaciló y volvió a leerlo.

«¿Qué clase de asesinato es este?»

No se le ocurrió ninguna explicación.

Cuatro asesinatos. Sin respuestas. Sin sospechosos. Cuatro armas. No se había encontrado ninguna. Cuatro lugares distintos.

Gabe alzó la vista.

—Y tú crees que hay alguna relación entre estos... —empezó, y se detuvo—. ¿Se conocían entre ellos? —Una pregunta inteligente.

Marta negó con la cabeza.

—¿Tenían el mismo camello? ¿Eran yonquis?

—No.

—¿Tenían algo en común?

Esta vez ella asintió.

«Encuentra lo que ella ha encontrado», se dijo él.

Colocó todos los informes en la mesa, clavó la vista en las palabras mecanografiadas en cada hoja, gritando mentalmente que allí había algo, no queriendo parecer estúpido delante de su compañera, más joven y con más experiencia en la calle. Marta se limitó a observar el rostro de Gabe. Reinaba un silencio semejante a una partida de póquer a dos, donde uno de los jugadores tiene una mano ganadora y el otro sopesa lanzar un arriesgado farol.

—Sigue mirando —lo instó Marta.

Los ojos de Gabe recorrieron rápidamente el cúmulo de informaciones dispares. Estaba a punto de darse por vencido y expresar su exasperación o incluso enojo, cuando divisó la línea que había al pie de cada informe.

Sus ojos fueron rebotando de un informe a otro.

Asintió con la cabeza.

Marta comprendió que Gabe había descubierto la conexión.

—¿Qué posibilidades hay —dijo, poniendo palabras al pensamiento que se estaba formando en la mente de Gabe— de que en el mismo año, de todos los casos de asesinato que pasaron por la Brigada de Investigación Criminal, solo quedaran cuatro homicidios, y que todos los investigara el mismo par de inspectores?

—Un mal año. Mala suerte —dijo Gabe.

—Muy mala suerte.

—¿Coincidencia?

—Claro. Un accidente del azar.

—No te lo crees —dijo Gabe.

—Por supuesto que no. —Su tono expresaba cierta animación—. Ni de coña.

6

Dos inspectores. Los dos llevaban cierto tiempo jubilados.

El protocolo no exigía exactamente que Gabe se pusiera en contacto con sus antiguos superiores en la Brigada de Investigación Criminal, que seguramente habrían cambiado de puesto, antes de entrevistar a los dos hombres, pero era el tipo de movimiento que cualquier burócrata con ambición habría considerado inteligente. Esa clase de llamadas de cortesía constituían el modesto aceite que mantenía feliz y bien engrasada la maquinaria del departamento. No había que pisarle el terreno a nadie. Consciente de ello, decidió no hacer la llamada, un pequeño acto de rebeldía que disfrutó. Para su sorpresa, Marta se mostró de acuerdo.

—Vamos a hablar con esos dos viejos polis y veremos lo que tienen que decir. Quizá todo quede en nada.

«O quizá no.» Marta no estaba segura, pero conocía sus expectativas.

Sentada en su mesa, tuvo una fugaz visión del pasado, de ella misma con trece años, con la falda a cuadros, la camisa blanca y la chaqueta azul de una buena alumna de escuela católica, todo nuevecito. Si una de las monjas de entonces hubiera dejado de ejecutar uno de los diversos castigos corporales —el tradicional regletazo en los nudillos seguía siendo el preferido—, habría sabido responder exactamente a la pregunta de cuál era el santo patrón de la suerte. Deseó haberse concentrado un poco más en la clase de religión, y así también ella sabría el nombre del santo y le elevaría una pequeña plegaria. «Mejor evitar a san Judas ahora mismo. Es el santo patrón de las causas perdidas y puede que lo necesitemos muy pronto.»

Gabe fue al departamento de personal y encontró a un oficinista aburrido y servicial que le proporcionó las direcciones donde se enviaba el cheque de la pensión a los dos polis, y el número de teléfono de sus familiares más cercanos.

Marta aguardaba en la Mazmorra con la chaqueta puesta y los expedientes de los cuatro homicidios sin resolver en la cartera.

—¿Podemos ir ya? —preguntó sin más cuando Gabe regresó.

Él asintió. Pensó que costaba un poco acostumbrarse al brusco estilo de su compañera.

—¿Has descubierto alguna cosa útil? —añadió ella.

—Sí. Los cuatro casos ocurrieron durante el último año que uno de ellos estuvo en el Cuerpo. Había llegado a la edad del retiro obligatorio: sesenta y cinco años. Tenía mala visión, pero sus ojos habían visto prácticamente todo lo que se podía ver. Le entregaron su reloj de oro, una pensión insuficiente y una palmadita en la espalda un par de semanas después del último caso, el del tipo que encontraron muerto en el bosque, o lo que dejaron de él la naturaleza y las alimañas.

—¿Y qué hay del otro poli?

—Diez años más joven, pero se fue de la Brigada de Investigación Criminal al Departamento de Tráfico en cuanto se jubiló su compañero. No duró mucho. Se jubiló anticipadamente poco después. Quizás estaba harto de dar el callo noche y día y quería un trabajo de oficina más fácil. O quizá simplemente no quería aceptar a un nuevo compañero. Esos dos habían trabajado juntos un buen puñado de años.

Marta asintió.

—Tú eres el experto en el cómo y el porqué hay polis que acaban en Tráfico en lugar de Homicidios.

Gabe asintió también.

—Por lo general es porque la han cagado —dijo.

«La gente toma malas decisiones a cada momento por toda clase de razones. —Eso Gabe lo tenía muy claro—. Pero pasar de un departamento importante y destacado como el de Homicidios a preocuparse por semáforos y límites de velocidad es muy inusual.» No lo comentó en voz alta, pero intuyó que Marta estaba pensando lo mismo.

Primero se dirigieron a una zarrapastrosa residencia de ancianos gestionada por la Iglesia, situada detrás del campo de fútbol americano de un instituto, no lejos de una serie de centros comerciales. La residencia tenía un bucólico nombre, Terrenos Umbríos, pero no era umbría ni se extendía por unos terrenos. Era un macizo edificio rectangular de ladrillo rojo desvaído con el inconfundible aspecto de un lugar diseñado con los planos y los materiales sobrantes de una prisión cercana. Marta supuso que no debía de existir una gran diferencia entre ambos edificios.

Había una recepción con un registro de entradas y un empleado de aspecto hosco que hacía firmar a los visitantes.

Ellos mostraron sus placas y dieron el nombre del inspector jubilado. El empleado meneó la cabeza, no porque pretendiera impedirles que visitaran al inspector O'Hara, de ochenta y cinco años de edad, sino más bien sugiriendo que era un caso perdido.

—Acaban de trasladarlo al ala de alzheimer —explicó el empleado—. Apartamento 202. Buena suerte. —Señaló en dirección al ascensor.

Marta vio a un anciano, inclinado hacia delante, dormido en una silla de ruedas junto a los ascensores. Nadie parecía considerarlo extraño, puesto que otros dos empleados de uniforme blanco pasaron por su lado sin siquiera echarle un vistazo.

Subieron en el ascensor en silencio, salvo cuando Marta musitó «Mierda», al salir a un largo y estrecho pasillo con una moqueta verde descolorida que amortiguaba sus pasos. Gabe supuso que la palabrota era un comentario sobre la desolación de aquella residencia. A su derecha había otra recepción y control de enfermería. El empleado de allí señaló el final del pasillo y Gabe supuso que la recepción de la planta baja había llamado ya para avisar. No les costó mucho encontrar el 202.

Gabe llamó a la puerta con los nudillos, sin saber muy bien si simplemente debía empujarla y entrar, cuando oyó una alegre respuesta desde el interior:

—¡Adelante, no está cerrado!

La habitación olía a desinfectante y desesperación.

La alegre voz procedía de una anciana en silla de ruedas. Llevaba una boina negra incongruente sobre cabellos canosos finos como una telaraña y un chal púrpura sobre los hombros, a pesar de que la calefacción estaba demasiado alta. Gabe notó al instante que le sudaban las axilas. Una cama de hospital dominaba el centro de la estancia, pero su ocupante habitual estaba sentado en una raída butaca cercana, sobre una almohadilla absorbente. El viejo inspector tenía una enmarañada mata de cabellos blancos y su apariencia era agradable y bobalicona. Sonrió a Gabe y Marta. Sus manos temblaban un poco.

En las paredes colgaban fotografías de hijos y nietos, una mención al valor enmarcada, de treinta años de antigüedad, y otra por longevidad, y unos carteles brillantes que anunciaban biquinis y surf en las playas de Hawái. Junto a los carteles había un gran trébol de cartón de llamativo color verde y el sonriente leprechaun de los Boston Celtics. Estratégicamente colocado bajo el trébol había una fotografía firmada del inspector O'Hara, que parecía la mitad de pequeño entre Larry Bird y Kevin McHale en la cúspide de su gloria baloncestista. En un estante cercano había una pelota de baloncesto metida en un recipiente de metacrilato, firmada por los miembros del equipo que había ganado el campeonato en 1986.

A la derecha había una pequeña cocina. Detrás de la cama que ocupaba la mayor parte del espacio había una puerta que, según dedujo Marta, debía de conducir a otro dormitorio y al cuarto de baño. Y detrás de O'Hara había un ventanal con vistas a la calle, que dejaba pasar la luz del sol.

—¿Les apetece un té? —ofreció la mujer de la silla de ruedas, sin siquiera interesarse por sus nombres.

—No, gracias —contestó Marta—. Usted es...

—Soy la señora O'Hara, pero pueden llamarme Constance —dijo la mujer, haciendo rodar la silla para situarse junto a su marido. Él seguía sonriendo, pero un hilillo de saliva se le escapaba por una comisura de la boca.

—Hola, Constance —saludó Marta, asintiendo—. Soy la

inspectora Marta Rodriguez-Johnson y este es el inspector Gabriel Dickinson.

—No recibimos muchas visitas —dijo ella, mientras sacudía unas migas de pan del regazo de su marido—. Los chicos viven demasiado lejos. —Dio una palmada a su marido en la rodilla. Él sonrió con tristeza—. Estamos nosotros solos. Yo me hago cargo de todo. Terrence recuerda quién soy la mayor parte del tiempo, aunque otras muchas cosas parecen ya perdidas. Pero bueno, ¿qué estoy diciendo?

Rio levemente, pero su declaración destilaba tal tristeza que a Marta la dejó algo sorprendida.

Constance hizo girar hábilmente la silla.

—Es toda una sorpresa que nos visiten unos inspectores. Hace años que no viene nadie del departamento. ¿En qué podemos ayudarles? —preguntó.

—Estamos siguiendo una investigación de rutina para unos casos sin resolver —respondió Gabe con actitud envarada. Todo en aquel apartamento, desde el olor hasta las ropas raídas y las motas de polvo iluminadas por el sol, le hacía sentirse incómodo.

—No creo que Terrence pueda ayudarles —dijo la esposa—. Como pueden ver... —No fue necesario que continuara.

Marta se acercó al anciano y sacó los cuatro expedientes del bolso. Se agachó para que su cara quedara a la altura de la de él.

—En su último año como inspector, justo antes de retirarse, usted investigó cuatro homicidios que acabaron como casos sin resolver. Se archivaron con los expedientes que requieren investigación de seguimiento. ¿Recuerda alguno de ellos?

El anciano alzó la vista hacia Marta. Gabe pensó que era un poco como ver a una persona a través de un velo o un manto de niebla. Desenfocada. Borrosa.

—Hola —saludó O'Hara con entusiasmo. Su voz no era tan vacilante como su memoria.

—Hola —respondió Marta. Repitió su pregunta y colocó los expedientes sobre el regazo del viejo. Él los miró. Ella señaló los nombres que figuraban en la parte superior, como una maestra ayudando a un alumno lerdo con un problema de matemáticas—. Uno, dos, tres y cuatro... Estos fueron los únicos homicidios que quedaron sin resolver en la Brigada de Investigación Criminal ese año. —El ex inspector siguió el dedo de Marta con la vista. A Gabe le pareció que intentaba leer, asimilar, recordar cada caso. Era como si los acontecimientos de su pasado tuvieran que moverse por la fuerza física.

El jubilado sonrió de nuevo.

—Sí —dijo—. Sí. Lo recuerdo.

Alargó una mano vacilante y tocó la mejilla de Marta con dedos temblorosos. A Gabe sus manos le parecieron huesudas. Manchas de edad y de muerte inminente. O quizá no. Quizá solo de decadencia. Desde luego no era el hombre robusto, vital y capaz de comerse el mundo que aparecía en la fotografía con los dos jugadores de baloncesto. Gabe sintió que un escalofrío le recorría la espina dorsal.

—Tessa —dijo el viejo.

La esposa volvió haciendo rodar la silla de ruedas.

—Ella no es Tessa —se apresuró a decir—. No, querido, te equivocas. No es Tessa. —Su voz parecía temblar un poco de impotencia—. Se llama Marta. Es una inspectora.

—Cuatro asesinatos sin resolver —repitió Marta con la mayor amabilidad de que fue capaz.

—Lo intenta —le dijo la esposa—. A veces parece casi como si recordara, pero enseguida se le escapa lo que sea que recuerde.

—Tessa —repitió el anciano. Marta vio que se le formaban lágrimas en los ojos.

—No —dijo—. Soy Marta. El último caso, justo antes de que se jubilara, era de un joven blanco, con una única herida de bala, cuyo cadáver en descomposición se halló en el bosque.

—Tessa.

La esposa hizo girar levemente la silla y pasó junto a Gabe.

—Disculpe —dijo—. Necesito ir a por una cosa a la otra habitación.

Gabe oyó la voz de la anciana amortiguada por la puerta cerrada del dormitorio. ¿Al teléfono? Le pareció extraño. Fuera como fuere, la conversación no duró mucho. La anciana regresó.

—He llamado a Joe, su antiguo compañero —dijo—. Quizás

él pueda ayudarles. —Se acercó a su marido—. ¿Estás cansado, querido? —preguntó. El anciano asintió.

Ella se volvió hacia Marta y Gabe.

—Ojalá pudiéramos...

—¿Recuerda si alguna vez habló de sus casos...? —empezó Marta, pero la anciana la interrumpió.

—Terrence jamás hablaba del trabajo en casa. Nada de mencionar atracos, asesinatos o violaciones durante la cena.

—Entonces ninguno de esos casos del año en que se retiró...

Ella negó con la cabeza.

—A Terrence le encantaba el departamento, le encantaba su trabajo. Dedicó su vida a resolver casos. Era el mejor inspector del Cuerpo. Él y Joe Martin, su compañero. Lo más duro, difícil o misterioso se lo pasaban directamente a ellos. Tenían un historial impecable. Terrence estaba orgulloso de ello. También Joe. Estuvieron juntos casi tanto tiempo como nosotros llevábamos casados. Joe viene a menudo a visitarnos. Creo que Terrence le quería tanto como a mí. Sé que suena extraño. Viene de visita y se sienta con él, pero no hablan mucho. Nos visita más que nuestros hijos. Ellos viven demasiado lejos. Nos gustaría verlos más. Sobre todo a los nietos, pero viven muy lejos y no es tan fácil venir en avión, supongo.

—¿Quién es Tessa? —preguntó Marta.

La mujer se removió en la silla.

—¿Quién sabe? Dice nombres. Fechas. Cosas que no tienen sentido. Palabras extrañas, como «tren» o «elefante». No sé qué significan. A veces revive casos antiguos. Pero ¿quién puede asegurar nada?

—¿Revive casos antiguos?

—Sí. A veces dice «huellas» o «tiroteo» o «¡confiesa!». Y se nota que intenta recordar. Lo intenta con todas sus fuerzas. En su época de inspector era realmente tenaz. Él y también Joe. Jamás se rendían. Y creo que eso es lo que recuerdan ahora.

—¿Había pronunciado antes el nombre de Tessa? —insistió Marta.

—No —replicó la mujer rápidamente—. Es la primera vez que lo oigo.

—Entonces, ¿no conoce usted a nadie que se llame Tessa?

—No. Lo siento.

A Gabe, que había guardado silencio casi todo el tiempo, le pareció que quizá mentía.

La anciana sonrió, pero su sonrisa parecía forzada y levemente fuera de lugar, observó Gabe, aunque podía estar equivocado. No sabía mucho sobre el comportamiento de los ancianos, y menos aún sobre el alzheimer. Y, reconoció con pesar, la capacidad que pudiera tener en otro tiempo para interpretar la conducta de otras personas se había disipado hacía mucho.

—He disfrutado mucho con esta visita —dijo la anciana—. Pero seguramente Terrence estará exhausto. Necesita echar un sueñecito y yo tengo que empezar a preparar la comida.

Marta señaló los nombres que figuraban en la parte superior de los expedientes, enarcando las cejas a modo de pregunta, pero el anciano se limitó a sonreírle otra vez. Entonces ella recogió lentamente todos los papeles del regazo del viejo y le dio una amable palmadita en el hombro. Se levantó, estrechó la mano a Constance y miró a Gabe encogiéndose de hombros. Los dos se dispusieron a marchar.

En la puerta, Marta se dio la vuelta un instante. El ex inspector la saludó con la mano mientras su mujer le señalaba la cama.

Atravesaron la ciudad en silencio y con una súplica interior: «Por favor, que no me pase lo mismo a mí.» Circularon por la interestatal que dividía la pequeña ciudad y luego se desviaron hacia un barrio residencial de clase media, la clase de barrio en que las familias se aferran a su posición social. Profesores mal pagados, bomberos, inspectores de obras públicas... trabajos mejores que el de un obrero, pero sin llegar a ser de camisa blanca almidonada, corbata de seda y traje de raya diplomática. No era la clase de lugar donde se contratara a nadie para cortar el césped en los modestos pero bien cuidados jardines. En otro tiempo, habría sido una tarea a medida para los adolescentes del barrio, pero ahora desdeñaban esa clase de trabajo. Era más fácil y provechoso vender bolsitas de marihuana a cinco dólares.

La casa del inspector Joe Martin no era ni más grande ni más pequeña que las otras de su arbolada manzana. Revestimiento de aluminio blanco con adornos de madera negra, y una sola planta. Aparcado fuera había un pequeño Ford sedán de cinco años de antigüedad con una apreciable abolladura en una puerta.

Gabe consultó sus notas de la oficina de personal.

—Vive solo. La mujer murió de cáncer hace cuatro años. Sin hijos. Su pariente más cercano es una hermana, no tengo sus datos de contacto, y un cuñado que enseña en la universidad.

—Visita a su antiguo compañero regularmente. Eso dice mucho de él. —Marta conducía. Aparcó junto a la acera.

—¿Como qué?

—Bueno, supongo que no es un capullo. Demuestra lealtad. Amistad.

—Dicho así, parece un *boy scout* en lugar de un ex poli de Homicidios.

Marta ignoró la pulla.

—¿Hemos sacado algo en claro de O'Hara? —preguntó.

—Sí, que no hay que enfermar de alzheimer. —Gabe reflexionó un momento antes de volver a hablar—. Y la mujer estaba un poco rara. Parecía nerviosa o asustada cuando el marido dijo «Tessa». No sé, pero me pareció que algo no iba bien.

Marta se removió en el asiento.

—Ya. Es una anciana. Vive en esa prisión con un marido que quizás ya no recuerda ni quién es ella, y nadie sabe si podría seguir así una semana más o una década. Supongo que eso le da derecho a ser un poco especial, ¿no crees?

—Ya, bueno. Seguramente tienes razón. —De pronto la mente de Gabe se inundó de un torrente de pensamientos que giraban en torno a las palabras «viejo» y «recuerdo». Él tenía un montón de recuerdos, ninguno de ellos demasiado bueno, y era poco probable que llegara a viejo. Pero con la misma rapidez borró esos pensamientos y siguió hablando—. Bueno, esperemos que Martin pueda decirnos algo sobre esos casos.

Ambos bajaron del coche. Gabe se detuvo un momento a escuchar. Sonidos de barrio residencial: un cortacésped a lo lejos, niños jugando en un jardín. Alrededor se respiraba el aire ligero de la normalidad. El sol parecía iluminar cada uno de sus pasos. No era un día para hablar de viejos crímenes sin resolver.

Segundos después de llamar a la puerta, esta se abrió de par en par y el ex inspector Martin les sonrió.

—Hola, polis. Pasen.

Las presentaciones fueron breves. Martin parecía vivaz, alerta, cordial. Era un hombre rechoncho, con un vientre considerable, manos grandes y nudosas y brazos gruesos. Lucía unas grandes y tupidas patillas que no casaban con el corto cabello blanco a los lados. En su camisa roja había más de un lamparón.

—Sentimos molestarle —dijo Marta.

Martin volvió a sonreír.

—Hablar del trabajo nunca es molestia. Joder, precisamente estaba en la cocina limpiando mi viejo revólver reglamentario. Aún disfruto yendo a la galería de tiro para disparar un rato. Me recuerda los buenos tiempos. Yo era de la vieja escuela, me gustaba el Magnum 357 de cañón corto que cabía en una pistolera de hombro. Nada parecido a lo que se estila ahora. ¿Qué lleva al cinto, inspectora?

—Una Beretta 40.

—Bueno, si estalla la Tercera Guerra Mundial, estará bien preparada —comentó el hombre ensanchando la sonrisa.

Los condujo a una sala de estar pequeña y limpia. Marta vislumbró un par de fotos sobre una mesita: un inspector Martin más joven, delgado y apuesto, de esmoquin, junto a una atractiva rubia con un vestido de novia de raso blanco. «La esposa fallecida», supuso. El marco era de los que se compraban en grandes almacenes, con las palabras «Amor eterno» grabadas en la madera. Al lado había otra foto: Martin, la esposa y una niña de más o menos la misma edad que su hija. Se daban la mano los tres, posando delante de la noria de un parque de atracciones mientras comían algodón de azúcar.

—Hemos ido a ver a su antiguo compañero —anunció Gabe.

Martin se encogió de hombros.

—Ya, Constance me ha llamado. Deberían haberme visitado antes. Les habría ahorrado un viaje.

Marta sacó los cuatro expedientes de su cartera. Martin les echó un vistazo, pero respondió a Gabe.

—Bueno, supongo que se habrán dado cuenta de que ya no puede ayudar a nadie. Es una pena. Me parte el corazón. En nuestra época, era el más perspicaz de la brigada. Veía cosas que a los demás les pasaban por alto. Tenía corazonadas que siempre daban frutos. Poseía ese sexto sentido de un detective, ya me entienden. Sabía cuándo alguien mentía o decía la verdad. Podías poner diez sospechosos en una habitación y el Irlandés, ese era su apodo, se olía cuál de ellos era el culpable. Era una habilidad suya. Y luego, de pronto, se esfumó todo sin más. Se retiró, y cinco o seis años más tarde ya no es el hombre que era. Fue un placer trabajar con él todo aquel tiempo. Catorce años. Ya saben de lo que hablo... es algo que va más allá de la amistad. No es exactamente como un matrimonio... pero, bueno, ahí lo dejo. No es muy distinto.

—¿Y usted?

El ex inspector soltó una risita.

—El Irlandés era el cerebro. Yo era la fuerza bruta. Cuando hacíamos el numerito del poli bueno y el poli malo, esa mierda que todavía funciona, yo siempre era el malo. Va con mi carácter. No tenía más que sacar al viejo instructor de marines que llevo dentro, y de una forma u otra arrancábamos una confesión. —Extendió un brazo mientras hablaba y mostró un gran tatuaje en el antebrazo: «*Semper fi*» y «Da Nang 1968»* sobre el familiar emblema del águila, el orbe y el ancla del Cuerpo de Marines—. Y cuando se fue, bueno, yo no podía seguir sin el Irlandés. No quería. Así que pedí el traslado a Tráfico, pero enseguida detesté ese puesto. Ya no me parecía que fuera un poli.

Gabe consultó sus notas.

—Ustedes dos tuvieron el mayor índice de arrestos de la Brigada de Investigación Criminal durante seis años seguidos...

* *Semper fidelis* («Siempre leal» en latín) es el lema de los Marines de Estados Unidos. *Semper fi* es la abreviatura que utilizan comúnmente. Da Nang, ciudad del sur de Vietnam, albergó la principal base aérea de Estados Unidos durante la Guerra de Vietnam. *(N. de la T.)*

—Siete. No se confunda, jefe.

—... Siete, pues. Todos esos arrestos significaban que sus casos se resolvían...

—Pues claro, joder. O'Hara y yo no dejábamos cabos sueltos. Nuestras pruebas eran sólidas.

—Excepto en el último año de su compañero en el Cuerpo.

El hombre sonrió y se encogió de hombros.

—¿En serio? ¿Está seguro? No creo. No que yo recuerde, joder.

Marta le tendió los cuatro expedientes. Martin los hojeó brevemente.

—Mierda, tienen razón. Estos casos eran nuestros.

—¿Los recuerda?

El ex inspector de pelo cortado al estilo militar volvió a encogerse de hombros.

—Tendría que mirármelos mejor. ¿Disponen de unos minutos? A ver, no estoy como mi viejo compañero, pero mi memoria ya no es tan buena como antes. —Se dio un golpecito en la frente.

Volvió a bajar la vista y escudriñó los expedientes, como si calculara nombres, fechas, lugares, intentando situar cada caso en una ecuación de la memoria que les diera sentido. Finalmente se encogió de hombros.

—Siéntense, amigos —dijo, señalando el sofá de la sala—. Voy a necesitar un café y mis gafas de cerca para revisar todo esto. Un café bien cargado para animar a mis viejas neuronas a trabajar horas extra. Joder, puede que necesite dos tazas. ¿Quieren algo, amigos?

—No, gracias —dijo Gabe.

—Yo tampoco —añadió Marta.

—De acuerdo, enseguida vuelvo. —Dejó los expedientes abiertos sobre una mesa, les lanzó otra mirada especulativa, se llevó una mano a la frente y añadió—: Desde luego, mucho café. —Y se dirigió a la cocina.

—¿Le dice algo el nombre Tessa? —preguntó Marta cuando Martin llegaba a la puerta.

El hombre se detuvo.

—¿Tessa?
—Sí. Eso ha dicho su viejo compañero cuando le he enseñado estos expedientes.
—¿Ha dicho «Tessa» cuando han hablado con él?
—Sí.
Martin sacudió la cabeza.
—Ahora mismo no me suena de nada. Pero es un bonito nombre. ¿Seguro que no quieren un café?
—No, gracias —respondieron.
—Ahora mismo vuelvo.
Entró en la cocina y cerró la puerta.
—Aquí hay algo raro —susurró Marta—. Debería acordarse de alguna cosa.
Gabe pensó: «Yo me acuerdo. El viento. La lluvia. Agua negra y helada. Muerte.»
—Bueno —dijo en voz baja—, démosle la oportunidad de revisar los casos más detenidamente. Seguro que habrá algún pequeño detalle con el que podamos continuar.
Marta asintió. Echó un vistazo a los cuatro expedientes sobre la mesa, donde Martin los había dejado.
—Seguramente —asintió.
Aún asentía cuando oyeron el disparo en la cocina.

7

Marta chilló.

Un chillido a medias en realidad, poco más que un simple grito. Brotó de su garganta y se desvaneció cuando vio a Gabe ponerse en pie de un brinco, desconcertado.

Ella se quedó paralizada.

Por un instante Marta creyó hallarse de nuevo en el lugar en que había disparado a su antiguo compañero, como si aquella pulcra sala se hubiera sumido de pronto en la oscuridad para transformarse en un sótano polvoriento, cavernoso y lleno de basura. El disparo resonó en sus oídos, familiar, insistente, aterrador, como un motor que seguía funcionando aunque renqueaba desde hacía tiempo. No sabía si se había producido a kilómetros de distancia o a unos metros. Apenas era consciente de que Gabe intentaba desenfundar torpemente su arma, sin apartar la vista del punto de procedencia del disparo. Cuando ella se movió, Gabe ya había cruzado la habitación y se había pegado contra la pared junto a la puerta de la cocina, poniéndose a cubierto, preparándose para entrar. Entonces también ella desenfundó su arma, olvidando todo lo que había practicado frente al espejo, y casi se le cayó al ponerse en pie. Se lanzó hacia la pared opuesta a la que se encontraba Gabe, de modo que ambos flanquearon la puerta de la cocina.

El arma de Marta parecía pesarle cincuenta kilos.

Gabe cayó en la cuenta de que jamás, ni siquiera en su breve etapa como patrullero, había desenfundado el arma fuera de la galería de tiro, donde había tenido sus problemas para superar los mínimos de puntería exigidos por el departamento. Hizo un gesto con la cabeza y Marta asintió. Entonces él abrió la puerta de la cocina de una violenta patada.

Ambos irrumpieron en la cocina pistola en ristre, girando a un lado y otro, cubriendo todos los ángulos.

Un terrible silencio.

Respiración profunda. Silencio absoluto.

—Mierda —dijo Gabe.

Marta exhaló el aire lentamente con un sonido sibilante.

—Joder —dijo.

—Mierda —repitió Gabe.

El inspector jubilado estaba tirado en el suelo. Una salpicadura de sangre y sesos manchaba la blanca alacena que había detrás de él y el cuello de su roja camiseta. Martin estaba sentado, como si le hubieran dado un puñetazo, o se hubiera caído por una borrachera. Tanto Marta como Gabe divisaron al instante el revólver junto a la mano extendida y comprendieron que se había colocado el cañón contra la barbilla, apuntando hacia arriba, antes de apretar el gatillo. La fuerza del disparo lo había lanzado hacia atrás y luego, como una marioneta a la que súbitamente hubieran cortado las cuerdas, se había desplomado en el suelo.

Gabe contempló la figura caída, sintiéndose mareado. Se imaginó siendo succionado por un mortífero torbellino.

—Mierda —dijo por tercera vez.

Moviéndose como un autómata, enfundó su arma y sacó el móvil. Marcó el número de la central casi como si hubiera abandonado su propio cuerpo y se observara a sí mismo.

Se hallaban rodeados por el bullicioso trajín de una muerte violenta. Un médico forense examinaba el cadáver mientras dos ayudantes de bata blanca aguardaban a un lado, con una reluciente bolsa negra para el cadáver y una camilla. Uno de ellos tenía un cigarrillo apagado colgando de los labios. Una fotógrafa de la policía recorría la cocina; su cámara emitía un zumbido con cada toma. Dos uniformados permanecían más allá, charlando entre murmullos, bebiendo café en vasos de plástico sin inquietarse por la sangre y el cadáver que tenían a unos pasos. Un par de jóvenes inspectores de Homicidios, bien trajeados, con guantes de goma y patucos blancos flexibles cubriéndoles los zapatos, tomaron notas, apuntaron aspectos de la muerte en sus blocs, señalaron detalles destacables, como la parafernalia necesaria para limpiar un arma que había sobre la mesa de la cocina, deliberaron entre sí, luego separaron a Gabe y a Marta, y se los llevaron a habitaciones separadas para tomarles una declaración preliminar.

Primero Gabe.

—¿Dice que vinieron aquí por un caso?

—Sí.

—¿Qué tipo de caso?

—Una investigación rutinaria de seguimiento de unos casos antiguos. Homicidios de hace diecinueve años. Lo típico. Nada del otro mundo.

—Bueno, tenía que ser algo, porque...

—No parecía alterado. Ni preocupado. Ni molesto en absoluto. Bromeaba, muy amistoso, y de repente, ¡bang! Quizás estaba a punto de suicidarse cuando llegamos nosotros. Es decir, nos dijo que tenía el arma sobre la mesa de la cocina cuando nos abrió la puerta. Dijo que la estaba limpiando. ¿Una coincidencia quizá?

—Ya. Quizás encontremos una nota.

—Eso sería útil.

—Joder, qué mierda. No tengo idea de qué poner en el informe.

—Accidente. Ayudará si hay algún seguro.

Pero lo que Gabe quería decir en realidad era «misterio».

Marta en la habitación contigua.

—¿Me dice de nuevo para qué habían venido?

—Estamos revisando unos casos sin resolver y Martin era una de las entrevistas que teníamos programadas estos días.

—¿Dijo algo revelador?

—No. Nada de lo que dijo o hizo nos indicó que estuviera a punto de pegarse un tiro.

—Bueno, ¿y qué hay de los casos por los que le preguntaron?

—Apenas miró los expedientes. Dijo que antes necesitaba un café. Quería ir a por sus gafas. Nosotros nos quedamos sentados esperando a que volviera, cuando sonó el disparo. Esos revólveres viejos pueden ser imprevisibles. Ya veremos qué dice balística. Pero era un hombre mayor, a lo mejor no tenía la mente clara y al aparecer nosotros lo confundimos.

—Desde luego no parece un accidente, pero ¿quién diablos lo sabe? Oiga, pensaba que usted estaba en Narcóticos.

—Me han trasladado.

—¿Le dijeron algo que pudiera haber provocado...?

—No lo dirá en serio, inspector.

Marta evitó decir lo que pasaba por su cabeza: «Le pregunté por cuatro asesinatos y luego le dije el nombre "Tessa". ¿Bastó eso para que se pegara un tiro?»

—Bueno, eso es todo por ahora. ¿Puede pasarse más tarde y firmar una declaración para el expediente?

—Claro.

Marta se dio cuenta de que el inspector, un hombre joven que parecía incómodo, tenía una expresión de estresada reticencia, así que aprovechó este detalle y dijo con toda la indiferencia de que fue capaz:

—Oiga, ¿quiere que llame yo a sus parientes más cercanos? Podría acercarme y darles la noticia. Le ahorraría un trabajo extra. Y desagradable, además.

—Jo, ¿en serio lo haría? Tengo seis casos abiertos sobre mi mesa, al jefe respirándome en la nuca, y lo último que necesito ahora es tener que estrechar manos y explicar algo que seguramente no se podrá explicar nunca.

—No hay problema —le aseguró Marta.

8

Primera llamada:

La hermana pequeña.

Cinco tonos. Sin respuesta. Sin contestador. Cinco tonos. Nada.

—Mierda —masculló Marta.

Segunda llamada:

El cuñado.

Tercer tono.

—Química. Profesor Gibson.

—Profesor, soy la inspectora Marta Rodriguez-Johnson. Tengo una mala noticia sobre su cuñado.

Esas meras palabras le recordaron al sacerdote y al oficial del Ejército que se habían presentado en su puerta, justo después de cenar. Marta había tenido un largo y frustrante día de trabajo intentando encajar las piezas de un caso que parecía irresoluble. Cuando abrió la puerta y vio a los dos hombres en el rellano de su apartamento, comprendió enseguida para qué estaban allí. De vez en cuando intentaba recordar con precisión lo que le habían dicho, pero sus palabras exactas parecían perdidas en un recuerdo borroso, como si hubieran movido la boca para emitir sonidos, pero nada de lo que dijeran tuviera sentido salvo la palabra «muerto».

«Raro —pensó Gabe. Tenía la clara sensación de que estaba siendo arrastrado hacia algo, pero aún no tenía claro qué lo impulsaba hacia delante—. Cuando caí del bote y estaba bajo el agua, sabía lo que era y sabía que estaba a punto de morir. Esto es diferente.» Miró a Marta, que estaba sentada a su lado y se frotaba la palma de la mano izquierda con el puño derecho, como si la fricción pudiera prender una llama. Al cabo de unos segundos Gabe pronunció una única palabra:

—Algo.

Y ella soltó un gemido.

—Ya. Algo. Pero ¿qué?

—Cuatro casos sin resolver. Todos asesinatos.

—Supongo que ahora podríamos añadir un quinto, si incluimos el suicidio de Martin.

—Pero ¿por qué? ¿Qué relación tienen?

—Bueno, hay una obvia. Su compañero y él llevaron los cuatro casos.

Vacilación. Silencio.

—¿No te pareció que O'Hara intentaba recordar algo con todas sus fuerzas?

—Sí, pero... —respondió Marta—. Tú lo has dicho: intentaba. Lo de conseguirlo ya era otra cosa.

—Quizás a O'Hara le quede todavía una chispa de cerebro.

—Ya. Y quizás unos unicornios aparecerán haciendo cabriolas por la calle.

Gabe sonrió y sacudió la cabeza.

—Seguramente lo de los unicornios va a ser que no.

Otra pausa.

—¿Crees que fue un accidente que se le disparara el arma justo debajo de la barbilla? —espetó Marta finalmente.

—No. Ni de coña.

—Por teléfono, le he dicho al cuñado profesor que seguramente fue un accidente.

Marta miró por la ventanilla el paisaje rural. Altos pinos verdes flanqueaban la autopista como centinelas. La dorada superficie de un lago lejano reflejaba la luz del ocaso. Circulaban hacia el norte por la interestatal en dirección al campus universitario, dejando atrás rápidamente la ciudad. Estaban siguiendo el protocolo: una visita de seguimiento después de la llamada oficial para informar de la muerte de un pariente. Anochecía y las sombras se alargaban cruzando la carretera.

Conducía Gabe. Despacio. Con excesiva cautela, sobre todo tratándose de una autopista. Circulaban en un coche de la policía sin distintivos y les adelantaban continuamente otros coches, cuyos conductores a menudo les lanzaban la furiosa mirada de quien vuelve a casa del trabajo y tiene prisa. Ambos intentaban asimilar los acontecimientos del día.

—Fue como si hubiera estado esperando todos estos años a que fuéramos nosotros, o alguien como nosotros, con esos expedientes. Y entonces se pegaría un tiro. Si no hubiera aparecido nunca nadie... —Marta se interrumpió.

Gabe recordó el rostro del ex inspector, destruido por un único disparo.

—¿Sabes algo de por qué la gente se suicida? —preguntó Marta.

—Siempre he creído que es la fase final de un proceso. Ya sabes, las cosas no hacen más que empeorar y empeorar y se ponen cada vez más negras, y finalmente uno decide que es imposible seguir adelante. Y entonces ¡bang!, o salta al vacío, o simplemente se traga un puñado de pastillas.

—Ya, eso mismo creo yo —dijo Marta—. Pero Martin, bueno, no parecía encajar en ese perfil, ¿no?

—No. Quizá se preguntó si dirían lo mismo de él, si elegía ese camino para resolver sus problemas.

Siguieron circulando en silencio antes de que ella añadiera:

—¿Qué demonios vamos a decirle exactamente al profesor?

Él los estaba esperando en la escalinata del edificio de Biología y Química, en el extremo más alejado de un patio interior con senderos que conducían a las diversas facultades de ciencias. Gabe lo divisó casi al mismo tiempo que entraban en la zona, a pesar de hallarse rodeados por los diluidos contornos de la noche. Los negros senderos de macadán que atravesaban en diagonal los verdes jardines no estaban atestados de alumnos. Tan solo se veía algún que otro estudiante con la cabeza gacha y la mochila colgando del hombro, dirigiéndose presurosos hacia algo que quizá tendría algo que ver con su futuro, aunque era más probable que se tratara de una porción de pizza. Los dos llamaban la atención, Gabe con su traje arrugado y su corbata, Marta con su aire de mujer profesional; juntos se notaba a la legua que eran polis, al menos para los estudiantes que no estaban lo bastante absortos como para reparar en ellos, así que se ganaron unas cuantas miradas. Las luces que salían de aulas y laboratorios se abrían paso tenuemente en la creciente oscuridad. Al contrario que su lento avance por la autopista, ahora caminaron enérgicamente, hombro con hombro, acompasando el paso con precisión militar. Observaron que el profesor los había visto, los saludaba con la mano... y luego, con un único y fluido movimiento que les hizo preguntarse si realmente les había saludado o no, encendió un cigarrillo. La punta resplandeció y la primera bocanada de humo se perdió en el cielo del anochecer, gris sobre gris.

—¿Profesor Felix Gibson? —preguntó Gabe con tono formal.

El profesor sonrió, extendió ambas manos a los lados, como invitando a los inspectores a examinarlo detenidamente.

—¿No tengo pinta de profesor? —preguntó.

Apretones de manos. Presentaciones. A Marta le pareció que el profesor tenía un aspecto poco corriente, un poco encorvado pero con un físico que ocultaba unos fuertes músculos, dedos largos que sin duda escondían una fuerza considerable, cabello color arena que raleaba en la coronilla pero caía sobre el cuello de su camisa, gafas de montura negra casi sobre la punta de la nariz, en un punto en el que no podían servir de mucho. Llevaba una bata blanca de laboratorio con una mancha en el pecho, sin duda de un bolígrafo roto, tejanos deslucidos y deportivas caras. Podía tener cualquier edad entre los cuarenta y los sesenta años.

—Estamos aquí por su cuñado —explicó Gabe—. Como creo que le ha mencionado mi compañera al teléfono, ha habido un incidente.

Gibson meneó la cabeza.

—¿Incidente? ¿En serio? ¿Así es como quieren llamarlo? —Exhaló el aire lentamente—. No pasa nada, inspectores. Nunca he sido una persona que rehúya la realidad, por dura que sea. —Se tocó la bata—. Va con el trabajo.

Gabe asintió.

—Aún no estamos seguros sobre lo que le ocurrió al inspector Martin. Podría haber sido un accidente.

—Bueno —repuso el profesor—. ¿Accidente o deliberado? Es una pregunta difícil de responder.

Arrojó el cigarrillo a medias al pie de un pequeño letrero que rezaba: EL CAMPUS ES UN ENTORNO LIBRE DE HUMOS.

—Hay un montón de reglas estúpidas por aquí —dijo—. Unas caladas diarias. Eso es lo que me permito. No es exactamente como fumar. Ni exactamente como no fumar.

El profesor los condujo por pasillos en los que resonaba el eco de sus pasos. Aulas y laboratorios a ambos lados, tablones de anuncios llenos de la mezcla habitual: entrevistas de trabajo para empresas, próximos conciertos, conferencias, espectáculos artísticos y cambios de clase. La débil iluminación de las luces del techo, que se habían atenuado —como concesión de la universidad al ahorro energético, supuso Gabe—, hacía que los pasillos parecieran subterráneos.

Al cabo llegaron al pasillo donde se encontraban los despachos del profesorado. Se detuvieron junto a uno que exhibía el letrero PROF. GIBSON – QUÍMICA en el cristal de la puerta. El cristal era ahumado para que no se viera el interior desde fuera.

El profesor abrió la puerta con su llave y les hizo pasar. Señaló dos sillas de madera colocadas frente a una gran mesa de roble. Marta tuvo la impresión de que Gibson las había colocado así en previsión de su visita. Una pared del despacho estaba ocupada por una pizarra blanca llena de ecuaciones, fórmulas y crípticas anotaciones. En la otra había una estantería atestada de papeles, libros y chucherías. Detrás de la mesa, colocado de forma que quedara justo por encima de los hombros del profesor, había una gran fotografía de Albert Einstein con expresión contemplativa. También había una foto enmarcada del profesor arrodillado junto a un arroyo con botas de pescador, sombrero de ala ancha y estilo *cowboy*, sujetando una caña de pescar con una mano y con la otra una red con una enorme trucha que aún se debatía. Al lado de esa foto había un póster con una instrucción manuscrita en rojo: «No me pidas ayuda para algo que ya deberías saber. Resuélvelo tú mismo.»

Gibson vio que Marta se fijaba en el póster.

—Ah, un poco intimidatorio, ¿no le parece? El problema es que muchos estudiantes ya saben las respuestas a sus preguntas, pero les dan miedo —dijo con una tímida sonrisa—. Buena parte de mi trabajo consiste en alentarlos, en empujarlos incluso a creer en su propia intuición. No se puede ser científico sin confiar en uno mismo. Es malgastar el tiempo. Y la mitad de la batalla consiste en comprender que avanzar en tus conocimientos depende de ti. —Señaló el póster—. De ahí el aviso. Evita un montón de conversaciones estúpidas e inútiles.

Marta se preguntó si Gabe y ella entraban en la misma categoría que los estudiantes inseguros.

Gabe señaló la foto con el pez.

—¿Un pasatiempo?

—Sí. Suelo tomarme dos semanas al año. Eso es el río Big Hole en Montana.

El profesor cogió de la mesa una bola negra de plástico para ejercitar la mano, y empezó a apretarla como si tuviera un tic nervioso.

—Entonces... —empezó, y vaciló un momento—. Joe era... —Sacudió la cabeza—. Siempre admiré su duro carácter. —Se reclinó en su asiento—. Era una de sus mejores cualidades. Un tipo sólido como una roca. Siempre.

Gabe lo interrumpió.

—Hay indicios en varias direcciones con respecto a su muerte —dijo diplomáticamente—. Esperábamos que pudiera usted arrojar alguna luz sobre su estado mental.

Gibson negó con la cabeza.

—Me encantaría, pero hacía años que mi cuñado y yo no nos veíamos. Era el hermano de mi ex mujer y, después de que ella y yo nos separáramos, naturalmente Joe y yo nos distanciamos. Él dejó su carrera, se jubiló y mantuvo una vida muy retirada. Cuando murió su mujer, intenté ponerme en contacto con él, le llamé un par de veces, ya saben, para invitarle a ver la Super Bowl y cosas así, pero nunca me respondió. No sé si tenía una depresión clínica o no, pero no era la clase de persona que habría buscado ayuda profesional aunque la necesitara.

—Entonces usted...

El profesor le interrumpió antes de que Gabe pudiera formular la pregunta.

—El problema, inspectores, como podrán deducir fácilmente, es que mi cuñado y yo teníamos muy pocas cosas en común, tanto por nuestro trabajo como por nuestros intereses. Vocaciones distintas, podríamos decir. Yo respetaba lo que él hacía. Él respetaba lo que hacía yo. Pero eso era todo.

—Hemos intentado ponernos en contacto con su ex mujer... —dijo Marta.

—Eso podría resultar difícil. Vive fuera, en el campo, en una antigua finca agrícola. Vive bastante aislada últimamente. No toca un ordenador. Tampoco tiene móvil. A veces ni siquiera responde al fijo. Pero encontraré el modo de hablar con ella.

—¿Estaba muy unida a su hermano?

—Bueno, él era de los que creía que su hermana no podía equivocarse nunca. Decir que adoraba a su hermana pequeña no sería una exageración. Se llevaban muchos años y él se mostraba muy protector. Ella nació por accidente. Eran de los que van a la iglesia los domingos. Ella no era más que una niña cuando él se fue a la guerra. Regresó, supo ocultar todo lo que hizo o experimentó en el frente, y se convirtió en policía. Pero incluso teniendo en cuenta todo eso, no sé si podría decirse que estaban muy unidos.

A Marta esta descripción le pareció algo tendenciosa, pero no estaba segura del porqué. Mantuvo la boca cerrada.

Él vaciló y reflexionó un momento antes de añadir:

—Tal vez Joe no llegó a recuperarse nunca de la muerte de su mujer. Cáncer de mama. Feo asunto. Prolongado. Mi ex mujer hizo todo cuanto pudo para reconfortarlo durante ese tiempo. Uno pasa por una muerte y luego un funeral y durante una temporada sigue con su vida como si tal cosa, normal, rutinaria, levantándose por la mañana para cumplir con sus obligaciones, prepara una cena solitaria, ve la televisión por la noche, se acuesta. Al día siguiente lo repite. La vida se convierte en un anuncio de champú: enjabonar, aclarar, repetir. Pero por dentro, el dolor no hace más que crecer y crecer. Te va arrancando pedazos de ti lentamente y sin pausa.

Gabe pensó: «Esa podría ser mi vida.»

El profesor hizo una pausa. Se meció en su silla.

—¿No han encontrado ninguna nota junto al cuerpo de Joe?

—No —respondió Marta.

Gibson suspiró.

—Ojalá lo hubiera conocido mejor —dijo.

Marta pensó que parecía tener las ideas muy claras sobre su cuñado. No obstante, insistió.

—Vivía bastante cerca...

—Pero eso no significaba nada —dijo el profesor, volviéndose hacia ella—. Él no comprendía lo que yo hago.

—¿Y cuál es exactamente su campo? —preguntó Gabe.

Gibson sonrió.

—Intenté explicárselo a Joe en más de una ocasión, hace muchos años. Es muy difícil de asimilar para un lego; estoy especializado en el agua. Eso significa que me he convertido en un experto en venenos. Me gusta el arsénico en especial.

—¿Perdón?

—Los venenos que inevitablemente acaban en el suministro del agua potable. El arsénico es uno de los peores. Por culpa de vertidos agrícolas, sondeos de gas y petróleo, ese tipo de cosas. Las industrias inevitablemente contaminan el agua. Y la gente necesita agua limpia. ¿Comprenden el conflicto?

Hablar sobre su campo de investigación pareció encender al profesor. Se inclinó hacia delante, casi con actitud de conspirador.

—El agua supone muchos riesgos. Demasiado de esto o aquello y lo que es esencial para la vida se convierte en tóxico y nos mata. Fascinante. Algo bueno se convierte en algo malo. Como científico, lo que examino es el equilibrio. Hay una fina línea entre el sustento y la muerte. La existencia, para nosotros los químicos, se reduce a una fórmula.

Guardaron silencio unos instantes.

—Entonces —dijo Gabe despacio—, ¿no tiene la menor idea de por qué querría pegarse un tiro su cuñado?

—Creo que ya he respondido a esa pregunta. Lo siento.

Gabe se sintió casi intimidado. Si había alguna respuesta a la muerte de Joe Martin, al parecer se encontraba en otro lugar.

—Bueno, gracias por atendernos.

—¿Podrían hacerme llegar los informes policiales y el informe del caso? —pidió Gibson—. Cuando estén disponibles, por supuesto. ¿Se requiere que haga algo personalmente, como identificar el cuerpo o preparar el funeral?

—No. No tiene que identificarlo. Eso ya se ha hecho. Como parientes más cercanos, el funeral y el servicio religioso, si lo hay, corren a cargo de usted y de su ex mujer. Le daré el nombre de la persona del departamento que ayuda con esas cosas cuando muere un ex policía.

Gibson apartó la vista un momento. Tanto Gabe como Marta observaron sus reacciones.

—Y por supuesto le enviaremos toda la información que vayamos obteniendo —dijo Gabe.

—No creo que vayan a encontrar nada nuevo —dijo Gibson—. Se lo digo como científico. Seguramente lo que fuera que Joe pensara o sintiera, decidió llevárselo consigo a la tumba.

Marta percibía que se acercaba el fin de la conversación, pero quería hacer unas preguntas más. Metió la mano en su cartera y sacó los cuatro expedientes de homicidios.

—Profesor, voy a leerle cuatro nombres. Le pondré en antecedentes sobre cuatro casos. Por favor, dígame si le resultan familiares.

—¿De qué se trata?

—De cuatro homicidios en los que trabajó su cuñado antes de jubilarse.

Gibson se encogió de hombros.

—Dudo mucho que pueda ayudarles —dijo—. Eso fue hace mucho tiempo.

Escuchó mientras Marta le leía los nombres, las fechas y los detalles relevantes de cada caso. Cuando terminó, miró al profesor.

Gibson se inclinó hacia delante, casi con entusiasmo.

—¿Un cadáver en el bosque? Interesante. La descomposición depende en gran medida del tiempo. De la época del año. El calor. La lluvia. ¿El cadáver estaba a la sombra o al sol? Es muy distinto. —Exhaló una bocanada de aire despacio—. Pero no, no, no y no. Nunca había oído hablar de estos casos.

Y se puso en pie, señalando el final de la entrevista.

—Ojalá pudiera serles de más ayuda —se excusó.

Marta se levantó lentamente, imitando a Gabe.

Se dirigieron a la puerta del despacho. A su espalda, el profesor Gibson recogía papeles y los metía en una gastada cartera de piel; el final de la rutina diaria de trabajo.

Marta se detuvo en el umbral y giró el cuerpo levemente.

—Una última pregunta, profesor, si no es mucha molestia.

Gibson alzó la vista, casi sorprendido.

—Por supuesto —dijo, aunque Marta dudó de que lo dijera sinceramente.

—¿El nombre de Tessa significa algo para usted?

El profesor vaciló. Pareció ponerse rígido.

—Sí —respondió.

Un momento de tenso silencio.

—Era el apodo de mi hija —dijo.

Marta abrió la boca para seguir preguntando, pero el profesor añadió:

—Murió.

Marta vio que Gibson se mordía el labio inferior, agachaba la cabeza y seguía recogiendo papeles de su mesa.

9

Veinte años atrás, los titulares de los periódicos la llamaban «la perdida Tessa».

Meses antes de que se cometieran los cuatro homicidios en los que se habían concentrado Gabe y Marta, en una oscura noche otoñal, la joven de trece años Theresa Gibson había desaparecido cuando volvía a casa desde la casa cercana de una amiga. Un observador agente que recorrió lentamente la ruta entre las dos casas en su coche patrulla divisó una mochila abandonada, arrojada entre unos arbustos junto a la carretera. La madre, histérica, identificó la mochila rosa adornada con vistosas calcomanías de flores. Una prueba posterior confirmó que la sangre hallada en las correas y solapas de la mochila pertenecía a Tessa. El hallazgo de la mochila aquella noche desencadenó una búsqueda a gran escala. Se enviaron equipos de policías y bomberos a rastrear los jardines y las densas zonas boscosas que separaban la casa de Tessa de la de su amiga. En el barrio se oían voces que gritaban «¡Tessa!» inútilmente hasta bien entrada la mañana.

Hubo inspectores yendo de puerta a puerta intentando encontrar a algún testigo de la desaparición, sin suerte. Se organizaron nuevas búsquedas en los días posteriores. *Boy scouts*, estudiantes de instituto y de universidad, voluntarios adultos y un equipo de sabuesos llegado especialmente de Carolina del Norte, todos recorrieron los campos y márgenes del río en busca de cualquier señal de Tessa: una prenda de ropa, un zapato perdido, una chaqueta abandonada. Nada. La Guardia Nacional envió un par de helicópteros equipados con tecnología de infrarrojos con la que decían poder detectar minúsculas huellas térmicas, incluso cadáveres en descomposición. El zumbido de sus palas cortando el cielo llenó el aire durante varios días. Submarinistas de la policía realizaron sondeos en un estanque cercano. El profesor y su esposa publicaron anuncios en periódicos y pegaron cientos de carteles en postes de teléfono, robles y tablones de anuncios comunitarios, con una fotografía a color de la rubia y sonriente Tessa con su gatito tricolor. Hicieron lo mismo en una página de internet. Ofrecieron una recompensa de diez mil dólares en metálico, «sin hacer preguntas», por cualquier información que condujera hasta ella. Hablaron con el FBI, el departamento de personas desaparecidas de la Policía Estatal, incluso llegaron a contratar a una vidente llamada Madame Misteriosa, que intentó adivinar el paradero de la niña en una especie de sesión espiritista con las imprescindibles velas y la tabla ouija y mucho poner los ojos en blanco.

Nada dio resultado.

Tessa había desaparecido.

Al cabo de una semana, los truculentos artículos sensacionalistas de los periódicos y las noticias de la televisión local quedaron relegados a las páginas interiores y a una breve mención tras el parte meteorológico. Al cabo de un mes, no se mencionaba ya a Tessa en las columnas de noticias. Tras seis meses, el periódico local publicó una breve entrevista al jefe de Policía recién nombrado, que expresó la decepción del departamento por no haber logrado ninguna pista destacable sobre la desaparición. Calificó el caso de misterio y expresó de nuevo la esperanza de que apareciera algún testigo en alguna parte.

Algún día.

Nunca se presentó nadie.

Dos años después del último paseo de Tessa en la noche, su caso se citó en un *reality show* de la televisión cuando se centraron en una serie de ominosos secuestros y desapariciones de chicas adolescentes en los estados del noreste durante aquel período de tiempo. Dieron a entender que todos los casos tenían algún vínculo entre sí. No usaron el término «asesino en serie», pero ese era el miedo que el programa pretendía suscitar. Estaba claro que los productores querían propagar la inquietud y el pánico entre los plácidos residentes de clase alta de los barrios residenciales, del mismo modo que era evidente su deseo de poner nerviosos a sus espectadores haciéndoles creer que había una especie de depredador anónimo, deforme y demoníaco, acechando entre las sombras de los mejores barrios, dispuesto a asaltar a sus hijos. Era bueno para aumentar la audiencia. Era bueno para lograr más dinero de los anunciantes.

Pero Gabe y Marta sabían que nada de eso era cierto.

De haber existido un asesino en serie en su jurisdicción, se habría creado un comando especial dentro del departamento. Habrían recurrido a criminólogos del FBI, de la Unidad de Ciencias de la Conducta de Quantico, se habría aumentado el presupuesto para asignar inspectores que examinarían casos similares en lugares distintos, y se habrían llevado a cabo pruebas forenses con carácter urgente.

No hubo nada de eso.

—Maldita sea, ojalá me acordara de algo —exclamó Gabe, exasperado. Pero solo recordaba que era joven, que había ingresado en el Cuerpo tras la desaparición de Tessa, y que aún estaba muy verde. Después de haber sido destinado a un coche patrulla, se pasaba la mayor parte del tiempo maquinando el modo de abandonar la calle y trabajar tras una mesa, donde no correría peligro.

Eso sí, encontraron el expediente de la desaparición de Theresa Gibson, de cinco centímetros de grosor, y lo revisaron de cabo a rabo, esperando hallar alguna conexión con los cuatro asesinatos sin resolver que se habían producido meses más tarde, pero no saltó nada a la vista.

—Coño —dijo Marta, deleitándose con la palabrota. En casa, con una niña de siete años, su lenguaje era siempre inmaculado. En el ambiente viciado de la Mazmorra, soltaba alegremente todos los improperios imaginables a la menor provocación.

Gabe miró el expediente. Informes interminables que culminaban sin ningún resultado concreto. Detalles exhaustivos sobre los rastreos realizados, repetidas entrevistas a familiares y amigos, pistas, incluso las más endebles, que se siguieron durante los primeros días después de la desaparición. Luego, al hacerse cada vez más evidente que ni la suerte ni las pruebas iban a estar de su lado, lo que Gabe reconoció como una verdad fundamental del trabajo de la policía, la documentación disminuía y se volvía más superficial.

«Se hizo esto. Se hizo lo otro. No se halló nada. Mala suerte. Pasemos a otra cosa.»

Tessa había desaparecido.

Y eso era todo.

Marta se había mostrado convencida de que descubrirían que aquellos dos inspectores, O'Hara y Martin, habían llevado el caso, pero incluso eso había resultado falso. Los habían metido en la investigación, como a todos los polis de la Brigada de Investigación Criminal, para encargarse de algunos aspectos menores, y para ayudar a la policía, desbordada y mal equipada, de la exclusiva ciudad universitaria en la que había desaparecido la niña, pero el expediente reflejaba que su contribución en el caso de la desaparición de Theresa Gibson había sido mínima.

—Entonces, ¿quién lo llevó? —preguntó Gabe.

—Dos inspectores. Dos tipos jóvenes. Al menos, entonces eran jóvenes. Uno dejó el cuerpo para convertirse en abogado de demandas por lesiones, y la palmó en un accidente de coche hace un par de años. Porsche, vodka, medianoche, lluvia helada, árbol grande. Una mala combinación de elementos. Ya conoces al otro tipo.

—¿Ah, sí?

—Ahora es el director de Recursos Humanos.

«El cabrón que va a despedirme —pensó Gabe—. Genial.»

—Supongo que deberíamos hablar con él. A ver si recuerda algo que no esté en el expediente.

—Sí —dijo Marta—. Pero desde luego no le va a hacer gracia si se da cuenta de que estamos revisando el caso. A nadie le gusta que cuestionen su trabajo. —Meneó la cabeza levemente, como si pudiera tamizar sus pensamientos igual que la harina. Luego añadió un único comentario—: Es muy extraño que Joe

Martin nos mintiera sobre lo de conocer a alguien que se llamara Tessa antes de volarse la tapa de los sesos.

«Mentiras como esa son moneda corriente en una investigación», pensó.

Su oficina era mucho más agradable que la de ellos. Se disfrutaba de una amplia vista del río a lo lejos y de los campos que se extendían más allá. La luz del atardecer se reflejaba en la superficie del agua e iluminaba las verdes colinas a trozos.

—Por supuesto que recuerdo a Theresa Gibson —dijo el director de Recursos Humanos con un resoplido, como si fuera una pregunta estúpida. Estaba sentado tras su mesa de caoba, pero al oír el nombre de la adolescente desaparecida se puso en pie, se acercó a la ventana y bajó la persiana, lo que tapó la vista y llenó de sombras la estancia—. Ese caso estuvo a punto de acabar conmigo, de manera literal, figurada, profesional, emocional y física, desde todos los puntos de vista.

RH —Gabe no tenía ánimos para asignar un nombre al director de Recursos Humanos, sabiendo que pretendía que lo echaran, así que pensaba en él con esas iniciales— sacudió la cabeza.

—Al principio trabajamos veinticuatro horas al día. Debí de pasar hasta treinta y seis horas sin dormir. Pedimos ayuda a todo el mundo menos a las Fuerzas Armadas, y no logramos nada. Fue como si la hubieran abducido y llevado al espacio exterior. En un momento dado estaba ahí y al siguiente ya no. Nadie vio absolutamente nada. —Meneó la cabeza como si el recuerdo fuera espinoso e irritante—. Y por supuesto, se nos presentaba a cada momento cualquier pirado con una versión de «lo que debía de haber ocurrido». Investigar toda esa mierda fue un trabajo de cojones.

Marta lo escuchaba atentamente. Se tomó un momento para evaluar al jefe de Recursos Humanos igual que haría con un traficante que intentara salir con bien de una redada parloteando sin parar. Lenguaje oral y corporal. Gestos, expresiones. Todos los detalles que pudiera incluir en un archivo personal. Con un traficante era sencillo: «¿Miente? Bueno, ¿se mueven sus labios y le salen palabras de la boca? ¿Sí?, pues entonces miente.» Pero

RH no era tan fácil de interpretar: su aspecto era anodino; de alrededor de uno ochenta de estatura y pelo castaño muy corto, delgado, salvo por una barriga creciente, lo que sugería que no iba al gimnasio. Marta se fijó en que ya no llevaba pistola en el cinturón. Parecía la clase de persona a la que uno puede encontrarse diez veces y no recordar siquiera haberle estrechado la mano una vez. Pero nada de eso implicaba que no fuera inteligente. Jamás habría logrado su puesto actual si no hubiera sabido cómo hacerse amigo de las personas adecuadas y cómo jugar al juego de la burocracia.

RH se encogió de hombros.

—Un caso horrible desde el principio. Fue uno de los primeros que llevé en la Brigada de Investigación Criminal, y supe que iba a ir mal desde la primera noche. No dije nada, por supuesto. Pero ya conocen esa sensación. Se apodera de ti y ya no hay forma de despegarse de ella. Sabes que no hay nada que hacer.

Se encogió de hombros por segunda vez.

—Pensé que me jodería la carrera completamente. A ver, nos hicimos cargo del caso nosotros porque ese sitio no tenía a nadie con experiencia en investigación, y se suponía que éramos los tipos listos de la ciudad. El caso nos jodió pero bien, en especial a mí. Ya saben: «Ahí va el tipo que no consiguió encontrar a Tessa.» Esa clase de etiqueta no se desprende fácilmente en un departamento como el nuestro.

Marta asintió. Pensaba: «Desaparece una niña, y ¿lo que más te preocupa es que joderá tus aspiraciones?»

—Un asesino en serie —empezó Gabe.

—Eso es lo que siempre pensé. Pero bueno, ¿quién coño lo sabe en realidad? Investigamos esa posibilidad y no encontramos nada. A menos que alguien, en algún sitio, diga algo concreto, o que surja un patrón distintivo, no son más que especulaciones. Ese es el problema con los secuestros y asesinatos al azar. No hay nada real para poder investigar.

—¿Fuga voluntaria? —sugirió Gabe.

—No había indicios de eso. Familia estable. No se sacó dinero de ningún cajero. No hubo una segunda mochila con ropa. Ninguna anotación en su diario. Nada de nada.

RH miró al techo mientras evocaba los diversos aspectos de la investigación.

—E investigamos prácticamente todos los delitos sexuales cometidos en un millón de kilómetros alrededor de la casa de Tessa. Hicimos redadas de violadores, exhibicionistas y *voyeurs*. No creo que hubiera ni un solo inspector en la brigada que no trajera a algún pervertido sexual y lo interrogara sobre Tessa, en vano. Todo el mundo tenía coartada.

»¿Y dónde nos dejaba eso? ¿Un novio? No; era demasiado joven. También pensamos que quizá simplemente se había perdido, que se había caído al río y se la había llevado la corriente. Es decir, intentamos cubrir todos los ángulos posibles, y luego esperamos a ver si había suerte. Y después, al ver que no... —suspiró—. Bueno, pues simplemente lo dejamos correr. —Se aclaró la garganta—. Era como un muro de ladrillos. No tenía sentido seguir dándose de cabeza contra él.

RH hizo una pausa como recopilando recuerdos.

—¿Por qué les interesa ese caso? —preguntó luego.

Marta se apresuró a contestar mezclando detalles con libertad.

—Bueno, es un poco raro en realidad. No creo que sea gran cosa. Pero estábamos visitando al inspector O'Hara, por unas preguntas de rutina sobre un par de sus antiguos casos, como nos pidió hacer el jefe. Una pérdida de tiempo, como se puede imaginar. Pero el caso es que el viejo poli me confundió con Tessa, o al menos eso pareció.

—¿O'Hara le dijo eso?

—Sí. Me asustó un poco. Y luego, cuando su antiguo compañero se pegó un tiro...

—Sí, el jefe me ha llamado para decírmelo. Se registrará oficialmente como accidente; quizás ayude en caso de que haya algún seguro. Un feo asunto.

—Y cuando fuimos a ver al cuñado de Martin para comunicarle la noticia en persona, ya sabe, según el procedimiento habitual... descubrimos que era el padre de Tessa. Una extraña coincidencia. Así que hemos venido a verle a usted, porque no queremos decir nada que pueda angustiar al profesor, si tenemos que hacer un seguimiento.

—Por supuesto. Es comprensible. —Hizo una pausa—. ¿Cuáles eran esos casos sin resolver?

—Cuatro homicidios sin conexión del año posterior a la desaparición de Tessa —respondió Marta.

—¿Cuatro homicidios sin resolver? ¿En el mismo año? Hablamos de 1997, ¿no? —Respiró hondo y meneó la cabeza—. ¿Tienen alguna pista o algún nuevo indicio?

—Pues en realidad no...

—Bueno, ¿y qué les llevó a investigar esos cuatro casos precisamente?

—Simplemente su reputación, ya sabe —explicó Gabe—. Martin y O'Hara no solían dejar casos pendientes. Así que pensamos...

—... hacer unas cuantas preguntas, ver si podían encaminarnos en alguna dirección... —terció Marta.

—¿Y?

—No hubo suerte —reconoció ella.

RH la miró fijamente unos instantes.

—Una pena —dijo—. Tienen un duro trabajo por delante. Si puedo ayudarles en algo, háganmelo saber.

—Gracias por todo —repuso Gabe—. Creo que ya hemos terminado.

—Claro —convino Marta—. Gracias.

Vaciló antes de formular otra pregunta. Ese era su estilo: decir que se iba y luego preguntar algo más cuando la persona menos se lo esperaba.

—O'Hara y Martin... no estuvieron involucrados en la investigación sobre Tessa, ¿no?

—¿Han sacado el expediente?

—Solo para organizarnos mejor —explicó Gabe.

RH sonrió; una media sonrisa que no expresaba la menor diversión.

—No. No hicieron gran cosa. Casi nada. Y teniendo en cuenta el vínculo familiar, en realidad no se les habría permitido trabajar oficialmente en la investigación.

Gabe asintió.

—Pero querrían, bueno, no sé, supervisar la búsqueda la

primera noche. Era algo razonable. Y luego, ya sabe, el seguimiento, cuando se intentaba averiguar qué había ocurrido.

RH volvió a vacilar, como haciendo cálculos mentalmente.

—De manera informal, por supuesto. Como todo el mundo, sobre todo los más jóvenes en la brigada, yo siempre les pedía consejo a ellos. Quizá fue así como se le metió el nombre en la cabeza. El alzheimer, ya se sabe, es terrible lo que puede hacer con tu mente.

—Desde luego —dijo Gabe.

—Esa noche... fue una locura.

—¿Qué quiere decir? —quiso saber Marta.

—La madre estaba fuera de sí y el padre furioso —respondió RH con una sonrisa melancólica que tal vez fuera sincera—. Joder, han pasado veinte años y aún recuerdo a aquel cabronazo. Veía series como *Ley y orden* y se creía que lo sabía todo sobre el trabajo policial. De no haber sido el padre de la víctima y cuñado de Joe Martin, alguien habría acabado dándole un puñetazo. Hicimos cuanto pudimos por sacárnoslo de encima.

—¿Y qué hay de la madre? —preguntó Marta.

—Que yo recuerde, aunque no puedo jurarlo, permanecía muy callada, sollozando en un rincón de la habitación con un sacerdote, mientras su marido intentaba hacerse cargo de todo, cuando no le correspondía hacerse cargo de nada. Oí decir que se separaron poco después. Es natural, supongo, que se separaran, quiero decir. La angustia de perder a tu única hija de repente. El misterio. La incertidumbre. Culpándose a uno mismo. Eso acaba con cualquier matrimonio.

Gabe tomó aire. De repente le vino un recuerdo propio a la memoria: «Empecé a temblar otra vez cuando me llevaron hasta la orilla, y ya no era de frío. El hermano gemelo de ella había muerto, pero ella no lloró. Tampoco me abrazó. Al principio ni siquiera quería tocarme. Aunque no hubo misterio.»

10

La nota del jefe era breve y directa: «Vengan a verme inmediatamente.»

Cuando Gabe y Marta llegaron a la Mazmorra a la mañana siguiente, el mensaje los estaba esperando en la pantalla de ambos ordenadores.

Gabe echó un vistazo a su reloj.

—Inmediatamente significa inmediatamente —dijo—. Nada de café ni de cháchara, simplemente hay que presentarse ahora mismo en su despacho. ¿Llevas tú los cuatro expedientes?

Marta vaciló.

—No creo que tengamos elección —dijo él en respuesta a la negativa tácita—. Son los únicos casos en que estamos trabajando activamente, y utilizo el término activo muy libremente.

—Vale —dijo Marta. Y señaló el expediente de Tessa—. Pero dejemos este aquí.

Gabe reflexionó un momento.

—No vamos a trabajar en él en realidad, ¿verdad?

—Todavía no —respondió ella—. ¿Qué vamos a decirle sobre los otros?

—Bueno, no podemos decirle que tenemos nuevas pistas o nuevas pruebas. Digamos simplemente que da la impresión de que merece la pena investigar un poco estos casos, y que, si bien dudamos de que surja algo nuevo, serían un buen material para los periódicos. Ya sabes: «La policía remueve viejas piedras en busca de nuevas respuestas.» Ahí tienes el titular. Creo que puedo venderle esa historia.

Marta admiró la experiencia burocrática de Gabe, que casi compensaba el aspecto desaliñado que presentaba por la mañana. No quería imaginarse lo que habría hecho la noche anterior.

—De acuerdo —dijo—. Pero hablas tú. —Alargó una mano hacia su mesa, abrió el cajón y sacó un paquete de pastillas de menta. Se las entregó a Gabe—. Toma. Mejor tómate dos.

«A veces entras en una habitación y parece que la temperatura esté bajo cero. O por encima de cien. O ambas cosas.»

Gabe vio toda la gama del frío al calor en el rostro del jefe.

—¡Maldita sea! —exclamó el jefe cuando se sentaron frente a él—. El propósito de que se pusieran a investigar esos viejos casos sin resolver era que encontraran algo para pasárselo a la Brigada de Investigación Criminal. Y, en cambio, me encuentro con el suicidio de uno de los mejores inspectores que ha tenido este departamento. ¡Maldita sea! —repitió, alzando la voz.

Cada palabra que pronunciaba era como un puñetazo en la mesa. Como tantos otros funcionarios, había perfeccionado el arte de intimidar a los subordinados.

«Así era como se suponía que acabaría yo —pensó Gabe—. Siendo un expeditivo y duro burócrata. Pero no fue así.»

—No me puedo creer que lo primero que examinan los dos se convierta en un maldito funeral —dijo el jefe.

Tanto Gabe como Marta sabían muy bien que debían mantener la boca cerrada.

—¿Creen que me gusta ponerme el traje negro?

«Bueno, el único funeral al que se le exige asistir en realidad es al suyo propio», pensó Gabe. Era lo bastante listo para guardarse la ingeniosa réplica para sí.

—Bueno, veamos, ¿qué demonios les llevó a casa de Joe Martin?

Gabe se revolvió en el asiento. Estuvo a punto de mirar a Marta para ver si quería responder ella, pero se dio cuenta de que aquella clase de toma y daca le correspondía a él.

—Cuatro homicidios sin conexión en 1997 —contestó.

—¿Y qué coño tienen de especial esos casos?

—Era inusual que Martin y O'Hara dejaran casos sin resolver...

—¿En serio? —Sarcasmo del jefe.

—Así que pensamos en comprobar si no se les había ocurrido algo, ya sabe, después de pasado el tiempo quizá...

—¿Quizá? ¿Eso es lo mejor que pueden ofrecerme?

—Bueno, no era tan raro suponer que podían recordar alguna cosa con la que seguir investigando. —Gabe intentó que sus palabras parecieran razonables. Sabía que sonaba todo muy endeble.

El jefe meneó la cabeza.

—Déjenme ver esos casos que están revisando.

Gabe empujó los expedientes hacia él.

El jefe se apoderó de uno tras otro, los abrió por el informe y leyó rápidamente. Uno tras otro. Las hojas volaban bajo su mirada.

Marta lo observaba. Una idea se adueñó de ella: «Sabe exactamente lo que hemos estado investigando.»

El jefe movió la cabeza.

—No sacarán nada en claro —dijo—. Recuerdo estos casos vagamente. Entonces yo era jefe de la Brigada de Investigación Criminal. Fueron asesinatos al azar. Sin motivo claro, como robo, drogas o lo que fuera, que proporcionara pistas razonables.

Marta se dio cuenta de que eso era muy parecido a lo que había dicho RH sobre Tessa. O sea, nada.

El jefe soltó un bufido y arrojó los expedientes sobre la mesa.

—Casos perdidos entonces. Casos perdidos ahora. Una pérdida de tiempo.

Metió la mano en un expediente, sacó una hoja y la agitó en el aire.

—¿Sabe qué pone aquí? —Hacía una pregunta, pero estaba claro que no quería una respuesta—. Ningún sospechoso. —El jefe frunció el ceño—. ¿Y ustedes creen que han aparecido mágicamente sospechosos y pruebas que los relacione con estos homicidios después de, ¿cuántos, diecinueve, veinte años?

«No respondas a eso tampoco», pensó Gabe. No se atrevió a mirar a Marta, pero imaginó que estaría pensando lo mismo.

Un breve silencio llenó la habitación.

El jefe se echó hacia atrás. Miró al techo, como sopesando lo que iba a decir a continuación.

—Tengo una idea —dijo—. Tal vez un modo más útil de enfocar los casos sin resolver.

—Por supuesto —dijo Gabe—. Estamos abiertos a cualquier sugerencia. —Y pensó: «Muéstrate agradable. De lo contrario, los seis meses de prórroga antes de que te despidan se reducirán a seis minutos. O incluso a seis segundos.»

El jefe abrió un cajón de su mesa y rebuscó unos instantes, hasta sacar finalmente otra carpeta marrón.

—Este caso siempre me ha fastidiado —dijo. Lo empujó hacia Gabe por encima de la mesa.

Este abrió la carpeta. Lo primero que vio fue una fotografía de 20 × 25 cm a todo color de la escena de un crimen. Aparecía un cuerpo tirado en una oscura calle en plena noche. Un brazo infantil extendido asomaba por debajo. El resto del cuerpo estaba oculto. La sangre parecía mezclarse con agua de lluvia acumulada junto a un desagüe parcialmente bloqueado. A un lado, en el borde de la foto, el bolso de una mujer. En la parte superior, apenas visible, una bolsa de plástico. Con polvo blanco. Gabe dedujo que heroína sin cortar o bien cocaína pura.

—Doble homicidio —dijo el jefe—. Acribillados a balazos en una calle de la ciudad por un par de pistoleros desde un coche. Ni siquiera se molestaron en detenerse a coger la droga.

Gabe alzó la vista. Notaba al tacto por lo menos una docena, quizá más, de fotografías debajo de la que había mirado. Sabía lo que le mostrarían: más muerte y el rostro cerúleo de un niño.

—Esta es la clase de crimen que afecta a la imagen de la ciudad —añadió el jefe.

«O por decirlo de manera más cruda: le da mala publicidad», pensó Gabe, y se limitó a asentir.

Por primera vez, el jefe se volvió hacia Marta.

—Usted ya conoce el caso. Madre e hijo. Hace cuatro años. Era de noche, deberían haber estado a salvo durmiendo, pero estaban haciendo un encargo para un traficante. Ya sabe de quiénes hablo, inspectora.

—Espinosa —respondió Marta, su primera palabra durante la reunión. Y no tuvo que mirar el expediente. Rafael Espinosa: marido de una joven de veintidós años, antigua *miss* local de belleza; padre de un niño de tres años. Un hombre por cuyas manos pasaba gran parte del producto que entraba a la ciudad. Un hombre de familia, hasta que a su joven esposa y a su pequeño hijo los mataron a tiros desde un coche en un ataque que estaba destinado a matarlo a él—. Lo conozco.

—Sí, el mismo. Un auténtico cabrón.

—Está en la cárcel...

—Ya. Un par de añitos de nada por una gilipollez que conseguimos endosarle, como cruzar la calle de manera imprudente o superar la velocidad permitida en una zona de obras. ¿Por qué no revisan estos asesinatos? Pronto optará a la libertad condicional.

—Sería una historia buena para los periódicos —dijo Gabe, siguiéndole la corriente.

—Desde luego.

El jefe seguía observando a Marta.

—¿Recuerda al traficante al que persiguió hasta aquel sótano?

«Por supuesto que me acuerdo —pensó ella—. Forma parte de mis pesadillas. Lo veo todas las noches.»

—Creo que trabajaba para el señor Espinosa —añadió el jefe—. Quizá podríamos obtener nuestra pequeña venganza.

Aquello no era totalmente exacto, pero Marta no pensaba corregirlo en ese momento.

—¿Saben?, aunque fuera otro quien apretó el gatillo, Espinosa también era culpable. Él fue quien los hizo salir a la calle. Ya saben, alguien le pide a un colega que lo lleve al supermercado en el coche. Y él espera fuera mientras el colega entra en la tienda... y se carga al dependiente. Bueno, joder, aunque el tipo del coche no supiera lo que iba a pasar, lo arrestaríamos igual como cómplice. Quizás incluso lo acusarían de homicidio involuntario. Adoptemos el mismo enfoque con Espinosa, porque tan seguro como que yo estoy aquí sentado, él fue el tipo que le dio a ella la droga y le dijo que la llevara a alguna parte para dársela a alguien. Y él fue quien pensó que nadie creería que una mujer con un niño de tres años de la mano, a punto de cruzar la maldita calle, en realidad estaba realizando un trabajito.

El jefe los miró. Fue una mirada realmente severa.

—Pero se equivocaba, ¿verdad? Detesto ver que se va de rositas.

El jefe apretó los labios. Tras el primer estallido, ahora hablaba con un tono neutro que apenas disimulaba su frustración. Gabe pensó que su rostro expresaba un tipo de ira distinta. Y resultaba difícil saber si la ira era contra ellos o contra un traficante ausente.

—Bien —continuó el jefe—. Demos una sacudida a ese árbol a ver qué cae. Para ustedes será un modo mucho mejor de pasar el tiempo.

Gabe tuvo la clara impresión de que el jefe había preparado aquello de antemano. Lo observó cuando empezó a marcar un número en el teléfono.

—Manténganme informado —pidió—. En todo momento.

Gabe comprendió que ahí se había acabado la reunión informativa, pero no necesariamente la ira del jefe. Lanzó una mirada a Marta y ambos se dispusieron a marchar. Ella recogió los expedientes, pero el jefe le dijo:

—No hace falta, mi secretaria puede devolverlos a la vieja sala de archivos.

—Vaya, gracias —dijo Gabe—, pero fui yo quien firmó la salida de los expedientes, así que también he de devolverlos. Los tipos del archivo son muy puntillosos con ese tipo de cosas.

«He hablado como el burócrata que era antes», pensó.

Abandonaron el despacho en silencio. Gabe sonrió a la secretaria cuando pasaron por su mesa y cerró la puerta de la oficina cuando salieron al pasillo, donde se detuvo.

Eligió dos expedientes y le entregó los otros dos a Marta. Luego le tendió también el de los asesinatos sin resolver de la esposa y el hijo del traficante.

—Creo que este va a ser para ti —dijo. Ella asintió.

Por un momento, Gabe se sintió confuso. Aquel era el momento de dejarlo correr. Cuatro asesinatos inconexos. Una adolescente perdida. No podía desprenderse de la sensación de que significaban algo importante. Pero en aquel instante, simplemente no sabía qué era. «Sota negra sobre reina roja.» Luego pensó: «Quizá deberían significar algo para mí... Gabe, no haces más que tomar decisiones equivocadas. ¿Por qué parar ahora?»

—Ve a Narcóticos, donde estabas antes —le dijo a Marta en un susurro apresurado—, y usa la fotocopiadora de allí. Yo iré a Robos y haré lo mismo. Date prisa. Pero fotocopia todas las hojas. Quiero devolver estos expedientes a los archivos en treinta minutos.

Gabe sabía que esos treinta minutos significaban jugar con fuego. Suponía que era altamente probable que el jefe llamara a los archivos antes de esos treinta minutos para hacer una pregunta en apariencia inofensiva: «¿Ha devuelto el jefe adjunto Dickinson unos expedientes antiguos? ¿Unos casos de homicidio? ¿Cuatro, concretamente?»

Claro que quizá no llamara.

Gabe no lo sabía.

Marta aceptó los dos expedientes.

—Entonces, ¿vamos a guardarnos copias de casos en los que se supone que no estamos trabajando?

Gabe sonrió.

—Supongo que forma parte de mi nuevo carácter. Hacer exactamente lo que la gente me dice que no haga. —No era algo que hubiera hecho el viejo Gabe. «Tal vez ahora sea el nuevo Gabe», pensó. No estaba seguro de cuál de las dos opciones era el *verdadero* Gabe.

Marta sentía emociones contradictorias. «Si haces lo que él te pide, estarás abriendo una puerta. Y no sabes si te espera nada bueno en la oscuridad.»

—Si alguien descubre lo que estamos haciendo... —empezó, y se detuvo. Miró a Gabe—. Esto es un error —dijo, señalando con la cabeza la oficina del jefe.

Gabe sonrió.

—Eso es lo que se me da realmente bien —replicó—. Los errores. —«Un chiste malo», pensó. La sonrisa se esfumó. Miró a Marta—. Pero si no quieres...

—Creo —respondió ella con cautela y cierto grado de concesión— que quizá podríamos hacer unas preguntas más a unas cuantas personas más. —«¿Qué estás haciendo, Marta? ¿No quieres conservar tu trabajo?» Tuvo miedo de responderse.

—¿Lo has entendido? —preguntó Gabe en voz baja, casi un susurro.

—El jefe no quiere que revisemos casos que terminaron en fracaso cuando él estaba a cargo de la brigada —respondió Marta—. No quiere que lo primero que investiguemos le haga quedar increíblemente mal.

—En efecto —dijo Gabe. Una conclusión burocrática sencilla, sensata y creíble.

11

«Rafael Espinosa —pensó Marta, mientras leía las entradas en el ordenador—. Lo conozco desde hace años. Un auténtico gilipollas. En la calle lo apodan Dos Lágrimas por los pequeños tatuajes que tiene bajo los ojos.» Por lo general esos tatuajes indicaban asesinatos, en su caso, dos. Pero Dos Lágrimas se los había hecho después de que mataran a su mujer y su hijo de tres años disparándoles desde un coche en plena noche. Sin duda los tiros iban destinados a él. No se habían encontrado testigos dispuestos a dar una descripción de los asesinos ni del coche que conducían. Tampoco las pruebas forenses habían aportado gran cosa: un par de casquillos y las balas extraídas a las víctimas. Ningún confidente había tratado de hacer un trato con un poli a cambio de dar algún nombre. Tan solo tenían un par de cadáveres en la calle, tan abandonados como un edificio vacío, formando parte de la arquitectura en descomposición de aquel mundo, y una bolsa de polvo blanco en el bolso de ella. «¿Cómo es que aceptaste hacer una entrega de droga en medio de la noche y acompañada de tu hijo? —se preguntó Marta—. Mala elección. Mal fin, y cuando tu vida apenas había empezado.»

Ahora Dos Lágrimas estaba en la cárcel cumpliendo una condena de tres a cinco años, lo que en realidad suponía un año y medio como máximo, por cargos de poca monta como posesión de armas y agresión, pero no por la media docena de cadáveres que habían aparecido en lugares aislados a lo largo de los años, acribillados a balazos, a los que solo les faltaba que hubiera puesto su firma y la palabra «venganza» encima. Marta se dijo que las bandas rivales de narcotraficantes podían ser muy imaginativas en su crueldad. No se trataba tanto de matar como del mensaje que se enviaba con una súbita muerte. Y probablemente el hecho de que Dos Lágrimas estuviera encerrado en una celda afectaría muy poco su negocio cotidiano. No hay costuras entre las calles y los bloques de celdas de la prisión.

Alzó la vista del ordenador y le pareció que la Mazmorra era más pequeña de lo habitual.

Rafael Espinosa era una pesadilla urbana. No tenía remordimientos. Era violento. Astuto. Conocía la calle.

—Esto no pinta bien —susurró.

—¿Qué has dicho? —preguntó Gabe.

—Nada.

Marta se levantó, se acercó a la ventana y miró; entre la mugre del cristal y el resplandor del mediodía, el mundo exterior aparecía desenfocado.

Se dio cuenta de que navegaba entre dos peligrosos remolinos: un narcotraficante asesino y un rígido jefe de policía que seguramente necesitaba dos cosas: que Dos Lágrimas pasara más tiempo en la cárcel y que ella se fuera del departamento donde era un recuerdo constante de un trágico error. «No fue culpa mía. Oí un ruido y disparé. No sabía que era el inspector Tompkins. Si pudiera volver atrás y cambiarlo todo lo haría. Nadie volverá a confiar en mí.» Sabía que cada vez que cruzaba las puertas del departamento, era la encarnación viviente de lo que puede salir mal inesperadamente, en un lugar donde a nadie le gusta pensar en esa posibilidad.

«Es como caminar por la cuerda floja», pensó.

—De acuerdo, ¿qué hacemos ahora? —preguntó a Gabe sin apartar la vista de la ventana, esperando que pronto las sombras del atardecer la ocultaran—. ¿Por dónde empezamos con los casos en que se supone que no debemos empezar nada? —Marta sabía que tendría que empezar a «sacudir el árbol», como había dicho el jefe. Pronto.

Gabe dio un palmetazo sobre uno de los expedientes fotocopiados. A Marta le pareció curiosamente revitalizado.

—Creo que trabajando hacia atrás. Necesitamos familiarizarnos con cada caso. Hace un bonito día. ¿Quieres dar un paseo por el bosque?

El sol se filtraba a través de la copa de los árboles y sus pies aplastaban ramitas, palos y maleza. Ninguno de los dos iba vestido adecuadamente para la excursión, solo se habían podido poner unas zapatillas deportivas, así que estaban un poco ridículos avanzando con dificultad por el sendero. Gabe sujetaba un mapa topográfico mientras se abrían paso a través de las zarzas y la vegetación. Habían empezado su andadura por un sendero bien cuidado, popular entre los excursionistas, que se adentraba zigzagueante en un bosque abierto al público, bordeando un arroyo donde había letreros de PESCAR Y SOLTAR colocados por los ecologistas locales. Tardaron casi cuarenta minutos abriéndose paso por la maleza para llegar al lugar donde se había descubierto el cadáver, marcado en el mapa de Gabe. Ambos jadeaban, cubiertos de sudor, sucios y llenos de arañazos.

—Joder —suspiró Marta, apoyándose en un árbol—. Menudo paseíto.

Se encontraban en un pequeño claro, como una hendidura en el bosque, como si la naturaleza hubiera tallado convenientemente un pequeño espacio para cometer un asesinato.

Gabe echó un vistazo alrededor. Miró las fotocopias de las fotografías del lugar de los hechos.

—No ha cambiado mucho en veinte años. —Señaló un alto roble—. El cadáver se encontró ahí. Un cazador estuvo a punto de tropezar con él. Por el olor pensó que era un animal muerto. Se dio cuenta de su error cuando vio la ropa. Tenía algo de tierra esparcida por encima. No era exactamente una tumba. —Gabe meneó la cabeza antes de continuar—. Algunas señales de actividad animal. Algunos huesos que faltaban. Marcas de mordiscos. Joder, qué asco.

—¿Lo mataron aquí? —preguntó Marta.

—Eso dice el informe.

Ella volvió la vista hacia la senda por la que habían llegado.

—Es un buen trecho para ir empujando a alguien a quien vas a matar. ¿Qué, a punta de pistola y ordenándole a cada momento que siguiera andando? La víctima tenía que saber que se dirigían aquí y que iba a morir.

—Sí. Eso parece.

—¿Cuántos juegos de huellas encontraron? —preguntó Marta.

Gabe bajó la vista y hojeó unos informes policiales.

—O'Hara escribió que el lugar quedó contaminado por las inclemencias del tiempo y porque los primeros en acudir fueron agentes forestales, que no respetaron el protocolo debido.

—¿Qué quieres decir?

—Supongo que pisotearon toda la zona en lugar de acordonarla y esperar a que llegaran los técnicos.

Marta asintió.

Gabe recorrió el claro tratando de imaginar la investigación del lugar de los hechos de hacía veinte años. «Los inspectores que se abrieron paso entre toda esa maleza, igual que Marta y yo; debieron de soltar más de una maldición. Era temporada de caza. Así que hacía frío. Se iba la luz, refrescaba, quizá llovía, había humedad. Barro.» Alzó la vista para observar la tenue luz que se colaba entre las ramas. Imaginó el eco de las voces resonando en el claro: «Examinemos el lugar rápidamente, metamos el cuerpo en una bolsa y larguémonos de aquí.»

Marta miró a derecha e izquierda moviendo despacio los ojos. Trataba de imaginar la escena: «Hombre con un arma. Empujando a la víctima para que avanzara. Alejándose de la civilización. ¿De día? ¿De noche? Tuvo que ser un momento en que pensó que nadie oiría el disparo, pero quizá con luz suficiente para encontrar el camino de vuelta sin demasiadas dificultades. ¿Bastaría con una linterna? Quizá. Pero también podría atraer la atención. El parque se abre al amanecer, se cierra al caer la noche. No querría que algún agente forestal tomara nota de una matrícula o le soltara un sermón a un asesino que salía con dificultad de entre la maleza. Así que puede que fuera temprano.»

Marta meneó la cabeza. Demasiados quizás.

—El cadáver... —empezó Gabe.

Ella se acercó y observó la fotocopia antes de dirigirse lentamente al pie del roble. Se arrodilló, como suplicando delante de un altar.

—Así —dijo—, y entonces el cuerpo se retorcería de esta manera cuando le dispararan.

Gabe miró los informes.

—Estaba boca arriba, según el forense. O sea que...

—Estaba de cara a su asesino. Vio bien el cañón del arma.

—No intentó gritar pidiendo ayuda.

—A lo mejor sí, pero no había nadie que pudiera oírle. O quizás ya sabía que iba a morir, así que, ¿para qué? Bueno, ¿y por qué tuvo que encararse con él? Quizá le daba la oportunidad de suplicar por su vida. No sé. Hubo una conversación. Tuvieron que hablar. Preguntas. Respuestas. Por favor, por favor. ¿Súplicas? Para lo que le sirvió.

Gabe se desplazó por el claro.

—Entonces, el asesino quería hablar antes de apretar el gatillo.

—Exacto.

—Me gustaría saber sobre qué. ¿Crees que le dio una paliza?

—Joder. Seguramente —opinó Marta—. En los otros tres casos, las víctimas mostraban señales de maltrato físico *pre mortem*. Es una manera suave de decirlo. Pero en este caso, la descomposición, los animales, todo eso eliminó cualquier señal evidente.

Gabe meneó la cabeza.

—Ojalá dispusiéramos de ese elemento —dijo—. Sería un nexo sobre el que podríamos trabajar.

Marta dio un manotazo a una mosca que zumbaba junto a su cara.

Gabe vaciló. Sonrió.

—Una cosa sí veo clara.

Marta agitó de nuevo la mano para ahuyentar a los insectos que volaban alrededor de su frente.

—Detesto el bosque —dijo—. Que le den a la naturaleza. ¿Qué ves?

Gabe echó otro vistazo en torno al antiguo lugar de los hechos.

—Creo que se produjo una conversación antes de que se cometiera el asesinato. Alguien quería saber algo. Alguien hacía preguntas. Así que, miremos los otros tres casos desde la misma perspectiva. Y entonces solo tendremos que averiguar qué se dijo en esas conversaciones.

Marta asintió. Pensó: «No es una mala observación para un burócrata consagrado.»

—Es más fácil decirlo que hacerlo —dijo.

—Por desgracia —convino Gabe.

Permanecieron allí un rato más, midiendo, evaluando, hasta que empezaron a notar los efectos del calor y el cansancio.

—Un lugar muy solitario para morir —observó Gabe. Hizo una pausa—. Quizá sea así cualquier lugar donde uno se muera —añadió. Se agachó y se arrancó unas espinas de los pantalones—. Alguien estaba dispuesto a tomarse muchas molestias para cometer este asesinato. A saber quién sería la víctima.

Iniciaron entonces el enmarañado camino de vuelta hasta donde habían aparcado el coche.

12

Empezaron a llamarlos «los cuatro tipos muertos» y a referirse a cada uno por su nombre y alguna característica identificativa: Charlie el del Bosque; Larry el Corredor Matutino; Mark el del Coche, y Pete el del Apartamento. Estaban atrapados entre la lógica y la sospecha. La parte racional de ambos les decía que se trataba simplemente de cuatro infortunados tipos blancos, que no tenían nada en común excepto la mala suerte en un año que había visto demasiados cadáveres esparcidos por allí. El lado más inquieto reconocía interiormente la convicción de que los dos mejores inspectores no iban a dejar que cuatro asesinatos se quedaran en el limbo de los casos sin resolver.

Esta sensación ambivalente se tradujo en lo que seguramente fue demasiado tiempo desperdiciado mirando las fotocopias de los expedientes, buscando algún punto en común. Pasaron horas aislando y reflexionando sobre cada línea de todos los informes, entrevistas, informes forenses y declaraciones de testigos, buscando una conexión que posiblemente, si tenían suerte, iluminaría su camino. Hicieron listas de familiares supervivientes, porque hablar con esas personas parecía el siguiente paso obvio. Visitaron todos los lugares de los hechos, igual que su excursión al bosque, pero ninguno de ellos hablaba de muerte súbita tan alto como el claro en el bosque. La ruta para corredores, antes solitaria, donde había muerto Larry, estaba ahora atestada de otros entusiastas de la buena forma. Hacía tiempo que el coche de Mark se había convertido en chatarra, y el aparcamiento donde pasó sus últimos momentos estaba lleno de vehículos. El apartamento de Pete se había alquilado más de una docena de veces desde que él había muerto en su interior, tan a menudo que sus ocupantes actuales ignoraban que en otro tiempo se había cometido un asesinato en la sala. A lo largo de casi dos décadas, los cuatro lugares simplemente habían recobrado su uso habitual antes de los asesinatos, de modo que en ninguno de ellos resonaba siquiera el eco de tenues recuerdos de una muerte violenta.

Y durante ese tiempo, el expediente de la desaparecida Tessa descansaba en un rincón de la mesa de Marta. Ella le lanzaba a menudo una mirada de reojo, acompañada de una punzada de desasosiego que le resultaba familiar.

Era por la mañana, pero fuera reinaba un lúgubre tono gris y las gotas de lluvia se deslizaban por la ventana de su dormitorio. Marta se había levantado para ducharse, hacer la cama y aplicarse algo de maquillaje. Eligió la ropa para la jornada con mimo: pantalones negros, camisa blanca, chaqueta azul ligera, gabardina beige y paraguas. Tenía un elegante traje negro muy indicado para un funeral, pero hacía cuatro años que no se lo ponía. De hecho, el traje permanecía metido en la bolsa de plástico de la tintorería. Ocupaba una esquina del armario, junto a su blanco vestido de boda. Ambos trajes los había llevado solo una vez. Momentos de felicidad. Momentos de tristeza. No creía que ninguno de los dos le sentara ya bien.

Su hija estaba sentada en la cama y la observaba mientras se vestía. La niña de siete años parecía estudiarla.

—Mamá tiene que ir a un funeral esta mañana —dijo Marta.

La niña asintió.

—Es como la iglesia —prosiguió Marta—. Pero se habla todo el rato de una persona que murió.

La pequeña volvió a asentir.

—¿Como papá? —preguntó.

—Sí. Un poco como papá. —Hizo una pausa—. Maria, ¿recuerdas algo del funeral de papá?

La niña sonrió.

—Recuerdo la bandera grande y las armas —dijo, y su madre tendió la mano y le acarició el pelo.

—Eso es —dijo—. La bandera y las armas.

Recordó: Guantes blancos inmaculados que cogían los bordes de la bandera y la levantaban del ataúd en un único y fluido movimiento muy ensayado. Doblaron la bandera una vez, dos, tres veces y luego más, hasta que se convirtió en un triángulo apretado y perfecto, con las estrellas blancas sobre el fondo azul, que le entregaron a ella. Recordó que le dijeron unas palabras: «Con el agradecimiento de una nación agradecida.» Recogió la bandera de manos del oficial del Cuerpo de Marines, que al instante se cuadró y saludó brevemente —¿había otra forma de hacerlo en un momento así?—, mientras el otro oficial daba la orden de disparar al pelotón de soldados que permanecían firmes. Tres salvas. Maria tenía tres años de edad y se revolvía en el regazo de su abuela, consciente de lo que veía sin comprenderlo. Los disparos la asustaron y de repente se retorció para ocultar la cara en el pecho de su madre, tapándose las orejas con las manos.

En aquel momento, Marta había pensado: «No te asustes de las armas que disparan balas de salva. Hay muchas más cosas de las que asustarse. Todos los días vacíos que tenemos por delante. Esos sí que dan miedo. Crecer sin padre. Eso da miedo. Ser viuda para siempre. Eso también asusta.»

Siguió acariciando el pelo de su hija mientras escuchaba la lluvia que arreciaba fuera del apartamento. Abundantes rizos negros que caían como una perfecta cascada sobre sus hombros en ese momento, pero que acabarían enmarañados tras un día en la escuela. Toda la inagotable energía de la niña parecía transmitirse a su cabello. Esta idea hizo sonreír a Marta.

—Crecerás y serás muy guapa —dijo.

—Como mamá.

—Más guapa que yo. Mucho más. Como una princesa de cuento de hadas.

—No recuerdo a papá. No sé dónde está Afganistán.

—Muy muy lejos.

—¿Tendré que ir yo algún día allí?

—No, cariño. Nunca.

—Allí es donde muere la gente.

—Sí. Todo el mundo no. Algunas personas.

Su hija pareció reflexionar sobre esto.

—Pero aquí estamos seguras.

—Sí.

Marta sabía que esa afirmación no era cierta. «Nuestra calle es peligrosa. El parque infantil es peligroso. Tu escuela es peligrosa. Mi trabajo es peligroso. La cafetería, la tienda de la esquina, la parada del autobús... todo es peligroso. Lo que dices, lo que haces, lo que piensas, lo que sientes... todo es peligroso. Siempre estamos en Afganistán.

»Pero tú eres joven. No deberías saber todo esto todavía.»

—Ahora tengo que irme —dijo. Le resultaba difícil hablar sin que le temblara la voz. Marido muerto. Compañero muerto. Los cuatro tipos muertos de los expedientes que había sobre su mesa. Una adolescente desaparecida, muerta. La joven esposa de un traficante y su hijo de tres años muertos. Su hija de siete años, que estaba muy viva. De alguna manera todo ello se resumía en: «Debo seguir adelante un poco más.» Este último pensamiento la asustó tanto como todo lo demás. Respiró hondo, consciente de que debía hablar con confianza y firmeza.

—¿Tengo buen aspecto?

—Tú siempre estás guapa, mamá —contestó su hija, y le dio un rápido beso en la mejilla, antes de salir de la habitación para acudir a la llamada de su abuela, que iba a acompañarla a la escuela.

—¡Maria! No te olvides del chubasquero y las botas de goma —le recordó Marta.

—Y tú no te olvides de tu arma —repuso la niña.

Poca gente asistió al funeral del inspector Joe Martin. Hileras vacías de incómodos bancos de madera oscura. Muchos crucifijos en las paredes. Una gran escultura de Jesús en la cruz sobre altos cirios blancos de luz vacilante que arrojaba reflejos entre las sombras. El rostro del Salvador parecía un poco decepcionado por la escasa concurrencia. A ambos lados de las filas de asientos, inmensas vidrieras policromadas se alzaban hacia el techo, llenas de tonos rojos, azules y dorados. Se veían apagados a causa de la lluvia. Gabe pensó que los santos que ocupaban las vidrieras parecían atrapados, congelados en determinada actividad, ya fuera luchar contra un dragón, bendecir un rebaño de feligreses arrodillados o rezar al Cielo antes del martirio, indiferentes al funeral. Gabe sospechaba que la escasa asistencia —tanto de familiares y amigos como de ángeles y santos— se debía en parte al mal tiempo y en parte a las inciertas circunstancias de la muerte del inspector jubilado. Gabe recordó que en otro tiempo la Iglesia ni siquiera habría celebrado un funeral por un suicida, aunque por suerte el «accidente» parecía haberse convertido en la explicación más razonable del suceso.

El jefe, RH y otros mandamases de la policía ocupaban una de las primeras filas. Al otro lado, un par de asistentes con bata blanca de la residencia de ancianos llevaban al inspector O'Hara y su esposa Constance a su sitio, empujando las sillas de ruedas, que chirriaban un poco. La esposa del viejo inspector no hacía más que santiguarse, y en una ocasión se inclinó hacia su marido e hizo la señal de la cruz delante de él. El profesor Felix Gibson estaba sentado en la primera fila. Miraba al suelo a menudo y manoseaba las hojas de un libro de himnos. Junto a él había una mujer alta de cabellos claros. «La ex esposa —pensó Gabe—. La hermana pequeña.» Al lado de la mujer se sentaba un hombre más bajo y rechoncho, que parecía algo incómodo. Gabe miró alrededor: unas cuantas personas, seguramente vecinos y amigos, no más de quince o veinte, esparcidos por la enorme iglesia. Gabe intentó clasificar a todos los presentes: «Funcionarios, amigos, dos parientes, y nosotros.»

Fue un servicio apresurado, sin solemnidad.

Un anciano sacerdote de rostro rubicundo leyó un pasaje de las Escrituras. A continuación soltó un confuso sermón sobre Jesús en la cruz, sacrificio y resurrección, tratando con cierta dificultad de relacionarlo con el hecho de ser un duro policía de Homicidios, curtido en la calle. Se ofreció la comunión a los asistentes, y Gabe observó al jefe, que recibió la hostia y el vino encabezando una cola de una docena de personas. Gabe no pisaba la iglesia desde el funeral de su cuñado, en el que habían abundado los poemas —«A un joven atleta muerto», de Housman, y «Un aviador irlandés prevé su muerte», de Yeats—, y un largo panegírico de su mujer pronunciado entre sollozos. Recordaba que su hijo se había sentado entre sus abuelos, lo que a él le parecía realmente mal, pero no había podido hacer nada por evitarlo.

—Cierta creencia en la resurrección y la vida eterna... —oyó decir al sacerdote, agitando las manos sobre la pequeña urna que contenía las cenizas del corpulento inspector.

«Era un tipo muy grande —pensó Gabe—. Lo normal sería que la urna también lo fuera.»

Unos minutos después, el grupo de asistentes enfiló la salida. El profesor Gibson, la ex mujer y el hombre rechoncho lo encabezaban. Marchaban con rapidez, ansiosos por salir de allí. Gabe observó al jefe y los demás capitostes del departamento cuando se detuvieron para susurrar el pésame al inspector O'Hara y a Constance. Ninguno se detuvo más de unos segundos, lo que Gabe atribuyó a la enfermedad del inspector. «El alzheimer no se contagia como la gripe —pensó—. Pero desde luego hace que la gente se ponga nerviosa e incómoda.»

Los apretones de mano no tardaron mucho. Los asistentes empujaron las sillas de los ancianos hacia la salida. Tanto a Gabe como a Marta les dio la impresión de que el aquejado de alzheimer intentaba volverse hacia ellos para decirles algo. Pero no podían estar seguros, porque las anchas espaldas del asistente de bata blanca lo ocultó rápidamente a la vista.

13

Después de regresar a la Mazmorra, permanecieron sentados en sus mesas respectivas. Al final Marta miró al que era más o menos su compañero y dejó escapar un sentimiento más personal de lo que quizá convenía.

—¿Sabes lo que no quiero? —preguntó retóricamente—. No quiero ir a ningún otro funeral.

Cogió el expediente de Tessa y volvió las hojas hasta llegar a las últimas, una serie de artículos de prensa que hablaban del caso. Revisó los interminables relatos sobre la desaparición, la movilización para encontrarla, y finalmente la reticencia a admitir el fracaso. Lo que ella buscaba no estaba en el expediente. Se volvió hacia el ordenador y empezó a revisar la hemeroteca del periódico local. No tardó mucho en encontrar lo que quería: «Servicio religioso en recuerdo de adolescente desaparecida.»

Nueve párrafos bajo una fotografía. Entre los que habían hablado se encontraban el tío de la adolescente, una de sus profesoras y su amiga Sarah, una de las últimas personas que la había visto la noche de su desaparición.

«Pobre despedida para una vida tan prometedora», pensó Marta. No sabía exactamente por qué eso la enfurecía. Se aferró a los brazos de su silla.

Gabe la observó, hasta que ella cerró la página del ordenador y se sumió en el expediente de Dos Lágrimas que le había dado el jefe. Gabe pensó que, por su estilo, cualquiera cercano a Marta podría notar las pequeñas sacudidas de electricidad cuando estaba furiosa o frustrada. No era una persona que se sintiera cómoda con la ambigüedad. Era un tópico pensar que Marta tenía un carácter demasiado vehemente, pero él no lo veía como un problema. De hecho habría deseado mostrar una mayor pasión por las cosas. Luego miró los documentos que tenía sobre la mesa: Charlie el del Bosque, y supo lo que iba a hacer durante el resto del día.

Gabe circulaba lentamente por la calle, buscando una dirección esquiva. Había muchas casas sin número. «Será difícil para el cartero», pensó. Había demasiadas casas dobles, pequeños edificios de apartamentos, cercas de alambre y aceras de cemento estropeadas. Cierta esperanza, no mucha, pero sí alguna, parecía disponible en esquinas y pequeños negocios. Era la clase de área donde el diploma del instituto se traducía en un título de Formación Profesional, o en ser admitido en un curso para aprender a reparar electrodomésticos. Ahí era donde estaba la esperanza. La alternativa era tomar la dirección opuesta, lo que significaba la cárcel y algunos encuentros con la pipa de crack. Todo eso se reflejaba en la fachada de las casas: algunas desvencijadas, junto a otras que parecían bien cuidadas y con aspiraciones. El barrio se extendía unas doce manzanas en ambas direcciones, todos los patrulleros e inspectores del cuerpo lo conocían. No se corrían tantos riesgos como en las peores zonas de la ciudad, pero estaban ahí, aunque levemente disimulados. Podías llamar a una puerta y que te recibieran con una taza de café, o con una escopeta de caños recortados.

Charlie el del Bosque tenía un pariente vivo al que Gabe había encontrado: una hermana que trabajaba en una compañía de transportes como administrativa logística. Debía de tener veintipocos años en la época del asesinato de su hermano, ya que era una docena de años más joven que él. Gabe no sabía si conocía bien a su hermano, ni si tenía alguna idea sobre lo ocurrido, ni cómo había asimilado su muerte. Intentó borrarlo todo de su mente, dejarla como una pizarra en blanco.

Encontró la dirección: una casa de blancas tablas y dos pisos. Había unos cuantos juguetes de plástico de colores chillones en el acceso de entrada, que supuso que servía también de zona de juegos.

Aparcó el coche y se apeó. Se arregló la corbata y se alisó la chaqueta del traje. Se recordó que no debía parecer un cobrador de morosos, así que sacó su placa y se la sujetó al bolsillo de la pechera. Lucía un sol cálido y radiante que daba al mundo un aspecto polvoriento, y Gabe empezó a sudar. No estaba acostumbrado a aquella clase de trabajo detectivesco: llamar a puertas, formular preguntas, husmear los pequeños detalles que en conjunto formaban algo parecido a una respuesta. Notaba que su desasosiego iba en aumento a medida que se acercaba al modesto porche y la puerta bloqueada por un triciclo infantil. Apartó el juguete con el pie y deseó que Marta estuviera allí con él.

«Llama al timbre. Intenta sonreír.»

Oyó pasos en el interior y se abrió la puerta. Una mujer con ligero sobrepeso y una larga melena rubia. Vestía tejanos deshilachados y una camiseta roja descolorida, y su rostro mostraba una expresión candorosa.

—¿La señora Wilson?

—Sí.

—Gabriel Dickinson. Soy inspector de la brigada de casos pendientes. Desearía hacerle unas preguntas.

La mujer vaciló, manteniendo la puerta mosquitera entreabierta. En el jardín de atrás se oían niños. Las manos de ella estaban manchadas de rojos, azules y amarillos. Gabe reconoció la pintura de dedos.

—¿Sobre qué? —preguntó ella.

Él sonrió.

—Hemos retomado las investigaciones de antiguos crímenes sin resolver.

—Charlie —dijo ella.

Él asintió. Vio que el rostro de la mujer se ensombrecía.

—Dudo mucho que pueda ayudarle —dijo.

—Quizá podríamos entrar y charlar un momento.

Ella hizo ademán de abrir la puerta, pero se lo pensó mejor.

—No —dijo—. Los niños están dentro. Prefiero que no oigan esta conversación. Ellos solo saben que su tío murió hace mucho tiempo.

—Lo comprendo. —Gabe veía la fragilidad que asomaba al rostro de la mujer y la oía en su voz—. Ninguno de nuestros informes de la época menciona motivo alguno por el que pudieron matar a su hermano —explicó—. Esa es la pregunta fundamental para revisar el caso. Esperaba que usted pudiera decírmelo.

—No —respondió ella con súbita vehemencia—. No tengo idea. Jamás he tenido la menor idea.

—Bueno, ¿tenía enemigos? ¿Estaba involucrado en algún tipo de actividad, criminal o no, por la que alguien pudiera desear su muerte?

Gabe vio mentalmente al hermano siendo empujado a punta de pistola a dirigirse al lugar donde iba a morir. «Fue una ejecución salvaje, cruel. Tenía que significar algo para alguien.»

—Nadie que yo supiera. Era bastante mayor que yo y no estábamos muy unidos, así que para mí era como un misterio. Tal vez mi madre lo sabría, pero también murió. Nuestro padre no contaba. Se fue cuando Charlie solo tenía doce años y yo estaba a punto de nacer.

—¿Sabe por qué se marchó? —preguntó Gabe para que la mujer siguiera hablando.

—Muchas historias. Ya sabe, a medida que envejecía y enfermaba, mi madre soltaba toda su amargura. Solo sé que mi padre no estaba cuando nací. En una ocasión Charlie me dijo que el viejo le daba palizas, y una vez mamá dijo que estábamos mucho mejor sin él, pero nunca explicó por qué. De pequeño, uno simplemente acepta las cosas tal como son, ya sabe. Pero eso hizo que nuestra vida fuera realmente dura, ¿entiende?

—Claro...

—Un único salario. Dos hijos. Y Charlie era asmático. Frecuentes visitas a Urgencias. No teníamos seguro. —Hizo una pausa—. Eso es lo que recuerdo de él. Jadeaba, respiraba con dificultad. Y a mi madre le entraba el pánico siempre que ocurría.

Gabe pensó en aquel paseo final por el bosque y no hizo más que empeorar en su imaginación. Ahora Charlie el del Bosque resollaba con dificultad a cada paso antes de morir.

—¿A qué se dedicaba Charlie? ¿Tal vez hiciera algún enemigo en el trabajo?

—Era administrativo en el Registro de Vehículos a Motor. Se encargaba de entregar permisos de conducir y licencias para camiones. Todo el mundo detesta a esos tipos.

«Pero no lo suficiente como para llevarlos al bosque y matarlos», pensó Gabe.

—¿Amigos? ¿Novia? ¿Problemas con la bebida? ¿Solía llevar mucho dinero encima? ¿Quizá tomaba drogas en secreto?

Ella negó con la cabeza.

—Nada de eso. Estoy segura. Charlie vivía solo. ¿Sabe qué le gustaba? Era aficionado a la ornitología. Observaba las aves, por Dios. Quizá por eso encontraron su cuerpo en el bosque. Pero eso es todo lo que sé. Siempre me enviaba algo por mi cumpleaños y por Navidad. Una tarjeta o un cheque regalo. Era un encanto.

—¿Así que no tiene ni idea de por qué pudieron matarlo?

—Pues no. —A su espalda, unas voces infantiles empezaron a llamarla y se oyó un súbito llanto en una habitación.

—Es mi día libre —explicó ella—. Mi marido conduce un camión. Lo envían a la otra punta del país con un cargamento y yo tengo que llevar el peso de la casa. Bien, tengo que volver con los niños. —Alzó las manos manchadas de pintura—. He de mantenerlos ocupados.

Gabe asintió. Le entregó su tarjeta.

—Si se le ocurre alguna cosa que pudiera ayudarnos a cerrar el caso, le agradecería que nos llamara. Cualquier detalle, por insignificante que parezca, podría servir. —Lo dijo sabiendo que era un tópico más de la policía.

Ella cogió la tarjeta y se la metió en un bolsillo.

—De acuerdo —dijo—. Pero entienda que yo todo aquello lo he dejado atrás. Muy atrás. Es mejor olvidarme de Charlie y de lo que ocurrió, porque no hay nada que yo pueda hacer al respecto.

—¿No quiere saber...? —empezó Gabe, pero ella lo interrumpió.

—No, no quiero. Sea lo que sea que encuentren ustedes y luego vengan a contarme, no va a hacer que me sienta mejor sobre el asesinato de mi hermano mayor, ¿no cree?

—La comprendo —replicó Gabe, aunque no estaba seguro. «Un callejón sin salida. Mierda.» Decidió lanzar una estocada más en la oscuridad—: ¿El nombre de Tessa significa algo para usted?

Ella lo miró con extrañeza.

—¿Tessa?

—Eso es.

Ella reflexionó y al final se encogió de hombros.

—Bonito nombre. Lo siento, no. —Hizo ademán de cerrar la puerta, pero se detuvo—. Una cosa siempre me molestó —dijo, y su voz traslucía emoción—. La vez que arrestaron a Charlie fue una solemne gilipollez. No había hombre más amable sobre la faz de la tierra. Ni siquiera se enfadaba con la gente que le gritaba en su trabajo.

Echó la cabeza atrás y se sacudió la melena. Gabe vio que pugnaba por contener las lágrimas.

—Es que fue de lo más injusto. Me alegro de que al final quedara en nada —dijo.

Y cerró la puerta.

Gabe retrocedió. Notó el sol en la nuca. Le pareció que cada vez calentaba más, casi como si estuviera bajo la luz de un foco.

«¿Qué arresto?», se preguntó. Permaneció inmóvil en los peldaños de la entrada. «¿Arrestado? ¿Por qué? ¿Cuándo? ¿Quién lo arrestó?» ¿Y por qué no había ningún informe en el expediente de Charlie el del Bosque?

Volvió a llamar al timbre una vez, una segunda vez y una tercera, hasta que la oyó acercándose a la puerta.

Desde donde estaba entre las sombras, Marta oía los ritmos amortiguados de la vibrante música caribeña. Trompetas que retumbaban. Guitarras potentes. Tambores insistentes. «La gente estará bailando —pensó—. Piel desnuda, sudor y alcohol, y seguramente cocaína en el lavabo mezclada con Molly y seguramente también Viagra... para después.»

Vaciló al otro lado de la calle, frente al club nocturno. Vio un coche patrulla que se acercaba, reducía la marcha para que los dos agentes echaran un vistazo a la entrada, y luego continuaba hasta desaparecer en el nocturno paisaje urbano. Los dos porteros del club, que permanecían junto al cordón rojo de dos metros de longitud para cerrar el paso, siguieron al coche patrulla con la mirada. Marta los imaginó como un par de gatos encarándose con un par de perros.

Respiró hondo, dio una palmada a la Beretta que llevaba enfundada en la cintura y palpó el fondo del bolso para notar el revólver de corto alcance. Por un momento deseó haber pedido a Gabe que la acompañara, pero supuso que él se habría puesto más nervioso aún que ella, lo que habría sido una mala combinación. Y era tarde... y seguramente él iba ya por su segunda, tercera o cuarta copa.

Uno de los porteros, bajo y fornido, con el ceño fruncido, le cerró el paso.

—Club privado —dijo.

—Conversación privada —replicó ella. Le mostró la placa.

—¿Tiene una orden?

—No la necesito. Pero a lo mejor a vosotros os gustaría discutir complejos asuntos legales en comisaría.

Echó la mano al móvil; el típico farol de pedir refuerzos.

El segundo *segurata* se acercó, puso una mano en el hombro de su compañero y lo hizo moverse a un lado. Era alto, del tamaño de un jugador de fútbol americano, así que sobrepasaba con mucho la estatura de Marta.

—No queremos problemas, inspectora —dijo. Sin animosidad. Tono realista. Experimentado.

Ella lo observó con atención. «¿Lo he arrestado alguna vez? Puede. Probablemente.»

—Tampoco yo —dijo—. Aunque todo depende de cómo definas «problemas», ¿no?

El segundo portero sonrió.

—Apuesto a que tenemos la misma definición, inspectora, porque creo que la aprendimos en el mismo diccionario —replicó él. Voz grave. Tono educado, lo que a Marta le pareció algo sorprendente para un veterano de la calle como él. El portero le abrió la puerta, exhibiendo una cortesía que Marta no esperaba. El calor y la música parecieron rezumar del interior, envolviéndole los pies, moviéndose hacia sus rodillas y luego más alto—. Buena suerte —añadió cuando ella entró en la sala—. Espero que encuentre lo que anda buscando.

Sombras y focos multicolores, denso aire lleno de humo, música lo bastante alta para resonar en cada célula del cuerpo. Marta se adentró en un mundo cerrado de giros y olores, cuerpos sudorosos enlazados o retorciéndose frenéticamente al ritmo de la música. Había olvidado lo profundamente sensual y alocadamente sexual que podía ser un club atestado a medianoche. Cada movimiento, cada palabra era una invitación. Olía a peligro, a aprovechar oportunidades tanto placenteras como violentas, con delgadísimas líneas de autocontrol. Se llevó la mano a la frente para hacerse visera sobre los ojos y ver mejor. Le costó concentrarse en su trabajo, mientras todos sus sentidos se veían inundados. Era consciente de que en aquel espacio todas las personas parecían relacionadas: parejas, tríos, cuartetos, todos amalgamados por la música, las drogas y las posibilidades. Atuendos vistosos: vestidos rojos de lentejuelas dejando mucha piel al descubierto, pantalones ceñidos y cadenillas de oro reflejaban las luces estroboscópicas del techo. Marta era muy consciente de que estaba sola. Intentó tranquilizarse: «Hay muchos testigos. Cámaras de seguridad. Es un lugar muy público.» Desechó entonces el miedo antes de que la paralizara de verdad, miró hacia el otro lado de la pista de baile y vio a la persona que buscaba.

Rico agarraba a una chica diez centímetros más alta que él, envolviéndola en un abrazo, con una mano en su espalda y la otra acariciándole discretamente las nalgas. Se movía despacio, adelantando las caderas como juego previo al sexo, ajeno al ritmo rápido de la música del DJ. Rico y la chica —Marta imaginó que tendría la mitad de años que él y que sería demasiado joven para estar en el club— se movían a un ritmo distinto, y bailar no era su objetivo último.

Marta se abrió paso por la pista de baile, un poco como un salmón nadando a contracorriente. Las parejas empujaban y le cerraban el paso, pero ella logró meterse entre ellas y avanzar.

Rico y la chica se mecían de atrás adelante con los ojos cerrados.

Marta le dio a Rico unas palmaditas en el hombro. En el baile de una puesta de largo, sería el movimiento que utilizaría un adolescente con esmoquin al que acabaran de quitarle el aparato de ortodoncia para conseguir una pareja en el vals. En aquel club, esos toques hicieron que Rico se diera la vuelta bruscamente lanzando chispas por los ojos.

—Hola, Rico —saludó Marta—. ¿Me concedes este baile?

Le plantó la placa bajo la nariz, pero él ya sabía quién era ella, y Marta lo hizo más bien para que lo vieran todos los de la pista de baile que la miraron.

Al instante Rico refrenó su furia y se colgó una sonrisa forzada.

—Inspectora Rodriguez —dijo—. Pensaba que estaría atornillada a una mesa de escritorio en alguna parte.

—Rodriguez-Johnson —lo corrigió ella.

—No —dijo él, meneando la cabeza—, no creo que esa segunda mitad del apellido le sirva ya. —Y lanzó una carcajada falsa y cruel, destinada a la chica y a cualquiera que los estuviera escuchando.

«Un tipo duro —pensó Marta—. Lo que habría hecho mi marido contigo: un trozo por aquí, un trozo por allá. Te habría hecho pedazos y tragarte esas nauseabundas sonrisas burlonas, Rico.»

—¿Quieres hablar aquí? —preguntó, alzando la voz para hacerse oír—. ¿O quizá prefieres un lugar más tranquilo?

Rico hizo un aparatoso gesto para indicar que le daba igual. Vestía caros pantalones negros de lino, hechos a medida, y una camisa negra de seda. Marta sabía que habría una cara chaqueta negra de cuero en algún guardarropa cercano. En su ciudad, era el típico atuendo para un traficante dispuesto a pasar una lujosa noche. Cadenillas de oro. Whisky del caro, champán Dom Perignon y cualquier droga que deseara su acompañante. ¿Éxtasis? Por supuesto. ¿Cocaína? Sin problemas. Su antena de antigua inspectora de Narcóticos zumbaba. Percibió que Rico disfrutaba encontrándose al mando mientras Dos Lágrimas estaba en prisión.

—Quiero hablar sobre tu jefe Dos Lágrimas.

—Mi jefe no —replicó Rico—. Mi mejor amigo.

—O socio en los negocios.

—Solo amigos, inspectora.

—Bueno, pues tu amigo podría estar metido en más problemas de lo que cree.

Rico reculó un paso, mirándola con expresión de sorpresa. Luego, en una demostración de autoridad, se volvió hacia la plataforma que había en el extremo más alejado de la pista de baile, donde estaba el DJ con su equipo electrónico. Rico le hizo un único movimiento de corte y en unos segundos la música se detuvo.

—Ahora podemos hablar aquí mismo, inspectora.

Hizo otro ademán, esta vez desplazando el brazo de un lado a otro, y todos los que bailaban cerca de ellos se apartaron, ensanchando la zona circundante, de modo que Marta y el traficante pudieran hablar en privado en medio de la pista de baile. Él se inclinó ligeramente hacia delante y bajó la voz.

—De acuerdo, inspectora. ¿Qué intenta decirme?

—Muy sencillo, Rico. Ahora me ocupo de casos sin resolver.

—¿Ya no es poli de Narcóticos? Eso me habían dicho.

—Investigo casos que no se llegaron a resolver. No se hizo ningún arresto y nadie fue a la cárcel.

—Suena a trabajo inútil, nada divertido, inspectora. ¿Y eso qué tiene que ver con mi amigo Dos Lágrimas?

—Ya sabes cuál es el caso que estoy investigando. Investigando a fondo, Rico. Muy a fondo. Desmenuzándolo. Una joven apenas un poco mayor que esta acompañante tuya... —Marta se volvió hacia la chica—. ¿Qué edad tienes, cariño?

—preguntó con toda la frialdad de que fue capaz—. ¿Quince? ¿Dieciséis?

La chica dio un paso atrás sin contestar.

—¿Crees que deberías mezclarte con un tipo como este? —prosiguió Marta.

No hubo respuesta. La chica miró a Rico con nerviosismo. Él sonrió.

—Inspectora, ¿no hay otros crímenes peores y más importantes que se están cometiendo en nuestra ciudad en este mismo momento, en los que podría estar trabajando?

Marta se volvió de nuevo hacia él.

—Sí —dijo—. La chica de Dos Lágrimas. Y el niño que tuvieron juntos.

—¿Tiene algún sospechoso? Un feo trabajo esos asesinatos. Se pasaron de la raya, inspectora. Se pasaron mucho.

—Verás, Rico, cuando Dos Lágrimas los envió a la calle esa noche, creo que sabía lo que les esperaba. Y aunque él no apretara el gatillo, eso fue un asesinato, porque él fue quien la envió a aquella esquina. ¿Y sabes qué? Eso significa que es igual de culpable que quienes apretaron el gatillo. —Se inclinó hacia él—. Creo que tú estabas allí aquella noche, Rico. Y creo que oíste a tu amigo cuando los envió a la calle. De hecho, puede que fuera idea tuya. ¿Qué llevaba la chica? ¿Un poco de coca? ¿Oxicodina? ¿Quizás heroína *brown sugar* traída de México? ¿Ayudaba con el negocio familiar porque todas las demás mulas estaban ocupadas? Y Dos Lágrimas sabía que ningún poli detendría a una madre joven y guapa con su hijo pequeño, así que eran perfectos para mover el producto por la ciudad, aunque fuera en plena noche. Mala suerte que tropezaran con aquellas balas.

Esperó ver la reacción de Rico en su cara, pero el lugarteniente de Dos Lágrimas permaneció impasible.

—Es curiosa la forma en que funciona la ley a veces, ¿eh, Rico? Lo único que queríais vosotros dos era ganar algo de dinero. Sin hacer daño a nadie. Sin problemas, ¿verdad? Y sorpresa: se convierte en un delito que conlleva la pena de muerte.

Rico mantenía cara de póquer. Disimulaba cualquier emoción, cualquier respuesta.

—Voy a pillarlo, Rico. Y esta es tu oportunidad para no caer junto con tu viejo amigo. Si me ayudas, no pringarás con él por ese estropicio.

—¿Ayudarla? —exclamó él, incrédulo—. ¿Qué se ha creído que soy? —No necesitó añadir «chivato».

—Te daré algo de tiempo para pensártelo. Pero espero tener noticias tuyas muy pronto. Alguien va a pagar por esas dos muertes. Así que, hazte una pregunta: ¿yo, o mi viejo colega? Esas son tus opciones, Rico. Y sabes dónde encontrarme. —Hizo una pausa—. Disfruta del resto de la noche. Sigue bailando. Podrían ser tus últimas vueltas en una pista.

Luego miró en dirección a la plataforma del DJ. Avanzó hacia allí, empujando a Rico para apartarlo, y con un brusco movimiento destinado a atraer la atención de todos en el club, levantó el brazo y lo hizo girar. «Que se ponga en marcha —pensó—. En más de un sentido.»

14

Cuando Gabe regresó a la Mazmorra a la mañana siguiente, en su mente bullían las ideas, y tenía una extraña sensación que oscilaba entre el frenesí y la complacencia. Lo extraño era que no sabía exactamente a qué debía su vehemencia ni qué había hecho para merecer una palmadita en la espalda. Pero, por primera vez, se sentía como un auténtico inspector de policía.

Marta levantó la vista cuando él entró.

—Bueno —dijo sin preámbulos—, he metido algo de presión a Dos Lágrimas. Le he dicho a su socio que alguien va a pringar por los asesinatos en que está tan interesado el jefe. Les dará que pensar.

Reparó entonces en la sonrisa irónica de Gabe.

—¿Has encontrado algo?

—No. No exactamente. —Gabe agarró el expediente de Charlie el del Bosque. Lo agitó en dirección a Marta—. ¿Por qué arrestaron a Charlie?

Ella negó con la cabeza.

—No lo arrestaron.

—Si lo hubieran hecho, lo pondría aquí, ¿verdad?

—Sí.

—Porque unos polis de homicidios concienzudos como Martin y O'Hara, enfrentados a un auténtico misterio, investigarían cualquier detalle por pequeño que fuera, ¿verdad?

—Sí.

—Es decir, aunque no pareciera tener ninguna relación, o el hecho fuera tan insignificante como tirar basura en un lugar público, multado con cien pavos, lo habrían comprobado igual, o habrían escrito una nota, ¿verdad? Porque querrían asegurarse de que a Charlie no lo habían ejecutado en el bosque por haber tirado basura en el jardín del vecino.

—¿Charlie fue arrestado?

Gabe sonrió.

—Al menos eso me ha dicho su hermana. Pero no ha quedado constancia en el expediente. Así que no es que haya encontrado algo exactamente, sino más bien que falta algo.

—¿Por qué lo arrestaron? —preguntó Marta.

—Por un delito de lo más interesante.

Era primera hora de la tarde cuando Gabe y Marta entraron con paso resuelto en el vestíbulo de la escuela de primaria llevando el expediente de Charlie. Gabe echó un vistazo alrededor, recordando las reuniones con los maestros de su hijo cuando este era más pequeño. Le gustaban aquellas reuniones; su hijo iba muy bien en la escuela y a él lo respetaban porque era policía. «Ahora ya no queda nada de eso —pensó—. Pocos sitios te hacen sentir tan viejo y cansado como una escuela.»

Por la edad de su hija, Marta estaba familiarizada con la disposición de la escuela y su manera de alegrar los pasillos: los vistosos dibujos de los alumnos cubrían las paredes verde lima, esparciendo color sobre la monotonía, de un modo muy parecido a los dibujos de su hija que atestaban la puerta de la nevera en su apartamento. Cada vez que Gabe y ella pasaban por delante de un aula, se oía un murmullo de voces distinto, como si tocaran una partitura musical diferente.

La directora, una mujer gruesa de edad parecida a la de Gabe, los esperaba en secretaría. Era fácil imaginarla dando órdenes: «Date prisa, siéntate, cállate, presta atención, basta de tonterías.» Tenía ese aire que ambos inspectores creían que era el resultado de pasarse la mayor parte del día como una pastora de ovejas endiosada.

—Inspectores —dijo—, los estaba esperando. Pasen, por favor.

Los condujo a su despacho. En un rincón, apoyado en el lateral de una mesa, había un hombre de pelo canoso, bajo y enjuto, al que la robusta directora parecía doblar en corpulencia. El hombre vestía camisa azul celeste de estilo militar y corbata negra.

—Este es el señor Marston, nuestro guardia de seguridad —lo presentó la directora.

Breves apretones de manos e inclinaciones de cabeza.

—Usted trabajaba aquí entonces... —empezó Marta.

El vigilante asintió.

—Era mi segunda semana de trabajo. Por eso lo recuerdo tan bien. Me retiré del Ejército, era policía militar, y empecé aquí. —Sonrió—. Fue un gran cambio. Bueno, siempre se trata de mantener a la gente a raya. Aquí simplemente son gente pequeña —añadió con una sonrisa.

Marta se volvió hacia la directora.

—¿Usted también estaba aquí?

—Sí. Somos las dos únicas personas que seguimos trabajando aquí y recordamos el incidente. Yo entonces solo era maestra, pero las dos niñas estaban en mi clase del último curso, así que las conocía bien.

—¿Presenció el incidente alguno de ustedes?

—No. No exactamente. Más o menos. Casi. Los dos oímos los gritos de las niñas y las vimos cuando salieron corriendo. Fue pura suerte, porque estábamos viendo cómo se iba el último autobús al acabar las clases —dijo el guardia de seguridad, señalando una ventana.

La directora se acercó a ella. Marta y Gabe la siguieron.

—Estábamos justo allí, donde se ve que aparcan los autobuses. Miren hacia allí... —señaló—, donde se ven los árboles que bordean el patio de recreo. Allí es donde estaban las dos niñas.

—El tipo estaba entre los árboles. Fuera de la vista —dijo el vigilante.

—Y verán, es un momento extraño —prosiguió la directora—. En un día normal, cuando enviamos a los niños a los autobuses, en la puerta principal hay mucho jaleo, son montones de niños a los que hay que meter en el vehículo que les corresponde. Es el final del día y hay una gran excitación. Es un caos, pero también está organizado, lo que parecerá una contradicción, pero si estuvieran ustedes aquí lo comprenderían... Bueno, el caso es que uno apenas oye sus propios pensamientos... y luego, con la misma rapidez, se hace el silencio. Los autobuses emprenden la marcha, uno respira hondo, se llena de ese olor a gasolina, el día ha terminado... —Vaciló—. Pero también es el momento que un pervertido elegiría para rondar por aquí y exhibirse. —Pronunció esta frase como si las palabras le dejaran un horrible sabor de boca.

—Y fue justo entonces cuando oímos chillar a las dos niñas —dijo el vigilante.

—Vimos que volvían corriendo hacia aquí —añadió la directora.

—Ella fue hacia ellas, yo fui tras el pervertido. Supongo que fue mi viejo instinto de policía militar.

«Charlie el del Bosque —pensó Gabe—. Pero esa vez era Charlie el del Patio de Recreo.»

—¿Y? —preguntó Marta.

—Lo derribé a una manzana de distancia con un fuerte placaje. Sally ya había llamado a emergencias. Recibimos un buen entrenamiento para reaccionar con rapidez. Y no era la primera vez que tenía que atrapar a un sospechoso por las bravas.

—¿Y?

—Ya se había subido la cremallera. No hacía más que gritar: «¿Qué he hecho?», pero yo me limité a inmovilizarlo con una llave de brazo y a esperar unos minutos hasta que apareció el primer coche patrulla. Dices la palabra «escuela» a la poli, ya saben, y aparecen en un momento.

—De nada sirvió en Newtown* —lamentó la directora. Y continuó—: No fueron muy amables. Lo aplastaron boca abajo

* En 2012, en Newtown, Connecticut, un joven de veinte años entró en la Sandy Hook Elementary School y mató a 26 personas, entre alumnos y personal del centro. *(N. de la T.)*

contra el suelo, con una rodilla en la espalda, y lo esposaron. Lo tuvieron así hasta que llegaron los dos inspectores.

—¿Dos inspectores?

—Sí. En un coche sin distintivos y vestidos con trajes baratos.

Marta y Gabe sonrieron para animarla a continuar.

—¿Y las niñas?

—Llamamos a los padres. Estaban las dos muy alteradas. Los padres se pusieron histéricos. Por Dios, todos estábamos alterados. Llegaron esos inspectores y nos tomaron declaración a todos. Ya saben, qué habíamos visto, qué habíamos oído, qué habíamos hecho...

—Parecían satisfechos de cómo había acabado todo —intervino el vigilante—. No hacían más que decir que habíamos pescado al tipo.

—Luego interrogaron a las dos niñas cuando llegaron sus madres. Le leyeron sus derechos al pervertido y lo metieron sin miramientos en un coche patrulla.

—¿Eso fue todo?

—Sí. Luego tuvimos reuniones sobre seguridad con el conjunto de la escuela, y también reuniones con los padres. Incluso contratamos a un psicólogo para que tratara a los niños.

Gabe reflexionó.

—¿Alguna vez se puso alguien en contacto con ustedes para realizar un seguimiento? ¿Alguien de la Fiscalía, o aquellos dos inspectores? ¿El caso llegó a juicio?

—¿Los inspectores? No. Un tiempo después, aparecieron dos tipos e hicieron unas preguntas, pero eso fue todo. Supusimos que el pervertido habría llegado a algún tipo de acuerdo, declarándose culpable, o algo así —dijo el guardia.

—Aquí teníamos mucho de lo que ocuparnos —añadió la directora—. Muchos rumores entre los padres y niños con pesadillas. Además, tuvimos que cambiar la organización de la salida al final de las clases.

—¿Alguna vez vieron...? —empezó Marta.

—No —la interrumpió la directora—. No volvimos a ver a aquel tipo nunca más.

—¿Recuerdan algo sobre aquellos inspectores?

La directora y el vigilante intercambiaron una mirada. Pregunta inesperada. Dos cabezas negando.

—¿Nombres? ¿Podrían describirlos? ¿Alguna cosa?

—¿Preguntan por los policías, no por el pervertido? —dijo la directora con cierta incredulidad.

—En efecto —dijo Marta.

El guardia se volvió hacia la directora.

—¿No tenía apellido irlandés uno de ellos? ¿O'Malley? ¿Shaughnessy?

—Creo que sí. Hace mucho tiempo y no he vuelto a pensar en ello, en realidad. Estoy demasiado ocupada.

«O'Hara», pensó Gabe, pero no lo dijo.

—¿Y las dos niñas?

La directora sonrió.

—Ahora son adultas. Una está casada y tiene un hijo. La otra vive en Nueva York y tengo entendido que se ha prometido. —Volvió a sonreír—. Una intenta seguir la trayectoria de los niños a lo largo de los años. Cuando todo sale bien, es estupendo. Cuando no... —Se encogió de hombros.

Se produjo un breve silencio. Gabe intentaba asimilar todo lo que había oído.

—No lo entiendo —dijo la directora de repente—. Hace mucho tiempo de todo eso. ¿Por qué se interesan ahora?

—Una investigación de seguimiento rutinaria —contestó Gabe. Era la respuesta habitual que no significaba nada, pero esperaba que evitara nuevas preguntas.

—Bien, de acuerdo —dijo el guardia, que no creía que aquello tuviera nada de rutinario—. ¿Qué le ocurrió al exhibicionista? ¿Fue a prisión?

—No —dijo Gabe—. Murió.

—Bien —dijeron el guardia y la directora al unísono.

Gabe y Marta abandonaron la escuela y cruzaron un pequeño sendero circular asfaltado en dirección al aparcamiento. Marta vaciló al llegar al coche. Señaló el grupo de árboles donde Charlie el del Bosque se ocultaba aquel día.

—Todo lo que acaban de contarnos debería figurar en el expediente de Charlie. La fecha, la hora, los nombres de las niñas, de la directora y el guardia de seguridad, sus declaraciones... —dijo Marta.

Gabe miraba más allá de los árboles.

—¿Qué pasa? —preguntó ella.

—Mira más allá del patio de recreo y de los árboles.

Marta lo hizo. Vio otro edificio de ladrillo rojo parcialmente oculto tras el follaje.

—¿Qué estoy mirando? —preguntó.

—Otra escuela —dijo Gabe.

—Escuela de primaria, instituto de secundaria. Aquí en los barrios residenciales de clase alta les gusta ponerlos juntos —dijo Marta.

—¿Sabes quién estudiaba en ese instituto?

Ella volvió a fijar la mirada en la distancia. El nombre le vino bruscamente a la cabeza, pero antes de que pudiera responder, Gabe se respondió a sí mismo:

—Tessa.

15

Gabe abandonó la Mazmorra al dar las cinco, mascullando algo sobre que iba a trabajar en casa, una pobre excusa que Marta reconoció. Fue a decir algo, pero se limitó a asentir y a despedirle agitando la mano cuando él salió por la puerta. Volvió entonces a releer todo lo que ya había asimilado antes. Fue mucho después cuando, exhausta, recogió sus cosas y se fue.

Condujo a casa lentamente, con un torbellino de ideas en la cabeza, mezclándose la distracción con la confusión sobre los cuatro asesinatos y la adolescente perdida. Tamborileó sobre el volante, como si así pudiera añadir algo de ritmo y orden a sus enmarañados pensamientos.

No prestaba atención a la carretera.

A seis manzanas de su edificio de apartamentos, su atención despertó repentinamente:

«Tengo detrás los mismos faros desde hace kilómetros. —Lo reconsideró—. No, no son los mismos. —Volvió a reconsiderarlo—. Sí, son los mismos.

»Estás loca —se dijo—. Paranoica.

»No, no lo estás.»

Lanzó una rápida mirada por el retrovisor, tratando de identificar al conductor del otro coche, pero las sombras de la noche, el reflejo de los faros, los erráticos conos de luz que arrojaban las farolas de la calle y los letreros de neón dificultaban su visión. A su alrededor discurrían las calles familiares. Estaba en su territorio, a tiro de piedra del lugar donde había crecido. «Aquí es donde vivo. Es mi hogar.» Monótonos edificios de apartamentos de ladrillo rojo descolorido y llenos de grafitis, iglesias católicas que prometían la salvación, algún que otro parque infantil deteriorado con retorcidas cercas de alambre o pistas de baloncesto con los aros de las canastas doblados, y pequeñas tiendas con algunos adolescentes rondando alrededor. Todo parecía entre inofensivo y peligroso. Era un duro paisaje urbano salpicado de basura, que hacía poco por ocultar las privaciones. Debería haberse mudado a un barrio residencial hacía años, igual que todos los polis e inspectores que conocía, a un lugar seguro, con jardines y escuelas mejores, pero no había sido capaz de desvincularse de su viejo barrio, incluso con una hija ahora destinada a crecer en el mismo mundo que ella. Con los mismos miedos. Con las mismas incertidumbres. Sabía que era una contradicción, pero su incapacidad de abandonar su viejo hogar dependía de una parte de sí misma de la que no era consciente.

Los faros que la seguían no flaqueaban.

Giró bruscamente a la derecha. Una maniobra de último momento. Chirrido de neumáticos.

Su perseguidor giró tras ella. Se mantenía a veinte metros de distancia.

Marta giró a la izquierda de repente.

El otro le siguió los pasos, como si ambos vehículos estuvieran unidos. No se acercó ni se quedó rezagado. La seguía sin esfuerzo.

«De acuerdo. Ya veo de qué vas. A ver qué te parece esto.»

Marta redujo la velocidad a diez kilómetros por hora, a paso de tortuga.

El coche la imitó.

Marta aceleró.

El coche hizo lo mismo, como si al conductor no le importara que ella supiera que la seguía.

Marta se metió por una calle lateral y aceleró, poniendo el pequeño coche a ochenta y luego a cien kilómetros por hora. Sabía que había un cruce con *stop* al final de la manzana, y lo atravesó sin mirar siquiera. El coche de detrás parecía seguirla sin esfuerzo, pero Marta vio que se paraba en el cruce, como un conductor concienciado. Los faros se hicieron más pequeños en su retrovisor, y luego más grandes otra vez, cuando el coche reanudó la marcha.

Esto la dejó perpleja.

«¿Qué clase de violador en serie robacoches obedece un *stop* en medio de una persecución a gran velocidad?»

Tragó saliva y levantó un poco el pie del acelerador.

Los faros retomaron su posición a veinte metros por detrás de ella.

«Si quisieran asustarme, estarían pegados a mi parachoques, lo bastante cerca como para notar su aliento. O quizá no.»

Respiró hondo.

«De acuerdo. Ya basta.»

A mitad de la siguiente manzana, pisó el freno y el coche se detuvo de repente con un chirrido. Puso punto muerto, se quitó el cinturón de seguridad, abrió la puerta y se apeó.

Se encaró con el coche que la seguía. Al instante los faros la cegaron. Su luz fue como el resplandor de una explosión, y Marta se detuvo. Intentó desenfundar su arma, pero parecía pegada a su cintura.

En ese segundo de vacilación, su perseguidor aceleró, provocando el quejido del motor. Marta notó el golpe de aire provocado por la velocidad del coche y se echó a un lado para esquivarlo, perdiendo casi el equilibrio cuando pasó por su lado casi rozándola.

Chirrido de neumáticos. Rugido del motor. El coche giró a la derecha y desapareció de la vista.

Transcurrieron unos segundos eternos. Pasar de conducir a toda velocidad a encontrarse en la calle doblada sobre sí misma hizo que sintiera náuseas. Intentó lanzarle alguna palabrota a su perseguidor. Alzó la mano para protegerse los ojos, pero ya no quedaba nada por ver. Repasó lo que había visto del coche: último modelo, un pequeño sedán japonés negro. Anodino. Corriente. No era el coche de un narcotraficante.

Marta permaneció en medio de la calle. «Se ha ido rápido, pero sin dejarse llevar por el pánico —pensó. Se recriminó a sí misma no haber estado alerta para pillarle la matrícula—. ¿Qué ha pasado con tu entrenamiento?», se preguntó, furiosa consigo misma.

Se dio cuenta de que jadeaba. Se apoyó en su pequeño coche, tratando de calmar los latidos de su corazón. Alzó la vista hacia un edificio cercano, similar en forma y tamaño al suyo, que se encontraba a unas manzanas de distancia. De las ventanas colgaban oxidados aparatos de aire acondicionado, como manchas indeseadas en una piel vieja y marchita. En una ventana, vio asomada a una mujer entrada en años, mirándola. Su pelo canoso parecía perfectamente peinado, como si se estuviera preparando para una salida nocturna, cuando era improbable que saliera alguna vez de su casa después del anochecer. La mujer parecía a la expectativa.

«El teatro urbano —pensó Marta—. Una discusión, una pelea, quizás incluso unas palabras airadas que podrían acabar en un tiroteo en plena calle. Mucho más entretenido que cualquier cosa que den en la tele esta noche. Si mantiene los ojos abiertos y agacha la cabeza para esquivar posibles balas perdidas, quizá después la entrevisten en las noticias de medianoche. Cuando menos tendría algún chisme para compartir con sus amigas. Pondría algo de emoción a la monotonía diaria de la pobreza.»

Marta robó una porción de aire húmedo a la noche, llenando sus pulmones como una submarinista que emergiera a la superficie del agua.

«Quizá sea lo que cabría esperar después de tu entrevista con Rico. Al menos le arruiné la cita esa noche.»

Volvió a su coche y condujo despacio las dos manzanas que quedaban hasta su casa, imaginándose a su pequeña hija y a su madre de cabellos grises esperándola.

Silencio hosco. Miradas furibundas. Ceño fruncido.

En cuanto entró en el apartamento, Marta detectó las nubes de tormenta cerniéndose sobre su madre, supo que se avecinaban truenos y relámpagos para ella, y también que era poco lo que podía hacer para evitar la granizada y el rapapolvo que iba a recibir, aunque no tenía la menor idea de cuál era la causa. Sus dotes detectivescas no tardaron en comprender que, fuera lo que fuese, se trataba de un tema de adultos, porque el torbellino de furia maternal esperó a que la nieta se hubiera acostado y dormido, después de que le hubieran leído un cuento, la hubieran arropado, hubieran apagado la luz y cerrado la puerta.

Marta estaba terminando de enjuagar los platos en el fregadero de la minúscula cocina mientras, detrás de ella, su madre se preparaba una taza de té. Su madre se llamaba Esperanza, pero hacía mucho tiempo que ninguna de las dos abrigaba esperanza alguna. Marta paró y dejó que el agua caliente le cayera en las manos. *Un oficial de los marines. Un sacerdote. Llamaron al timbre. Se quedaron fuera con expresión incómoda. «Traemos malas noticias.» No me digas.* La noticia de una muerte la da a menudo un pequeño y nervioso comité.

Su madre bebió de la taza humeante.

—¿Qué has hecho? —preguntó con tono glacial.

—Perdona —replicó Marta con cautela—. ¿Qué he hecho? ¿A qué te refieres?

—¿A quién has puesto furioso?

«A todo el mundo. A nadie.»

—Mamá, ¿de qué estás hablando?

Su madre bajó la voz ligeramente, pero su tono se hizo más cortante.

—Cuando he recogido a Maria en el colegio, alguien nos ha seguido hasta casa. Las seis manzanas.

—¿Os han seguido?

—Eso he dicho.

Marta se apoyó en la encimera de la cocina.

—¿Cómo lo sabes?

—Lo he notado.

Eso no era una respuesta, así que Marta volvió a intentarlo.

—Bueno, a ver. El tipo ese habrá hecho algo. Se habrá comportado de alguna manera que lo delatase.

Su madre negó con la cabeza.

—A veces sencillamente te das cuenta de esas cosas. Había un hombre, luego ya no. Caminamos un poco más y ahí estaba otra vez, un poco atrás, y nos vigilaba. Así que nos metimos en la tienda de la esquina y esperamos unos minutos, pero cuando salimos él estaba en la acera de enfrente, vigilándonos. Al final se fue.

«También podía ser alguien que buscaba una dirección.»

—¿Podrías describirlo?

Esperanza se encogió de hombros.

—Llevaba unas gafas de sol grandes y una vieja gorra de béisbol. De los Yankees, creo.

—Bueno, ¿cómo era de alto? ¿Gordo o flaco? ¿Joven o viejo?

La madre miró al techo como esperando que apareciera una imagen celestial.

—Joven, pero podría equivocarme. Tal vez mayor. Evité mirarlo a la cara. No era muy alto. Normal, creo.

Marta suspiró, exasperada. «Joven pero quizá viejo. Alto pero quizá bajo.» Su madre no tenía madera de detective precisamente.

—¿Había mucha gente por la calle?

—Sí. Eso hizo que fuera difícil mantener controlado al hombre malo.

—¿Cómo sabes que era malo?

—Lo sé y punto.

—¿Cuándo te fijaste en él?

—No sé. Me di la vuelta y ahí estaba.

—Bueno, ¿y por qué te diste la vuelta?

Su madre volvió a encogerse de hombros, más que un gesto de resignación una manera de desdeñar el interrogatorio de su hija.

—Jesús nos protegía a Maria y a mí.

«Bueno, a lo mejor. Pero ¿no tendría mejores cosas que hacer esta tarde?», pensó Marta.

—El tipo ese... ¿no os dijo nada?

—No. No llegó a acercarse tanto.

Marta asintió.

—¿Se dio cuenta Maria...?

Su madre negó con la cabeza.

—¡No, no, por supuesto que no! Es inocente. Es nuestro pequeño ángel y yo jamás dejaría que algo así... —Se interrumpió—. ¿Quién podría ser? —volvió a preguntar con un tono que denotaba tensión—. ¿Será por algún caso de los tuyos? No me mientas. Sé la clase de gente con la que tratas en tu trabajo. Son personas horribles. Asesinos y narcotraficantes. Basura. Dios los castigará algún día. Y ahora uno de ellos viene a por nosotras.

«Lógica materna —pensó Marta—. No tiene por qué ser coherente para que explote en la casa como una bomba al borde de una carretera. Eso fue lo que mató a Alex. Le quería tanto. Alguien cavó un pequeño agujero en la tierra y la metió ahí y la detonó mediante la señal de un móvil. Un método cobarde de matar.»

Marta sabía que la verdadera locura estaba en mezclar las cosas. Había diferencias entre lo ocurrido a su marido, lo ocurrido a su compañero y el hecho de que hubieran seguido a su madre y su hija. Pero no lograba identificar cuáles eran esas diferencias exactamente. Quería que todo en su vida ocupara su sitio, que estuviera ordenado, pero en cambio todo parecía dar vueltas.

—Seguramente ha sido un error —dijo—. No estoy trabajando en nada especial, así que no hay nadie que pueda querer intimidarnos.

Era una mentira descarada. Su conversación con Rico sin duda había desencadenado alguna habladuría en el barrio, suponiendo que la información con que Marta había provocado a Rico se hubiera filtrado ya a las calles. También sabía que debía guardarse de comentar nada sobre el coche que la había seguido.

Tendió la mano para tocar el brazo de su madre, y siguió hablando con un tono sereno muy ensayado para demostrar que lo tenía todo bajo control.

—Sé que a veces las cosas son difíciles. Pero no creo que tengas nada de qué preocuparte. No obstante, quizá deberíamos pensar en mudarnos a un nuevo apartamento.

—A Maria le encanta su colegio —protestó la madre—. Aquí es donde se criaron las únicas personas que le quedan en el mundo.

«Mi marido, militar muerto, creció aquí. Yo crecí aquí.»

—Aun así, deberíamos pensarlo. Los demás inspectores viven en barrios residenciales de las afueras. —En realidad no sabía si eso era cierto.

—¿Podemos permitírnoslo?

—Por supuesto —aseguró Marta. Otra afirmación falsa.

Su madre sorbió el té y la miró.

—¿Me estás diciendo que mudarnos sería más seguro para Maria?

Un súbito y oscuro pensamiento llenó la mente de Marta: «El barrio residencial no fue seguro para Tessa, que estaba allí y al instante siguiente había desaparecido para siempre.» Tuvo cuidado en volver la cara ligeramente para que su madre no viera aquella horrible imagen reflejada en su semblante. Cuando habló, hizo un esfuerzo por sonar optimista:

—Sí. Y hay muy buenos colegios, y haría nuevos amigos enseguida.

Su madre asintió.

—Ahora tengo que ver mi programa en la tele —anunció—. Supongo que habrá que volver a hablarlo, pero puede que tengas razón. Quizá sea hora de mudarse. —Dio media vuelta y se fue a la sala.

Marta estaba a punto de ir tras ella, pero decidió esperar a oír el sonido del televisor. Se sentía abrumada por una ira intensa y ardiente, mezclada con los grises matices de la desesperación. «Estoy sola, pero sin estar sola. Estoy a salvo, pero sin estar a salvo.»

Volvió al fregadero, acabó de meter los platos en el lavavajillas y se recordó que esa noche debía asegurarse de poner una de sus armas sobre la mesilla de noche, aunque no estaba segura de si sería capaz de utilizarla. Se preguntó si sus armas no serían más que meros adornos.

16

Un paso.

Dos pasos.

Tres.

Cuatro.

Cinco, seis, siete, ocho.

Lo recibió la oscuridad.

Gabe se encontraba frente a su casa, dejando que la noche lo rodeara. Tenía la llave en la mano, pero se detuvo antes de abrir y entrar. Sombras en el interior. Sombras en el exterior. Era como ir rebotando entre distintos tonos de negro.

No quería entrar en aquella casa vacía. Tampoco quedarse fuera. Perdido en dos soledades, Gabe suspiró hondo, se dio ánimo para fortalecerse, y encajó la llave en la cerradura. Entró y encendió la luz del vestíbulo, se quitó la chaqueta, dejó caer la cartera, puso su arma sobre la mesa junto con las llaves del coche, y pensó en servirse una copa y mentir luego en su siguiente reunión de Alcohólicos Anónimos, a las que le obligaban a asistir oficialmente. Le gustó la idea de soltar una buena mentira, útil y bien disimulada.

Una hora más tarde, estaba sentado en la sala de estar, con la corbata aflojada, arremangado y sin los zapatos, que habia arrojado a un lado. Un par de lámparas de tenue luz batallaban con la oscuridad de la noche. Tenía el televisor encendido, sin sonido; en la pantalla jugaban un partido de béisbol, pero no se oían las banalidades del locutor, ni el chasquido del bate y la pelota, ni los vítores de una multitud enardecida. No sabía cómo iba el marcador, ni el registro de cada jugador, ni siquiera qué entrada estaban jugando. En una mesita cercana se enfriaba un plato de espaguetis con albóndigas calentado en el microondas. Con una mano sostenía una botella de cerveza, con la otra un vaso. Hizo una floritura para servir la mitad de la botella en el vaso y luego tendió la mano hacia dos vasitos con whisky escocés, que vertió en la cerveza. «El submarino —pensó—. En otro tiempo era la droga preferida por el trabajador.» Apuró de un trago la amarga mezcla, luego se reclinó en el sillón y se apretó el frío vaso contra la frente varias veces, aunque no tenía calor. «Debería estar en algún bar sórdido y oscuro, contándole mis problemas a un barman aburrido.» En lugar de eso, su mente se llenó de imágenes de Charlie el del Bosque con su erección a la vista, acechando junto al patio de un colegio. «Joder, menudo topicazo.» Por supuesto, Gabe sabía que el tópico se basaba en una deprimente realidad: el final de las clases en los colegios era un imán para los delincuentes sexuales. Pero lo que no acababa de ver claro era qué conexión podía existir entre el Charlie que había acabado en un coche patrulla cerca de una escuela y la adolescente desaparecida, o mucho después con el asesinato estilo ejecución en lo profundo del bosque.

«¿Se llevó Charlie a Tessa? Eso explicaría su muerte. Un poco de venganza justiciera. Pero ¿qué pruebas existen de eso?»

—Ninguna —se contestó en voz alta—. Nada. Cero.

Levantó la cabeza hacia el techo. Le vino a la mente una segunda andanada de preguntas y se puso en pie de repente. Se sintió mareado por efecto del alcohol y se tambaleó. Abriendo los brazos como si imitara el vuelo de un avión, cruzó la habitación en dirección al vestíbulo, donde había dejado la chaqueta y había dejado caer la cartera siguiendo el ritual acostumbrado al llegar a su casa. Cogió la cartera y rebuscó hasta encontrar su bloc de notas.

«¿Cuándo arrestaron a Charlie? ¿Y cuándo lo dejaron libre? ¿Y cuándo lo mataron?»

Su organizada mente luchó contra el alcohol que amenazaba con sumirlo en la confusión. Se aferró a la idea de que la cronología de los hechos podría indicarle algo. Tenía la extraña sensación de que todo aquel asunto era como una telaraña de hilos extrañamente conectados entre sí, pero tan finos que podrían cortarse con el movimiento más simple.

Hojeó sus notas.

El incidente del colegio se había producido semanas después de la desaparición de Tessa. Resopló. «Eso no me sirve», pensó.

El cadáver se había descubierto en el bosque cinco meses después de que se hubieran llevado a Charlie ignominiosamente en el coche patrulla. En la cabeza de Gabe bullían las fechas. El cadáver de Charlie debía de llevar semanas descomponiéndose, quizás incluso un mes.

Se permitió una pequeña y retorcida fantasía: «¿No sería fantástico si a Charlie lo hubieran matado después de dejarlo libre? Sería algo con lo que podríamos trabajar.»

Pero no, eso no había ocurrido. Se lo habían llevado en un coche patrulla y repentinamente, increíblemente, se encontraba de vuelta en su casa la misma noche. Lo habían liberado para llevar una vida solitaria y aislada. «Igual que yo.» Y había muerto mucho después. «¿Por qué?»

—Mierda —exclamó en voz alta.

Su voz, dirigida a sí mismo, era implacable. Se escuchó hablar, tratando de descubrir si se le trababa la lengua.

—Menuda puta mierda.

Se apoyó en la pared. Echó una larga mirada a la botella de cerveza y los vasos de chupitos. «Una botella se convierte en dos. Dos se convierten en cuatro. Cuatro exigen aún más vasos de chupito. Otro. Otro. Y otro. Acaba la botella.» Lo que veía era una secuencia de acontecimientos bastante aburrida y poco original, que terminaba con él borracho y dormido en el sofá si tenía suerte, pero posiblemente en el suelo, lo que se traduciría en articulaciones rígidas por la mañana. «Sería estupendo tener Valium para mezclarlo. Uno serviría para dejarme inconsciente, pero no antes de haber tenido tiempo para cantar algunas canciones de borracho. Tres me mandarían a la frontera del coma.

Cinco, seis, siete, diez serían peligrosos. Tanto, que no despertaría jamás.»

Apartó la vista de la botella de cerveza y miró por la ventana. Se había hecho de noche: un grueso manto de oscuridad interrumpido por el resplandor de alguna que otra luz en el exterior de una casa, o en una ventana con la persiana abierta. Recorrió la manzana con la mirada, identificando a sus vecinos: director escolar, ejecutivo de grandes almacenes, entrenador de fútbol americano de una pequeña facultad.

«Silencio de barrio residencial —pensó—. Cortar el césped el sábado por la mañana, agitando la mano amistosamente en un gesto que no significa nada. Emociones bien disimuladas. ¿Quién más quiere emborracharse y tomarse un puñado de pastillas esta noche?»

Estaba a punto de volver la cabeza, cuando reparó en el coche aparcado en mitad de la manzana.

«Qué raro. Nadie aparca en la calle. Todo el mundo deja el coche en su entrada.»

Siguió observando. El coche era negro. Mientras miraba, creyó distinguir una silueta tras el volante.

«¿Esperando a alguien para salir a cenar? ¿O algún chaval que acaba de dejar a su novia?»

El coche permanecía inmóvil. Gabe se dio cuenta de pronto de que era visible en la ventana, iluminado por las lámparas que tenía detrás, formando una clara imagen para quienquiera que ocupara el vehículo. En cambio, la luz que lo rodeaba le impedía ver bien a la persona del coche.

«Apaga las luces para ver mejor», pensó. Pero no se movió, tan solo una mano dio una pequeña sacudida.

Notó un escalofrío repentino.

Se sentía paralizado, clavado en el sitio.

Primero tuvo la horrible sensación de que lo observaban, lo que empeoró al presentir que lo hacían a través de la mirilla de un potente fusil. «Ni siquiera oiré el disparo.»

Quiso sacudir la cabeza, como si ese movimiento fuera a ahuyentar aquella ridícula idea. «¿Quién querría matarme?»

«Nadie.»

«Aparte de yo mismo.»

Siguió mirando fijamente y empezó a respirar de manera entrecortada, mientras trataba de tranquilizarse repitiéndose: «No seas estúpido.»

Inmóvil, la sensación de que estaba en el punto de mira siguió creciendo, flotando entre la conciencia y el subconsciente. Notó sudor en las axilas y la frente. De pronto hacía un calor insoportable en la sala de estar, como en una sauna, y tenía la garganta tan reseca como si hubiera atravesado el desierto a pie.

«¡Agáchate! ¡Escóndete!», se ordenó.

Aun así no pudo moverse, solo seguir mirando el coche, intentando divisar los ojos que parecían traspasarlo como la afilada punta de un estilete.

«¿Dónde está mi arma?»

«Sobre la mesa. Junto a las llaves del coche.»

«Retrocede. Corre al vestíbulo. No te molestes en calzarte. Agarra la pistola. Desenfunda. Amartilla. Sal fuera y carga contra ese coche empuñando el arma. Prepárate para disparar una, dos, quizá las trece balas del cargador. Manda al infierno a ese tipo.»

Todo parecía sencillo pero, sin embargo, no lograba moverse.

«¡Ve! ¡Ve! ¡Ve!»

Se apartó de la ventana bruscamente y corrió hacia el vestíbulo. Se sentía como si llevara pesas en los tobillos y una enorme caja fuerte de hierro sobre los hombros. «¡Demasiado lento!» Cogió el arma y la sacó torpemente de su funda. «¿Adónde coño ha ido a parar todo el entrenamiento?» De pronto se le ocurrió que no se había molestado en cargar el arma, así que expulsó el cargador, pero vio que estaba lleno de balas de 9 mm. Volvió a meterlo en la culata y deslizó la corredera para amartillar el arma, al tiempo que se abalanzaba hacia la puerta, aunque no fue eso lo que le pareció. «Vas dando traspiés como un viejo.» Era más bien como si intentara andar en medio de cemento que se endurecía.

Tras respirar hondo, abrió la puerta de golpe.

Se movió como si fuera a ciegas, sin ser consciente de los escalones de la entrada, ni del sendero ni de la casa que quedaba a su espalda. De repente se encontró en el jardín de su casa, ligeramente agachado y en posición de disparo, con las dos manos en el arma como le habían enseñado, apuntando al vehículo sospechoso, donde creía que estaba el conductor asesino.

—¡No se mueva! —gritó.

Vio un ligero movimiento dentro del coche.

«¿Un arma?»

Notó el dedo cerrándose sobre el gatillo. Le pareció que había empezado a sufrir una grave psicosis; voces extrañas le gritaban órdenes en su cabeza: «¡Dispara! ¡Dispara ya! ¡Van a matarte!»

—¡Salga del coche! —bramó—. ¡Ponga las manos donde pueda verlas!

Era tal el cúmulo de pensamientos y sensaciones que lo inundaron que temió perder el control. El corazón le latía desbocado, la adrenalina le zumbaba en los oídos.

Gabe vio que la silueta volvía a moverse en el coche.

«Si disparo, ¿la bala atravesará el parabrisas? Vacía el cargador. No le des ninguna oportunidad a ese asesino. Liquídalo.»

La persona del coche negro abrió la puerta. Se encendió la luz del interior.

Gabe vio una alegre gorra de béisbol puesta del revés. Una camisa roja, blanca y azul con un logotipo.

Un adolescente.

El chico se apartó del coche con las manos en alto.

—Pizza a domicilio —balbuceó—. Hostias, señor, no dispare, por favor. Solo estaba buscando una dirección...

El adolescente permaneció quieto con las manos arriba.

A Gabe le pareció que estaba gritando órdenes. Pero no. Tal vez sus labios se movieran, pero las palabras no brotaron. Simplemente estaba allí plantado con una semiautomática cargada y amartillada, apuntando al pecho de un jovencito.

Tardó unos segundos que le parecieron eternos en relajar los músculos, pero incluso eso supuso un esfuerzo enorme.

Cuando por fin se obligó a bajar la pistola a un lado, Gabe sentía una extraña mezcla de miedos. «¿Qué he hecho?»

—Lo siento, chaval —consiguió decir—, te he confundido con otra persona. —Y le indicó con un gesto que podía volver a subirse al coche.

—Hostias —repitió el adolescente.

Gabe sabía que debía añadir algo más.

—Soy policía. Investigo un homicidio. Te he confundido con un narcotraficante —explicó. No tenía mucho sentido, pero fue lo primero que se le ocurrió y lo más sencillo.

—Hostias —repitió el repartidor de pizzas—. Pensaba que iba a matarme.

Gabe sacudió la cabeza. No se le ocurría otra disculpa, así que preguntó:

—¿Qué dirección buscas?

—¿Qué?

—La dirección.

—Hostias. —Una cuarta vez. El adolescente metió la mano en el bolsillo y sacó un papel. Leyó un número con voz temblorosa.

—Dos manzanas más allá a la izquierda. Tiene un gran buzón blanco en la entrada —dijo Gabe. Agitó el cañón del arma en dirección al número indicado.

—Hostias —dijo el adolescente. Quinta y última vez.

Gabe lo vio sentarse de nuevo al volante, poner en marcha el coche y enfilar la calle de modo vacilante. Lo siguió con la mirada hasta que las luces traseras desaparecieron.

«Una extra de *pepperoni* no es motivo suficiente para morir —pensó—. Apuesto a que abandonará el trabajo de repartidor de pizzas esta noche mismo.»

Se dio cuenta de que había tenido mucha suerte al no convertirse en asesino. No sabía si el repartidor le contaría a alguien que un poli medio loco y borracho le había apuntado con su arma. Esperaba que el chico se limitara a entretener a sus amigos del instituto con aquella historia. Seguramente no le creerían.

17

Marta alzó la vista de su mesa en la Mazmorra cuando Gabe llegó.

—Oye, ¿te ha pasado algo inusual en los últimos días?

Gabe colocó la chaqueta en el respaldo de su silla e hizo una pausa. Contempló un momento la pequeña oficina, como buscando un desgarrón en el tejido de la implacable monotonía. Estaba a punto de contestar que sí, que una pizza, pero se dio cuenta de que parecería un idiota. Lo reconsideró y pensó: «¡Qué demonios!», y contestó:

—Sí, bueno, más o menos.

—¿Y qué quiere decir eso?

—Anoche me pareció que había alguien aparcado en la calle vigilando mi casa.

Le pareció más sensato no mencionar: «Submarinos. Miedo repentino. Sudores. Ansiedad. Agitando el arma cegado por la estupidez. Solo era un adolescente, y suerte tuve de que no apreté el gatillo.»

—Al final resultó no ser nada —añadió, mintiendo en parte—. ¿Por qué lo preguntas? —replicó, tratando de aparentar tranquilidad.

Ella se encogió de hombros como si intentara rebajar la importancia de lo que estaba a punto de explicar.

—Un tipo me siguió hasta casa. Lo llevé detrás todo el trayecto. Aceleraba o aminoraba cuando yo lo hacía. Al final se fue a toda velocidad cuando me detuve para encararlo.

—¿Marca y modelo? ¿Matrícula?

—Negro. Pequeño. Seguramente robado. Tal vez no sea nada.

Gabe se dejó caer en su silla.

—¿No te asustaste?

—Qué va —mintió Marta—. En Narcóticos, los malos siempre intentaban alguna que otra jugarreta para hacernos creer que eran más duros de lo que en realidad son. Era siempre el mismo juego de «sabemos que nos estáis vigilando, así que nosotros os vigilamos». De patio de colegio.

Gabe fue más consciente que nunca de su propia falta de experiencia y conocimientos de la calle. «No parezcas más estúpido de lo que eres», se ordenó.

—Entonces, ¿no crees que...?

Marta lo interrumpió.

—Entonces mi madre me dijo que alguien las había seguido a ella y a mi hija hasta casa desde el colegio.

Gabe abrió más los ojos.

—Iban caminando. Hacen lo mismo todos los días de colegio. Llueva o brille el sol. A las tres en la puerta para recogerla. Solo son seis manzanas. Una calle muy transitada.

—¿Tu madre vive contigo?

—Sí. Resulta un poco difícil. —Pronunció «difícil» como si significara imposible, exasperante, molesto e inútil.

—¿Y el tipo que las siguió?

—Quizá bajo o alto. Viejo o joven. Llevaba gorra. Quizá. En otras palabras... —Rio un poco—. Mi madre no es un testigo muy fiable.

—¿Dijo o hizo algo ese tipo?

—No. Eso fue lo primero que le pregunté a ella. —Marta meneó la cabeza—. Creo que se confundió.

—¿Tu madre se confunde a menudo?

Ella puso los ojos en blanco y miró al techo.

—No. Sí. A veces. Es una madre. Su estado natural es la confusión.

Marta alargó la mano hacia la pila de expedientes y agarró al azar el de Larry el Corredor Matutino, que estaba encima del resto, indicando así que aquella parte de la conversación había concluido.

Gabe señaló el expediente que Marta abrió.

—Me pregunto —dijo lentamente— si hace diecinueve años un par de polis de Homicidios arrestarían y luego soltarían sin más a Larry.

Era evidente que a la ex mujer no le hacía ninguna gracia verlos por allí.

—Eso fue hace muchos años. Está muerto. Fue triste. Terrible. Pero lo he dejado atrás. No creo que pueda ayudarles —dijo.

Era una mujer esbelta y de aspecto atlético, de cincuenta y tantos años, con el pelo oscuro muy corto y una camisa de seda color crema muy ceñida que se combinaba con los caros tejanos de diseño, descoloridos y agujereados juiciosamente, para dar la impresión de lujo espontáneo, según le pareció a Gabe. Vivía en una zona bien de la ciudad llena de grandes casas con magníficos jardines. Delante de la casa había un Audi rojo descapotable nuevecito.

Marta insistió.

—Tenemos unas preguntas.

Antes de que la mujer pudiera contestar, dentro se oyó una voz atronadora.

—Cariño, ¿quién es?

La mujer vaciló antes de responder ladeando la cabeza.

—Unos policías. Preguntan por mi difunto marido.

De una habitación lateral salió una mujer más corpulenta, de metro ochenta de estatura, con una larga melena de encrespados cabellos rubios que la hacía parecer aún más alta. Llevaba un mono tejano salpicado de pintura y una camiseta azul deshilachada con la «S» de Superman, y se limpiaba las manos con un trapo multicolor. Sonrió a Marta y Gabe.

—Hola —dijo—. Estaba recogiendo para comer —explicó.

—¿Artista? —preguntó Gabe.

—Instalaciones artísticas —contestó la mujer—. Algo de pintura, algo de escultura. —Sonrió—. Caray, le añadiría incluso poesía si me lo pidieran los clientes. Soy todoterreno.

—Es famosa —dijo la ex mujer con una leve sonrisa—. Tiene encargos importantes.

La mujer corpulenta le dio un afectuoso puñetazo en el brazo.

—Oye, a los agentes inmobiliarios tampoco les va nada mal. —A continuación, la mujer manchada de pintura preguntó—: Bien, ¿en qué podemos ayudarles?

—Queremos preguntar por su difunto marido —dijo Marta, volviendo la atención hacia la agente inmobiliaria—. En primer lugar, ¿lo arrestaron alguna vez cuando estaban juntos?

—En realidad nunca estuvimos juntos —respondió ella—. Es decir, sí, pero los dos estábamos, no sé cómo describirlo...

—Indecisos —terció su compañera.

—¿Qué significa eso?

La ex mujer vaciló.

—Digamos que estábamos confusos sobre la dirección que queríamos seguir.

—Lo siento —intervino Gabe—. ¿Dirección?

—Sexual.

—Oh.

—Entonces, su marido... —insistió Marta.

—No estaba demasiado interesado en mí. Creo que se casó conmigo porque era lo que se esperaba de él. Fue lo que solía llamarse un matrimonio de conveniencia. ¿Cómo le llaman ahora?, ¿una esposa trofeo?

—Hay otra manera de decirlo —dijo la compañera—. Mujer tapadera.

—¿En qué trabajaba?

—Agente inmobiliario de locales comerciales. En un momento dado te va todo genial y al siguiente no tienes nada más que oficinas vacías. Nos conocimos trabajando en diferentes departamentos de la misma empresa. Dios, cómo odiaba ese lugar. Ahora tengo mi propia empresa, aunque pequeña.

—¿Y tuvo algún problema? ¿Algún arresto? —Marta intentaba desviar la conversación hacia el punto inicial.

—No exactamente.

Gabe meneó la cabeza.

—¿Cómo se puede no ser arrestado exactamente?

La agente inmobiliaria miró a la mujer manchada de pintura, y volvió a mirar a Gabe.

—Al principio, mi difunto marido solo sentía predilección por ligar con otros hombres en lugares anónimos. Aparcamientos, bares, parques públicos, ya saben, sexo sucio y fácil de olvidar. Dudo que su familia lo hubiera aprobado, y menos los conservadores religiosos de derechas a los que pertenecía la empresa donde trabajaba. El caso es que eso solo fue el principio. No era gay. Lo que estaba era furioso. Y se desahogaba con el sexo. A los hombres quería dominarlos. A las mujeres violarlas. Al menos en la imaginación. Y haciendo lo que le gustaba, de vez en cuando se topaba con algún poli. Por lo general, el poli le ordenaba que dejara de hacer lo que estuviera haciendo, que se fuera a otra parte, ya saben, váyase antes de que lo vean, esa clase de consejos.

—Entiendo —dijo Marta.

—A Larry le gustaba el peligro. Le gustaba el anonimato. Le gustaba romper los tabúes sexuales. Vivía para el riesgo. A veces volvía a casa un poco ensangrentado, con los nudillos magullados, el labio partido, ya saben, como si hubiera participado en una pelea. Ahora me parece triste, pero a él le hacía feliz.

Marta asintió, tratando de animarla a seguir hablando.

—Parecía querer probarlo todo y con todo el mundo —prosiguió la agente inmobiliaria—. ¿*Bondage*? Claro. ¿Sadomasoquismo? Claro. ¿Menores? ¿Ancianos? Sí y sí. Andaba buscando temas siniestros. Bordeando la violencia. Daba miedo.

—Cuando lo mataron...

—Ya nos habíamos separado, mucho antes de hecho. Dios, tuve suerte de dejarlo enseguida. Y a mí me iba... —Le lanzó una breve mirada a su compañera, que sonrió—. Larry sabía lo de mi nueva relación. Él...

—Me detestaba —la ayudó su compañera—. Se presentaba aquí, por lo general después de haber estado bebiendo, y bueno...

—Se ponía agresivo. De palabra, quiero decir —retomó la ex mujer. Suspiró—. Creo que por eso había ido a correr a aquel parque, seguramente en busca de alguien. Quizá simplemente quería morir. No lo sé. Por entonces tenía ya su propio apartamento. No sé qué hacía con el resto de su tiempo libre, pero puedo adivinarlo. Claro que todo esto ya se lo conté a los inspectores de entonces.

«Los inspectores.» Marta intentó darle un tono neutro a su siguiente pregunta.

—¿Los recuerda?

Ambas mujeres reflexionaron, luego se encogieron de hombros.

—No. La verdad es que no. Bueno, recuerdo que uno de ellos era fornido. Con un corte de pelo militar, todo músculos. Daba miedo, como si pudiera perder el control en cualquier momento, ya saben.

«Joe Martin —pensó Gabe—. Tuvo que ser él.»

La ex mujer meneó la cabeza.

—Recuerdo una cosa —dijo con una leve sonrisa servicial asomando a su expresión.

—¿Qué es?

—Tuve la clara impresión de que conocían a Larry de algo.

—¿Lo conocían?

—Sí. Es decir, no se presentaron en la puerta haciendo preguntas sobre Larry, como qué hacía o quién era, como han hecho ustedes. Era como si ya lo supieran todo, lo que resultaba extraño. Quiero decir, se suponía que estaban investigando su asesinato, pero su manera de hacerlo me pareció rara. Claro que yo no sé nada sobre el trabajo de la policía.

—¿Puedo preguntarles por unos nombres, para ver si significan algo para ustedes? —terció Gabe.

Leyó los nombres de Charlie, Mark y Pete. Añadió algunos detalles de cada muerte.

Ambas mujeres negaron con la cabeza.

—No. Nunca habíamos oído hablar de ellos.

—De acuerdo —dijo Marta, adoptando de nuevo un fingido tono despreocupado—, hay una cosa más. ¿Recuerdan la desaparición de una adolescente, el año anterior al asesinato de su marido? En los periódicos la llamaron «la perdida Tessa».

—¡Oh, Dios mío! —exclamó la mujer artista—, sí, lo recordamos. ¿Cómo se puede olvidar algo así? Fue horrible. Qué triste. ¿Se llegó a...?

—No —dijo Gabe.

—¿Pillaron a...?

—No —repitió Gabe.

—Un hecho horrible. Malvado. Terrible. Dios, aquellas primeras noches fueron espantosas. Mi sobrina Rose iba a la misma clase que Tessa. Vivía en el mismo barrio, a un par de manzanas. Iban en el mismo autobús escolar. Y estaba fuera aquel anochecer, en casa de una amiga, a pocas manzanas de su casa.

La artista reculó un poco, como si los recuerdos volvieran a ella atropelladamente.

—Mi hermana... Dios santo, todo el mundo estaba consternado, presa del pánico, llorando, era terrible. Mi hermana me pidió que me quedara en su casa después de que desapareciera Tessa, porque su hija no podía dormir. Creo que Rose pensaba que podría haber sido ella la desaparecida en lugar de Tessa. Ya saben, con la luz apagada, dando vueltas en la cama, la imaginación desbocada de una niña aterrorizada.

—Mi marido se presentó aquí cuando ella se fue a casa de su hermana —intervino la agente inmobiliaria—. Estaba bebido. Pero yo no le abrí la puerta. Dio una patada a una ventana, así que llamé a emergencias. Se fue antes de que llegara la policía. —Miró a su compañera, que asintió.

—Cuéntaselo —le dijo.

—Bueno, cometí el error de decirle dónde estaba... —Señaló a su compañera con la cabeza—. «¡Cuando vuelva Diana de ayudar con lo de Tessa, te pateará el culo!», le dije, o algo parecido. No lo recuerdo exactamente.

—¿Sí? —dijo Marta, animándola a continuar.

—Bueno, Larry, que estaba borracho, me dijo: «Apuesto a que alguien se está divirtiendo de lo lindo con esa niña.» Se lo conté todo a los agentes que acudieron esa noche.

—Fue algo repugnante de contar —comentó la artista todoterreno.

«Repugnante es muy poco», pensó Marta.

—¿Y qué tal su sobrina?

—Está bien. Ya es adulta y tiene familia propia. Vive en Boston. Pero, Dios, creo que pasaron meses hasta que los niños superaron el miedo, por irracional que pudiera ser. Quizás algunos no llegaron a superarlo jamás de verdad. La desaparición de Tessa aterrorizó a todo el mundo. Estaba ahí y de repente...

Su compañera meneó la cabeza y se llevó un dedo a la mejilla, donde dejó una pequeña marca roja, como si necesitara afianzar sus recuerdos.

—Pero seguro que ustedes ya saben cómo es eso —dijo.

18

—No tengo hijo. Ya no. Váyanse a la mierda, inspectores. Nunca tuve un hijo.

La línea se cortó.

Él pulsó otros diez dígitos.

—Está muerto, está muerto. Muerto. Me arruinó la vida. Me costó mi matrimonio. Me dejó sin nada. ¿Y quieren que hable de él después de, cuántos, veinte años? Olvídenlo.

La línea se cortó.

«Vaya con mamá y papá —pensó Gabe. Miró el expediente de Pete el del Apartamento. Había otro nombre, pero no abrigaba muchas esperanzas—. A lo mejor tenemos suerte. Merecemos un poco de suerte.» No estaba seguro de si eso era cierto o no. Pero empezó por introducir el nombre en Google para buscar un número de teléfono.

Tuvo suerte. La ex novia vivía cerca.

Había una breve referencia en el viejo expediente de veinte años atrás, escrita con la precisa letra del inspector O'Hara:

> Los investigadores que analizaron el lugar de los hechos descubrieron en la mesilla de noche una fotografía de la víctima con el segundo sujeto. Tanto sujeto como acompañante, desnudos en la foto. Nota en el reverso: «Días universitarios con Liz Mitchell, polvo superior.» Se contactó con antigua novia de la universidad, Elizabeth Mitchell, quien declaró no saber que el sujeto traficaba con drogas. Declaró

que había roto con él hacía años. No puede proporcionar nombres de ningún contacto de drogas. No identificó a ningún delincuente potencial. Dispuesta a ayudar en la investigación, pero no cree saber nada importante. Dijo: «No sé por qué alguien querría matarlo.» Contactos posteriores con inspectores no añadieron información al expediente.

Esta última frase hizo que Gabe y Marta abrigaran pocas esperanzas de que aquella línea de investigación pudiera resultarles útil, pero no tenían nada más.

Ni siquiera había una foto de la foto incluida en el expediente de Pete el del Apartamento. Gabe supuso que los polis presentes en el lugar de los hechos le habían echado un buen vistazo, se la habían pasado unos a otros, quizá se habían reído y habían hecho comentarios sobre el cuerpo de la joven, y luego la habían «perdido» en el bolsillo de alguien.

Marta conocía la rutina: «Lo matan unos traficantes rivales, por lo general un crimen que provoca indiferencia entre los inspectores. Los fiscales lo llaman "delito de contaminación". Al final aparece alguien, en alguna parte, algún día, dispuesto a dar información o un nombre para librarse de algún cargo. Bueno, muy bien. Así funciona el mundo. Todo el mundo se jode, pero un poco menos.» Sin embargo, por el momento, Marta sabía que el asesinato de Pete era la clase de delito que no hacía más que distorsionar las estadísticas negativamente, fastidiando las subvenciones federales concedidas a las fuerzas de la ley.

Elizabeth Mitchell se encontraba tras el mostrador de la farmacia donde trabajaba. Llevaba bata blanca, daba instrucciones a media docena de empleados más jóvenes y dividía su atención entre la pantalla de su ordenador y los estantes de medicamentos que tenía a su espalda.

Tras indicar que se apartaran a una pareja de ancianos que hacían cola, condujo a los dos inspectores a una zona de consultas. Lo primero que les dijo fue:

—Miren, eso ocurrió hace veinte años. Es decir, no sé cómo podría ayudarles ahora.

—Usted habló con unos inspectores después de que mataran a su ex novio... —empezó Marta.

—Sí. Unos dos minutos. No creo que tampoco entonces les sirviera de mucha ayuda.

Gabe se inclinó hacia ella.

—Al pensar en ello, a lo largo de los años...

—No he... —lo interrumpió Elizabeth Mitchell.

—... ¿se le ha ocurrido alguna idea sobre el motivo por el que lo mataron?

—No. Estuvimos poco tiempo juntos. Rompimos. Pasó un tiempo, varios años. Entonces le dispararon. Yo ya me había olvidado de él. Ni siquiera asistí al funeral.

—No creo que se celebrara ninguno —dijo Marta.

Elizabeth vaciló antes de hablar.

—¿Lo ven? ¿Qué puedo contarles yo? Ya no formaba parte de mi vida. De no ser por aquella maldita foto que le dejé hacer, jamás me habrían relacionado con el caso.

Marta echó un vistazo al expediente.

—Peter abandonó la universidad. ¿Pensaba volver?

—Eso oí. No lo sabía ni me importaba. Se lo dije a la policía entonces. Creo que se lo repetí varias veces a los inspectores. De verdad, están perdiendo el tiempo conmigo.

Marta vaciló mientras examinaba el rostro de la farmacéutica. Era una mujer guapa, con un aire profesional, el pelo recogido en un moño, y unos modales directos, enérgicos y eficientes que a algunas personas podían parecer groseros, y quizá fríos a otras. Posar para una foto explícita, casi pornográfica, parecía algo muy alejado de la vida presente de Elizabeth Mitchell. Llevaba alianza de casada en la mano izquierda y un crucifijo colgado del cuello. Marta miró hacia su lugar de trabajo. Vio fotos de niños pegadas con celo a un panel divisorio. Pensó que la farmacéutica era la clase de mujer que diría a sus hijos cuándo divertirse y cuándo no.

—En la universidad, ¿cuánto tiempo estuvieron juntos la víctima y usted?

—No mucho. Un mes como mucho.

—¿Podría describirnos su relación? —pidió Marta.

La mujer se encogió de hombros.

—Nos conocimos en una fiesta. Fue la típica aventura universitaria. Muy apasionada durante unas semanas, con mucho sexo y alcohol, y luego más sexo, aunque la verdad es que no me gusta recordarlo, y les rogaría que por favor no divulguen nada de esto...

—Por supuesto —mintió Marta.

—Después rompimos. Fuera lo que fuese, simplemente se acabó. A partir de ese momento, no presté atención a lo que hacía él, y dudo que él se preocupara mucho por lo que hacía yo. No creo que volviera a verlo nunca más. El campus es un lugar muy grande.

Marta no la creyó.

—¿Por qué rompieron? —preguntó.

La farmacéutica se mostró algo inquieta.

—Me di cuenta, bueno, de que no era el hombre adecuado para mí.

—¿Cómo llegó a esa conclusión?

La mujer se inclinó hacia los inspectores.

—Todo eso es agua pasada. Me están pidiendo que recuerde un breve amorío que tuve en la universidad hace un montón de años y que me avergüenza recordar. Era joven y un poco alocada. Pero senté la cabeza enseguida. No sé por qué sigue siendo tan importante ahora.

—Solo tratamos de saber cómo era su ex novio. Intentamos resolver unos casos antiguos y este asesinato es uno de ellos —replicó Gabe con contundencia.

—No lo conocía muy bien cuando empezamos a salir, y cuando llegué a conocerlo un poco mejor, la verdad es que me asustó, así que decidí ponerle fin antes de que se complicara más. Me hacía sentir incómoda.

—Bueno —perseveró Marta—, ¿qué era exactamente lo que la hacía sentirse incómoda?

La farmacéutica miró a un lado y otro como si quisiera huir de vuelta a la seguridad de su ordenador y sus estantes de medicamentos.

—Otra chica de mi fraternidad me contó una cosa. Se lo había oído decir a una amiga suya que se lo había oído a una chica de otra fraternidad... ya saben, fue uno de esos comentarios que se convierten en chismes. —De nuevo la farmacéutica vaciló—. Al parecer entró a escondidas en la habitación de su antigua novia, en el campus, y la violó. Quizá le pegara incluso. Ella lo denunció a la universidad un par de días más tarde. Pero nunca llegó a presentar una denuncia formal ante la policía. Solo presentó una queja a la administración, y esa gente siempre se da prisa en tapar ese tipo de cosas. Eso es todo lo que sé, se lo prometo. Me lo contaron y entonces decidí dejarlo cuanto antes. Me preocupaba que quisiera hacerme lo mismo a mí, así que avisé a todas las chicas de la fraternidad. Colgamos una foto suya en la pared con un letrero que ponía: QUE NADIE LO DEJE ENTRAR. Un poco exagerado, supongo, porque no volvió a aparecer nunca más. Supongo que no debería haberme preocupado tanto.

—Tal vez sí, tal vez no —dijo Gabe—. ¿Qué más sabe sobre esa acusación?

—Nada. Solo sé lo que me contaron mis amigas, y ellas me dijeron que al final todo quedó en la palabra de uno contra la otra. Él aceptó abandonar la universidad un par de semestres, hasta que ella se graduara. Luego, supongo, no lo sé seguro, él iba a volver, pero lo mataron. Eso fue lo que me dijeron los policías que investigaban su caso. Eso es todo lo que recuerdo.

Gabe y Marta siguieron aguijoneándola. Ambos presentían que había algo más.

—¿Les contó todo eso a los inspectores en su momento?

—Sí. Todo.

«Debería haber figurado en el expediente —pensó Marta—. Y debería haberse hecho un seguimiento. Tendrían que haber interrogado al padre de la chica violada o a algún hermano, si los tenía. Tendrían que haber investigado un poco sobre ellos. Eso como mínimo.»

Marta habló cuidando sus palabras.

—¿Recuerda el caso de una adolescente desaparecida que hubo entonces? Tessa Gibson, la hija de...

—Ah, sí, la hija del profesor Gibson. Fue horrible, horrible, horrible —espetó de pronto, mostrando más animación que en el resto de la entrevista—. Era muy guapa. Qué tragedia.

—¿Conocía Pete al profesor, o asistía a alguna clase suya o...?

La farmacéutica la interrumpió.

—No, no. Él estudiaba Administración de Empresas. Quería ser empresario.

«Ya. Y la forma más sencilla de montar una empresa es vender droga —pensó Marta—. El estilo americano para ganar dinero rápido.»

Gabe, en cambio, captó algo distinto.

—Pero usted sí conocía al profesor, ¿verdad?

—Estuve en dos de sus cursos de Química. Era fantástico. Uno de los mejores profesores que tuve en los cuatro años de estudios. Divertido. Vibrante. Todas sus clases eran amenas y emocionantes. Hacía que la química pareciera la mejor aventura del mundo. Me ayudó a ingresar en la Facultad de Farmacia. Lo conseguí gracias a la encendida recomendación que me escribió. Me pregunto si aún tendrá aquel enorme cartel detrás de su mesa.

—Sí —dijo Gabe, asintiendo. Miró a la farmacéutica y vio que, por primera vez, una leve sonrisa curvaba sus labios, como si recordara algo.

—Al profesor Gibson solían ir a buscarlo su mujer y Tessa al acabar la última clase de laboratorio del día. Me parecían la familia perfecta. Tessa tenía doce o trece años y se quedaba mirando lo que hacíamos como si todos fuéramos a trabajar para la NASA. Siempre nos hacía preguntas sobre nuestros experimentos. Creo que el profesor quería que fuera científica, como él. Y a ninguno de nosotros nos molestaba, porque era una chica realmente agradable. Reservada pero agradable.

—Pero Pete no asistía a esas clases de laboratorio...

—No, pero recuerdo que, durante el mes que salimos juntos, también iba allí a buscarme, así que supongo que vio a Tessa un par de veces. —Dudó un momento—. La última vez que Pete vino estábamos rompiendo. Era ese momento de confrontación final, muy desagradable. Nos dijimos unas cuantas cosas, bueno, muchas cosas, en el pasillo, justo delante del laboratorio.

Estábamos furiosos. Daba un poco de miedo. Puede que nos lanzáramos algunos insultos. Tessa y la señora Gibson estaban también en el pasillo mientras nosotros discutíamos, y armamos bastante alboroto. Yo lloraba y le gritaba, y él me gritaba a mí. Me agarró por el brazo, me empujó hacia atrás y fui a caer encima de Tessa. Lo recuerdo porque ella acabó en el suelo y también se echó a llorar. El caso es que me levanté y vi al profesor. Se estaba encarando con Pete. Le dijo que se fuera inmediatamente si no quería que llamara a la seguridad del campus. Y añadió que, si intentaba cualquier cosa conmigo, haría que lo arrestaran. Me sentí muy agradecida. Me estaba protegiendo. El profesor Gibson era un hombre encantador. Muchas chicas que estudiaban la carrera de Química estaban enamoradísimas de él.

La farmacéutica movió los pies como si estuviera sobre ascuas ardiendo.

—Todas las chicas de la fraternidad se unieron a los equipos de búsqueda de Tessa. Yo... nosotras... estuvimos fuera toda la noche. Detesto recordarlo. Fue muy triste. Hace que te preocupes por tus propios hijos, incluso después de tantos años. —Apretó los labios—. Bien, tengo que volver al trabajo. ¿Algo más?

«Me pregunto —pensó Gabe— si en medio de esa discusión se gritaría la palabra "violador".»

19

Sin contactos.
Sin parientes vivos.
Sin motivo.
Sin sospechosos.
Sin arrestos.
Sin investigación de seguimiento.

A Marta le pareció que posiblemente tenía entre las manos la investigación de asesinato a la que nunca se había dedicado menos interés y empeño. El expediente de Mark el del Coche era un desierto desde el punto de vista de un investigador. Informe de balística. Informe de la autopsia. Informe del lugar de los hechos... y prácticamente eso era todo. Marta estaba encorvada sobre su mesa como una estudiante afanándose en terminar un examen para el que no ha estudiado lo suficiente, releyendo cada hoja del exiguo expediente, que luego tendía a Gabe para que él la reexaminara, diciendo algo así como: «Mira a ver si se me ha pasado algo», o «Aquí no veo nada destacable», o «Un callejón sin salida».

—Este tipo era como un alienígena, como si alguien de Marte hubiera caído en la Tierra de pronto y se hubiera hecho matar por las molestias —gruñó Marta.

—Lo torturaron un poco y luego lo mataron —dijo Gabe mientras revisaba los informes del lugar de los hechos y de la autopsia—. Eso quiere decir que significaba algo para alguien, porque su asesino se encargó de hacer que sus últimos minutos fueran muy dolorosos.

«Marcas de corte de un instrumento semejante a una cuchilla. Dos uñas arrancadas. Moratones en el rostro y el cuello. Disparo en una sien. ¡Bum! Estás muerto, compañero. Mala suerte.» Gabe supuso que los principales problemas para el asesino habrían sido los nudillos magullados de pegar a la víctima antes de meterla en el coche, y las salpicaduras provocadas por un disparo a tan corta distancia. Seguramente el asesino se había ido manchado de sangre y materia gris. «¿Qué te dice eso?» No se había ido a pie. Se había ido en su propio coche. «¿Lo estaría esperando alguien?» Gabe imaginó el lugar del crimen: «Tuvieron que ser dos tipos y la víctima. Alguien sentado detrás de esta apuntándole a la cabeza con un arma para asegurarse de que no saltaría del asiento del acompañante. Es diferente de los otros casos. En el bosque: ¿dos asesinos? No necesariamente. En el parque: ¿dos asesinos? No necesariamente. En el apartamento: ¿dos asesinos? No necesariamente.» Pero solo porque no parecieran necesarios, no significaba que no hubiera dos asesinos. O tres. O cuatro. Gabe siguió imaginando el asesinato como si se desarrollara en una pantalla frente a él. «Dos tipos. Uno va en busca de su coche. La víctima y el asesino aguardan pacientemente. La víctima cree que todo ha acabado. Que se va a casa. Les ha contado a sus torturadores exactamente lo que querían oír. Siente dolor, pero todo ha terminado. Cree que va a volver a su vida normal. Piensa que todo lo que le duele se curará. No le va a pasar nada más. En el coche está puesta la calefacción. Se relaja. Quizá cierra los ojos. Entonces: ¡bang! Y el asesino se baja del coche.» Pero el único testigo, el tipo que oyó el tiro y miró por la ventana, no dijo nada de dos asesinos. «¿Podremos encontrar a ese testigo después de tantos años?»

«Demasiadas preguntas —se dijo Gabe—. Podrías estar equivocado en todo lo que imaginas.»

Señaló el nombre del testigo en el expediente.

—Me pregunto si este tipo andará todavía por ahí. Ha de estar en alguna parte. ¿Qué otra cosa podemos hacer? —Y empezó a teclear en su ordenador.

Unas horas más tarde, el padre Malone los recibía en la escalinata frontal de la iglesia. Era un hombre agradable, con sobrepeso, una mata de pelo rojo salpicada de canas que combinaba con sus mejillas rubicundas, y un alzacuellos que parecía dos tallas más pequeño de lo debido. Les estrechó la mano efusivamente.

—Encantado siempre de ayudar a la policía —dijo.

Los condujo hacia un lateral de la iglesia, donde una escalera conducía a un sótano. Junto a la desvencijada puerta del mismo rojo que el pelo y las mejillas del padre Malone, había un letrero escrito a mano que rezaba: «Comedor. Horario de 7 a 7. Lunes a domingo.»

—Hoy no he visto al señor Williams, pero estará aquí dentro, si no anda por ahí fuera —aseguró el sacerdote, señalando las calles de la ciudad con un amplio movimiento del brazo.

La iglesia se erguía junto a la peor y más peligrosa zona de la ciudad. Solares vacíos. Edificios tapiados. Proyectos de viviendas que supuraban delincuencia como si fueran infecciones. Basura que parecía revolotear por todas partes, incluso cuando no corría el aire y hacía un bochorno insoportable. Marta había pasado mucho tiempo en esa zona trabajando en casos de Narcóticos, haciendo redadas que acababan en pequeños arrestos por posesión o por trapicheos menores. Como era habitual en los inspectores de Narcóticos, nunca iba sola a aquella parte de la ciudad; debían ir siempre acompañados y manteniéndose en contacto por radio. Era la clase de barrio donde incluso los polis bloqueaban las puertas de los coches patrulla. En el jardín reseco que había frente a la iglesia, un letrero advertía: «Actúa cada día como si Dios te estuviera vigilando, porque te vigila.» Marta lo vio y pensó: «Bueno, si está vigilando, debe de estar un poco frustrado por el modo en que funcionan las cosas por aquí.» Debajo había un horario de las misas, aunque la «m» se había caído y la palabra se había quedado en «isas».

—¿Lo conoce? —preguntó Marta—. ¿Cómo terminó así? —Y señaló hacia el mundo de las calles que rodeaban la iglesia.

—Lo conozco tan bien como se puede conocer a cualquier persona que viene aquí —respondió el sacerdote—. Una triste historia. Era vendedor de coches, perdió el trabajo porque amañó algunos recibos, como ese personaje de *Fargo*. Claro que Russell, bueno, se metió en ese lío porque se había vuelto adicto a las metanfetaminas y necesitaba dinero. A partir de ahí acabó viviendo en edificios abandonados, tratando de alimentar el vicio que va a matarlo. En cuanto surgió el problema, la familia lo apartó de su lado. Toda la gente a la que conocía antes de drogarse desapareció. Así que ahora no tiene nada ni a nadie. Viene aquí a comer cuando está lo bastante sobrio para sentir hambre. —Sonrió y se encogió de hombros—. Mi intuición me dice que el hambre le pica más o menos a esta hora. —Abrió la puerta y la sujetó para que pasaran—. Eso suponiendo que no haya muerto —añadió casi alegremente.

La intuición no le fallaba. Russell Williams, antiguo vendedor, yonqui, delgado como un fideo, estaba sentado a una mesa del rincón, tomando sopa de tomate y un sándwich de mortadela.

Una fugaz expresión de pánico cruzó por su rostro cuando se acercaron los inspectores con el sacerdote.

—No he hecho nada —dijo a la defensiva.

—No hemos dicho que haya hecho nada —replicó Marta.

Y se situó justo detrás del yonqui, moviéndose ligeramente de lado a lado de modo que él no supiera exactamente dónde estaba. Gabe ocupó la silla al otro lado de la mesa.

—Queremos hacerle unas preguntas —dijo.

—No sé... yo no... —empezó el yonqui, pero Gabe levantó una mano.

—Hace veinte años fue testigo de un homicidio.

—¿De veras? A lo mejor sí.

—Estamos revisando ese caso. Y necesitamos saber qué vio aquella noche. —Gabe se preguntó si Williams entendía algo de lo que le decía. El hombre seguía mirándolo con rostro inexpresivo.

—No lo recuerdo —dijo tras una larga pausa.

Marta se inclinó y sus labios quedaron a escasos centímetros de la oreja del yonqui.

—Esfuérzate —le dijo. Había una costra de suciedad en el cuello de Williams. Tenía canosas guedejas de cabello grasiento.

Piojos y enfermedad. «¿Cómo ha logrado mantenerse con vida?», se preguntó Marta.

—Eso fue hace mucho tiempo —gimoteó—. Ya se lo conté todo a los polis de entonces. No vi gran cosa.

—Oyó un disparo y vio una persona que se alejaba del coche, ¿correcto?

—Sí.

—¿Vio si el tipo subía a un segundo vehículo?

Williams negó con la cabeza.

—Se fue por un lado del edificio. A lo mejor había un coche esperándolo a la vuelta de la esquina. No se veía.

—Su descripción del hombre fue...

—Yo no lo vi —repitió Williams, con la vista clavada en su cuenco de sopa—. No comprendí lo que había pasado hasta que vinieron los polis más tarde.

—Los polis que lo interrogaron...

—A ellos sí los recuerdo. Les conté lo que había visto. Lo anotaron todo en sus blocs y ya está.

—Le preguntaron por la víctima...

—No. Nadie me preguntó si lo conocía. Eso lo recuerdo porque me pareció extraño.

—¿Por qué?

Williams miró alrededor furtivamente antes de responder con una voz que apenas era un susurro.

—Mark era un tipo raro.

—¿Qué quiere decir?

Williams agitó su cuchara en el aire.

—¿Saben lo que hacía para ganarse la vida?

—Díganoslo usted —lo animó Gabe.

—De día trabajaba en el consultorio de un médico haciendo funcionar no sé qué máquina. Y también era fotógrafo profesional. Claro, no de esos que persiguen celebridades, porque, bueno, ¿ven a alguna celebridad por aquí? Era el tipo que hacía esas fotos de los chavales con esmoquin y vestidos de fiesta en el baile del instituto. Fotos para los anuarios. Fotos de boda. Todo el mundo dice «¡Patata!» y se quedan tiesos.

—¿Y eso por qué era raro? —preguntó Marta.

—Bueno, eso no era lo raro. Lo raro era el rumor que corría por el edificio de apartamentos, de que también hacía otro tipo de fotografías.

—¿Qué tipo?

El yonqui se echó un poco hacia atrás, como encogiéndose.

—Del tipo por las que pueden arrestarte —dijo—. Yo nunca vi ninguna. Jamás hablé con él. Solo lo oí. No recuerdo dónde ni cuándo, ni nada más. Déjenme en paz. Se me está enfriando la sopa.

—¿Por qué clase de fotografías pueden arrestarte? —quiso saber Gabe, inclinándose sobre la mesa.

—Fotografías de... —Williams vaciló—, bueno, gente joven. Haciendo cosas. Gente muy joven.

Marta tuvo el impulso de darle collejas. Russell sabía algo más. «Fotografías —pensó—. Y una mierda no vio nunca ninguna. Y una mierda no habló nunca con Mark el fotógrafo.»

Williams se llevó a la boca una cucharada de sopa, como si así pudiera evitar nuevas preguntas. Un poco se le escurrió por la barbilla.

—Eso es todo, en serio —dijo, y le dio un bocado al sándwich—. No sé nada más. Lo juro.

—¿Significa algo para usted el nombre de Tessa? —preguntó Gabe.

Williams reflexionó.

—No —respondió—. ¿Debería?

—No necesariamente. Haga un esfuerzo.

De nuevo el yonqui vaciló antes de contestar.

—No. ¿Es alguien a quien debería conocer?

Gabe negó con la cabeza y se incorporó.

—¿Dónde podemos encontrarlo si tenemos más preguntas?

Williams señaló la zona de la cocina, donde otros zarrapastrosos sin techo hacían cola para recibir su sopa y su sándwich.

—En mi restaurante preferido —dijo.

Marta se pegó un poco más a él.

—No nos sirve.

—A una manzana de aquí —dijo entonces el yonqui, intimidado—. ¿Saben dónde están esos edificios abandonados?

Marta asintió. Todos los polis lo sabían.

—Acábese la sopa —dijo Gabe.

Ambos se alejaron, dejando al yonqui con su comida. Se sentían como si parte de la mugre y la porquería que cubrían las ropas y el cuerpo de Russell Williams se les hubiera pegado. Marta pensó en las fotografías que hacía Mark el del Coche. ¿Motivo suficiente para matarlo? Desde luego. Algo que debería figurar en el expediente de la policía, pero no figuraba.

—Tessa —dijo el padre Malone tras carraspear—. Les he oído hablar de ella. La perdida Tessa, ¿verdad? La niña que desapareció en la ciudad universitaria, al norte de aquí.

—La misma.

—Lo recuerdo. Fue muy triste. Salió en todos los periódicos. Creo que le dedicamos unas plegarias, a su familia y a ella.

—¿Conocía usted a nuestra víctima? —preguntó Marta. Un disparo a ciegas.

—Sí, pero no muy bien. No lo bastante como para estar al tanto de lo que el señor Williams sugiere que era su otro negocio.

—Bueno, ¿y de qué lo conocía?

—De la misa de los domingos. Venía de vez en cuando.

—¿Por qué lo recuerda?

—Bueno, no matan de un tiro a todos nuestros feligreses. Te deja impresionado —explicó el sacerdote, como afirmando una obviedad.

Gabe meditó un momento.

—¿Se confesó alguna vez?

—No —respondió el sacerdote, encogiéndose de hombros—. Pero si lo hubiera hecho, no podría contarles nada. El confesionario es sacrosanto, ya lo saben. Pero era un tipo raro.

«¿Sacrosanto incluso para alguien que manejaba porno infantil?»

—Vale, era raro. ¿Cómo exactamente? —insistió Gabe.

—Venía a misa. Pasaba mucho tiempo en silencio, rezando. Con gran vehemencia. Se le veía el sudor en la frente. Como si las plegarias fueran una especie de ejercicio aeróbico. Comulgaba cada vez que venía. Le temblaban las manos. Y permanecía de rodillas rezando, incluso después de que acabara la misa. Yo le oía murmurar padrenuestros y avemarías una y otra vez. En alguna ocasión me acercaba y le preguntaba si quería confesarse, porque me parecía que había algo que lo tenía muy preocupado. O si no quería confesarse, simplemente charlar. Pero siempre rehusaba. Los otros sacerdotes también intentaron acercarse a él. El padre Ryan, el padre Gonzalez... Todos los sacerdotes que hemos pasado por aquí. Fue un reto para todos nosotros. Pero él se limitaba a seguir rezando. «Dios te salve, María, llena eres de gracia... Dios te salve, María, llena eres de gracia...», una y otra vez. Parecía un hombre torturado.

«Ya. Lo torturaron de verdad poco después —pensó Gabe—. Alguien que se sentía muy culpable y que no quería contarle nada a nadie, en especial los detalles, aunque pudieran absolverlo de sus pecados... Quizá sus pecados eran de los que no admiten absolución... «Quizás eran delitos con penas de veinte años de prisión. Penas de prisión a las que difícilmente sobreviviría, cuando los otros reclusos descubrieran que distribuía porno infantil de baja calidad.»

—Bueno, y otra cosa —añadió Malone—. Me había olvidado de ello, pero al decir el nombre de la niña, me ha venido a la memoria. Después de que la pobrecita desapareciera, al día siguiente pidieron voluntarios para ayudar en la búsqueda. La iglesia envió un autobús lleno de gente.

Marta y Gabe aguardaron.

—Su víctima —prosiguió el sacerdote, como si fuera incapaz de pronunciar el nombre del muerto— fue el primero en ofrecerse voluntario, lo recuerdo. Fue allí cada día. Y creo que incluso puede que fuera por su cuenta a seguir ayudando, cuando nosotros nos quedamos sin dinero para enviar el autobús. No sirvió para nada, ¿verdad?

—No —respondió Marta.

20

No volvieron a la Mazmorra.

Lo que hicieron fue ir directamente al lugar donde había desaparecido Tessa. Gabe aparcó, se apearon del coche sin distintivos y se quedaron junto a la carretera.

—Bueno, pues aquí es —dijo Marta, mirando en derredor, desalentada—. Imagino que debe de estar muy oscuro de noche, sobre todo en otoño.

—Hay muchos sitios donde ocultarse —apuntó Gabe.

—O para que te metan en un coche a la fuerza sin que nadie lo vea.

—Cierto.

—Recorramos la ruta que siguió Tessa aquella noche —propuso Marta—. Tal vez detectemos alguna cosa.

Pura ilusión.

—De acuerdo —accedió Gabe. Hizo un pequeño gesto con la mano, señalando calle abajo—. Empezaremos en el último sitio donde alguien la vio.

—No —dijo Marta—. Hubo alguien más que la vio. La persona que la raptó.

Marta miró a un lado y otro. No era una carretera rural exactamente. A un lado de la calle había una acera maltrecha con escaso mantenimiento. Imaginó que los acaudalados vecinos pensarian que le daba carácter al barrio. Al otro lado se veía una maraña de arbustos junto a un pequeño arroyo que iba a parar a uno más grande, que a su vez desembocaba en el río. Varios senderos abiertos en la maleza conducían a lo que los planificadores urbanísticos llamaban «espacio verde». El ayuntamiento mantenía la zona sin edificar. En otras palabras, se suponía que iba a permanecer como una zona natural... hasta que apareciera alguien con dinero suficiente y capacidad de influencia. El sendero principal tenía nombre de poeta: «Sendero de Robert Frost.» Gabe se preguntó si el nombre tendría algo que ver con el poema: «Dos caminos se separaron en el bosque...» Sabía que el sendero atravesaba zonas agrestes y también jardines de costoso mantenimiento. Había un pequeño letrero marrón con una flecha que señalaba los arbustos al otro lado de donde se había encontrado la mochila. Allí habían iniciado la búsqueda de Tessa.

El barrio denotaba prosperidad, pero no exagerada riqueza: coches de alta gama, setos recién recortados, robles majestuosos que se elevaban hacia el cielo y arrojaban oscuras sombras sobre céspedes bien cuidados. Reinaba la tranquilidad de las altas hipotecas de los barrios residenciales. Las casas, demasiado grandes en su mayoría, pero con diseños personalizados que imitaban vagamente el estilo de los antiguos hogares de Nueva Inglaterra, se alzaban algo apartadas de la carretera, ocultas tras una vegetación que les otorgaba intimidad. Florecía más de un arbusto de azaleas, de flores amarillas o moradas. Médicos. Abogados. Profesores. Administradores de universidad. Todas ellas personas que se considerarían por encima de cualquier delito. Gabe imaginó que, tras aquellas fachadas de clase media alta, había mucha ambición por ascender aún más en la escala social. Cenas con conversaciones sobre películas de autor y grandes jugadas en bolsa. Personas con las que en otro tiempo él había estado a punto de relacionarse. Y aunque empezara ya a parecerle algo lejano, sabía que, cuando regresara de noche a su casa de un barrio similar, en una zona residencial distinta, todo volvería a inundar su mente. Algunas emociones eran como las mareas: implacables.

—¿Crees que habrá cambiado mucho en veinte años? —preguntó Marta.

—Buena pregunta. No lo sé.

Aunque sí lo sabía: «No mucho. Solo mejores coches.»

Luego pensó: «En realidad sí ha cambiado mucho, aunque nadie más haya sido secuestrado, asesinado, violado, torturado o descuartizado por algún asesino en serie y repartido en bolsas de basura por el bosque. O lo que sea que le ocurriera a Tessa aquella terrible noche. Pero eso no significa que la gente que vive aquí no se preocupe por si vuelve a ocurrir. Les preocupa constantemente. Eso es lo que ha cambiado.»

Los dos guardaron silencio mientras caminaban hacia la casa de la antigua amiga de Tessa.

—¿Crees que la familia seguirá ahí? ¿A qué se dedicaba el padre?

—Era médico de Urgencias. La mujer creo que era profesora universitaria o algo así.

—Ya que estamos, podríamos llamar a la puerta —dijo Gabe.

Condujo a Marta por un sendero de adoquines hasta la puerta principal. Intentó imaginar el sendero en la última noche de Tessa. «Habría una tenue luz encendida sobre la puerta, pero insuficiente en medio de la oscuridad.» Se dio la vuelta y miró hacia la calle. «Una farola a veinte metros en dirección contraria. Tessa se encontraría enseguida rodeada de oscuridad. —Respiró hondo—. Debió de parecerle mucho más tarde de lo que era, sobre todo tratándose de una adolescente de trece años sola. Pero no tenía motivos para asustarse. Estaba en su barrio. Había recorrido el mismo camino docenas de veces. Simplemente aceleró el paso. Quizá tarareó una canción por lo bajo, dándose prisa.» Gabe llamó al timbre de la puerta.

Una mujer con atuendo de yoga manchado de sudor acudió a la llamada.

—¿Qué? —preguntó con brusquedad, dándole a la pregunta un tono de hostilidad.

Marta le mostró la placa, lo que cambió rápidamente su actitud.

—Oh, lo siento —dijo—. Pensaba que eran un par de evangelistas o mormones, esos que van de puerta en puerta y llenan el barrio de folletos. Estaba haciendo mis ejercicios antes de que vuelvan los niños del colegio. ¿En qué puedo ayudarles?

—¿Es usted la señora Lister? —preguntó Gabe.

La mujer negó con la cabeza.

—No. Esa era la familia a la que le compramos la casa.

—¿Cuándo?

—Debe de hacer casi diecinueve años.

—¿Recuerda usted una desaparición en este barrio? —intervino Marta.

—Claro, la de Tessa. Todo el mundo la recuerda. De no ser por ella, seguramente no se habría organizado aquí una Patrulla de Vigilancia. Y desde entonces, tenemos un servicio de policía y bomberos mucho mejor. Y a ningún niño se le permite salir a pedir caramelos en Halloween sin la compañía de un adulto... —Se detuvo y miró hacia la calle—. Apuesto a que desde lo de Tessa, también hay más de una pistola en las mesillas de noche. La gente tiene muy malos recuerdos.

—¿Por qué vendieron esta casa el doctor Lister y su esposa?

La mujer miró al cielo un momento.

—Hace mucho tiempo que no pensaba en eso.

—Pero ¿lo recuerda?

—Bueno, el agente inmobiliario nos dijo que le habían ofrecido un trabajo bueno en otra parte, pero mi marido y yo creíamos que fue consecuencia de la desaparición de Tessa. Pusieron la casa a la venta un par de meses después. A un precio muy razonable. Incluso se podría haber dicho que tirado. Una ganga. Supongo que los Lister no podían perdonarse a sí mismos, aunque no creo que hicieran nada malo. Al despedirse de Tessa le preguntaron si quería que alguien la acompañara a casa, incluso que la llevaran en coche, aunque solo hay unas pocas manzanas. Ella dijo que no y eso fue todo. No volvieron a pensar en ello hasta que sonó el teléfono una hora más tarde. Qué pesadilla. No creo que su hija, no recuerdo el nombre, volviera a dormir sin llorar. Eran amigas íntimas con Tessa, como hermanas. Desde entonces nadie deja que sus hijos vayan por la calle solos de noche, aunque sea un buen barrio. Muy seguro, con el índice de delincuencia más bajo del condado. Lo que le pasara a Tessa fue, bueno, una aberración. Un suceso terrible que cayó como un rayo, una vez en la vida. Dudo que vuelva a ocurrir algo parecido, al menos por aquí. En otro lugar quizá sí. —Hizo una pausa—. Pero eso no significa que la gente no sea cautelosa...

«Esa —pensó Marta— es la diferencia entre tener mucho dinero o poco: estar seguro y preocuparse, o no estar seguro e igualmente preocuparse.»

A Gabe le vinieron a la mente varios pensamientos sobre el cambio y la pérdida de la inocencia. «Algunos casos tienen ese efecto —pensó—. Un único acontecimiento y todo lo que sucede a continuación se vuelve distinto. La mayoría de los delitos se olvidan. Todo el mundo sigue con su vida. El delito cae en el olvido. Pero algunos tocan la fibra sensible de la memoria. Son como una llaga que no llega a curarse. Dejan una cicatriz.»

—¿Sabe adónde se mudaron los Lister?

La mujer negó con la cabeza.

—Lo siento. Hace demasiado tiempo. Pero él era un médico muy respetado. Podía ocuparse de cualquier cosa, desde una torcedura de tobillo hasta un ataque al corazón. Seguramente podrán encontrarlo a través del Colegio de Médicos.

Marta tomó nota en su bloc.

—Gracias —dijo—. Vamos a recorrer la ruta que siguió Tessa aquella noche.

La mujer asintió e hizo ademán de cerrar la puerta, pero se detuvo.

—Oigan —dijo—, ¿ha habido alguna novedad? Es decir, ¿saben ya lo que ocurrió aquella noche?

Gabe tuvo ganas de responder «mucha gente cambió para peor», pero se limitó a decir:

—No. Solo estamos realizando un seguimiento rutinario.

Esa excusa empezaba a sonarle forzada incluso a él.

«Un paso, dos pasos, tres pasos y estás fuera de la luz, pero sigues en el mundo que conoces y no debes temer nada, excepto que ese mundo está a punto de desmoronarse, de desaparecer, y alguien de otro mundo está a punto de matarte.»

Gabe y Marta caminaban despacio, examinando la zona.

Pasó un autobús escolar y frenó en un *stop* a treinta metros de ellos. Se detuvieron para observar a media docena de niños que se apeaban. Oyeron risas mientras los pequeños se desperdigaban de camino a sus casas respectivas.

La tarde era agradable. Temperaturas suaves. Mucho sol. A Marta y Gabe les resultaba difícil situarse mentalmente en la noche que desapareció Tessa. Lo que veían era una benigna rutina normal. Lo que intentaban imaginar era pánico y oscuros terrores.

Marta se detuvo. Observó una elegante casa con estructura de madera.

«¿Por qué no vieron nada desde esa casa?»

Desvió la mirada hacia la casa contigua, que estaba más cerca de la acera y tenía grandes ventanales en la fachada.

«Esa casa estaba bastante cerca. Si Tessa hubiera gritado, habrían oído algo. Así que no gritó. Pero ¿por qué no gritó? Yo hubiera gritado. He enseñado a Maria a gritar. Maldita sea.»

Gabe miró a ambos lados de la calle. «Vale, si fuera RH y estuviera perdido, ¿qué sería lo que no querría por nada del mundo? Fácil. Un rapto al azar, agarrar a alguien y llevárselo en el coche: Tessa inconsciente en un maletero; Tessa atada y amordazada en la parte posterior de una furgoneta; Tessa de camino al olvido, cada vez más cerca con cada kilómetro recorrido. Sin sospechosos. Sin pistas. Sin suerte... Un niño desaparecido es como una cuerda mojada: es resbaladiza. Intenta agarrarla y que no se te escape.»

—La sangre de la mochila era de Tessa —dijo.

—He visto la foto del lugar de los hechos —replicó Marta—. Sangre en las correas. Y cerca de la parte superior. La cantidad que cabría esperar si golpearan a alguien y lo dejaran inconsciente. En otras palabras...

—No la mataron aquí. Joder.

Imágenes de oscuras pesadillas se colaron en tropel en la mente de ambos.

—¿La arrastraron hasta allí, hacia el bosque?

Lo formuló como una pregunta, pero ambos sabían ya la respuesta: «No. Habrían encontrado indicios de lucha.»

Marta meneó la cabeza.

—Hay que comprobarlo de todas formas. Pero no, no lo creo.

—Así que, ¿simplemente desapareció?

—Exacto —respondió ella con aire sombrío.

De pie en el sitio donde habían encontrado la mochila, Marta se sintió repentinamente abrumada por temores sobre su hija: «¿Seguirá ese tipo a Maria hoy? Joder, tengo que volver a casa.» Reprimió una súbita ansiedad y se volvió hacia Gabe.

—Tienes un hijo, ¿verdad?

—Sí.

—¿De qué edad?

—Es un poco mayor de lo que era Tessa. Se llama Michael. No le gusta que le llamen Mike ni Mikey. Hace un par de meses que no lo veo. —«O más.»

—¿Vuelve andando a casa desde el colegio?

Gabe cerró los ojos un instante.

—No lo sé.

Guardaron silencio.

El problema era que sí lo sabía.

—Joder —dijo Gabe.

Probó a sonreír para ver si un comentario irónico aliviaba su sombrío estado de ánimo. «Un yonqui por la mañana. El misterio de una niña asesinada por la tarde. Y luego soledad total cuando vuelvo a casa. Joder, vaya día.» Pero no dijo nada.

Señaló calle adelante.

—Aún faltan cinco o seis manzanas para la casa de Tessa. Menos de un kilómetro.

Había algo perturbador en un trecho tan corto, como si se necesitara una distancia mayor para ser raptado y asesinado. Kilómetros. Cientos, quizá miles. Atravesando territorios peligrosos llenos de amenazas. No en aquel barrio.

Se detuvieron junto a su coche.

—¿Qué sabemos sobre los cuatro tipos muertos que no supiéramos hasta hoy? —preguntó Gabe.

Marta pensó antes de responder.

—Todos estuvieron involucrados en temas que habrían debido constar en informes policiales. Hubo arrestos no registrados. Puestas en libertad injustificadas. Y no había ningún motivo para que tuvieran tanta suerte, porque ninguno de ellos era hijo de un concejal ni sobrino de un congresista. Claro que al final su suerte fue mala. Y acabaron muertos.

Gabe asintió.

—Y todos los expedientes, que terminan con un «se requiere investigación de seguimiento», fueron recopilados por los mejores y más concienzudos inspectores de la brigada. Solo que no se mostraron concienzudos y los expedientes no están completos. —Gabe hizo una pausa y reflexionó.

Charlie se exhibía delante de adolescentes.

Larry era un depredador, con afición al sexo duro.

A Peter lo habían acusado de ser un violador universitario y luego habían retirado la acusación.

Mark coqueteaba con la pornografía infantil.

«Diferentes tipos de delitos sexuales —pensó—. Diferentes tipos de depredadores.» Pero todos tenían algo que los situaba en la periferia de la desaparición de Tessa. «Uno se unió a los equipos de búsqueda. A otro lo acusaron de violador delante de Tessa y de los padres de ella. A otro lo pillaron a una manzana del colegio de Tessa, exhibiéndose. La amante de la ex mujer del otro era la tía de la amiga de Tessa.» Todos tenían una perversión sexual que los hacía destacar.

—Y todos los casos tienen otra cosa en común —dijo Gabe.

—No, dos cosas —replicó Marta. Ambos pasearon la vista por el próspero vecindario—. Cuatro delincuentes sexuales...

—Y dos policías... —concluyó Gabe—. Uno de ellos el tío de Tessa.

Marta asintió. Pese a que se consideraba muy diferente de Gabe —distinta crianza, distinta educación, distinta vida—, le parecía que empezaban a funcionar en la misma longitud de onda. «Quizá lo que tenemos en común es que alguien murió por nuestra culpa.» Iba a hacer un comentario vagamente positivo, cuando sonó su móvil. Miró la pantalla para ver quién llamaba. Era un número desconocido. Estaba a punto de enviar la llamada al contestador, pero de repente cambió de opinión. Notaba un turbulento nerviosismo interior, una agitación del pulso, sudor en las axilas, un nudo en la garganta. Recordó que las monjas que daban clases en el colegio de su hija a veces usaban el móvil del cura para comunicarse con los padres. «Tiene que ser una de ellas quien llama. Pero si lo es, no pueden ser buenas noticias.» Hallarse en el sitio donde había desaparecido Tessa veinte años atrás le impedía ahuyentar los miedos sobre Maria.

—Inspectora Rodriguez-Johnson —dijo.

Un breve silencio. Sonido de respiración. Y de repente le espetaron con aspereza:

—Zorra. —Y la voz prosiguió con un tono de siniestra amenaza—: Yo no quería que murieran. Los quería. Puta zorra. ¡Tú sabes exactamente cómo es que maten a la persona que quieres! ¿Por qué me haces esto? ¡Yo no hice nada! Zorra.

—Hola, Dos Lágrimas —dijo ella. De repente se sintió como la actriz de una película que adopta al instante su personaje, cuando las cámaras empiezan a rodar. Por mucho que se encontrara en un barrio de clase alta, respondía con la dureza propia de la calle. Mintió—: No te creo.

21

Dos Lágrimas se esforzaba por contener su temperamento irascible. Marta se alegró de que estuviera esposado a una mesa de acero. La ira bullía en su interior bajo un barniz de compostura carcelaria. Tenía los puños apretados. Un leve tono rojo empezaba a teñir sus morenas mejillas. Apretaba los dientes, de manera que sus palabras parecían forcejear para brotar al aire estanco de la pequeña sala de interrogatorios de la prisión.

—De acuerdo —dijo ella con calma—. Aquí estoy.

—¿Por qué intenta colgarme a mí esas dos muertes? —siseó él. Dos Lágrimas era de lo más directo.

Marta lo estudió de arriba abajo: pequeño pero fornido, con músculos de culturista que se notaban bajo el mono naranja de «preso especial». Lucía una barba negra bien recortada y los negros cabellos engominados hacia atrás siguiendo el estilo de los camellos de barrios bajos. Era un traficante que vendía drogas y distribuía intimidación a partes iguales. No se correspondía en absoluto con la imagen del narco popularizada por la televisión: no llevaba cinturón ancho, tejanos ceñidos ni puntiagudas botas de cuero, el uniforme de los narcovaqueros de los estados fronterizos, ni el impecable traje de lino hecho a medida y el Ferrari del importador de Miami. Dos Lágrimas era un reflejo de las sucias calles empobrecidas de una pequeña ciudad del noroeste donde habían crecido Marta y él, y donde él había prosperado hasta encadenar una serie de desafortunados contratiempos, entre ellos el asesinato de su novia y su hijo, y la atención que ese hecho había despertado en los inspectores de Homicidios y de Narcóticos. Marta sabía que lo habían condenado por un endeble cargo de agresión y que los tres años de pena que cumplía no cubrían ni de lejos todos sus delitos. Heroína. Metanfetamina. Crack. Asesinato. Extorsión. Estas palabras daban vueltas en la mente de Marta. Sabía que Dos Lágrimas las llevaba orgullosamente como un traje nuevo. Pero a la cárcel lo habían enviado por un delito que para la policía y los camellos equivalía a cruzar la calle de manera imprudente. Marta imaginaba que saldría con la condicional tras su siguiente evaluación. Seguramente la perspectiva de volver a la calle era maravillosa para Dos Lágrimas, y la idea de que Marta le cerrara el paso a la libertad con una acusación inventada por un delito grave —nada de fianza, nada de resolverlo todo rápidamente con un acuerdo— sin duda debía de enfurecerlo y amenazaba con hacer estallar una ira explosiva profundamente enraizada.

«No debería haber venido aquí», pensó Marta.

Se dijo que sería mejor abordar el asunto con cautela. Midiendo las palabras, meditando sus respuestas, recordándose cada vez que abriera la boca que Dos Lágrimas era un loco peligroso, capaz de cualquier acto violento sin el menor escrúpulo. Armas. Motosierras. Taladros eléctricos. Nadie en su sano juicio querría enemistarse con él.

«A la mierda. No tengo alternativa. Esto es lo que quiere el jefe.»

Así que sonrió. Y alzó los hombros en un gesto exagerado para afectar indiferencia. Puso los ojos en blanco e hizo un ademán desdeñoso con las manos.

—No sabes cómo funciona la ley, Dos Lágrimas. Puede que tú no apretaras el gatillo, pero creaste las circunstancias necesarias para que fueran asesinados. Eso es un delito. Veinte años fácil —dijo.

—Los quería —replicó Dos Lágrimas, con tono cada vez más grave y tenso—. Lo eran todo para mí. Nunca les habría hecho daño.

—Supongo que tampoco sabes mucho sobre el amor —le espetó Marta, pasando de inspectora a mujer con fluidez. Añadió una pulla—: Lo que sabes es dirigir un provechoso negocio de drogas. Sabes quitarte de encima cosas que te molestan. Como otras personas. Y sabes dejar que otros hagan el trabajo sucio por ti, para mantenerte limpio de polvo y paja. Eso es lo que sabes.

A ella misma le sorprendieron las palabras que surgían de su boca. Debía mostrarse cauta, pero se le escapaban. Pensó: «¿Por qué Rico, amigo y socio suyo, le pasaría la información a Dos Lágrimas?» Se imaginó a sí misma en una montaña rusa en el momento que alcanza su punto más alto, el último segundo de seguridad y compostura antes de precipitarse a la parte más loca del recorrido.

—Todo eso no son más que palabras —replicó él—. Se equivoca.

Marta no tenía nada que pudiera presentarse en un juicio, ninguna prueba, ningún testigo, ningún confidente, pero suponía que eso Dos Lágrimas no lo sabía. Imaginaba que su sola presencia haría creer al traficante que tenía un nuevo problema.

—Le digo que se equivoca, inspectora. Usted hace que parezca todo retorcido. Me siento culpable por la muerte de mi mujer y mi hijo.

Marta lo miró a los ojos.

—Puedes culparte todo lo que quieras, Dos Lágrimas. Pero la ley también te culpa. —«Controla lo que dices», se recordó Marta.

Dos Lágrimas soltó un gruñido.

Ella se inclinó hacia delante con aire conspiratorio.

—Porque si tú no los mandaste a la calle esa noche, cosa que hiciste pero pongamos que no, solo como hipótesis, aunque sé que me mientes, si tú no los enviaste, digo, ¿dónde están los muertos de tu represalia? ¿Dónde están los cuerpos de los que mataste para vengarte?

Era una buena pregunta, se dijo. «A lo mejor se hará un lío y confesará otro homicidio.»

—¿Por qué no me das algún nombre, Dos Lágrimas?

Él abrió la boca como para responder, pero se detuvo como un coche patinando en un camino de grava. Marta lo vio cerrar los labios con fuerza. «Así que recuerda todos esos códigos no escritos de la calle y los narcotraficantes», pensó.

Sabía que lo había encolerizado. Una vena del cuello se le empezaba a hinchar.

—Si no fuiste tú quien les dio la bolsa de coca que llevaban, ¿quién fue? Alguien va a pagar por esto, Dos Lágrimas. Si tú no eres el responsable, ¿quién es?

Era la misma pregunta que había lanzado al amigo y lugarteniente de Dos Lágrimas. Marta no tenía la menor esperanza de que le diera ningún nombre. «No es su estilo.» Sabía que se enfurecería.

Sin embargo, en lugar de gritar, explotar y forcejear con las esposas y las sujeciones de las piernas para intentar echarse sobre ella, Dos Lágrimas se cerró en banda, dejando que su rabia creciera interiormente.

—La conozco, inspectora —dijo con tono glacial y amenazador—. La conozco desde hace años. —Se reclinó en su asiento—. Venimos del mismo sitio. Pero se equivoca en todo. Tengo amigos que van a ayudarme. Y cuando salga de aquí, quizá podamos terminar esta conversación.

—¿Es una amenaza, Dos Lágrimas?

—Ninguna amenaza. Solo señalo algo que puede ser. —De repente una pátina de bravuconería enmascaró su cólera. Meneó la cabeza—. ¿Por qué hace esto, inspectora?

Marta se limitó a encogerse de hombros y sonreír de nuevo... pero con menos convicción.

—Debajo de la mesa —dijo Dos Lágrimas, haciendo tintinear las cadenas de sus esposas cuando señaló— hay uno de esos botones de emergencia. Ya sabe, ese botón que ha de apretar si está aquí dentro hablando con un tipo que se descontrola e intenta estrangularla. Debería apretar ese botón ahora mismo, inspectora.

Volvió a menear la cabeza.

—La entrevista ha terminado, inspectora. Pero no creo que hayamos terminado usted y yo.

Detrás de él se abrió la puerta y entró un guardia aún más musculoso que Dos Lágrimas. Marta pensó que así era la vida en la prisión: fuerza equivalía a intimidación. Se preguntó por qué ella se sentía inmune y supuso que era un error.

Gabe intentaba recordar todas las lecciones sobre vigilancia que había recibido en la academia de policía. Imaginó al profesor frente a la clase, junto a una pizarra, dibujando estrategias. Dos coches. Miradas superpuestas sobre el objetivo. Intercambiar el sitio. No dar nunca al objetivo la ocasión de descubrirte.

Se deslizó hacia abajo en el asiento de su coche, mientras observaba a través del parabrisas.

Reinaba la calma a las puertas del instituto. El reloj del salpicadero marcaba las tres de la tarde, todo estaba a punto de cambiar delante de sus ojos. Veía autobuses escolares amarillos aparcados en semicírculo. «Da igual que sea primaria o secundaria. Siempre esperan los mismos autobuses», pensó.

Mientras observaba, vio abrirse de golpe las grandes puertas y emerger por ellas adolescentes en tropel. Algunos se quedaron en la entrada, otros se dirigieron hacia el aparcamiento, otros se apresuraron a subir a los autobuses. El lugar se llenó de ruido al instante. Era a la vez igual y distinto de la escuela primaria que había visitado con Marta. Aquí la escena incluía mucho postureo adolescente, relaciones, pullas, chavales que se apresuraban a sacar el móvil, otros que abandonaban el aparcamiento en coches diversos, desde antiguallas hasta modelos nuevos, todos conducidos de manera algo temeraria. Era un mar de sudaderas con capucha y tejanos descoloridos.

Se concentró en la multitud de chicos al otro lado de la calle. Por un momento dudó de su capacidad para divisar a su hijo.

«Hace semanas. Meses. ¿Habrá cambiado?»

«Pronto querrá tener su propio coche. Bueno, podría quedarse el mío.»

«O quizá su nuevo padre le comprará uno mejor. Un BMW, un Audi, un Mustang descapotable. Un coche destinado a ganarse su afecto.»

Dejó que sus ojos vagaran entre la multitud, imaginando

más o menos lo que llevaría puesto Michael-no-me-llames-Mike. Lo mismo que todos los demás, eso era inevitable.

Cuando vio a su hijo separándose de un grupito de chicos, caminando solo, un impulso se apoderó de él. Abrió la puerta.

Cuando tenía medio cuerpo fuera, se detuvo.

Se quedó mirando, tratando de interpretar el lenguaje corporal de su hijo.

«Mochila L.L.Bean colgada del hombro. Se mueve despacio. Saca su móvil y envía mensajes a alguien a quien no conozco. Como todos los demás. Yo ni siquiera sabía que tenía móvil. ¿Por qué no tengo su número?»

Quería gritar, llamar a su hijo, pero no lo hizo.

Gabe movió la mano hacia el contacto. «Llévalo a casa. Serán cinco minutos para charlar. Eso estaría bien. Seguramente su madre se cabreará y su futuro nuevo padre se mosqueará, pero... joder, ¿a quién le importa?... Y Michael estaría a salvo de cualquier amenaza anónima que lo aguardara en el camino de vuelta a casa.»

Gabe sabía que estaba siendo irracional. Pero sus miedos lograban traspasar cualquier barrera que pudiera levantar. Su mano se detuvo antes de darle al contacto. Vaciló, perdido en un mar de emociones, miedos y dudas. En esos segundos, también perdió su oportunidad.

Se volvió en el asiento y vio a su hijo caminando por la acera, luego dio la vuelta a la esquina y se perdió de vista, adentrándose en la zona residencial.

Se miró la mano. Temblaba.

Exhaló el aire despacio.

«Basta. No te tortures más», se dijo.

Una inspiración profunda. Su mano dejó de temblar.

«Eso es lo único que hago ahora. Torturarme a mí mismo —se recordó—. Y eso es lo único que haré en el futuro.»

Se reclinó en el asiento, súbitamente cansado, como si hubiera participado en una carrera y tuviera que recobrar el aliento. De pronto imaginó un puñado de fotos de escenas de crímenes. Muerte reluciente, a todo color.

«Cuatro tipos muertos y la perdida Tessa.»

Encendió el motor y metió primera. Se incorporó a la calle y pasó por delante de un par de adolescentes que salían del aparcamiento del instituto, circulando a una velocidad irritantemente menor de la que sin duda ellos habrían querido.

Gabe tardó media hora en volver al lugar donde había desaparecido Tessa. Deseó que Marta estuviera allí con él, pero supuso que debía de estar de camino a la Mazmorra después de su visita a la prisión. Y seguramente habría objetado: «¿Por qué estamos volviendo a un lugar que ya hemos visitado?»

Pensó que la única respuesta que podía dar no tendría sentido: «Pues no lo entiendo. Todavía no.» Luego se dijo: «Necesitas entenderlo.» Esta sensación lo torturó e hizo que se le resecara la lengua.

Igual que antes, se detuvo y se apeó, dejando el coche aparcado bajo un árbol.

Echó un vistazo a su reloj y empezó a cronometrarse.

«Al principio parecería normal. Rutinario.

»Un minuto. Dos. Tres.

»La oscuridad se haría más espesa. La engulliría. La normalidad sería reemplazada por el nerviosismo. ¿Con qué rapidez se desplazaría una asustada chica de trece años en la oscuridad?

»Cuatro, cinco, seis.

»¿Le daba miedo lo que pudiera ocurrirle en la oscuridad?

»¿Me da miedo descubrir lo que le ocurrió a ella en la oscuridad?»

A Gabe le costaba separar una cosa de la otra.

Divisó el que fuera hogar de los Gibson cuando dobló la última esquina. Al igual que el resto de casas de la zona, la distancia que había hasta la calle casi la ocultaba a la vista. Adornos de madera. Grande. Amplio y verde césped bien cuidado. Árboles que daban una agradable sombra. Una sensación campestre, pero a una distancia razonable de la ciudad y más corta aún de la universidad.

La observó como si la casa misma pudiera contarle algo. Al concentrarse en eso, fue como si la luz del atardecer se apagara progresivamente a su alrededor. Con los ojos de la mente vio: pánico en la noche. Sirenas. Luces parpadeantes de los vehículos de emergencias. Voces gritando el nombre de Tessa. La tranquila calle atestada de coches patrulla. Todo lo que rodeaba a Gabe en aquel apacible atardecer, toda la quietud benevolente de la típica zona residencial de clase media alta se había hecho añicos la noche que había desaparecido Tessa. Como un cristal arrojado desde lo alto. Recorrió el vecindario con la mirada como una cámara buscando una panorámica. Dos imágenes contradictorias le vinieron a la cabeza: el ambiente normal y pacífico que estaba viendo, frente al miedo electrizante que se había adueñado de una noche de hacía veinte años.

«¿Qué ocurrió aquella noche en realidad?», se preguntó.

SEGUNDA PARTE

Una pareja insólita

Pero cuando le cuento dónde he estado,
y lo que creo que he visto,

me mira y me dice con severidad:
«Tu vista es demasiado entusiasta.»

Deja de contar esas historias extravagantes,
deja de convertir sardinas en ballenas.

THEODOR SEUSS GEISEL, 1937

Poco antes de la medianoche – 9 de octubre de 1996

«Estoy jodido. Jodido de verdad.»

El inspector a cargo de la investigación se detuvo unos segundos para observar la sala de estar. Un técnico en electrónica de la policía estaba pinchando la línea principal de teléfono de la casa, por si se daba la remota posibilidad de que se tratara de un secuestro y hubiera una llamada pidiendo rescate, aunque nadie creía que existiera la menor posibilidad al respecto. Un psicólogo de la policía con aspecto nervioso aguardaba por allí, esperando poder hablar unos minutos con los padres de la adolescente desaparecida. Media docena de agentes uniformados y varios de paisano andaban también por allí, incluyendo el único policía de servicio en la pequeña ciudad universitaria, que había encontrado la mochila un poco antes. Su supervisor, un teniente que había pedido refuerzos a la Brigada de Investigación Criminal de la ciudad vecina, se encontraba junto a él con semblante pálido. Otro par de técnicos forenses de la policía estatal aguardaban permiso para registrar la habitación de Tessa con la leve esperanza de hallar algo que les indicara el motivo de su desaparición. También esperaban a que llegara un especialista informático del FBI para iniciar un examen forense de los ordenadores de la casa, para ver si había alguna comunicación electrónica que pudiera ayudar a descubrir su paradero. Al mismo tiempo, un sacerdote de pelo blanco cogía las manos de la desconsolada madre entre las suyas, mientras el inspector jefe, que había llegado unos minutos antes, permanecía cerca de ellos. Era evidente que el jefe no quería estar allí. A un lado, en un vestíbulo que conducía al comedor, el inspector a cargo de la investigación veía al padre en animada conversación con los inspectores O'Hara y Martin.

«Estoy jodido al cien por cien», pensó. Era la tercera vez que lo pensaba, y temía que no fuera la última vez esa noche.

Alargó el cuello en dirección a los dos inspectores y al padre, tratando de captar la conversación que mantenían.

—Mire, profesor Gibson, existe un procedimiento establecido, un protocolo para este tipo de casos —decía O'Hara, tratando de dar confianza y seguridad a su voz, cuando eso era imposible.

—A la mierda el protocolo. Tienen que pedir refuerzos.

—¡Vamos, Felix! Eso ya lo hemos hecho. Ha venido la policía estatal. Ha venido el FBI. Ahora deja que hagan su trabajo.

Gestos furiosos con las manos. Expresión airada.

—¡Están todos como pasmarotes esperando a que ocurra algo! Habláis de «este tipo de casos». Bueno, ¿y qué demonios queréis decir con eso? ¿Qué tipo de casos? ¡Maldita sea! ¡Mi hija está en alguna parte! ¡Tu sobrina!

El inspector a cargo de la investigación vio que el fornido inspector Martin apartaba la cara, como si ese parentesco fuera una acusación, y que le temblaba la mandíbula, y comprendió que el ex marine temía decir lo que pensaba.

La voz del padre subió de volumen.

—¡Alguien se la ha llevado! ¡Cada segundo, cada minuto que pasa, se aleja más de aquí! ¡Tenemos que encontrarla enseguida! —Palabras llenas de intensidad que recibieron una débil respuesta.

—Hacemos cuanto podemos, profesor —dijo O'Hara.

Pausa. El inspector a cargo del caso vio que el padre recobraba la compostura; su rostro era como una línea distante de negros nubarrones listos para estallar y soltar granizo y densas cortinas de lluvia.

—¿Creen que con esto basta? —Gesticuló señalando a todos los policías que había allí congregados.

O'Hara y Martin no respondieron.

—¿Qué creen que le está pasando a mi hija ahora mismo?

O'Hara movió los pies. La expresión de Martin se hizo más angustiada. Ninguno de los dos respondió.

«Nada bueno», pensó el inspector a cargo, respondiendo mentalmente a la pregunta del profesor.

«¿Violación? Seguro. Para eso se la llevaron.

»¿Tortura? Muy probable. Es lo típico.

»¿Asesinato?

»Joder, por supuesto.»

Vio a Joe Martin fruncir el ceño y levantar una mano para tocar la pistola que ocultaba bajo la chaqueta en la funda sujeta al hombro. El fornido inspector se mostraba frustrado e incómodo con las virulentas exigencias y la presión de su nervioso cuñado. «Pero Martin y O'Hara saben lo que deben hacer. Tienen experiencia —pensó, echando mano del tópico—. Será mejor que hable con ellos. A ver si sacamos alguna idea, joder, porque no sé qué otra cosa podemos hacer, aparte de buscar por ahí inútilmente y esperar a que ocurra un milagro.»

El inspector a cargo se mordió el labio.

«Aquí se trata de desplegar equipos de búsqueda a la luz del día y, con suerte, recuperar el cadáver. Luego quizá tengamos un lugar de los hechos que podamos analizar... Quizá.»

El inspector notaba las dudas como insectos trepándole por el cuerpo.

—¡Hay que hacer algo más! —El profesor hablaba a los dos inspectores, pero en voz tan alta que le oía todo el mundo. El volumen subió hasta convertirse casi en chillido—: ¡No se está haciendo lo suficiente! ¡El tiempo es vital! ¡Maldita sea! ¡Empiecen a trabajar!

Otra pausa. El inspector a cargo vio que Joe Martin apretaba los puños. «Actuar es lo que se le da mejor a Joe. Pero ¿cómo puede actuar aquí, esta noche?» Vio al profesor volverse de repente hacia la pared, como si el espacio vacío pudiera ayudarlo a controlar sus emociones. «Yo también estaría como loco», pensó. Imaginó a su esposa y a su hijita sanas y salvas en su casa, acostadas. Con las puertas cerradas. El sistema de alarma conectado. Un perro fiero vigilando. «¿Quién no lo estaría?»

Vio a O'Hara y a Martin intercambiar una mirada.

«¿Lo están pasando mal? —se preguntó—. Pues claro. Lo están pasando fatal los dos, porque O'Hara es como la otra mitad de Martin. Son como esos casos de gemelos en que uno se hace un corte en el dedo y el otro nota el dolor.

»Siempre es más fácil cuando no existe ninguna relación, cuando puedes hacer tu trabajo sin tener que preocuparte por los factores emocionales que complican una situación jodida.

»No habrá nada sencillo esta noche.»

Volvió la vista hacia la habitación llena de policías. Más de uno lo observaba con aire expectante. El inspector a cargo sabía que todos esperaban sus órdenes, que se le ocurriera un nuevo e inteligente plan con el que convertir toda la frustración y desesperación que invadía la casa en sonrisas, entrechocar de manos, palmaditas en la espalda, una severa reprimenda a una niña desobediente y un final lleno de alivio. «Ni por casualidad.» No se le ocurría nada inteligente que decir. A nadie.

2.57 h – 10 de octubre de 1996

Cerca de veinte policías uniformados, inspectores, técnicos y especialistas llenan el comedor, apretados, hombro con hombro. El ambiente es sofocante, lleno de frustración. Un gran mapa del vecindario está desplegado sobre una mesa más acostumbrada a la porcelana fina y a agradables y refinadas conversaciones académicas. En la pared detrás de los policías hay un bodegón de un famoso artista local: tres peras y una flor sobre un fondo azul. El cuadro vale casi cincuenta mil dólares. El inspector a cargo está repasando lo que saben.

Que es muy poco. Casi nada.

Escucha luego al informático cuando este explica que no ha encontrado nada en el ordenador de Tessa. El técnico forense dice que ha encontrado un diario que pertenecía a Tessa, pero un examen preliminar no le ha proporcionado ninguna pista.

El inspector a cargo piensa: «Ningún novio mayor de edad proponiéndole que vaya a su casa en ausencia de sus padres para tener relaciones sexuales aunque ella sea menor. Ningún plan para huir y unirse a un circo. Nada de la angustia existencial adolescente que se traduce en montones de poemas malos y la fuga de casa para irse a Nueva York o Boston y acabar viviendo en la calle.»

Escucha al jefe del equipo de búsqueda que señala las áreas que se han cubierto esa misma noche, y cuál será la zona de búsqueda, más amplia, cuando salga el sol.

«Nada tampoco. Mucha actividad con escasos resultados. Prácticamente nada.»

El inspector sabe que, detrás de él, junto al teléfono, en un sofá de la sala de estar, Ann Gibson está sentada con el sacerdote, llorando, rezando, sollozando y mascullando padrenuestros y avemarías. Felix Gibson está a punto de volver a explotar mientras los escucha, lo bastante inteligente para saber que están estancados y esforzándose en vano por hallar alguna pista. «En cualquier momento empezará a chillarnos otra vez, llamándonos inútiles e incompetentes. A lo mejor tiene razón. Por suerte, el inspector jefe se escabulló hace una hora, así no oirá otra vez lo estúpidos que somos.»

El inspector a cargo echa un vistazo a O'Hara y Martin, ambos a un lado del grupo congregado en torno a la mesa. «Siguen aquí aunque técnicamente no deberían estar. No se les ha asignado el caso. Pero no se irán.» Ve sus obstinadas miradas. Se le ocurre una extraña idea: «Ocurra lo que ocurra, no van a abandonar la investigación. Gracias a Dios.»

—¡No estamos avanzando nada! —oye gritar a Felix Gibson.

«Tiene razón.

»Estoy jodido.

»Todos estamos jodidos.

»La madre y el padre están realmente jodidos. Del todo.

»Tessa ha desaparecido.

»Y seguramente ella también está jodida.

»Sin ninguna duda que lo está.»

22

Se había emborrachado la noche anterior.

No quería, pero lo había hecho.

Mintiéndose a sí mismo y a los demás policías, bomberos y funcionarios que habían asistido a la reunión de Alcohólicos Anónimos a la que él también estaba obligado a asistir, se había declarado decididamente sobrio, añadiendo días ficticios, antes de volver a su casa vacía, a compadecerse de sí mismo y a la botella de whisky que lo esperaba. Gabe se había servido un vaso, había encontrado una foto de una época feliz en la que aparecía con su hijo en una playa. Había colocado la foto frente a él sobre la mesita de centro. Pero antes de sentarse y brindar por la imagen con su primer trago, sacó su arma y la metió en un cajón de la cómoda del dormitorio. No podía esconderla, pero al menos sería más difícil repetir el numerito del repartidor de pizzas. Cuando regresó al sillón y miró la fotografía, casi esperaba que el Gabe y el Michael que veía lo reprendieran severamente. «Al fin y al cabo, son un Gabe y un Michael diferentes», pensó. Pero después de unos cuantos y amargos sorbos, la imagen de la foto se fue difuminando, se hizo borrosa, y Gabe se encontró intentando imaginarse a Tessa. Era un poco como ver una vieja película casera de 8 mm. Un tembloroso trabajo de cámara aficionado. Una película granulada. Una niña sonriendo a la cámara. Luego otras imágenes, más metraje, a medida que se hacía mayor: adolescente preparándose para el baile de fin de curso, universitaria estudiando en una biblioteca, joven profesional dirigiéndose a un trabajo fascinante, una Tessa radiante con su blanco vestido de novia, finalmente madre a su vez, acunando a un recién nacido. Con cada sorbo de whisky, Tessa le parecía más real, hasta que las imágenes de la película se disiparon y de repente una desconocida que no era una desconocida se encontraba sentada frente a él haciéndole señas para que se reuniera con ella. Gabe quería decirle al fantasma: «Estoy tan perdido como lo estuviste tú», pero no lo hizo. Apuró el whisky de un trago.

Perdió el conocimiento en el sofá de la sala de estar, dejando sin acabar un vaso, que se derramó sobre su camisa y sobre la alfombra. También debía de haber vomitado, porque la casa apestaba cuando despertó por la mañana.

Bajó los pies del sofá y se sentó, resacoso. Vio el pequeño caos que había causado. Lanzó un profundo suspiro y se levantó.

—Bueno, Gabe —dijo en voz alta—. El problema es que no has tocado fondo. A ver, compañero, estás cerca, pero aún no lo has alcanzado. ¿A que no?

«No.»

—Bueno, Gabe, ¿qué va a ser, el fondo o Tessa?

Sonrió.

«Esa pregunta es injusta. O sea, ¿qué derecho tienes a pedirte algo así?

»¿Qué clase de elección es esa? Además, no tiene sentido.

»O a lo mejor sí.»

Diciéndose que necesitaba tomar una decisión, indeciso entre alternativas buenas y malas, con dolor de cabeza, empezó a moverse despacio por la casa como un boxeador grogui por culpa de un golpe bajo. Abrió algunas ventanas, fue a la cocina, encontró un espray ambientador y lo esparció generosamente. Buscó bolsas de basura y empezó a llenarlas con botellas vacías. Se sintió tentado de tirar también las botellas llenas, pero no tuvo ánimos para tanto. Llegó a una solución intermedia: vació las que estaban medio llenas y las tiró. En cambio, fue a la nevera y empezó a tirar todo lo que contenía. Comida de días, comida pasada, comida fresca, todo. Cuando quedó vacía, abrió un armario y se deshizo de todas las provisiones: cereales, pasta, copos de avena, hasta que los estantes quedaron despejados. Tres grandes bolsas de basura llenas a rebosar. Las sacó a rastras y las arrojó a los cubos de basura que había en el lateral de su casa.

Luego fue al cuarto de baño, se quitó el arrugado traje, se plantó desnudo delante del espejo, mirando su cuerpo inexpresivamente antes de abrir el grifo de la ducha. Reguló el grifo para que el agua saliera casi hirviendo y se obligó a quedarse bajo el chorro hasta que la piel se le empezó a enrojecer. Se enjabonó el cuerpo y la cabeza una vez, luego una segunda vez y finalmente una tercera. No tuvo nada que ver con la higiene.

En una extraña inversión de la costumbre habitual, salió de la ducha y se secó rápidamente con una toalla, luego agarró unas viejas deportivas, unos pantalones cortos y una sudadera raída que habían quedado olvidados en el fondo de un armario, se los puso y salió a la calle.

El tiempo era apacible, pero el aire fresco le dio frío y se estremeció. Empezó a moverse como si él mismo se hubiera dado un empujón en la espalda. Al principio pensó que quizá lograra correr más de un kilómetro, tal vez dos, con suerte. Pero en cuanto se puso en marcha, el impacto de la superficie de macadán bajo sus pies resultó casi hipnótico. Cada zancada explotaba dentro de él, de los pies a las piernas, el estómago y el corazón. No corría deprisa, y sabía que nadie lo tomaría por un corredor de maratón entrenándose, pero logró avanzar más allá de lo que suponía que era su límite. Notaba el sudor en el pecho, la espalda, las axilas y la frente. Le dolían los músculos, pero no les hizo caso.

Al cabo de tres kilómetros, empezó a sentir náuseas.

Se detuvo en el arcén. Tenía arcadas y estaba mareado. Sacó bilis y quería vomitar. Escupió repetidas veces.

«Déjalo ya», se dijo.

«No lo dejes ahora», rectificó luego.

Aquel tira y afloja era como una broma que se gastaba a sí mismo. «¿Reír? ¿Llorar? ¿Vomitar? Muchas opciones.» Alzó la cabeza, alegrándose de que no lo hubiera visto nadie, y decidió seguir adelante. Insistió: «Un kilómetro y medio más, luego podrás regresar.»

Se preguntó si regresaría alguna vez.

Se dio cuenta de que podía perseverar en su esfuerzo, despacio, sin pausa, revisando todo lo que sabía sobre la desaparición de su propia vida y la desaparición de una niña veinte años atrás.

Al principio sus zapatillas golpeaban el macadán con un tamborileo familiar. «Pie derecho: Michael; pie izquierdo: no; pie derecho: me llames; pie izquierdo: Mike.» Pero después de cincuenta metros, el tamborileo pasó a un ritmo más sencillo: «Tessa. Tessa. Tessa.»

Tessa era un motor tan bueno como cualquier otro.

23

Marta respiró profundamente.

Desenfundó su pistola despacio y sacó el cargador de trece balas, que alzó para inspeccionarlo brevemente como si fuera una hermosa joya. Estaba lleno, así que volvió a encajarlo en su sitio de un golpe. Colocó el arma sobre un estante delante de ella. Dejó al lado una caja nueva de munición y se ajustó las orejeras color naranja y las gafas protectoras amarillas antideslumbrantes. Luego se cuadró en su compartimento de la galería de tiro y alzó las dos manos a la vez, imitando los movimientos que había practicado frente al espejo.

Una vez.

Dos veces.

Una tercera vez con el dedo índice apuntando hacia delante, como un niño jugando a policías y ladrones en el patio del colegio.

«Empuña el arma de verdad.

»Alguien me siguió hasta casa. Alguien siguió a mi hija.

»Quizá.

»Si no consigues hacer esto, ¿cómo van a volver a confiar en ti?»

Le pareció que tenía un espasmo en la mano. Pensó que era débil. Los músculos le fallaban.

«Vamos. Hazlo. Sacaste el arma cuando Joe Martin se pegó un tiro. Te llevas el arma cada día al trabajo. Es nueva. No es la que mató a tu compañero. Tú no eres la persona que mató a tu compañero. Ya no. Has pasado página. Tienes que hacer esto.»

Marta sabía que había algunas verdades mezcladas entre esas exhortaciones. Solo que no sabía cuáles.

«Respira hondo, Marta», se dijo.

Tensó todos los músculos: pantorrillas, muslos, estómago, brazos, hombros, pensando que necesitaría utilizarlos todos para empuñar el arma y levantarla. La galería de tiro estaba sumida en el silencio y una semipenumbra. Por un momento imaginó la oscuridad extendiéndose, cerniéndose sobre ella, igual que la noche del sótano. Se preguntó si podría respirar. Se preguntó si podría ver, oír, oler, saborear o tocar. Tenía los sentidos alterados y parecían descomponerse uno tras otro, como una máquina vieja. Todas las sensaciones que deberían haberse agudizado parecían difuminarse. Se dijo: «Así debe de ser la muerte.» Nada era igual. Todo era igual.

Miró al frente apuntando con el arma, que sujetaba firmemente con ambas manos, doblando las rodillas ligeramente y centrándose en la diana que colgaba al fondo de la galería de tiro. La diana era una imagen del típico malo: boca torcida en un gruñido, cicatrices en la cara y pistola empuñada, para dar autenticidad a la sesión de prácticas, aunque Marta sabía que no había tipos malos con ese aspecto, y que ninguno de ellos tendría la amabilidad de esperar pistola en mano a que ella apuntara cuidadosamente.

Su primer pensamiento: «No puedes apretar el gatillo.»

El segundo: «Tienes que hacerlo.»

Optó por la lógica más conveniente:

«Si Dos Lágrimas decide venir a por mí, ¿cómo lo hará? ¿Disparos desde un coche? ¿Sicario traído de fuera? ¿Enviando un grupo de asalto a mi casa? ¿Varios Kalashnikov destrozando el apartamento y a todos sus ocupantes? Adiós, Maria. Adiós, mamá. Adiós a mí también, muy deprisa.»

Negó con la cabeza.

«Poco probable.

»Razón número 1: Soy poli. No se arriesgaría. Recaería sobre su cabeza toda la ira de las autoridades. Policía local, policía estatal, FBI, DEA, Fiscalía, Departamento de Justicia. Todos se unirían para aplastarlo, y eso lo sabe.

»Razón número 2: En realidad es inocente del delito. No se arriesgaría. Su abogado le dice que se calme, que deje de preocuparse porque todo es un bulo. Lo que en esencia es cierto.»

Se tranquilizó con estos pensamientos, repitiéndoselos varias veces, tratando de hallar una lógica convincente a sus observaciones. Pero la lógica se le escapaba.

«Intentará otra cosa.»

Sonrió burlonamente.

«Entonces será cuando lo pille. Cuando intente otra cosa.

»Joderle la vista con la junta para la libertad condicional. Eso es lo máximo que puedo hacer, y el jefe se alegrará.

»Conozco a Dos Lágrimas. Creció en mi barrio. Fuimos juntos al colegio. Los chicos buenos de la manzana iban a clase, jugaban al fútbol, se alistaban en el Ejército o se metían a curas. Algunos se hacían asistentes sociales, o conductores de furgonetas de correos, o maestros de escuela. Algún trabajo con el que llevar un salario a casa y esperanza cada semana. Dos Lágrimas acabó siendo un sociópata. Muchos alardes, mucha pasta y muy poco futuro. Se graduó como matón con pistola, y rápidamente ascendió hasta lo alto del camino que había escogido.»

Marta pensó que sonaba como un asesor universitario. Intentó mover el dedo hacia el gatillo, pero no pudo, como si la pequeña pieza metálica estuviera al rojo, o como si su dedo se hubiera quedado atrapado en un bloque de hielo irrompible.

«¿Por qué he venido hoy aquí?»

Tras abandonar la prisión después de su reunión con Dos Lágrimas, había decidido visitar el cementerio donde estaban enterrados tanto su marido como su antiguo compañero, a dos filas de distancia el uno del otro. Hacía meses que no visitaba sus tumbas y le parecía que era un fallo por su parte, que demostraba una gran falta de respeto y escaso amor. Pensando en llevar flores para ambos, se había detenido en una floristería cercana y había comprado dos coloridos ramos. Los había colocado en el asiento del coche a su lado. La florista le había proporcionado unas banderitas de Estados Unidos para clavarlas en la blanda tierra sobre las tumbas.

Había conducido tranquilamente hasta divisar la entrada: un arco de ladrillo adornado con un letrero en hierro forjado: «Cementerio Fairview.» (Recordaba que, al verlo la primera vez, había pensado: «No hay nada justo. No hay vista alguna.»)* Pero no había girado para entrar. Sus manos se habían crispado con nerviosismo en torno al volante. Su cerebro le había dicho que aminorara, pusiera el intermitente y girara. Pero era como si sus brazos no quisieran obedecer las órdenes. Permanecieron rígidos, aferrando el volante, y el pie derecho no quiso apretar el freno. Ni siquiera había echado una ojeada en dirección al cementerio al pasar por delante, se había ido derecha a la galería de tiro, donde había mostrado la placa en la recepción, recogido munición extra y ocupado un sitio.

Ahora se puso rígida.

Seguía mirando fijamente la diana, con la frente sudorosa. Miró el falso rostro ceñudo, centrándose en la caricatura de los ojos típicos de un malo.

Se dijo que estaba llorando, o chillando, o quizá solo soñando. No distinguía la diferencia. Un ruido como de un tren de mercancías cayó sobre ella, la envolvió; tuvo la misma sensación familiar de todas las noches en que se despertaba por una pesadilla. Se asfixiaba.

Soltó un grito ahogado.

Miró al frente.

La diana estaba destrozada. Cinco tiros justo en el centro. Dos en la frente. Uno en la barbilla. Otro en un ojo. Los otros cuatro en brazos y hombros.

No sabía que hubiera disparado. No había notado siquiera el retroceso del arma, ni oído las detonaciones. El olor a cordita no le había anegado la nariz. Vio los casquillos expulsados en torno a ella y se preguntó de dónde habían salido. «De otra Marta —pensó—. Al menos esa otra Marta sabe lo que hacer. Puede que necesite hacer buenas migas con ella.»

Dejó el arma sobre la repisa.

* *Fairview* puede traducirse como «buena vista», pero por separado, *fair* no solo significa «bueno», «bonito», sino también «justo». *(N. de la T.)*

En cuanto la soltó, sus manos empezaron a temblar. Tardó casi un minuto en recobrar el autodominio. Lo logró visualizando a su hija y su madre en el apartamento, aferrándose a esas imágenes mentales como si fueran anclas que la sujetarían por fuerte que la azotara el viento. Luego, como si alguien barajara y repartiera cartas alucinatorias, vio a Tessa delante de ella.

«¿Le dispararon a Tessa cuando terminaron con ella?»

Meneó la cabeza.

«No tendría esa suerte. Seguramente no hubo final limpio y rápido para Tessa.

»Lo que vivió fue una pesadilla que terminó en muerte.

»Seguramente una muerte recibida como liberación.»

Sintió frío. Se dijo que no debía imaginar el asesinato de Tessa. Pero al instante se desplegaron en su mente unas imágenes implacables, como en una película: todas las muertes que la habían rodeado. Vio a su marido tosiendo en los últimos instantes después del estallido del artefacto explosivo en Afganistán. ¿Había pensado en ella y en su hija? Luego: su compañero exhalando gemidos, antes de gorgotear cuando la sangre ahogó su último aliento, mientras un encapuchado, un yonqui y camello colocado se escabullía en el sótano. «¿Quiso decirme que me perdonaba, que comprendía que había sido un simple accidente, el azar, la mala suerte?» A esto le siguieron los cuatro tipos muertos; todos los fantasmas le rogaban: «¡Encuentra una respuesta!» Y finalmente, una sombra oscura, anónima, envuelta en la noche, que oscurecía su rostro, de pie ante la adolescente perdida de trece años. «¿Suplicaría Tessa por su vida? Pues claro. Lo haríamos todos.» Todas estas cosas se unieron en su mente y formaron un todo implacable. Bajó la vista hacia el arma que descansaba sobre la repisa, luego miró la diana que se balanceaba frente a ella. El Malo empuñando un arma fue metamorfoseándose. Vio: un talibán fanático; un traficante con psicosis inducida por el polvo de ángel; un violador de niñas, asesino en serie, secuestrador de Tessa, fuera quien fuere.

«Todos merecen morir.»

Marta lo estaba esperando cuando Gabe entró en la Mazmorra. Después de la galería de tiro, se había dirigido a la central, se había metido en el lavabo de señoras y había pasado diez minutos lavándose y relavándose las manos, tratando de que el jabón lo borrara todo de su mente, además del olor a cordita. Ignoraba que Gabe había hecho prácticamente lo mismo, aunque el olor que él quería eliminar era distinto.

Enseguida distinguió que el habitual aspecto desaseado de Gabe parecía menos desaseado de lo normal. Un comentario crítico y mordaz estaba a punto de brotar de su boca, pero se contuvo, temiendo que él le devolviera la pelota. Y se le ocurrió que su manera de enfocar las investigaciones, igualmente desaseada, quizás era más razonable que su propio rígido estilo ajustado a las normas.

—Hola —dijo Gabe.

—Hola.

—He estado pensando.

—Eso es peligroso para personas en nuestra situación —replicó ella con una media sonrisa—. Conduce a decisiones de las que uno suele arrepentirse.

—Creo que ya hemos tomado esa clase de decisión. Creo que quizás esa sea la única clase de decisiones que vaya a tomar en la vida. —Y soltó una risita. Luego bajó la voz—. No sé tú. Y no sé si deberías hacer lo que quiero hacer yo.

—Tessa y los cuatro tipos muertos.

Él asintió.

—Creo que por fuerza tenemos que hallar algún tipo de respuesta. —Vaciló antes de añadir—: Las respuestas son igual de peligrosas.

—Pareces un filósofo —comentó ella.

—Bueno, al parecer lo de ser inspector se me da fatal, así que tal vez encuentre un hueco en el mercado de trabajo como filósofo.

Sus palabras provocaron una brusca carcajada de Marta.

—Sin duda —dijo—. Pero no creo que la demanda de filósofos sea muy alta.

—En América siempre hay lugar para filósofos que lleven pistola.

Ambos sonrieron.

Marta estaba un poco sorprendida. Quizás aquella era la primera vez que habían intercambiado comentarios graciosos sin que resultara forzado.

Él se sentó frente a su ordenador y empezó a teclear con brío.

—¿Qué? —preguntó Marta, acercándose a él para mirar por encima de su hombro.

—Tessa desapareció aquella noche, ¿verdad?

—Es una pregunta retórica, ¿no?

Él siguió tecleando.

—La cuestión es: ¿desapareció alguien más aquella noche? ¿O quizá poco tiempo después? —Sus dedos volaban sobre el teclado.

Ella se meció hacia atrás en la silla y repuso:

—Creo que deberíamos hablar con las personas que estuvieron allí.

—Ya. Alguien nos contará algo que no sepamos —dijo Gabe con optimismo, apartándose del ordenador—. Bien, ¿a quién conocemos que estuviera allí y que sea imposible que nos mienta?

—Todo el mundo miente. Solo que algunos mienten con más naturalidad. —Su cinismo hizo sonreír a Gabe, que asintió con la cabeza. Justo en ese momento, Marta detectó el olor a alcohol en la chaqueta de él. Estuvo a punto de decir algo, pero decidió no hacerlo.

«A la mierda todo el mundo —pensó—. A la mierda Dos Lágrimas y a la mierda su amigo Rico. A la mierda el jefe. A la mierda RH. A la mierda todos en Narcóticos, que no quieren perdonarme por algo que ojalá no hubiera ocurrido nunca o que pudiera arreglar. A la mierda todos. Todos menos Gabe. Está claro que ya se ocupa él perfectamente de mandarse a la mierda a sí mismo.»

24

Lo primero que acordaron cuando salieron de la Mazmorra fue: «Nada de llamar primero. Nada de avisar que vamos. A nadie.» Querían que el nombre de Tessa surgiera por sorpresa.

El aparcamiento de la iglesia estaba lleno para ser una tarde de entre semana. Se encontraba situada junto al campus en el que Felix Gibson daba clases de Química y se fumaba su cigarrillo diario. En contraste con la iglesia del centro de la ciudad donde habían encontrado a aquel yonqui hambriento, este lugar parecía reflejar dos cosas: la universidad a la que atendía y el dinero que fluía hacia ella. En el exterior, flores y arbustos se desplegaban con mimo. Las plazas del aparcamiento estaban recién pintadas. El blanco chapitel de la iglesia relucía tanto como la cruz dorada que la coronaba. La escalinata de la entrada estaba limpia. El letrero que había junto a la puerta con el horario de las misas era nuevo, electrónico, y exhibía una «palabra del día» digital con brillantes letras rojas. La palabra de ese día era «perdón».

—Concepto difícil de vender a los universitarios —comentó Gabe.

—No jodas —replicó Marta. Había algo peligroso en utilizar una palabrota en el recinto de una iglesia. Se encaminó a una puerta trasera para entrar en el edificio, por donde sabía que estaría la oficina parroquial.

Entró y se detuvo delante de una mesa con una máquina de escribir, un teléfono, unos archivadores y un pequeño crucifijo de plata. Detrás de la mesa había una mujer joven y obesa.

—El padre Ryan, por favor.

—¿La espera, eh... —la mujer vio la placa de Marta— inspectora?

—No. ¿Dónde está?

—Se ha ido a la sacristía hace un par de minutos.

—¿Va a confesar? —preguntó Marta.

—¿Quería usted confesarse con él? —preguntó la mujer.

Marta frunció el ceño.

La expresión de la mujer delató su incomodidad.

—¿De qué se trata? No vienen muchos policías por aquí, excepto a la misa dominical.

—Necesitamos hablar con el padre Ryan con relación a un caso.

Esta explicación insuficiente no contribuyó a disipar las dudas de la secretaria, que tosió una vez, agarró un lápiz de la mesa y lo metió en un sacapuntas eléctrico. Lo sujetó allí tanto rato que acabó sacando solo medio lápiz.

—Bueno, está muy ocupado —dijo por fin—. Tiene programadas unas sesiones de asesoramiento para los estudiantes. Poco después tiene reunión con los *boy scouts*. ¿Quizá podrían pedir cita para dentro de unos días? Está libre el viernes por la mañana.

Marta sacudió la cabeza.

—Estamos aquí ahora —dijo.

La secretaria temblaba levemente como si fuera de gelatina.

—Ya hizo su declaración ante los investigadores de la Diócesis —dijo—. No tiene nada más que decir.

«Vaya, no me digas —pensó Gabe—. El buen padre Ryan está metido en algún lío. —Estuvo a punto de echarse a reír—. ¿Qué será?» Conocía varias respuestas posibles y no era probable que ninguna de ellas volviera al padre Ryan muy servicial.

Marta se sorprendió un poco.

—Nosotros tenemos preguntas distintas —dijo.

—No va a... —volvió a decir la secretaria.

—Gracias —dijo Marta—. Nosotros lo encontraremos.

—No pueden interrumpirle —replicó la secretaria, alzando la voz—. Está celebrando una misa, cumpliendo con su deber

—añadió exasperada, como si los deberes religiosos pudieran impedir a Marta y Gabe dar un paso más.

—También nosotros —precisó Gabe.

Vislumbró la sonrisa de Marta cuando se dieron la vuelta.

Los dos recorrieron un pasillo. En el aire flotaba un leve olor a incienso.

—Me pregunto en qué clase de lío estará metido el buen cura —dijo Gabe.

—Hay dos tipos de líos para un sacerdote. Los terrenales y los espirituales —replicó Marta—. Y ninguno de los dos es bueno. ¿Crees que el profesor Gibson venía aquí regularmente?

—No. Demasiado científico. Pero fue a este cura al que llamó aquella noche. Fue este cura el que rezó con la esposa. «Dios te salve, María, llena eres de gracia y ¿dónde demonios está Tessa?» Vale la pena hablar con cualquiera que pueda ayudarnos a completar la escena.

Entraron en la nave central de la iglesia. Se veía claramente el altar, donde se estaba celebrando un bautizo. Había unas dos docenas de adultos, todos endomingados: trajes de raya diplomática y recatados vestidos negros. Algunas mujeres llevaban sombrero. Había varios niños con vestidos de fiesta o chaquetas azules y corbatas que parecían muy incómodas. Delante de todos, una joven pareja sonriente, rodeada de padres sonrientes y abuelos sonrientes, sostenía a un bebé ataviado de blanco, que lloraba lastimeramente. Sus berreos llenaban la iglesia. Marta y Gabe vieron al sacerdote, que les daba la espalda; con dos monaguillos, se movía alrededor del altar cubierto con un paño blanco. Había cirios dorados y crucifijos relucientes por todas partes, y una pila bautismal.

Cuando el sacerdote se dio la vuelta hacia el bebé llorón, Gabe exclamó quedamente:

—¡No me lo puedo creer!

El padre Ryan era el mismo sacerdote que había oficiado el funeral de Joe Martin. Diferente iglesia. Diferente ceremonia. Mismo cura.

Oyeron al sacerdote, un hombre delgado, de pelo blanco y cara roja, pero con el sempiterno aire benevolente, entonar las palabras del bautismo:

—¿Aceptas tú, Colin, a Jesucristo? ¿Rechazas a Satanás?

—Esto siempre me recuerda la escena de *El Padrino* —comentó Gabe en voz baja—. A saber lo que pasará con este bautismo.

Marta disimuló una sonrisa.

—Tienes que ponerte serio —dijo.

—Por supuesto. Y también he rechazado a Satanás. O quizás él me ha rechazado a mí. Resulta difícil descubrir la diferencia.

El bebé siguió berreando mientras el sacerdote ungía su frente con aceite y agua.

La ceremonia no tardó en terminar. Los dos inspectores observaron a los asistentes moverse. Abrazos, apretones de manos, alguna que otra palmadita en la espalda.

Gabe no apartaba los ojos del sacerdote.

Tras las felicitaciones, el grupo se encaminó a la salida. Marta supuso que irían a celebrarlo con una comida.

El padre Ryan, en cambio, se quedó atrás, observando la salida de sus feligreses. En ese momento divisó a los dos inspectores. Gabe y Marta vieron que se sorprendía, luego daba media vuelta bruscamente y se dirigía al fondo de la nave, donde estaba la sacristía y se cambiaría de ropa.

—Empieza el espectáculo —dijo Gabe.

Marta siguió a su compañero en pos del sacerdote. Uno de los monaguillos usaba un gran apagavelas de plata para apagar los cirios. Se detuvo cuando vio a los inspectores, y Marta vio una sonrisa en su cara. Sin decir palabra, el monaguillo les indicó la dirección correcta.

El padre Ryan estaba poniéndose su chaqueta negra y ajustándose el alzacuellos cuando entraron en la habitación.

—¿Sí? —dijo con tono envarado—. La sacristía es privada.

Ambas placas aparecieron al instante. Un escudo dorado que estaba por encima de toda intimidad.

—¿En qué puedo ayudarles? —preguntó el sacerdote con el tono de quien no está en absoluto dispuesto a ayudar. El contraste con el sacerdote de la iglesia de la ciudad era total.

Gabe se adelantó para hablar.

—Hace veinte años le llamaron para que acudiera a la casa de Felix y Ann Gibson la noche que desapareció su hija.

El sacerdote abrió la boca, asombrado. Para Gabe y Marta estaba claro que esperaba que le preguntaran por algo muy diferente.

—¿Los Gibson?

—Sí. La noche que desapareció Tessa.

Ryan asintió.

—Sí. Estuve allí.

—¿Por qué lo llamaron a usted?

—Ann Gibson venía aquí regularmente. Era una feligresa habitual. Muy devota. Cuando me necesitó, acudí.

—¿Felix Gibson también era uno de sus feligreses?

—No, nunca venía. No creo que sea creyente.

—Entonces, él no comulgaba ni se confesaba aquí, pero su mujer sí.

El sacerdote vaciló antes de confirmarlo.

—Sí.

—¿Y usted conocía a Tessa?

Ryan volvió a vacilar.

—Sí —respondió. Señaló en la dirección del altar—. La bauticé, en una ceremonia igual que la de hoy.

—Y la noche que desapareció... —dijo Gabe, empezando a formular una pregunta, pero el sacerdote alzó una mano.

—Lo siento, inspectores, pero no tengo libertad para hablar sobre eso. Ni sobre cualquier otra cosa relacionada con la familia Gibson.

El silencio envolvió a Gabe y Marta. Ambos pensaron que las palabras del cura no tenían sentido. Ella se dijo: «¿Qué coño?», y Gabe: «¿Por qué coño no?»

Gabe fue el primero en hablar.

—¿Por qué no, padre? —Trató de imprimir al tratamiento la mayor irritación posible.

—Todo lo que me dijeron está protegido por el secreto de confesión, como si me lo hubieran dicho en un confesionario. Así que no puedo hablar de ellos, ni siquiera ahora, después de tantos años.

—Qué oportuno —dijo Gabe.

—Lo siento —dijo el cura, aunque era evidente que no lo sentía.

—¿Cree que un juez de instrucción opinaría lo mismo? —preguntó Gabe, disparando a ciegas. El sacerdote palideció y no dijo nada—. Entonces, ¿no quiere contribuir a que se resuelva el caso? —Sabía que su pregunta era inapropiada, un golpe bajo, y sintió un leve deleite al formularla.

El sacerdote vaciló de nuevo.

—Por supuesto que sí —dijo. Aunque, por su forma de decirlo, a Gabe le pareció todo lo contrario—. Simplemente estoy atado por mi posición.

Marta soltó un bufido.

—Si quisiera de verdad, nos ayudaría. En primer lugar, respondiendo a unas preguntas básicas.

—Pues no. Y me disculpo por decepcionarles —añadió con rígida formalidad.

—No aceptamos sus disculpas —dijo Gabe—. Queremos respuestas.

Otro silencio, que rápidamente se volvió tenso. El sacerdote meneó la cabeza y dijo:

—Me temo que he de dar por terminada esta conversación, inspectores. —Hizo ademán de darles la espalda.

—Solo un segundo más, padre —repuso Gabe con brusquedad. Extendió una mano y agarró al cura por el brazo para obligarlo a volverse—. Al inspector Joe Martin, ¿de qué lo conocía?

El sacerdote trató de desasirse. Por un momento a Gabe le pareció que estaba asustado.

—También venía regularmente. Igual que su difunta esposa. Los consideraba amigos míos. Yo celebré ambos funerales.

—Entonces... —empezó Gabe, pero el cura negó enérgicamente con la cabeza.

—Lo siento, inspectores, no puedo.

Gabe siguió sujetándolo por el brazo.

—Dígame, padre, ¿qué ocurrió la noche que desapareció Tessa?

La última palabra la pronunció con tono cortante, como si hubiera afilado los bordes de cada letra: «Desapareció»; fue como la hoja de un cuchillo. Había muchas respuestas a la pregunta, todas previsibles, todas razonables, todas del tipo: «Quién sabe», o «Fue un accidente», o «Fue el destino». Hasta aquel preciso instante, todas ellas habían dominado el pensamiento y el enfoque de ambos inspectores. Pero la respuesta del religioso no encajó en ningún cómodo cliché.

—Lo siento —replicó el cura con voz aguda y nerviosa—. No tengo libertad para hablar de ello.

Gabe asintió. No miró a Marta, pero intuyó que su interpretación sería la misma. Lo que quería decir el sacerdote era: «Lo sé, pero no voy a decírselo.»

Y Gabe comprendió que eso lo cambiaba todo.

25

«Vaya, eso es interesante», pensó Marta.

Estaba en el centro estudiantil de la universidad, sentada a la mesa de un rincón junto a unos ventanales desde donde se veía el patio interior que albergaba los laboratorios de ciencias. Con una taza de café humeante, haciendo caso omiso de las miradas cautelosas de los estudiantes, observó al sacerdote de pelo blanco caminando entre las sombras de la tarde en dirección a la misma entrada donde Gabe y ella se habían encontrado al profesor Gibson unos días antes.

«Así que Gabe tenía razón. No quería usar el teléfono, ¿eh, padre? Supongo que lo que tiene que decir ha de ser cara a cara, ¿no?»

El padre Ryan se movía con rapidez. Su paso era veloz y apremiante para un hombre mayor, esquivando grupos de estudiantes que salían de la última clase del día. Detrás de Marta, el ruido en la cafetería empezaba a aumentar, pero ese aumento parecía ayudarla a pasar desapercibida.

«Sea lo que sea lo que tenga que decirle, desde luego tiene mucha prisa. —Marta bebió un buen trago de amargo café—. Algunas veces hay suerte y las conjeturas resultan ciertas», pensó.

Por la tarde, tras abandonar la iglesia, Gabe había insistido en que uno de ellos debía seguir al sacerdote. Era una decisión basada en la reticencia del cura a ayudarles, en su nerviosismo e inquietud general. El comportamiento del sacerdote había despertado la alarma interna de ambos inspectores. Marta había comentado que el sacerdote sería cauto, que estaría atento a que lo siguieran.

—No es probable —replicó Gabe—. Un delincuente quizá sí, pero es un sacerdote. No estamos hablando del KGB.

—Quizá sea un delincuente. ¿Quieres llamar a la archidiócesis y preguntarles sobre qué querían interrogarlo?

—Bueno, dudo que les preocupara un posible exceso de consumo de agua bendita. Sea lo que sea, seguramente implicará mucha meditación. No resulta muy divertido estar solo con tu problema en algún tipo de retiro. Solo, salvo por el jefe de arriba planteándote algunas preguntas difíciles sobre lo que has estado haciendo en tu tiempo libre. Y no creo yo que Él vaya a mostrarse muy comprensivo.

Marta asintió y trató de disimular una sonrisa. La actitud de Gabe ante la vida era contagiosa: «Que le den a todo.»

Él empezó a elucubrar mentalmente: «Te encaras con un sacerdote que tiene problemas y él cree que está a punto de caerle un rayo encima, pero en realidad solo le preguntas por un caso muy antiguo. No hay ningún rayo. Por tanto, según una psicología rudimentaria, debería sentirse aliviado. Al saber para qué queríamos verlo, debería haberse mostrado muy dispuesto a hablar. Al fin y al cabo, fue uno de los buenos durante la noche que desapareció Tessa, consolando y rezando plegarias inútiles, haciendo lo que hacen los curas. Debería haberse atribuido ese mérito. Pero no lo ha hecho. Se ha escaqueado escondiéndose tras el alzacuellos. Y eso me dice algo.

»¿Qué te dice, Gabe?

»Aún no estoy seguro. Joder, debería ser un puto psicólogo.»

—Así pues, creo que podríamos ver qué hace esta noche.

—De acuerdo —dijo Marta—. Pero apuesto a que simplemente se va a su casa.

Gabe meneó la cabeza.

—Acepto la apuesta. Yo creo que querrá hablar con alguien. ¿La comida de mañana? El que pierda paga.

—Bueno, ¿y por qué no iba a usar el teléfono?

—No creo que sea el medio adecuado para esa clase de conversación.

—Hecho —dijo Marta—. Comida. *Filet mignon*, vinos de importación y buenos licores. Puede que también un puro.

—¿Por qué no? —Gabe sonrió—. Suena a la última comida de un condenado.

—Qué va. Por lo general prefieren comida rápida. Hamburguesas o pollo frito. —«Algo que les recuerde la época en que eran libres», pensó.

Luego Marta había esperado en su coche mientras Gabe iba a comprobar otro asunto tangencial del que no estaba dispuesto a hablarle, lo que la había molestado un poco. Le parecía que Gabe oscilaba entre la obviedad total y el secreto más absoluto. En un momento era tan misterioso como Mata Hari, y al siguiente un libro abierto, inocente como un niño. Mezclaba esto con una nueva actitud de indiferencia, como si todo le diera igual, que resultaba atractiva en el encorsetado mundo del departamento. «¿Cómo llegaría a hacerse policía?» Esta pregunta la hizo sonreír.

Sus cavilaciones se vieron interrumpidas cuando el sacerdote salió escabulléndose por la puerta lateral. Marta esperaba que se dirigiera al aparcamiento para coger su coche, pero no fue así. Con paso rápido, se encaminó directamente al campus universitario.

«Espero que Gabe no me haga pagar una comida tan cara como le habría hecho pagar yo.» Se apresuró a poner el coche en marcha para seguir al sacerdote. «Solo hay un lugar al que pueda ir que nos interese.»

Y así había llegado al centro estudiantil y a la mesa desde donde se veía la entrada a la Facultad de Ciencias.

Observó al padre Ryan entrar al edificio. Apartó el café y rápidamente se abrió paso entre la multitud de estudiantes. Salió apresuradamente, atravesó el patio, subió la escalinata y enfiló el pasillo que llevaba al despacho del profesor Gibson. La puerta estaba cerrada y los cristales ahumados impedían ver el interior, aunque oyó voces apagadas. Aguzó el oído para distinguir las palabras; se notaba la intensidad, la energía con que se pronunciaban, pero no se distinguían.

Así que esperó, con la espalda apoyada en la pared del pasillo, los brazos cruzados, una pose tranquila pero alerta.

Tras unos instantes, se abrió la puerta y vio al profesor y al sacerdote salir juntos.

Ambos se detuvieron bruscamente al verla.

—No tengo nada más que decir —le espetó el padre Ryan.

—Aún no le he preguntado nada, padre —repuso ella con frialdad.

Gibson disimuló mejor su sorpresa. Apartó al sacerdote y le tendió la mano a Marta.

—Inspectora —dijo—, ¿qué la trae por aquí de nuevo?

—Algunas preguntas sin respuesta. —Se volvió ligeramente, ladeando la cabeza hacia el nervioso sacerdote—. ¿A qué se debe su visita? —preguntó.

—Quería contarme que usted y el otro inspector, he olvidado su nombre, han ido a verlo y le han hecho preguntas sobre la noche en que desapareció Tessa —explicó el profesor.

—¿No podía hacerlo por teléfono? —Marta no creyó ni por un momento que no recordara el nombre de Gabe.

—Estoy confuso —dijo Gibson con un tono que indicaba lo contrario—. ¿Han reabierto oficialmente la investigación sobre la desaparición de mi hija? ¿Después de veinte años?

—No, oficialmente no. Pero en nuestro examen de los homicidios subsiguientes que le mencionamos en nuestra primera entrevista, estos parecen guardar alguna relación con la desaparición. Simplemente estamos explorando toda posible conexión.

El profesor asintió.

—Esas conexiones que menciona... ¿cree que van a revelar lo que le ocurrió a mi hija aquella noche? ¿Y cree que querré escuchar esas respuestas?

Marta no replicó nada.

—¿Y esa exploración qué incluye? —añadió Gibson.

—Hablar con las personas que estuvieron allí aquella noche.

El profesor reflexionó. Marta notó que evaluaba cada una de las palabras que ella había pronunciado. Notó que el hombre de ciencia emergía en aquel momento, fundiéndose con el padre que había perdido a su hija. El profesor era víctima de algo fácil de imaginar y difícil de entender. Lo vio echarse hacia atrás levemente como si se enfrentara a un fuerte viento, y supuso que estaba recordando aquella noche de veinte años atrás. «Al menos eso sería lo que tendría yo en la cabeza», pensó.

Volvió a mirar al padre Ryan.

—Fue a consolar a la señora Gibson aquella noche, ¿verdad?

—Así es. Estaba al borde la histeria y fui directamente con ella.

—¿Y usted no necesitaba que lo consolaran, profesor?

—No. Estaba tratando con las autoridades, intentando que aplicaran orden y lógica a su búsqueda, que abordaran el suceso desde la racionalidad y emprendieran las acciones necesarias para encontrar a mi hija. —Hizo una pausa—. Inspectora, fue la peor noche de mi vida. Y por terrible que fuera para mí, o para el padre Ryan aquí presente, ¿no cree que fue mucho peor para mi hija? ¿Por qué cree que yo, o el padre Ryan, querríamos revivirla?

—Lo siento, profesor, pero hacer preguntas es parte de mi trabajo.

Él asintió.

—El conocimiento es esquivo. Supongo que todos lo buscamos, de un modo u otro. Yo lo hago en mi trabajo. Usted en el suyo. El padre Ryan también lo hace con su vocación. Simplemente son diferentes formas de conocimiento sobre el mismo suceso.

«Eso es cierto», pensó Marta.

—No me parece usted una persona religiosa, profesor. La ciencia es lo suyo, ¿no? No la teología.

Él sonrió.

—Correcto.

—Entonces, ¿por qué permite que el padre Ryan se acoja a una especie de secreto de confesionario?

Felix Gibson volvió a asentir.

—Ah, esa clase de razonamiento merecería una buena nota

en mi clase. Creo que la respuesta es que el secreto se extiende a toda la familia, independientemente de si es creyente o no.

Marta meneó la cabeza.

—No lo creo. En todo caso, su esposa... creo que deberíamos hablar con ella.

Gibson esbozó una sonrisa teñida de indefinible tristeza.

—Vive sola en las montañas Berkshire —dijo—. En una antigua granja. No debería ser muy difícil de encontrar.

Marta asintió.

—Usted quiere preguntar por la noche en que desapareció Tessa, pero en realidad lo peor ocurrió las noches siguientes: Noches terribles. Soledad. Culpa. Dolor inimaginable. Seguimos buscándola. Teníamos que agotar todas las posibilidades, por endebles o irracionales que fueran. Habríamos ido a cualquier sitio, hablado con cualquiera, hecho cualquier cosa por encontrarla. Supongo que podría decirse que aún hoy la seguimos buscando. En la vida hay cosas que no se abandonan nunca, ¿no es cierto, inspectora?

«Sótanos. Un ruido. Disparé. Un error.» Marta esperaba que la respuesta a la pregunta del profesor fuera que no, pero no estaba segura.

—¿No es cierto, padre? —Gibson se volvió hacia el sacerdote para hacerle la misma pregunta.

—Sí —contestó Ryan con voz tensa—. Pero siempre está el perdón.

«No estoy muy segura», pensó Marta.

El profesor entreabrió la boca, como para añadir algo más, pero se abstuvo bruscamente. Marta se dio cuenta de repente de lo oscuro que estaba el pasillo y de lo silencioso que se había quedado el edificio.

—¿Tiene usted hijos, señorita Rodriguez-Johnson?

—Sí.

La voz del profesor sonaba fría, tan sombría como el pasillo.

—Entonces quizá pueda entender —dijo despacio tras una pausa— lo que significa que te arrebaten a tu único hijo.

—Sí —dijo Marta. Lo miró y trató de hallar una respuesta: «Si me arrebataran a mi hija, ¿qué aspecto tendría al día siguiente? ¿Y al año siguiente? ¿Y la década siguiente? ¿O en mi lecho de muerte? ¿Cuál es el aspecto correcto? ¿Cuál es el modo correcto de actuar, de pensar, de hablar?»

—¿Cree usted que alguien puede recuperarse de una noche como esa?

—No. Seguramente no.

—Puedes seguir con tu vida, pero nunca te recuperas. Su muerte nos mató a nosotros también.

Esta declaración debería haber ido acompañada de lágrimas, pronunciada con una voz debilitada por años de angustia. Pero la dijo con un profundo sentido de resignación.

—Así que no creo que ninguno de nosotros pueda ayudarles.

«Eso no es del todo cierto», pensó Marta.

—No, perdonen —prosiguió él—. No creo que nadie de los que estuvieron allí aquella noche quiera ayudarles.

«Eso podría ser cierto.»

—¿Por qué no? —preguntó Marta.

El profesor fue rápido con la respuesta, como si la tuviera ensayada:

—Porque ella desapareció, desapareció para siempre, y andar hurgando en el pasado no hace más que causar más dolor.

—Intentamos averiguar la verdad.

—Buscar la verdad presupone siempre un concepto importante, ¿no?

—¿Y cuál es, profesor? —De pronto se sentía como una alumna mal preparada en una clase de Gibson, esperando a que el peso de sus errores cayera sobre su cabeza y su nota media.

—Bueno, es obvio: que la gente quiere saber la verdad. —El profesor rodeó los estrechos hombros del sacerdote con aire protector—. Sin embargo, creo que, con mayor frecuencia, la gente aborrece la verdad. Y no sé muy bien qué clase de verdad esperan descubrir ustedes, inspectora.

Marta deseó tener una respuesta inteligente, pero no la tenía.

El profesor se volvió hacia el sacerdote, que mostraba su aquiescencia asintiendo con la cabeza. El padre Ryan estaba tan blanco como si cada palabra de la conversación le hubiera absorbido parte de la sangre del cuerpo. Le temblaban las manos.

—Vamos, padre —dijo Gibson—. Aunque la conversación ha sido tan dolorosa como interesante, ya es hora de que se vaya usted a la casa.

Marta observó a los dos hombres alejarse por el pasillo hasta desaparecer tras una esquina. El silencio se adueñó del edificio cuando se apagó el sonido de sus pasos.

Marta tardó un momento en reparar en que el profesor había dicho «a la casa» en lugar de simplemente «a casa». Respiró hondo. «Bueno, Gabe tenía razón», pensó.

El encuentro con Gibson le había dejado un poso de inquietud. Pensó que debería anotarlo todo, hacer un informe, archivarlo en alguna parte.

Pero lo que hizo fue enviar un mensaje a Gabe: «Te debo una comida. ¿McDonald's o Burger King?»

Luego un segundo mensaje: «Encuentra a la ex mujer.»

Y un tercero: «Y a cualquier otra persona que estuviera allí aquella noche.» No creyó necesario explicar dónde era allí.

Sin aguardar respuesta, volvió a su coche y emprendió el largo trayecto hasta la casa del inspector Martin, repasando palabras, ideas y tonos de voz en su cabeza, tratando de encontrar una hoja de ruta en lo que había oído. Cuando llegó a la tranquila calle residencial, era noche cerrada. Siguió circulando acicateada por la curiosidad, una comezón que quería aplacar y que apartaba a un lado todo lo demás que había dicho el profesor.

En la calle reinaba la quietud. Vio el resplandor de varios televisores filtrándose por las ventanas, pero no a las personas. No pretendía esconderse, pero le pareció que sería más fácil si no se dejaba ver. Se sintió como si estuviera haciendo algo ilegal.

Aparcó a media manzana y esperó unos minutos, solo para asegurarse de que los posibles metomentodo del barrio no prestaban atención en aquel momento. Luego bajó del coche y caminó a buen paso hacia la casa. Su respiración se hacía más dificultosa a medida que crecía su ansiedad. «La casa del muerto», pensó.

Echó un rápido vistazo hacia atrás.

Nadie.

Moviéndose con presteza, Marta rodeó la casa. Había una pequeña terraza con puerta corredera que conducía al interior. Sabía que la cerradura de esa puerta sería endeble, y no vio nada que la bloqueara desde dentro. Supuso que Martin confiaba más en su viejo Magnum 357 que en cualquier sistema de alarma. Le bastó con pasar tres veces una tarjeta de crédito de plástico para abrir el cierre, y entró en la casa.

«Esto no lo enseñan en la academia de policía —pensó—. Pero lo aprendí en el barrio.»

La noche pareció penetrar en la casa con ella. No tenía linterna, así que palpó la pared hasta que sus dedos dieron con un interruptor. Vaciló. «Seguro que alguien verá la luz —pensó—. Bueno, ¿y qué? Soy policía. Solo estoy haciendo mi trabajo.»

No estaba siendo muy sincera. «No es que haya entrado ilegalmente en el escenario de un crimen», intentó conformarse. Accionó el interruptor.

La luz del techo inundó la estancia.

Marta sintió frío.

Estaba en la cocina. En el lugar donde el inspector Martin había caído al suelo seguía habiendo oscuras manchas de sangre seca.

Quedaban algunos rastros del análisis forense que se había llevado a cabo. La cocina olía un poco a productos químicos y a muerte. Sobre la mesa, el líquido para limpiar el arma y los algodones descansaban en el mismo sitio donde estaban la tarde que había muerto el inspector. Vio una solitaria taza de café en el fregadero.

«Voy a por una taza de café...»

Había algo perturbador en el hecho de que se hubiera molestado en dejar la taza en el fregadero antes de apretar el gatillo.

En la cocina reinaba la escalofriante quietud que deja un suicidio, como un negro nubarrón. No se había limpiado nada. A Marta le pareció raro. Habían pasado semanas desde el funeral. Alguien debería haber limpiado la cocina al menos, y haber preparado la casa para ponerla a la venta. Pero allí había una sensación fantasmal. Marta dio la espalda al lugar donde se había desplomado el viejo inspector. Le parecía verlo aún, casi como si aún siguiera allí.

Pasó a la sala de estar. Solo tardó un par de segundos en divisar lo que buscaba.

La fotografía sobre una mesita auxiliar.

No era la de Martin con su mujer, sino la otra, en la que apenas se había fijado justo antes del disparo: una foto de Joe Martin, su mujer y una niña pequeña. Una noria. Algodón de azúcar. Siete años de edad.

«No tuvieron hijos propios...»

Eso les había dicho el profesor durante su primera entrevista, y por un instante Marta se recriminó no haber sabido sumar dos y dos en su momento.

Sacó el móvil e hizo un par de fotos de la fotografía. Quería que Gabe viera lo mismo que ella. Se sentía un poco como un extraño asaltante que entra furtivamente en una casa y solo roba una imagen. Esperaba que su robo tuviera algún valor.

Sabía también quién era aquella niña.

—Hola, Tessa —susurró.

Desvió la mirada hacia la imagen del inspector Martin. Al lado de la niña era un gigante, pero no había nada del rudo ex marine en la fotografía. Tenía un aire benevolente. Emanaba amor. Devoción. Como un enorme y sonriente oso de peluche. «¿Devoción, hasta qué punto? —se preguntó Marta—. ¿El cincuenta, el setenta y cinco, el cien por cien? —Y con ese número, se le ocurrió otra pregunta—: ¿Qué estaría dispuesto a hacer por esa devoción?»

Mucho más tarde, Marta dobló la esquina que conducía a su apartamento y divisó a tres hombres en los escalones de entrada al edificio. Vestían chaquetas de cuero holgadas, gorras de béisbol de los Yankees, y calzaban zapatillas Jordan altas. Todos llevaban tejanos holgados, con las perneras enrolladas y muy caídos. Iban tan uniformados que podrían haber formado parte de un grupo musical o un equipo deportivo.

«Matones de tres al cuarto.»

Los hombres le lanzaron miradas lascivas, empezaron con silbidos y saludos del tipo: «¡Hola, chiquita!» Luego hicieron gestos obscenos agarrándose el paquete. Marta tuvo la impresión de que habían ensayado todos los movimientos. Hizo caso omiso de casi todo lo que decían, que no fue más allá del típico «Ven *pa'ca*», o «Ven y que esa preciosa boquita sirva para algo».

Marta apartó la chaqueta, dejando a la vista su arma y su placa, sujeta a la cintura del pantalón. Se dijo que representaba su papel en una pequeña obra callejera. Su gesto hizo reír a los hombres.

—Oye, incluso a una poli le gusta follar a veces con un hombre de verdad —dijo uno de ellos, entre las risas de los otros dos.

Marta no tenía ganas de ocuparse de ellos.

En aquel momento, sentía el deseo irrefrenable de hablarles del sargento mayor Alex Johnson, y de que podía auparla con una sola mano con la misma facilidad con que manejaba la ametralladora de 60 mm que cargaba por las colinas de Afganistán. Cuando hacían el amor, ella sentía cada músculo de su marido dedicado exclusivamente a darle placer. «Me hacía volar —pensó. Miró al trío de los escalones—. No saben cómo es un verdadero hombre, ni cómo habla ni cómo actúa. Ni cómo ama.»

Así que empujó a los tres hombres para pasar por delante de ellos y, al llegar a la puerta, se dio la vuelta y dijo:

—Decidle a Dos Lágrimas que va a tener que pensar en algo *mucho más fuerte** para atraer mi atención. Y ahora largaos de aquí antes de que pida refuerzos y decidamos investigaros un poco. ¿Tenéis alguna orden judicial pendiente? ¿La condicional? Apuesto a que sí.

Los hombres se limitaron a sonreír.

No obstante, se alejaron. Uno se detuvo y le lanzó un beso por el aire.

«Eso es ser duro, joder», pensó. Aunque no estaba muy segura de si pensaba en los tres matones en realidad, o en sí misma.

* En español en el original.

26

«Adoro los ordenadores.

»No; detesto los ordenadores.

»¿Soporto los ordenadores?»

Gabe no estaba seguro de cuál de estas tres opciones encajaba con su estado de ánimo y su dilema. Un poco de ejercicio mecanográfico le había proporcionado unas cuantas direcciones y números de teléfono: Ann Gibson, el doctor y la señora Lister. Al reflexionar sobre los acontecimientos de la noche de la desaparición de Tessa, le pareció que aquellos tres eran sus principales protagonistas. A ellos se les añadían dos inspectores furiosos, un sacerdote quizá descarriado, RH, que al parecer no quería más que olvidar todos los errores que había cometido aquella noche, y el jefe de Policía, que ahora parecía igualmente ansioso por permitir que la perdida Tessa siguiera perdida, junto con los cuatro asesinatos sin resolver, porque cualquier respuesta lo dejaría en mal lugar. Desde luego, si se tratara de los créditos de una película, ellos serían los principales actores y los secundarios.

El único protagonista que faltaba era el asesino de Tessa.

«Buenas noticias, malas noticias», pensó. La madre de Tessa, la ex mujer del profesor, vivía a unos noventa minutos, a las afueras de una pequeña localidad de las montañas Berkshire; podía ir hasta allí en el coche sin problemas. Los Lister presentaban mayor dificultad; vivían en Miami, donde él dirigía las Urgencias de un importante hospital universitario. «No hay presupuesto para volar hasta allí —pensó—. No puedo presentar una solicitud para que me reembolsen el dinero por viaje de trabajo sin explicar para qué quiero hablar con ellos. Y desde luego no puedo decirles qué busco cuando yo mismo no lo sé muy bien.»

Hizo una pausa.

«No. Eso no es cierto. Sí que lo sé.»

Estaba sentado solo en la Mazmorra, y de repente lo invadió la sensación de que no estaba solo. Por un momento tuvo la misma reacción —calor, sudor, garganta seca, el cuello de la camisa apretándole— que la que había sentido justo antes, y justo después, de darse cuenta de que había apuntado con su arma a un repartidor de pizzas. Miró en derredor con angustia, esperando casi ver a alguien agazapado en un rincón, o el punto rojo de una cámara apuntándole, o incluso un micrófono en el techo para grabar todo lo que dijera.

La parte más absurda de aquella sensación era la idea de que, cuando estaba fuera, trabajando con Marta, hablando con otras personas sobre Tessa o los cuatro tipos muertos, actuando como el investigador que en realidad no era, se sentía otra persona, una persona sin pasado, una página en blanco que avanzaba con motivación. Pensó: «Puede que no se me dé muy bien interrogar a la gente. Pero al menos estoy haciendo algo.» En cuanto entraba en la comisaría o llegaba a la entrada de su propia casa, se sumía inexorablemente en los dos desastres en que estaba atrapado.

Decidió darse órdenes a sí mismo. Al estilo militar:

«Deja de beber.

»Deja de compadecerte de ti mismo.

»Arregla tu vida.

»Sí, señor. No, señor. Quizá, señor.»

Gabe no sabía si sería capaz de cumplir alguna de esas directrices.

Había llegado la hora de su cita obligatoria con el psicólogo asignado por el departamento. Hizo ademán de levantarse, pero se dejó caer de nuevo en la silla. «Esto no es bueno —pensó—. Me estoy convirtiendo en una especie de chalado asustado. Asustado por cada crujido y chirrido, por cualquier ruido extraño.»

Se echó a reír. No estaba muy seguro de qué le hacía gracia, pero de pronto todo le parecía un poco ridículo, y eso era divertido. Era como si una gran parte de sí mismo no fuera más que una broma en curso. Y en ese instante lo comprendió: «Si no me río de la persona en que me he convertido, acabaré siendo esa persona para siempre.»

Sonriendo y meneando la cabeza, se puso en pie. Dio un paso y le pareció que se sentía más ligero, como un hombre que ha tomado una decisión pero que aún no ha informado a nadie de la misma, ni siquiera a sí mismo.

No creía que debiera compartir esa observación con el psicólogo.

Marta atravesaba el aparcamiento de la comisaría cuando vio a RH esperando junto a la entrada del edificio. RH tenía la vista clavada en ella y movía los pies. Marta comprendió que se demoraba junto a la puerta para hablar con ella.

—Inspectora —dijo con una actitud despreocupada que ella tomó por fingida—, me preguntaba si podríamos hablar un momento.

—Claro. ¿En qué puedo ayudarle?

—Estaba pensando en que yo podría ayudarla a usted. —RH miró a un lado y otro, con la práctica de un hombre acostumbrado a asegurarse de que solo las orejas adecuadas oían lo que tenía que decir—. Estoy un poco preocupado por su situación —prosiguió.

—¿Y cómo es eso?

—Simplemente no quiero... Bueno, no soy solo yo, es decir, nosotros no queremos que salga mal parada en su nuevo puesto.

«¿Dos Lágrimas? ¿O Gabe?»

—Intento aclarar las cosas —dijo ella, asintiendo. «Como si eso significara algo», pensó—. Pero no estoy segura de entender lo que me está diciendo.

—Bueno, a pesar de lo que le ocurrió con su difunto compañero. Una tragedia es lo que fue. Un accidente y muy mala suerte. Pero incluso con eso, hay personas aquí que quieren que vuelva a estar como antes. Gozando de la buena opinión del jefe. En primera línea para un ascenso. Puede que incluso en Narcóticos, porque eso es lo suyo.

Marta se limitó a asentir. «No ha visto cómo me miran aún los chicos de Narcóticos.»

—Debería saber que el jefe adjunto Dickinson... bueno, hay serias dudas de que esté siguiendo el plan que diseñó personalmente el jefe para él. Ya sabe, revisar casos con los que no pueda causar problemas, asistiendo a reuniones de Alcohólicos Anónimos y a las citas con el loquero...

—Ahora mismo está en una —repuso Marta, a la defensiva.

—Ya. Pero los dos sabemos... —replicó RH con cautela, dejando la frase sin concluir. Luego fijó en ella una mirada penetrante—: ¿Cree que le sirve de algo?

Marta no respondió.

—Me temo que sea realmente inestable —añadió RH—. Creo que el jefe y yo subestimamos lo muy... atormentado que estaba en realidad. Bueno, yo no soy loquero. No sé de lo que es capaz ahora mismo. Sé que está investigando casos que le ordenaron expresamente que no investigara. Está obsesionado. Eso no es bueno, inspectora. Ni para usted ni para el departamento. Tenemos la responsabilidad de proteger al público, y tengo mis dudas con respecto a Gabe. Se comporta de un modo inaceptable, ¿no le parece? No quiero que ocurra una desgracia. Sobre todo estando usted involucrada.

A Marta le pareció que todas las palabras de RH que pretendían mostrar una espontánea preocupación, eran ensayadas. Y de nuevo mantuvo la boca cerrada.

RH también guardó silencio unos instantes.

—Mire, inspectora, no permita que la arrastre en su caída —dijo finalmente.

—Él no...

—Podría hacerlo. Y a lo mejor ni siquiera se daría cuenta. Ese es el problema. No creo que Gabe tenga la menor idea de lo peligrosa que es su situación.

—No le pasará nada. Creo que controla más de lo que...

RH la interrumpió:

—Me alegro de ver que defiende a su compañero. Es admirable. Pero creo que debería obrar con mucha prudencia. —Exhaló un lento suspiro—. El jefe le pidió a usted que investigara un caso...

—El de Dos Lágrimas.

—Sí. Ese cabrón. Yo me concentraría en él. Manténgase a distancia de Gabe. Céntrese, Marta, céntrese. El jefe está muy interesado en sacar a ese tipo de nuestras calles, y cada día que pueda añadir usted a su estancia entre rejas, bueno, para nosotros será un día en que se haya hecho bien el trabajo.

—Es un tipo peligroso —advirtió Marta—. Errático. —«Esa es la palabra que define lo que piensa RH de Gabe», pensó.

—Sí. Lo sabemos. En el mejor de los casos, Dos Lágrimas es impredecible. Pero confiamos en usted, inspectora.

«Eso es mentira.»

—¿Y Gabe?

—Dickinson tendrá que apañárselas solo para enderezar su vida.

Ella no dijo nada. RH miró la puerta de entrada al edificio del departamento.

—Usted sabe que lo que digo es cierto —añadió él—. Lo que intento es protegerla. Es mi trabajo. —Sonrió—. Piense en lo que le he dicho, inspectora. Creo que es importante.

Marta no siguió a RH al interior del edificio. Lo que hizo fue dirigirse a un murete de ladrillo sobre el que había un gran macetero de hormigón veteado, idea decorativa de algún jardinero, pero no contenía más que tierra negra y unos tallos verdes que habían intentado ser flores. Se apoyó en el macetero y vio que más de un policía lo había usado de cenicero. Notaba el pulso acelerado y la respiración agitada. «Eso ha sido presión burocrática pura y dura —pensó—. De lo más sucia.» Se sentía atrapada entre dos fuegos, igual que cuando el jefe le había asignado directamente la investigación de Dos Lágrimas. En ese momento Gabe salió del edificio y la sobresaltó.

—Hola —saludó Marta.

—Hola. Venía a ver si te pillaba antes de que entraras. Iremos a dar un agradable paseo por el campo —dijo, y sonó como si propusiera un pícnic dominguero.

Marta echó a andar y acompasó el paso al de Gabe, de modo que cruzaron el aparcamiento como un par de guardias desfilando. Cada paso que daba Marta la hacía sentirse más falsa.

Él no pareció darse cuenta.

—Bueno, háblame de tu encuentro con el buen sacerdote y el padre de Tessa.

Ella tardó un momento en contestar. Lo que quería era preguntarle a Gabe por qué lo odiaban, pero comprendió que no era así exactamente. «No es odio. Es algo más.» Repasó todo lo que le había dicho RH. Sabía por qué la odiaban a ella. Se sentía atrapada en una red de mentiras.

Gabe no parecía percibir la tensión de su compañera.

—¿Qué impresión te dieron?

—¿Crees que es posible que alguien parezca absolutamente culpable y absolutamente inocente a la vez?

—¿De cuál de los dos hablas? ¿Del cura o del profesor? —No añadió: «¿O de nosotros?», aunque se le ocurrió.

La leve sonrisa de Marta fue tan reveladora como su respuesta.

—Bueno... —vaciló—. No lo sé exactamente. El profesor parecía... bueno, diferente. En un momento me sentía como si fuera alumna suya y al siguiente me sentía como una intrusa, entrometiéndome en una experiencia terrible que él ha conseguido... no sé... ¿aceptar? Tal vez con resignación. No parecía sentirse culpable. Parecía hablar de otra cosa, no de la desaparición de su hija.

—¿Y el cura?

—Bueno, ese parecía realmente atormentado. Le pasaba algo. Creo que habría que ser loquero para descubrir qué es.

—Vale, pero ¿le atormentaba lo de Tessa, o que le hubieran pillado por andar detrás de los monaguillos?

—Buena pregunta. No sabría decírtelo.

Gabe estuvo a punto de decir que eso les dificultaba las cosas, pero en cambio preguntó:

—¿Descubriste algo más sobre la noche en que desapareció Tessa?

Marta pensó que la respuesta era sí y no al mismo tiempo. Era una disyuntiva que parecía acosarla últimamente.

—Descubrí una cosa —respondió—. El profesor y su mujer no eran las únicas personas que querían a Tessa. Se detuvo, sacó su móvil y le mostró la foto de la fotografía a Gabe—. Esto estaba sobre una mesita en la casa de Martin.

—¿Cómo has...? —empezó Gabe, pero se detuvo—. Por supuesto, querer a una sobrina no es necesariamente un delito, ¿no? Y supongo que en la mayoría de casos sería algo normal.

Marta no respondió, así que Gabe prosiguió:

—A ver qué te parece esta idea —dijo—. Los cuatro tipos muertos. Los dos mejores polis. La perdida Tessa. Muchas preguntas y muchos asesinatos. Ahora bien, si te pasas toda tu carrera aprendiendo cómo mata la gente y cómo los atrapas tú después, ¿sería realmente muy difícil imaginar cómo cometer uno o más asesinatos tú mismo?

Gabe soltó una carcajada áspera. No era una risa de diversión, sino de miedo.

—¿Alguna vez has mirado una puerta sabiendo que no deberías abrirla?

—Sí —dijo Marta. Y una imagen se formó en su mente: Joe Martin, solo en su casa en una noche cualquiera de los últimos cuatro años, desde la muerte de su esposa, con el arma sobre el regazo, mirando fijamente las dos únicas fotos de sus seres queridos... Ojalá fuera la clase de prueba que se podía llevar a un fiscal para iniciar un proceso. Pero no lo era.

Gabe se dirigió a su coche, abrió la puerta para Marta e hizo una leve reverencia, moviendo también el brazo, como un acomodador. Marta lo miró sorprendida y subió al coche. Gabe parecía extrañamente feliz, así que ella decidió que sacar a relucir a RH y lo que le había dicho seguramente lo hundiría en una depresión. «A mí me ocurriría —pensó, aunque también suponía que quizás era solo una excusa—. ¡Díselo!», se gritó a sí misma.

No se lo dijo.

Se sentía avergonzada. Se sentía mal.

—Después de ti —dijo Gabe con exagerada cortesía. Ella atribuyó su conducta a lo que empezaba a ver como un carácter excéntrico. No le disgustaba, aunque no pareciera muy propio de un policía. Pensó que le estaban exigiendo que hiciera ciertas elecciones que no quería hacer, y eso era aterradoramente injusto.

Circularon casi todo el rato en silencio. Nada de lo que había hecho Marta anteriormente en Narcóticos se parecía a lo que hacían ahora: intentar desentrañar una maraña de misterios. Le pareció que eran más bien como historiadores que examinaban documentos antiguos, e intentaban componer una imagen mental de lo sucedido. O quizás arqueólogos que apartaban la tierra cuidadosamente con un pequeño cepillo, esperando dejar al descubierto un fósil, o algún signo revelador de una antigua cultura.

Por su parte, Gabe trataba de definir lo que estaban investigando. ¿Un secuestro? ¿Un asesino en serie? La partitura se componía de asesinato, asesinato, asesinato y asesinato. Era como si una orquesta desafinada tocara una serie de notas. Había música acechando bajo el ruido, ritmo, organización. Simplemente resultaba difícil oírla. Pero a medida que se sucedían los kilómetros, más resuelto estaba él a identificar la melodía.

Se dirigían a una de las zonas más pintorescas del estado: colinas ondulantes y montañas cubiertas de pequeños abetos, granjas idílicas y antigüedades polvorientas. Grandes arboledas que estallaban en color en otoño y primavera. Las Berkshire albergaban a antiguos hippies, fabricantes de velas, estrellas de Hollywood y ejecutivos de Wall Street, que valoraban el viaje de tres horas en los asientos de atrás de una limusina hasta aquella zona casi rural. Muchos ciervos, halcones, algún que otro oso o alce, algunas mofetas y varios arroyos llenos de truchas; la naturaleza justa para hacer que la ajetreada vida urbana pareciera lejana... pero no demasiado. Naturaleza manejable. Naturaleza de postal. Naturaleza de paseos en trineo en invierno, de senderos para excursionistas en verano. Benigna.

Marta conocía toda la belleza oculta en esa zona aquejada de un creciente problema con la heroína, y que albergaba más de un par de laboratorios de metanfetaminas.

La dirección de la madre de Tessa que había obtenido Gabe se encontraba unos kilómetros a las afueras de uno de los pueblos pintorescos de las montañas Berkshire. Había un hotel rural en el centro, unas cuantas tiendas lujosas de ropa y comestibles, de la clase denominada *boutique* y *gourmet*. Los dos inspectores recorrieron una sinuosa y desierta carretera rural de dos direcciones, buscando el buzón con el número correcto.

Se respiraba tranquilidad.

No tardaron mucho en divisar un estropeado buzón negro que al parecer había perdido un par de batallas contra máquinas quitanieves. Gabe condujo medio kilómetro por una pista de tierra llena de curvas y baches, hasta llegar a lo que parecía una antigua granja de tablas blancas y adornos negros, con macetas de flores bajo las ventanas. Alejada así de la carretera, los bosques y las colinas ondulantes impedían ver cualquier otra casa de la zona. «Aislada», fue la primera palabra que le vino a la mente a Gabe.

Lo primero que pensó Marta no difirió mucho: «Solitaria.»

Llamaron a la puerta con firmeza.

No obtuvieron respuesta.

Gabe encontró el timbre y lo pulsó dos veces.

Nada.

Se acercó a la ventana más próxima y fisgó el interior apoyando las manos a ambos lados de los ojos.

Nadie.

Rodearon la casa, mirando por todas las ventanas que encontraron. También llamaron a la puerta posterior. Había un cobertizo allí atrás, al que también se acercaron para llamar.

Nada.

Probaron a gritar un par de veces: «¿Hola? ¿Hay alguien en casa? ¡Policía!», pero solo les respondió el silencio.

Joder —masculló Gabe—. Tanto conducir para nada.

Frustrados, los dos regresaron al coche.

—¿Y ahora qué? —preguntó Marta.

—Y yo qué coño sé.

Gabe puso en marcha el motor, metió primera y condujo lentamente por la pista. Al llegar al final se detuvo para mirar prudentemente a ambos lados.

—Espera un segundo —le pidió Marta. Se desabrochó el cinturón de seguridad y bajó del coche. Gabe observó que había divisado a unos chicos que holgazaneaban en la cuneta de otro largo camino de tierra. Los chavales llevaban casco y vistosos atuendos protectores. A un lado había tres sucias motocicletas aparcadas y una tumbada, como un pájaro con un ala rota. Los chicos parecían concentrados en la pequeña motocicleta, como si mirándola fijamente, mascullando palabrotas y tocando la aceitosa cadena de transmisión pudieran hacer que volviera a funcionar.

Marta les mostró su placa.

—¡Eh! —gritó—. ¡Chicos!

Los cuatro chavales se volvieron hacia ella. Cuatro pares de ojos se desviaron hacia la placa.

—No hemos salido a la carretera —se apresuró a justificarse uno—. Vamos solo por caminos de tierra y senderos. Tenemos permiso.

Marta dudaba que tuvieran algún carnet de conducir en el bolsillo.

—¿Se ha roto? —preguntó, señalando la motocicleta.

Cuatro cabezas asintieron.

—¿Tenéis móvil para llamar y que vengan a buscarla?

De nuevo asintieron. Ella se echó la chaqueta hacia atrás, igual que había hecho con los matones en la puerta de su casa, para mostrar el arma. Con los malos lo hacía para encararse con ellos. Pero a aquellos chavales solo quería impresionarlos. Funcionó.

—¿Es una Glock? —preguntó uno.

—Beretta —corrigió ella.

—Mola —intervino otro.

«Chavales de quince años —pensó Marta—. Nada les mola más que unas motocicletas sucias y chicas quinceañeras. Prácticamente no necesitan nada más en la vida.»

—¿Vivís por aquí, chicos?

Las cabezas siguieron moviéndose arriba y abajo.

—¿Conocéis a la mujer que vive en aquella casa?

Los cuatro chicos se lanzaron miradas furtivas. Al cabo de un momento, uno de ellos se apartó un mechón rubio de los ojos para contestar con tono hosco:

—Sí, la conocemos.

Marta detectó cierta tensión en la voz.

—¿De qué la conocéis?

Nuevo intercambio de miradas.

—No le gusta que la gente circule por su propiedad —apuntó otro—. Ni siquiera de lejos, a kilómetros de su casa.

A Marta le pareció oír cierta vacilación, un tono algo más agudo en la voz del chico.

—¿Os lo dijo ella?

El chico asintió.

—Ya lo creo, joder —susurró otro.

—Contadme cómo fue.

Todos se precipitaron a hablar a la vez. Una palabra llamó la atención de Marta: «Escopeta.»

—¿Os amenazó con un arma?

Afirmaciones unánimes.

—¿Por qué?

—Dijo que el ruido de las motocicletas la molestaba. Nuestros padres intentaron llamarla, pero...

—¿Llamó alguien a la policía?

—No lo sé —dijo el primer chico—. Ahora simplemente nos mantenemos alejados de su propiedad. Está loca. Eso es lo que dijo mi madre.

—¿Loca? Esa es una palabra muy fuerte —sonrió Marta.

—Mi padre dice que si nos acercamos podría dispararnos —explicó otro—. Dice que no vale la pena.

—Tiene razón —dijo Marta—. ¿Tenéis idea de dónde está ahora? En su casa no contesta nadie.

—¿Va a arrestarla?

—Solo es una investigación de seguimiento de un viejo caso —dijo Marta, usando la respuesta habitual.

—Deberían arrestarla. A mí me da miedo, con esas miradas que nos echa a veces. Vamos con la moto por aquí, donde tenemos permiso, y ella se pone a vigilar lo que hacemos desde el porche con unos prismáticos. Es como si esperara a que uno entre un poco en su propiedad para...

—¿Sabéis dónde está ahora? —repitió Marta.

Tres chavales negaron con la cabeza. El otro no.

Marta lo miró directamente.

—¿Qué sabes? —preguntó.

—Esa señora está loca. Se la llevó una ambulancia al sitio para los locos.

27

El director del hospital se encogió de hombros y meneó la cabeza, mirando a Gabe y Marta.

Estaban sentados en sendas sillas al otro lado de la gran mesa de roble. Marta se removió en su asiento. Gabe tamborileó con los dedos sobre el muslo.

—No creo que pueda ayudarles —dijo el doctor—. Lo siento.

Gabe, el versado burócrata, esbozó una sonrisa de gato de Cheshire. Se inclinó hacia delante agresivamente y empezó en voz baja, pero aumentando de volumen con una letanía semejante a una metralleta a medida que hablaba.

—En primer lugar, no lo siente. Dejémonos de pamplinas. ¿Sabe usted que rehusar una petición legítima de la policía es un delito? ¿Le gustaría involucrar a los abogados del hospital y a los nuestros y tener que presentarse ante un juez? Ese juez, por cierto, es muy poco probable que se muestre comprensivo con lo que usted cree que puede o no puede hacer, cuando yo testifique que estamos investigando la desaparición y asesinato de una niña. Una niña de trece años. De rostro sonriente. De largos cabellos rubios. Adorable en todas las fotografías. Quizá tenga usted suerte y gane. Ya me imagino los artículos en los periódicos: «Juez impide entrevista en el curso de investigación sobre chica desaparecida.» Los jueces detestan ese tipo de titulares, ¿verdad? Sobre todo cuando van acompañados de una fotografía de la sonriente niña desaparecida. ¿Y a quién cree que culpará ese juez cuando su esposa y sus hijos no le hablen al llegar a casa por la noche?

Gabe se sorprendió a sí mismo y a Marta, con su fiereza. Pero interiormente veía una parte de su antigua personalidad en el director del hospital: evasivo, buscando excusas para decir que no, poco dispuesto a cooperar, especialista en cubrirse las espaldas, y aborrecía todo lo que veía. Sintió entonces un acceso de rabia, tuvo que controlarse para no abalanzarse y agarrar a aquel hombre por las solapas para estamparle la cara en la mesa y esposarlo por el delito de ser irritante. «Por el delito de tozudez», pensó Gabe.

Marta nunca había estado en un hospital psiquiátrico privado y la ponía nerviosa. Como si las depresiones bipolares fueran tan contagiosas como el ébola. Había estado en otros hospitales, claro, en la sala de partos donde había nacido Maria, en las Urgencias adonde habían llevado a su compañero, aunque ya estaba muerto. Pero en aquel hospital en particular había un silencio escalofriante que le provocaba desasosiego. Estaba formado por una serie de edificios como mansiones, situados junto a la calle principal, a tan solo unos kilómetros de la casa campestre de Ann Gibson. Era la clase de sitio que se consideraba un lugar de reposo en vez de un sitio donde se repartían psicotrópicos como caramelos en Halloween. Personal de chaqueta blanca y pacientes con ropa cómoda cruzaban las salas soleadas o los bien cuidados jardines. Marta pensó que la estancia allí debía de ser muy costosa. Pero ni siquiera el lujo podía disimular el persistente olor a psicosis galopante y ecos espectrales de neurosis y desesperación. Muchas batas abiertas, pijamas y zapatillas y miradas inquietas de ojos muy abiertos que la saludaban cuando recorrieron los silenciosos corredores. A pesar de ser un carísimo centro puntero, Marta imaginaba que había habitaciones ocultas de estilo victoriano, con cadenas oxidadas, sangre seca en artilugios de sujeción y extrañas técnicas decimonónicas más parecidas a torturas medievales que a tratamientos modernos. Esperaba oír chillidos atormentados en cualquier momento.

—Bueno —dijo el director, titubeante, mientras asimilaba la amenaza de Gabe—, podría hacer una cosa. Le diré a la señora Gibson que están aquí. Y si consiente en recibirlos, entonces podrán hacerle sus preguntas. Pero deberá estar presente su terapeuta, que tendrá derecho a interrumpir el interrogatorio en cualquier momento, si cree que el estrés es demasiado para ella. Debo recalcar que, como muchos de nuestros residentes, se encuentra en un estado vulnerable, y debe ser protegida. Y eso solo si ella quiere verlos. Si no quiere, bueno, pueden volver cuando quieran con una orden. Si la consiguen.

—Muchos «si» —comentó Gabe sarcásticamente.

El director hizo una pausa antes de añadir con frialdad:

—Yo también conozco a unos cuantos jueces.

Gabe sonrió. «Contraataque burocrático. Es como una partida de ajedrez que se juega con reglas variables, donde de pronto un peón se mueve como un caballo, o una torre se desplaza por el tablero como un alfil.»

Gabe exhaló un sonoro suspiro.

—¿Está incapacitada para responder a nuestras preguntas? ¿Le impiden su enfermedad y su medicación responder a nuestras preguntas? —«La misma pregunta formulada dos veces. Causa un efecto algo mayor», pensó.

—No puedo divulgar información sobre los pacientes —replicó el médico con igual contundencia—. Ni por qué están aquí, ni cuándo llegaron, ni su estado médico, ni el diagnóstico, ni cuánto tiempo piensan quedarse. Lo único que puedo hacer es preguntarle si quiere hablar con ustedes.

—De acuerdo —dijo Gabe—. Eso bastará por el momento. Pero dígale que es la desaparición de su hija lo que estamos investigando. —«Eso debería bastar como cebo, por muy loca que esté», supuso.

Cuando entró por la puerta, no había nada en Ann Gibson que confirmara lo que habían dicho de ella los adolescentes: que era una loca. Tampoco había nada que desmintiera lo que Gabe y Marta recordaban de ella tras echarle un vistazo en el funeral de Martin. Esperaban verla con los ojos desorbitados, los cabellos enmarañados, hablando con voces invisibles, o quizá con el aire apático e indiferente de una persona drogada. Nada de eso era evidente. Y tampoco había nada que indicara por qué el director la había definido como vulnerable.

Ann Gibson era alta y delgada como un junco, con una mata de cabello moreno que le caía sobre los hombros sin un mechón fuera de sitio. Su aspecto era atlético, de hombros erguidos, como una antigua modelo que aceptara el paso del tiempo pero estuviera resuelta a combatir sus efectos lo máximo posible. Su apariencia no era la de la estereotipada esposa apocada de un científico. No vestía los tejanos y la camisa vaquera que podrían esperarse de una mujer que vivía en el campo. Y tampoco encajaba en el típico aspecto de clase media de una mujer cuyo hermano mayor era un ex marine y policía. Su aspecto era elegante, de clase alta, y envarado.

Vestía tejanos de diseño, sandalias y un suéter holgado. «De cachemira», pensó Marta. Llevaba un collar de perlas. Con una bata blanca, la habrían tomado por una terapeuta en lugar de una paciente.

El psiquiatra que la acompañaba parecía tener la mitad de su estatura. Era de la misma edad, pero rechoncho, calvo y reservado. Tanto Gabe como Marta se dieron cuenta de que era el hombre sentado junto a ella durante el funeral de Joe Martin. La impresión de Gabe fue que era un hombre que pasaba demasiado tiempo sentado, escuchando y preocupándose.

Emplearon unos segundos en estrecharse las manos —Marta se fijó en que el apretón de Ann Gibson parecía casi lánguido—, y en disponer cuatro sillas en el despacho del director en semicírculo, para dar a la entrevista una sensación de informalidad, como exploradores congregados en torno a la fogata para contar historias de fantasmas. «Quizás estemos aquí para eso, para contar historias de fantasmas», pensó Marta.

—Señora Gibson —empezó Gabe—. Nos gustaría...

Ella lo interrumpió con un rápido y desdeñoso gesto de la mano.

—¿Han encontrado a mi hija? —exigió saber. Su voz era tan rígida como su espalda.

—No. Estamos volviendo a investigar su desaparición, tratando de...

—¿Encontrar qué, inspector? —volvió a interrumpirlo ella—. ¿Qué es exactamente lo que no saben? Estaba ahí. Luego no estaba. Está muerta en algún bosque de alguna parte, o enterrada en algún sótano polvoriento. Eso es todo. Deberían seguir buscando a la persona que se la llevó.

Miró a ambos inspectores. Una mirada dura como el yunque.

—Ese hombre sigue libre. Búsquenlo. Merece ser castigado. Castigado con tanta severidad como él me ha castigado a mí. Eso es lo que deberían estar haciendo, inspectores.

—Tenemos algunas preguntas sobre la noche en que desapareció.

—Después de veinte años, ¿ahora tienen preguntas? —Ann Gibson meneó la cabeza. Un movimiento lleno de sarcasmo—. ¿Han hablado con el padre de Tessa?

—Sí, pero queríamos...

Ella lo interrumpió de nuevo.

—Estoy segura de que él ya les ha contado lo que necesitan saber. ¿Qué creen que puedo añadir yo?

—La noche que desapareció Tessa —insistió Gabe—, queríamos saber si podría hablarnos de sus impresiones sobre lo que ocurrió durante esas horas. —Se arrepintió al instante de la pregunta. No era directa ni enérgica, y le pareció que con ella cedía ya el control de la entrevista a Ann Gibson.

Ann Gibson echó la cabeza atrás y dejó escapar una desagradable carcajada que casi parecía un rebuzno, y que no terminó en un resoplido, sino en un sollozo ahogado.

—¡Mis impresiones! Aquella noche fue mi muerte.

El psiquiatra intervino, con más contundencia de la necesaria, para establecer lo obvio:

—Se trata de un tema delicado para la señora Gibson.

«No me jodas», pensó Marta, que mantenía los ojos clavados en la paciente, tratando de captar hasta el último detalle de su semblante y cada movimiento de su cuerpo, como si se hablara otro lenguaje además del oral. Mientras la observaba, Marta detectó una perturbación emocional que parecía traspasarla.

—No sé por qué, aquella noche, Dios decidió arrebatármela

—dijo Ann Gibson, alzando la voz—. Le pregunté al padre Ryan el porqué una y otra vez. Nos habíamos esforzado tanto desde su nacimiento en mantenerla sana y salva... Aún no sé por qué Dios lo hizo.

«Dios» no era la palabra que Gabe esperaba oír. Lo extraño era que aquella elegante mujer no se parecía en nada al retrato que se había hecho él mentalmente de una madre perturbada musitando plegarias, aferrada a las manos de un sacerdote.

—Dios sigue castigándome, cada minuto de cada hora de cada día —añadió ella.

«Eso parece», pensó Marta. Sin dejar de mirar a la mujer, metió la mano en su amplia cartera y agarró los expedientes de los cuatro tipos muertos. «Puede que Dios la castigue por Tessa —pensó—. Pero necesitamos saber a quién castiga por estos cuatro tipos muertos.» Esperó para sacar los expedientes. Mientras los tenía sujetos, vio por primera vez que a Ann Gibson le temblaba el labio y que sus párpados parecían desfallecer, a punto de llorar.

—Dios es cruel —dijo Ann Gibson con frialdad, escupiendo casi las palabras.

—Aquella noche... —empezó Gabe, pero de nuevo fue interrumpido.

—No —dijo Ann Gibson—. No, no, no...

Su voz se quebró un poco con cada negación. Cada «no» parecía tener un peso diferente: uno salió volando, agudo, otro salió corriendo, otro abofeteó a los inspectores en la cara, y finalmente, otro cayó pesadamente al suelo. De pronto Ann Gibson se aferró a los brazos de su silla y Marta imaginó que estaba a punto de saltar agitando los puños.

—Creo que ese tema está vedado —soltó el psiquiatra. Puso una mano en el brazo de su paciente, procurando calmarla. Fue como si un tornado de ira estuviera a punto de desatarse, y Ann Gibson a duras penas logró contenerlo.

—Para eso estamos aquí —dijo Gabe.

—Dios me robó aquella noche —dijo la mujer—. Me lo robó todo. Y ahora me tortura con recuerdos —añadió—. Todos los días.

Su voz era más aguda. Sus pies se movían espasmódicamente y se le estaba enrojeciendo la cara. Marta observó su transformación. La mujer glacial y altiva que había entrado en el despacho estaba ahora al borde de la histeria y el miedo, quizás incluso dispuesta a agredirles. Una ex modelo convertida en una vieja bruja.

«La mujer loca —pensó Marta—. Aquí está.»

—Creo que debemos dar por concluida la sesión —decidió el psiquiatra enérgicamente, y se puso en pie.

Se colocó entre Gabe y Marta y su paciente, a la que ayudó a levantarse como si estuviera demasiado débil para hacerlo por sí misma.

—Aún tengo unas preguntas más —dijo Gabe.

—Ya —replicó el psiquiatra con tono áspero por encima del hombro—. Pero no considero aconsejable que la señora Gibson las oiga.

Marta sacó entonces los expedientes de los cuatro tipos muertos y se los tendió a Ann Gibson.

—¿Significa algo para usted alguno de estos nombres de personas asesinadas? —preguntó rápidamente.

El psiquiatra frunció el ceño y trató de alejar a la mujer de los papeles. Ella se desasió y alargó la mano para cogerlos, apartando al psiquiatra a un lado. Agarró los documentos con cautela, como si pudieran transmitirle alguna enfermedad. Se quedó casi paralizada, salvo por los ojos, que repasaban las carátulas, pasando de una a otra velozmente. Al acabar, cambió de actitud. La mujer incapacitada se irguió y volvió a convertirse en la mujer que había entrado por la puerta. Recuperó su altivez. Se apartó el pelo de la cara con un gesto y echó la cabeza atrás.

—Su difunto hermano investigó estos cuatro asesinatos —dijo Marta.

—Era un profesional muy entregado —replicó ella sin emoción.

—¿Y estos cuatro asesinatos le...? —prosiguió Marta.

Ann Gibson sacudió la cabeza y agitó una mano desdeñosamente como al principio. Pero dijo:

—Lo sé...

Y se detuvo, como si de repente hubieran apagado un interruptor. Apretó los labios, se encogió de hombros y dejó caer los expedientes como si fueran radioactivos. A continuación dio media vuelta como un soldado en un desfile y salió de la habitación seguida del psiquiatra, que cerró la puerta de roble de un golpe.

28

El portazo sonó como un disparo.

«"Lo sé..." ¿Qué sabes?»

Marta vaciló un segundo antes de recoger del suelo los expedientes, y salió precipitadamente del despacho del director, que aún temblaba un poco. En el pasillo miró a derecha e izquierda.

Ann Gibson y el psiquiatra se alejaban a paso rápido. Marta casi tuvo que correr para alcanzarlos.

—Señora Gibson —dijo—. Señora Gibson, por favor...

Ellos no se detuvieron.

«A la mierda la cortesía», pensó Marta.

—¡Deténganse!

No le hicieron caso.

Ann Gibson siguió andando, mirando hacia atrás con los ojos muy abiertos, como un personaje de una película de terror al que persiguiera un implacable monstruo. Al final del pasillo, el psiquiatra abrió la puerta señalada como SALIDA en letras rojas y la sostuvo para ella. Ann Gibson giró a la derecha bruscamente y la cruzó. Marta oyó el eco de sus pasos en las escaleras, desvaneciéndose rápidamente. En cambio, el psiquiatra cerró la pesada puerta con un fuerte golpe y se dio la vuelta como un animal acorralado para encararse con Marta.

—¿Qué se propone? —le preguntó alzando la voz.

Marta se detuvo.

El psiquiatra le cerraba el paso, impidiéndole avanzar.

—¡No tiene ningún derecho a seguir molestando a mi paciente! —añadió con aspereza.

—Tengo preguntas, ella ha dicho que sabía...

—Su respuesta podría querer decir cualquier cosa —bufó el médico, interponiéndose con firmeza entre Marta y la puerta.

—Ha empezado a decir algo. Podría ser importante —repitió Marta.

—«Podría» no es una palabra que tenga mucho peso por aquí. No decía nada. Deje que se lo repita, por si no lo ha entendido la primera vez: nada.

—Quiero hablar con ella —perseveró Marta.

—Lo que usted quiera es irrelevante. ¿Se cree usted que ella es una especie de criminal a la que puede dar órdenes? ¿A la que puede intimidar para que confiese? Pues no. Es una paciente que está bajo tratamiento. —La fiera expresión del psiquiatra se hizo aún más obstinada—. No más preguntas. Se acabó la entrevista. No más de nada. Creo que su compañero y usted han desbaratado semanas de tratamiento. Meses. Tal vez más. Creo que han puesto en peligro su salud de manera significativa. Inspectora, es hora de que se vayan.

Marta alargó el cuello por encima del hombro del psiquiatra, como si su mirada pudiera atravesar paredes, suelos, puertas, lo que fuera, hasta alcanzar a Ann Gibson.

El psiquiatra frunció el ceño.

—¿No lo comprende, inspectora? Aquí todo el mundo sufre los efectos de su pasado. Todos intentan reconciliarse con lo que les ocurrió en otro tiempo.

De nuevo Marta no respondió. Quería apartar al psiquiatra de un empujón, correr en pos de Ann Gibson, obligarla a sentarse en una silla de duro respaldo, esposarla y ponerle una luz en la cara para espetarle preguntas. Quería que alguien, cualquiera, le dijera alguna clase de verdad que pudiera asimilar.

Se puso rígida, casi dispuesta a empujar al psiquiatra, pero se dio cuenta de que sería inútil.

—Maldita sea —masculló, mezclando ira con frustración.

Oyó pasos a su espalda y se volvió para ver quién era. Gabe, seguido de cerca por el airado director médico, que tenía la cara granate. Y por dos hoscos ordenanzas de chaqueta blanca. Y por dos guardias de seguridad de camisa azul y dura mirada.

Quería decir algo conciso, directo y amenazador, poner el hospital bajo aviso. Pero notó que sus hombros caían derrotados, desinflados, y solo consiguió articular una obviedad:

—De acuerdo. Nos vamos.

«Un agujero negro.»

«Un vórtice de la nada, increíblemente grande, que nos succiona hacia un centro infinito de imposibilidad asesina.»

Gabe y Marta se alejaron del hospital psiquiátrico, rodeados por la noche campestre. Varias capas de oscuridad.

—Me pregunto cuál será su diagnóstico —dijo Gabe distraídamente, mientras conducía.

—¿Qué te parece «una noche alguien se llevó a mi única hija y la mató y ahora estoy loca de dolor y seguiré así hasta el último día»? ¿Podría ser ese el diagnóstico?

Marta oscilaba entre la empatía y la crueldad. Abrió la boca para decir algo que suavizara sus palabras, pero se detuvo. «Si yo perdiera a mi hija, también estaría loca. ¿No? Sí. Y sería normal, toda esa locura, porque es la reacción normal.»

Gabe no replicó. Siguió conduciendo en silencio. Volvió a pensar en un programa del Discovery Channel que había visto hacía años sentado al lado de su hijo, que hacía un proyecto de ciencias para el colegio. El programa trataba sobre inmensos agujeros en el espacio infinito en los que los objetos desaparecían para siempre. En eso estaban cayendo ellos, pensó.

Los cuatro tipos muertos y la perdida Tessa.

Estaban condenados a existir en algún punto del pasado.

—Le he mostrado los expedientes de los cuatro tipos muertos —dijo Marta con voz suave—. Ella los miró y solo dijo: «Lo sé.» Debió de querer decir que sabía quién había cometido los asesinatos. ¿No?

—O quizá su loquero estaba en lo cierto y no significaba nada —dijo Gabe.

Silencio. Un kilómetro. Dos. Luego Marta volvió a retomar la conversación, como si no se hubiera interrumpido.

—Matan a cuatro tipos. Dos polis investigan. Solo que no lo hacen en realidad. Los casos simplemente se archivan. Y ahora, veinte años después, cuando nosotros empezamos a hacer preguntas, la única persona que admite que sabe algo está en un hospital psiquiátrico. O quizás admite otra cosa. No podemos estar seguros.

—Estamos jodidos —dijo Gabe.

—Totalmente jodidos —convino Marta.

Él hizo una pausa.

—Me gustaría volver atrás en el tiempo.

—¿Para qué?

A Gabe se le ocurrían docenas de respuestas a esa pregunta. Las cosas que cambiaría. Cambios mágicos, empezando aquella petición tan inocente: «¿Por qué no te llevas a navegar a mi hermano y hablas con él?» Sí, cambiaría eso, para empezar.

«Me gustaría haber estado allí la noche que se llevaron a Tessa. Y me gustaría haber estado allí las noches en que mataron a los cuatro tipos muertos. Para verlo por mí mismo.» Se preguntó si la Tessa perdida y los cuatro tipos muertos conspiraban para volverlo loco, y de pronto se imaginó a sí mismo con albornoz y zapatillas, sin afeitar, despeinado, mascullando, caminando por el pasillo de un hospital psiquiátrico, pasando el tiempo ociosamente hasta la hora de la siguiente pastilla. «La píldora del olvido —pensó—. Eso estaría bien.»

—¿Vamos a rendirnos? —preguntó Marta.

Recordaba todo lo que le había dicho RH. De pronto pensó: «Di que sí, Gabe. Salva tu trabajo y tu carrera. Y de paso quizá salves también los míos. —A este ruego le siguió—: Di que no, Gabe, porque ocurrió algo terrible y somos las dos únicas personas en el mundo que parecen querer saber la verdad.»

Ambos pensaron más o menos lo mismo: «¿Por qué?», justo en ese momento, pero ninguno de los dos pronunció la palabra en voz alta. No obstante, era esa palabra la que los impulsaba a seguir adelante.

—¿Tú quieres rendirte? ¿Pasar a otra cosa? —preguntó Gabe al cabo de un rato—. Eso es lo que parece que todo el mundo quiere que hagamos.

«Sí. No. No lo sé», pensó Marta.

—¿Otra cosa como qué? —preguntó—. ¿Pasarnos el día jugando al gato y el ratón con Dos Lágrimas? ¿Quizás investigar algún otro caso pendiente? —La idea de volver a la pila de expedientes sin resolver, sentada a una mesa en la Mazmorra, intentando encontrar algo para investigar, era demasiado deprimente.

Gabe la miró de reojo. Ella parecía exhausta, estar cayendo en la sombría depresión del fracaso.

«Al menos ella tiene un futuro. Es inteligente e increíblemente resuelta. Es mucho más dura que yo y sabe lo que se hace. Al final, los chicos de Narcóticos la perdonarán.»

Dudaba mucho que él tuviera las mismas posibilidades.

—Que me aspen si lo sé, así que supongo que no —replicó Gabe—. Pero estamos muy cerca de tirar la toalla. —«Cerca de verdad», comprendió. «Don Quijote al final de todo, cuando se da cuenta de que su empresa no es más que una quimera y Dulcinea, una puta.»

De vuelta en comisaría, se detuvieron junto al coche de Marta.

—¿Y ahora qué? —preguntó ella.

—Bueno, creo que solo quedan un par de piedras por remover —respondió él, tratando de parecer optimista, sabiendo que no había razones para serlo—. Vete a casa. Dale un beso a tu hija. Léele un cuento. Actúa con normalidad. Mañana nos replantearemos la situación.

Todo esto lo dijo envidiando ese momento que ella iba a vivir.

—Replantear es una palabra asquerosa —replicó Marta.

Aun así, subió a su coche y al cabo de unos segundos salía del aparcamiento. Gabe vio como desaparecían las luces traseras del coche. Luego se dirigió a casa él también, debatiéndose con pensamientos sobre Tessa y los cuatro tipos muertos, luchando contra visiones de una botella de vodka sin abrir que había sobre la mesa de la cocina. «Bueno, eso sí que es una disyuntiva —pensó—. Abrirla. Beberla. Y encontrar tu propio agujero negro. O no hacerlo.» Condujo lentamente en la noche, sabiendo que se balanceaba precariamente al borde de un abismo. «Sube o cae. Pero no te quedes colgando en el mismo lugar.» Sonrió, aunque no era algo por lo que valiera la pena sonreír. «Interesante elección la que tienes esta noche, Gabe —se dijo—. ¿Qué vas a decidir?»

La rutina fue la misma de siempre:

Quedarse fuera, mirando fijamente la casa vacía.

Finalmente, reunir las fuerzas necesarias para salir a trompicones del coche y caminar hasta el porche.

Sacar las llaves y abrir la puerta torpemente.

Entrar. Dar la luz del vestíbulo. Arrojar la chaqueta de cualquier manera hacia la percha. Dejar caer la cartera al suelo. Aflojarse la corbata, dejar la pistola junto a las llaves del coche.

Debería estar cansado y hambriento, pero en realidad no podía pensar más que en la botella de vodka y en las preguntas que planteaba. Tenía intención de quedarse mirándola el resto de la noche, sin saber muy bien si la abriría o no. Fue a la sala de estar, alargando la mano hacia el interruptor de la luz, igual que hacía cada noche desde que su mujer y su hijo lo habían abandonado.

Clic.

Luz.

—¡Joder!

Gabe se tambaleó como si le hubieran dado un puñetazo, su corazón se aceleró súbitamente.

Había un hombre sentado en la sala.

Vestía de negro. Chaqueta de cuero. Guantes. Un pasamontañas le ocultaba la cara. Empuñaba una pistola y al lado, sobre una mesita que Gabe solía utilizar cuando bebía, había un enorme machete. La hoja brilló cuando un rayo de luz se reflejó en ella. El cañón de la pistola apuntaba al pecho de Gabe. El cañón era como uno de esos agujeros negros en los que había pensado antes.

Gabe gruñó como si tratara de aspirar una bocanada de aire donde no había aire ninguno. La alerta «¡Corre!» se disparó en su mente, pero estaba prácticamente paralizado por la espesura del miedo que se apoderó de él al instante. Debería haber prevalecido el instinto de supervivencia, y vagamente sabía que debía actuar deprisa, pero fue incapaz de hacerlo. Sus músculos se volvieron de goma. A su espalda, en el vestíbulo, estaba su arma. Le vino a la cabeza la idea remota de intentar alcanzarla, y retrocedió, como si fuera la maniobra más evidente. Sabía que en un pasado lejano había recibido alguna clase de entrenamiento que supuestamente lo preparaba para un momento así, pero todas aquellas enseñanzas del tipo SWAT o James Bond se habían perdido en la bruma. Notó que se le cerraba la garganta y la lengua se le secaba, y no hacía más que pensar: «Estoy muerto.»

Se tambaleó, como si estuviera perdiendo el equilibrio, dio otro paso hacia atrás, con las rodillas apenas sosteniéndolo, con el aspecto de un vagabundo borracho... hasta que notó una mano en el centro de la espalda, empujándolo hacia delante.

O sea, había un segundo hombre.

«¿Cómo? ¿De dónde ha salido?»

No tenía la menor idea. En ese momento fue como si su propia casa se hubiera transformado en un lugar desconocido, extraño y aterrador. Con pasadizos secretos y habitaciones peligrosas. Ya no sabía dónde estaban las cosas.

—Adentro —dijo una voz detrás de él, muy cerca de su oído.

Gabe notó que le temblaba el labio. Pensó que si respondía le traicionaría la voz.

No supo de dónde sacó las fuerzas para avanzar. Fue como si la luz de la sala le quemara los ojos y lo cegara.

El hombre del machete y la pistola usó el arma para hacer un gesto al hombre que lo empujaba.

Y entonces todo se volvió negro de pronto.

Gabe quiso chillar cuando le echaron una capucha sobre la cabeza. La oscuridad era como la antesala de la muerte.

29

«Mantén la calma.

»Respira hondo.

»Pulso acelerado. Garganta seca. Labio inferior tembloroso. Manos convulsas. Imposible mantener la calma.

»¿Van a matarme?

»Sí.

»¿Por qué?

»No lo sé.

»¿Quiénes son?

»No lo sé.

»¿Qué está ocurriendo?

»No lo sé.»

La máscara negra amenazaba con ahogarlo. Aunque era holgada, como una bolsa grande, la notaba tan apretada como un nudo corredizo. Notaba la tela contra la piel, su sabor en los labios, su olor en la nariz, pero ninguna de esas sensaciones le ayudó a comprender nada excepto que estaba a punto de pasar de un negro olvido a otro, solo que este sería eterno.

«Voy a morir.»

Por un momento le pareció que se precipitaba en el espacio. Vértigo. Mareo.

«Voy a morir.»

Respiró una bocanada de aire. Fue como inhalar el calor de un horno que se diseminó por su cuerpo. Enfebrecido.

Una imagen instantánea: su ex mujer.

«Nunca dejé de quererla. Aunque ella me odiara, yo seguía amándola.»

Segunda imagen: su hijo.

«Demasiado doloroso.»

Soltó un gemido, incapaz de dominarse. Le fallaban las rodillas y pensó que iba a tropezar. También temía orinarse encima. Empezó a sentir náuseas.

Lo sentaron a empujones y le colocaron las manos delante. Oyó un sonido de rotura y de repente se encontró con las manos sujetas.

«¿Cinta de embalar?»

Un segundo sonido de rotura. De pronto le juntaron las piernas. Notó la cinta envolviéndole los tobillos.

«¿Van a cortarme la cabeza con ese machete?»

Intentó respirar otra bocanada de aire, pero al parecer no quedaba mucho y se atragantó. Otro gemido involuntario escapó de sus labios. Cerró los ojos dentro del oscuro mundo de la bolsa.

«¿Dolerá?»

Oyó ruidos alrededor, desconocidos, imposibles de interpretar.

Permanecía paralizado. Como un hombre que alarga el brazo hacia un salvavidas que queda justo fuera de su alcance, trató de discernir algo que le ayudara a descubrir quiénes eran esos intrusos. Nada. El miedo no le dejaba pensar con claridad.

Transcurrieron unos segundos. «¿Minutos? ¿Una hora? ¿Cuánto tiempo llevo aquí? ¿Desde siempre?»

Una voz amortiguada, débil, procedente de algún lugar más allá del negro velo que cubría sus ojos:

—Mátalo.

No podía respirar. No podía ver. No podía tragar. «Estoy muriendo. Ya estoy muerto.» El pánico recorría su cuerpo en oleadas que amenazaban con ahogarlo. La avalancha de imágenes se mezcló en su cabeza: «Debería haberme ahogado. Me estoy ahogando ahora.»

Un clic justo al lado del oído. Vagamente familiar.

«¿Qué es eso? Lo sé. No lo sé. Sí. No. Debería saberlo.»

Entonces lo recordó: un arma al ser amartillada.

El auténtico sonido de la muerte.

Gabe volvió a gemir cuando notó el machete haciéndole cosquillas en la garganta.

El auténtico sonido de la muerte.

No le dolía nada en realidad, pero todo era dolor. Sentía una especie de descargas eléctricas recorriéndole el cuerpo. Notaba espasmos involuntarios.

El cañón del arma se apretó contra su oído. No llegó a ser un golpe, pero le hizo daño.

Gimió. Quería decir algo. Rogar. Suplicar. Pedir clemencia. Ganar unos segundos. Un minuto. Ganar una prolongación de la vida que se le estaba escapando. Así que soltó, con voz amortiguada por el miedo y por la gruesa capucha negra:

—¿Qué quieren?

Silencio.

Sin respuesta.

El cañón del arma volvió a darle en la oreja.

La voz no le salió una segunda vez. Era como si se hubiera ocultado en algún lugar profundo y olvidado de su interior, y él tuviera que luchar para hallarla.

La hoja del machete era como una navaja contra su barbilla. Notó un corte en la garganta. Sangre.

Solo había llegado a vislumbrar la hoja desde la puerta. Pero ahora se abrió paso en su imaginación: vio el filo reluciente, afilado hasta la perfección, el mango negro rodeado por un enorme puño. Feo. Una herramienta para matar. La hoja pareció crecer, resplandeciente, y adquirir una existencia propia. Se dio cuenta de que sería un modo horrible de morir.

«Ahora me matarán.»

Con los nervios crispados, mareado, a punto de perder el conocimiento por una mezcla de miedo e incertidumbre, Gabe permaneció inmóvil en el asiento.

Entonces, la respuesta a su pregunta:

—Lo que queremos, inspector, es que usted y su compañera dejen de hacer lo que están haciendo.

Palabras frías, pronunciadas con un leve acento. De bajos

fondos. O quizás enmascaradas por un dispositivo electrónico. No lo sabía.

La voz parecía distante, rasposa, distorsionada. Era como escuchar un disco antiguo reproducido a velocidad más lenta.

—Esta noche ella recibirá el mismo mensaje —dijo la voz.

En ese momento, Gabe sintió que le aplastaban algo contra el pecho.

«¿El machete? ¿El cañón del arma?»

No parecía ninguna de las dos cosas.

«¿Estoy sangrando?»

Tenía el entendimiento ofuscado por el miedo y la tensión, y solo alcanzaba a repetir «voy a morir, voy a morir, voy a morir», como el estribillo de una alegre canción pop. Era consciente de que se movían a su alrededor. Su propia respiración parecía un rugido dentro de la capucha, que le ensordecía así al mismo tiempo que lo cegaba.

Volvió a oír:

—Mátalo.

De pronto una mano le echó la cabeza hacia atrás y pensó: «¡Van a rajarme el cuello!», pero lo que hicieron fue echarle algo en la boca a través de la capucha. Él se retorció y dejó escapar un largo gemido, un «ahhhhhhh» que supuso era el estertor de una persona al morir.

Apenas reparó en que la mano que le había echado la cabeza atrás la había soltado.

Sus labios percibieron el gusto del líquido que se había filtrado a través del paño negro.

«Vodka.»

El sonido de una puerta cerrándose lo sorprendió y volvió a gemir.

Luego se incorporó y esperó.

No había recibido instrucciones, de modo que no sabía qué hacer, aparte de quedarse quieto. Permaneció así durante un intervalo de silencio que se le hizo muy largo, pero que tal vez fueran solo unos segundos, o unos minutos. Parecía haber perdido la noción del tiempo.

Gabe notaba que su corazón seguía latiendo, así que todavía

estaba vivo, lo que le sorprendía un poco. Podía respirar, a pesar del olor del licor, que resultaba abrumador. Ladeó la cabeza a derecha e izquierda. A cada segundo transcurrido, imaginaba la sensación del cañón de la pistola apretado contra la nuca.

«Uno, dos, tres, una luz brillante y muerto.

»Han dicho que me matarían. Será en cualquier momento.»

O quizás oiría el silbido del machete cortando el aire antes de alojarse en su garganta.

«Uno, dos... eso será todo. Una ráfaga de dolor. Y muerto.»

Se inclinó un poco hacia delante.

Le costaba creer que estuviera solo, aunque era lo más lógico.

Tuvo que hacer acopio de más fuerza de voluntad de la que sabía que poseía, para alzar las manos hacia la capucha... y entonces se detuvo.

«¿Estás seguro de que no te equivocas?»

Tardó otro lapso de tiempo indefinible en darse cuenta de que realmente podía estar en lo cierto. Metió los dedos por el borde de la capucha y lentamente la levantó hacia arriba, pensando que antes de llegar a los ojos estaría muerto.

«¡Joder! ¡Hazlo ya!»

Se quitó la capucha de la cabeza.

Le entraron ganas de chillar. La luz de la habitación pareció cegarlo. En cuanto pudo ver, pensó: «¡Están aquí! ¡Estoy muerto!»

Y luego comprendió: «No. Estoy solo.»

No sabía si sentirse aliviado. Se miró las manos... las tenía sujetas con cinta americana, como había supuesto. También las piernas. Pero ese no era un problema insuperable. Tenía las manos por delante, no por detrás. Podía ponerse en pie y, si se movía con cuidado, ir arrastrando los pies hasta la cocina y hacerse con un cuchillo para cortar sus ataduras. Exhaló el aire lentamente: «Querían dejarme así.» Este pensamiento lo asustó casi tanto como antes la idea de morir. Tardó unos segundos en recobrar la compostura por segunda vez. Se recordó que debía moverse despacio. Si se caía, podía hacerse dano. O quedarse tirado boca abajo, impotente, como una tortuga vuelta sobre el caparazón.

Se miró el pecho, donde notaba cierta presión.
Le habían pegado una hoja de papel con cinta.
Sujeta como una diana.
Con las manos aún atadas, las levantó, arrancó el papel y le dio la vuelta.
Estuvo a punto de atragantarse.
Impresa en el papel había una única imagen:
Una señal de STOP blanca y roja, corriente, absolutamente familiar. La clase de señal que la gente ve un centenar de veces al día, sin darle mayor importancia, y frena el coche.
Notó un escalofrío.
Sintió que sus ideas se enfrentaban a sus emociones, lindando con el miedo. Le pareció que tenía fiebre, que estaba muy caliente, luego sintió un frío glacial. Se sentía enfermo.
Y luego se preguntó:
«¿Están matando a Marta? ¿Tiene ahora mismo el machete contra la garganta?»
Esto le impulsó a ponerse en pie. Dejó caer al suelo el papel con el STOP. Dando pasos diminutos, como un anciano imposibilitado, pero tratando de darse prisa, de modo que casi parecía borracho, recorrió a trompicones los pocos metros que lo separaban de la cocina. Se apoyó en la encimera y abrió el cajón de los cuchillos. Tardó en encontrar uno lo bastante afilado para cortar la cinta. Y un poco más en cortar lo suficiente para liberarse y poder arrancarse la cinta de manos y piernas.
Fuera cual fuese el tiempo que había pasado retenido —¿horas?, ¿minutos?, ¿segundos?—, le pareció mucho más largo. El esfuerzo que necesitó para liberarse fue mínimo, pero estaba exhausto. Como si hubiera escalado una montaña. Como si hubiera corrido una maratón. Como si hubiera estado nadando a contracorriente. Se apoyó en la encimera para sosegar su corazón y llenarse de aire los pulmones.
Todo a su alrededor parecía inestable, pero se apartó de la encimera y fue hacia el vestíbulo. Le sorprendió poder recordar que tenía el móvil en el bolsillo. Marcó el número de Marta.
«¿Estará muerta?»
Un tipo de miedo distinto se abrió paso.

«¡Venga, venga, contesta!»

Quinto tono.

—¿Sí? ¿Gabe?

—¿Estás bien?

—Gabe, ¿qué pasa?

—¿Estás bien?

—Pues sí...

—¿Y tu hija y tu madre? —«¿Cómo se llama la hija? No me acuerdo. No, Maria. Eso es»—. Maria. ¿Está bien?

—Gabe, ¿qué coño pasa? Sí, todas estamos bien. ¿Qué pasa?

—Voy para allá ahora mismo. Llegaré en diez minutos. No lo sé, pero ahora mismo voy. No dejes entrar a nadie que no sea yo. Mejor aún, ve a por tu arma ahora mismo y tenla preparada.

—¿A qué viene todo esto?

—Había unos hombres en mi casa esperándome. Pensé que iban a matarme.

Gabe oyó el gemido ahogado de Marta.

—¿Qué han...? —balbució ella.

—Podrían estar yendo a por ti. Eso es lo que han dicho. ¡Tienes que prepararte! —Su voz era aguda, delataba pánico.

«Dos Lágrimas», pensó Marta.

—De acuerdo —dijo—. Estaré preparada.

Al mismo tiempo que Gabe desenfundaba su pistola de reglamento de 9 mm y corría hacia el coche, Marta se apostó en una silla desde donde cubría la entrada del apartamento, con sus dos armas a punto. Tanteó el cargador de repuesto. De repente su arsenal le parecía insuficiente. Curiosamente, tuvo más o menos la misma idea que Gabe había tenido antes: «¿Voy a morir esta noche?»

Fue incapaz de responder a esa pregunta tan razonable, porque alguien aporreó la puerta; fueron tres golpes fuertes, con el puño o con un martillo, lo bastante fuertes para despertar a su madre y a su hija, tan fuertes que parecieron hundir a Marta en su silla e hicieron que apretara aún más su arma. Le costó respirar, como si hubieran succionado todo el aire de la habitación.

Estaba convencida de que, en un instante, vería balas destrozando la puerta y silbando a su alrededor.

Alzó el arma y apuntó a la puerta. Se dijo que primero debía disparar para matar a quien estuviera al otro lado. Luego se dijo que era mejor esperar a que entrara y luego abatirlo. «Mátalos. Mátalos. Mátalos.» Se lo repitió entre dientes, como un poeta probando los versos finales de un poema.

Esperaba ruido y muerte.

Pero el silencio que siguió la asustó aún más.

30

Él esperaba la escena de una batalla.

Detonaciones atronadoras. Destellos de luces. Cuerpos tirados en la acera. Charcos de sangre en la calle.

«Ella no es como yo. Ella no caerá sin pelear.»

Gabe circulaba velozmente por la ciudad. Oscuras sombras rodeaban los letreros de neón rojos y amarillos; los blancos faros del coche eran como cuchillos que seccionaban la oscuridad implacable. «Venderá cara su vida. Sin vacilar. Salvajemente, como una madre defendiendo a su cachorro. El de la nota y el del machete no saben lo que les espera.»

Mientras conducía, marcó en el móvil el número de emergencias.

—Nueve once. Policía. Bomberos. Salvamentos. ¿Cuál es su emergencia?

«Calma. Sé directo y enérgico», se recordó Gabe.

—Soy el jefe adjunto Dickinson, número de placa ocho cinco seis cero. Necesito asistencia inmediata en el cuatro cuatro cuatro de State Street, apartamento veintitrés. Es la vivienda de la inspectora Rodriguez-Johnson. Que todos los coches patrulla disponibles acudan a su domicilio.

—De acuerdo, jefe. ¿Cuál es el código?

—Diez-Cero. Agente abatido.

—¡Joder! —exclamó la operadora.

Antes de colgar, Gabe oyó la voz de la operadora en el escáner de su coche. Pisó el acelerador mientras en la pequeña ciudad empezaban a sonar sirenas. «Agente abatido» es el código que pone en marcha a la policía entera. Da igual lo que esté haciendo un agente de servicio, sea poner una multa, dar caza a un ladrón, perseguir un coche robado, ocuparse del papeleo o comer un sándwich, ese código hará que interrumpan cualquier actividad y los llevará al lugar de los hechos. Gabe se dio cuenta de que jamás había respondido al código de «agente abatido» en todos los años pasados en el Cuerpo, desde su época de torpe patrullero hasta la de burócrata. Esperaba que llegaran a tiempo. Las imágenes que se formaban en su mente eran funestas. No sabía el motivo, porque Marta le había dicho que estaba bien, pero sus pensamientos eran todos de pesadilla. Aceleró más, haciendo caso omiso del tráfico y los semáforos. El chirrido de los neumáticos resonó en sus oídos.

Tres coches patrulla habían llegado ya cuando Gabe dobló la esquina de la manzana en que vivía Marta. Sus luces rojas y azules creaban efectos estroboscópicos en las esquinas e iluminaban la zona como en una celebración festiva. Oyó sirenas acercándose al tiempo que él pisaba el freno y derrapaba hasta parar junto a la acera. Se apeó del coche pistola en mano y corrió hacia la media docena de agentes a cubierto detrás de los coches parados en la calle en ángulos diversos. Uno de los uniformados giró en redondo al oír los pasos de Gabe, y se estremeció al ver que era él.

—¡Joder! —exclamó—. Casi disparo. —Nerviosismo palpable.

Los otros agentes se agazapaban detrás de las puertas y los capós de los coches. Dos apuntaban con escopetas.

—¿Qué pasa aquí? —quiso saber uno de los agentes con voz tensa.

—¿Han visto entrar o salir a alguien? —preguntó Gabe.

Movimientos de cabeza. Negativo.

—La inspectora Rodriguez-Johnson ha sido amenazada. Hay unos asesinos buscándola. —Era más o menos una explicación. No dijo nada sobre lo que le había ocurrido antes a él.

Gabe echó mano a su móvil. Mientras marcaba, llegaron

cuatro coches patrulla más y se colocaron en posición, llenando la manzana de más luces centelleantes. Los agentes se apeaban de los vehículos con las armas desenfundadas.

—¿Cuál es el plan? —La pregunta procedía de un sargento que no miraba a Gabe y mantenía la puerta del edificio en la mira de su escopeta.

—Esperen —dijo Gabe.

Marcó el número de Marta.

Un tono. Dos. Tres.

Al llegar a cinco, saltó el contestador.

«Aquí la inspectora Rodriguez-Johnson. Deje su número y su mensaje y le llamaré.»

Gabe se quedó mirando el móvil. No tenía sentido. Hacía pocos minutos había hablado con Marta. Solo tenía sentido si ahora le era imposible contestar. «¿Por qué no puede contestar?» Gabe imaginó la hoja de aquel machete, que en su mente surgió cegadora.

—Vamos —dijo.

Seguido de media docena de agentes, corrió hacia el edificio de apartamentos.

La entrada tenía una esclusa de seguridad con doble puerta, cada una con cerraduras y timbre electrónico.

—Tengo un mazo en el coche —dijo uno de los agentes.

Gabe fue derecho a la pared donde estaba colocado el intercomunicador y pulsó todos los botones. Uno de los residentes respondió en español:

—*¿Sí, quién es?*

Gabe gritó:

—¡Policía! ¡Es una emergencia! ¡Abra la puerta! —Tenía la esperanza de que entendiera el inglés, aunque su voz era lo bastante enérgica como para que quedara clara su exigencia.

Al cabo de unos segundos se abrió la puerta. Gabe se precipitó al interior. Los agentes seguían el paso frenético de Gabe, pero moviendo el arma a izquierda y derecha para cubrir el vestíbulo y luego la escalera, mientras subían al segundo piso. Las puertas de los apartamentos se abrían a su paso y asomaban los curiosos. El último agente de la fila no dejaba de gritar:

—¡No salgan!

Gabe vio el número del apartamento de Marta.

La puerta estaba cerrada.

Esperaba ver agujeros de bala, casquillos caídos y cadáveres por todas partes.

Se situó a un lado de la puerta y la aporreó con el puño.

—¡Marta! ¡Inspectora Rodriguez-Johnson! ¡Soy yo! ¡Gabe!

Un breve silencio.

Gabe oyó ruidos en el interior. Lágrimas. Gimoteos.

Entonces la puerta se entreabrió levemente.

Gabe iba a arrojarse contra ella para abrirla de golpe e irrumpir en el apartamento, cuando vio los ojos de una mujer mayor, que expresaban un pánico absoluto. De modo que vaciló. Usó el cañón de su arma para indicar a la mujer que se apartara, luego la empujó suavemente para pasar.

Lo que vio fue a Marta, sentada en una silla, rodeando con un brazo a su llorosa hija, y con el otro empuñando su arma, que le apuntaba directamente a él. Marta estaba pálida, con la vista puesta en su objetivo y el dedo en el gatillo. Sus nudillos estaban blancos y rígidos por la tensión. Estaba dispuesta a matar a cualquiera que entrara por la puerta.

Gabe creyó que iba a dispararle.

Ella parecía extraviada en otro mundo, en un lugar contradictorio donde tal vez habría oído la voz de Gabe, habría visto a su madre abriendo la puerta, habría notado a su hija abrazada a ella. Gabe temía que no lo viera a él, que viera a un asesino desconocido acechando en el umbral. Sabía que no era probable que Marta vacilara. Su voz interior insistía en que se agachara para salir de la línea de fuego, pero estaba tan paralizado como ella.

Un segundo. Dos segundos. Tres segundos.

Parecía el balancín de un patio de recreo, con la muerte como probable ocupante.

Gabe alzó la mano libre en un movimiento involuntario, como si así pudiera desviar el disparo que iba a recibir.

Entonces oyó su nombre:

—¿Gabe? —Marta bajó el arma despacio, centímetro a centímetro, como si enfocara la imagen de Gabe lentamente y tardara en reconocerlo. Marta recobró algo de color y pareció relajarse.

Gabe se irguió. Se dio cuenta de que antes estaba encorvado, en posición de disparar. Le sorprendió que no se hubieran disparado el uno al otro. Detrás de él empezaron a entrar agentes al pequeño apartamento.

Él no dijo nada.

Pero recordaba lo suficiente de su pasado burocrático para comprender que había montado un buen jaleo. Marta estaba a salvo. La familia de Marta estaba a salvo. Él estaba a salvo. Nadie iba a morir aquella noche... al menos de momento. Gabe miró alrededor y vio a los uniformados bajando el arma, enfundándola, moviéndose por el apartamento sin saber muy bien para qué los habían llamado, ni qué acababa de ocurrir.

—A ver, ¿qué demonios está pasando aquí? ¿Quiere que cancele el Diez-Cero? —preguntó el sargento.

Gabe no estaba seguro de querer responder. Solo alcanzó a afirmar con la cabeza.

Gabe mintió.

Mentiras pequeñas, mentiras grandes, mentiras extrañas, mentiras estrafalarias. Mentiras por omisión. Mentiras de conveniencia. Mentiras innecesarias, que no tenía por qué inventar, pero lo hizo de todas maneras. Tantas fueron las mentiras, que tenía la inquietante sensación de que se contradecía a sí mismo una y otra vez, pero siguió adelante.

Mintió al sargento.

Mintió al jefe de turno.

Mintió a los agentes que habían respondido a su llamada inicial.

Mintió incluso a un periodista entrometido y a un equipo de noticias que acudieron al lugar de los hechos.

Sabía que sus acciones de esa noche darían lugar a docenas de informes y a un ingente papeleo, y que todo ello acabaría teniendo repercusiones inevitables por la mañana. Esto era lo que sabía que le aguardaba: jefe furioso, RH furioso, todo el mundo furioso.

No le contó a nadie adónde habían ido Marta y él ese día.

No le habló a nadie de los dos hombres que le habían hecho una visita esa noche. En cuanto a esto, su mentira fue: «Amenaza telefónica. Camellos locales, conocidos por su violencia. Contra la inspectora Rodriguez-Johnson y contra mí mismo.» Esperaba que nadie comprobara la lista de sus llamadas y destapara la mentira.

No dijo nada sobre la capucha en la cabeza o la cinta con que lo habían maniatado. Nada sobre la sensación de escozor en la oreja cuando le habían golpeado con la pistola. Nada sobre el machete en la garganta. Nada sobre el mensaje recibido. STOP.

Nada sobre el alcohol que habían vertido sobre él, pero sabía que no debía mentir sobre eso. Estaba convencido de que algunos agentes lo habían olido ya en su ropa, en su aliento... y sabía que eso aparecería en uno, dos o quizá más informes por la mañana.

«No lograré salir indemne de este lío.»

Cuando el lugar se despejó por fin, después de que el jefe de turno le preguntara si debía enviar coches patrulla regularmente para comprobar el exterior del edificio durante el resto de la noche, Gabe se dejó caer en el sofá.

La madre de Marta se ofreció a preparar café.

Todo se volvió extrañamente doméstico.

Maria permanecía acurrucada junto a Marta. La madre trajinó unos minutos por la cocina, luego volvió a aparecer y se quedó a un lado, como un linier que ha alzado el banderín y está esperando a que se anuncie la sanción. Marta miró su móvil, que se había caído al suelo a cierta distancia. En la pantalla aparecía la llamada de Gabe al llegar con su ejército de policías. No sabía por qué no lo había oído sonar. Estaba claro que había sonado, pero la tensión había borrado su insistente sonido.

Abrazó a su hija.

—Maria, cariño, es hora de que vuelvas a acostarte.

—Todavía tengo miedo.

—Estoy aquí. No hay nada de qué asustarse.

Marta miró a su madre, que fruncía el ceño y claramente se moría de ganas de admitir que había muchas cosas de las que asustarse, aunque logró contenerse.

—Vamos, preciosa —dijo la abuela con tono tenso, tratando de suavizar una voz que en realidad quería convertirse en cuchilla—. Vamos a tu habitación y leeremos un cuento a ver si te duermes. Mañana hay que ir al colegio.

Las dos se fueron a regañadientes. Marta miró a Gabe. «Bueno, al menos no he matado a otro poli esta noche.»

—Creo que mañana me van a despedir —dijo él con tono lúgubre.

—Cuéntame qué ha pasado.

Gabe pensó en pasar por alto algunos detalles, pero decidió no hacerlo. Notaba que tenía sangre seca en el cuello, donde el machete le había rasguñado la piel, y sabía que ella había reparado en la mancha.

Se lo contó todo, pero de tal manera que su incompetencia quedó algo disimulada. No le apetecía explicar que había caído en una emboscada mientras su única idea fija era una botella de vodka sin abrir.

—¿Y qué me dices de los golpes en tu puerta? —preguntó luego.

Ella negó con la cabeza.

—No fue más que eso. Tres golpes fuertes. Y luego, nada.

«Nada no», pensó Gabe.

—Creo que era parte del mismo mensaje. Para hacerte saber lo cerca que están. Lo cerca que pueden estar. Nos lo han demostrado a los dos.

Marta reflexionó sobre el efecto psicológico de los tres golpes en la puerta. Subrayaban la vulnerabilidad. Pensó que el miedo impreciso, informe, a menudo es peor que las amenazas manifiestas. Eso era lo que había conseguido quienquiera que hubiese golpeado su puerta. Sencillo. Aterrador.

Gabe dedujo lo mismo que ella. «Sofisticado, de alguien que sabe provocar terror», pensó.

—De acuerdo —replicó Marta. Luego vaciló—. Pero ¿quiénes son y por qué nos envían un mensaje?

Y esa fue la única pregunta que quedó en el aire entre los dos mientras la noche se deslizaba hacia el amanecer.

31

Como esperaban, a las ocho de la mañana les sonó a los dos el móvil avisándoles del mismo mensaje: «Acuda a mi despacho inmediatamente.»

El jefe ni siquiera tuvo que firmarlo.

El resto de la noche había sido de lo más previsible. Gabe durmiendo en el incómodo sofá, porque no quiso regresar a su casa, al menos esa noche. Marta dando vueltas en la cama hasta conseguir apenas un par de horas de sueño irregular. Se había levantado una vez para acercarse sigilosamente a la puerta y mirar a Gabe dormido en el sofá. Él se había despertado una vez y se había acercado sigilosamente a la puerta del dormitorio de Marta, por si detectaba algún ruido al otro lado. Ambos tuvieron pesadillas: ahogándose, quemándose, o disparando armas fallidas. Por la mañana, Gabe había permanecido en silencio mientras bebía café. Una taza. Dos tazas. Tres tazas. Nervioso. Observó a Maria y a la madre de Marta representando la escena ritual: «Acábate el desayuno, ve a por la mochila, ponte la chaqueta y vámonos.» Su normalidad resultaba tranquilizadora. Marta le dio a Gabe una camisa blanca de su difunto marido, dos tallas demasiado grande. Ella sintió una punzada al entregársela y echar luego su camisa manchada de sangre en el cesto de la ropa sucia.

Gabe pensaba que tenía todo el derecho del mundo a estar nervioso.

«A ver, anoche ¿estuviste o no cerca de ser asesinado?

»Muy cerca, joder. Creo yo.»

Pero sabía que esa era la interpretación más obvia.

«Quizá no estuviste nada cerca.»

Mucho se temía que esa observación fuera peor.

Marta dejó a Gabe en la calle frente a su apartamento. Esta vez acompañó a su madre y a su hija todo el camino al colegio, girando la vista a derecha e izquierda, examinando los coches, los transeúntes, las tiendas, los ruidos, por si detectaba alguna amenaza. Llegó hasta la puerta principal del colegio. Se quedó inmóvil en la acera, mirando a su madre y a su hija recorrer los últimos diez metros y subir por una amplia escalinata. Al final había una doble puerta de madera adornada con una cruz dorada. Marta no retiró la mano de su arma hasta que ellas desaparecieron en el interior. «Escuela e iglesia —pensó—. ¡Santuario! Eso fue lo que gritó el jorobado de Notre Dame cuando arrebató a Esmeralda del patíbulo y se la llevó a la seguridad temporal de la iglesia.

»Pero al final ella muere.»

No esperó a que su madre volviera a salir, aunque sabía que tardaría muy poco. Dio media vuelta y regresó a paso rápido a donde la esperaba Gabe. Mantuvo su atenta vigilancia durante el camino de vuelta. «La calle es peligrosa —pensó—. Disparos desde un coche, tiroteos en la calle, asesinatos.

»Incluso donde raptaron a Tessa.

»Una calle mejor. Mucho mejor. Pero el mismo resultado: muerte.»

Vio a Gabe apoyado en su coche. Parecía distraído, mirando la roja señal de STOP de la esquina.

—¿Qué le vas a decir al jefe sobre lo de anoche?

—Aún no lo sé.

—¿Qué pasa con eso? —Marta señaló el STOP.

—¿El que me pegaron al pecho?

Marta asintió.

—¿*Stop* a qué?

—Creo que a todo —respondió él, aunque sabía que no era ninguna respuesta.

Abrió la puerta del coche.

—No iban a matarte —dijo Marta en voz baja—. Conozco a esos tipos. Se tomaron todas esas molestias para entregar un mensaje en realidad destinado a mí. Si hubieran querido matarte, te habrían disparado antes de que llegaras a la puerta de tu casa. No son sutiles. Eso fue lo que les ocurrió a la novia y al hijo de Dos Lágrimas.

«¿Por qué iba a matarme nadie a mí —se preguntó Gabe—. Aún no estoy exactamente muerto, pero tampoco estoy exactamente vivo.»

Gabe se volvió hacia el STOP.

—¿Crees que el espectáculo de anoche lo montó Dos Lágrimas para mandarnos un aviso?

—¿Quién más se dedica a amenazar?

—Bueno, esa es una buena pregunta —repuso él, e hizo una pausa para mirar a un lado y otro de la calle—. ¿Crees que Dos Lágrimas es el peor traficante que hay por aquí?

—¿A qué te refieres con «peor»? ¿A la cantidad de droga? ¿A la propensión a matar? ¿O simplemente a su mala actitud en general? —Marta meneó la cabeza—. Sí y no —prosiguió, sin esperar a que Gabe aclarara la cuestión—. Es uno de los peores, sin duda. Pero la triste verdad es que hay muchos por ahí y todos son malos tipos. Y si estuviera más tiempo encerrado, bueno, hay una cola de aspirantes para ocupar su puesto en el negocio. Y esa cola seguramente incluye a su viejo y querido amigo Rico.

—¿Crees que Rico quiere que abandones? ¿O crees que quiere que mantengas a Dos Lágrimas exactamente donde está un poco más? Quizá Rico quiere hacerse con el negocio y cree que culparemos a Dos Lágrimas de manera automática de lo que haya preparado él. —«Sota roja sobre reina negra», pensó—. Bueno, ¿por qué crees que el jefe está tan interesado en el viejo Dos Lágrimas? A ver, aunque pasara más tiempo en la cárcel, otro ocuparía su lugar, ¿no es eso?

—No lo sé —dijo Marta.

—Todo lo que te ha pedido que hagas te vuelve vulnerable, ¿no crees?

Ella no necesitaba responder. Sabía que era así desde el momento en que el jefe le entregó el expediente del caso.

—Eso me hace pensar —prosiguió Gabe.

—Creía que estábamos de acuerdo en que pensar era peligroso —replicó Marta, tratando de relajar el ambiente.

Él soltó un bufido.

—Algunas veces sé pensar como un auténtico detective, aunque no lo parezca. —Soltó una carcajada e hizo ademán de subir al coche—. Quizá me serviría fumar en pipa como Sherlock Holmes.

Con la mitad del cuerpo ya dentro del coche, se detuvo e hizo un gesto en dirección al STOP.

—Alguien con un machete te dice que pares de hacer lo que estás haciendo. La lógica te grita: joder, será mejor hacerles caso y parar lo que coño sea. Por supuesto, podría ser que quisieran lo contrario, es decir, no parar. —Sonrió—. Ese es el problema con las amenazas. Siempre queremos creer que son explícitas. Tan sencillas como las del colegio: «¡Deja lo que estás haciendo, pequeño Joey, o acabarás en el pasillo!» Y a veces son eso exactamente. —Meneó la cabeza—. Y a veces no. —Ocupó su sitio tras el volante—. Vamos, querida Watson. Gentes airadas nos aguardan.

Marta vaciló. Miró el STOP de la esquina y vio un coche que frenaba, aminorando la velocidad suavemente, y luego pasaba como si la señal no estuviera allí.

—Esto no va bien. Nada bien. Esto no es lo que teníamos pensado. —El jefe se mecía en la silla, tamborileando con los dedos en la mesa, mirando a Gabe y Marta, sentados frente a él. El tono de su ira había cambiado, antes era furia expresada con palabrotas y ahora era más fría y calculada. RH permanecía a su lado.

—Contadme de nuevo por qué movilizasteis a todo el Cuerpo anoche. Para qué. ¿Para nada?

—Tenía razones para creer que la vida de la inspectora Rodriguez-Johnson corría peligro inminente. Estaba relacionado con el caso contra Rafael Espinosa que ha estado investigando según sus órdenes, jefe. Ha habido otras amenazas menos directas. Pensé que sería mejor exagerar la reacción que reaccionar demasiado tarde.

De su relato sobre la noche anterior, había dejado fuera todo lo que le había sucedido a él. Nada de machetes y hombres enmascarados. Nada de señal de STOP ni cinta americana. Sabía que Marta también lo omitiría.

Gabe esperó el estallido. Había trasladado parte de la culpa al jefe, y sabía que se habría dado cuenta. Pero el jefe le puso algunos de los informes de la noche anterior delante de las narices.

—¿Estás bien, Gabe?

Él no respondió.

—Bueno, pues no actúas como una persona que esté bien, maldita sea.

«Puede que tenga razón. Puede que no.»

La silla del jefe crujía. Era el único sonido en la habitación.

—¿Estás seguro de que quieres estar aquí, Gabe?

«Mantén la boca cerrada», se dijo él.

—Muy bien —continuó el jefe, a regañadientes—. Mejor prevenir que curar, supongo. Escriban los dos un informe para sus expedientes, y así podremos justificar los gastos extraordinarios y el jaleo de anoche. Inspectora Rodriguez-Johnson, redacte otra declaración y envíela a la junta para la condicional que va a sacar a Dos Lágrimas de la cárcel. No se invente nada. Simplemente diga que hay una investigación en marcha sobre los asesinatos de su novia y su hijo, y que no ha sido descartado como sospechoso de colaboración. Cómplice previo. Tal vez asesinato. ¿Lo ve? Nada de mentiras. Pero servirá para joderlo un poco. Añada que tiene conocimiento de que sus hombres y él han intentado intimidar a investigadores y testigos. Eso hará que la junta de la condicional se lo piense dos veces por muy buen chico que sea en prisión, y eso es por el momento lo máximo que podemos hacer. Cada día que no esté suelto por las calles...

—Es una victoria para nosotros, ¿verdad? —dijo Marta, imitando conscientemente el lenguaje de RH.

—Exacto. —El jefe se volvió hacia Gabe—. Me ha decepcionado —le dijo.

«Pistola en la cabeza. Machete en la garganta. ¿Y le he decepcionado?»

—Esperaba que hubiera ya algún progreso con algún viejo caso. Bien, ¿qué han investigado que no sea lo que se les dijo específicamente que no debían investigar? No sabe acatar las órdenes, ¿verdad, Gabe? ¿Qué le ha ocurrido? —Gabe tampoco contestó a esta pregunta—. Me ha decepcionado.

«Aquí llega.»

—¿Asiste a las reuniones de Alcohólicos Anónimos?

—Sí —contestó. El jefe puso los ojos en blanco, lanzó una mirada a RH y le tendió uno de los informes de la noche anterior. RH lo leyó rápidamente.

Y entonces Gabe confirmó su suposición: «Los hombres enmascarados me echaron alcohol encima. Algún uniformado debió de olerlo y lo mencionó en su informe. Qué coño, seguramente lo olieron todos y lo pusieron en sus informes.»

—¿Y qué hay de las sesiones obligatorias con el psicólogo? —preguntó el jefe.

—Bueno, tengo otra programada... —«A la que no pensaba asistir, pero ahora será mejor que vaya.»

—Gabe, quizá debería tomarse unos días libres. Pensarse las cosas un poco mejor. Creo que necesita reflexionar sobre sus opciones, si no incluyen seguir aquí.

«Opciones. Vaya mierda de palabra. ¿Qué opciones?»

Esa palabra seguía resonando en sus oídos cuando abandonaron el despacho del jefe. Habían recorrido parte del pasillo, cuando Gabe dijo:

—Mira, quizá deberías saber que... —Se interrumpió. No hacía falta decir lo obvio: «Soy tóxico.»

Marta ya lo sabía. Todo lo que el jefe había dicho parecía un apéndice de lo que le había dicho RH a ella. Estaba indecisa. Todas sus opciones parecían contradictorias, salvo una: «Si abandonas a Tessa y los cuatro tipos muertos, quizá lo abandones todo a partir de ahora.» Echó un vistazo a Gabe. Su semblante parecía rígido, como si se estuviera conteniendo para no explotar.

—Tú no vas a dejarlo, ¿verdad? —preguntó. E interiormente le rogó: «Di que no.»

—No —replicó él en voz baja.

—¿Vas a tomarte unos días libres como te ha sugerido? —«Di que no», insistió mentalmente.

—No.

—¿Por qué no? ¿No has oído al jefe?

—Sí lo he oído. Simplemente no me parece una buena idea ahora mismo.

Marta se sintió mucho mejor al oír esto.

Él sonreía. «El bueno y responsable de Gabe, que siempre cumplía las normas, como debe ser. El señor trepa que tragaba con todo, eso es lo que era. ¿Y qué he conseguido con eso? Estar solo por las noches, bebiendo sin control y a punto de ser despedido. ¿Que me tome unos días libres? ¿Y qué haría, aparte de sentarme en la sala con la pistola en el regazo para dispararle al próximo hijoputa que entre por mi puerta blandiendo un machete? O a mí mismo. O quizás al próximo repartidor de pizzas. Bonita colección de opciones —se dijo, cayendo en el cinismo—. Así que tengo una idea mejor: a la mierda con todo.

»No voy a abandonar.»

Pensó que esa noche, cuando llegara a casa, en lugar de intentar decidir si se emborrachaba hasta caer inconsciente, quizás escucharía algo de Nirvana o los Foo Fighters. ¿Heavy metal? Quizás algo de Iggy Pop o de Led Zeppelin. Con el volumen alto. Lo bastante para provocar las quejas de los vecinos. Podría ser la banda sonora de su rebelión.

O quizá, comprendió, no regresaría a casa.

32

*«Doctor, my eyes have seen the years and the slow parade of fears...»**

O:

*«I don't need no doctor, because I know what's ailing me...»***

O:

*«If you want to feel real nice, just ask the rock and roll doctor's advice...»****

Dejando a un lado el rock grunge, Gabe llenó su cabeza de letras de canciones, tarareándolas de vez en cuando. «Esa sí que es una buena idea, preguntarle al médico del rock and roll. Gracias Little Feat.» Luego empezó a pensar en personajes literarios que recordaba del instituto y la universidad: doctor Moriarty, doctor Moreau, doctor Zhivago, doctor Stephen Maturin. Algunos eran de los buenos, otros de los malos. Médicos famosos: Freud, Schweitzer, Spock, Barnard. Médicos de la televisión: Doctor Who, el doctor House, Doogie Howser, Trapper John y Hawkeye Pierce. Sonrió al recordar al archienemigo de Austin Powers: el docto Maligno. «Tiburones con láseres.»

En su ordenador solo había una pestaña abierta:

«Jefe de Urgencias: doctor Thomas Lister.»

* Letra de «Doctor My Eyes» de Jackson Browne. *(N. de la T.)*
** Letra de «I Don't Need No Doctor» de John Mayer. *(N. de la T.)*
*** Letra de «Rock and Roll Doctor» de Little Feat. *(N. de la T.)*

En la lista mental de Gabe de las personas que estaban allí la noche que desapareció Tessa, Lister era el último.

Había una foto: un hombre de aspecto agradable cercano a la sesentena con un estetoscopio colgado del cuello, llevando el pijama azul de los médicos. Aspecto bastante cordial, a mitad de camino entre el erudito académico y el piloto de carreras bebiendo champán, benevolente, amistoso, la clase de aspecto tranquilizador que a uno le hacía creer con optimismo en la posibilidad de sobrevivir, aunque esté desangrándose. Gabe supuso que era esencial en un médico de Urgencias esa mezcla de realismo pragmático con la mentalidad de un piloto de carreras: no asustarse de nada, ni siquiera de la muerte.

«Me pregunto si seguirá pensando en la noche en que Tessa salió de su casa y desapareció», pensó.

Apartó la vista del ordenador y miró por la ventanilla, colocando la mano ahuecada sobre el cristal. Al otro lado todo era cielo negro. Al final del pasillo, una azafata entregaba patatas fritas secas y galletas rancias a los pasajeros apretujados en los asientos. Se mostraba exageradamente amable: muchas sonrisas postizas para tratar de disimular la incomodidad de todo el mundo.

Gabe no le había dicho a Marta, ni a nadie, adónde iba.

Sabía que inexorablemente su viaje no autorizado lo acercaría un poco más a ser despedido, y el único modo que veía de no involucrar a Marta era no contárselo. Quería que Marta fuera capaz de decirle la verdad al jefe cuando le preguntara, aunque todos en el departamento pensaran que mentía. Los políticos tenían una expresión para eso: negación plausible.

Así pues, había inventado una historia endeble pero irrefutable: «Después de todo lo que pasó anoche, me voy a ver a mi hijo...» Pero se había ido al aeropuerto de Boston. Había pagado el billete al contado en el mostrador.

Gabe metió la mano en su cartera y sacó las copias de los expedientes de los cuatro tipos muertos y una foto de Tessa. Por un momento se preguntó cuántas veces había leído cada palabra. Miró los informes con ojos vidriosos. Bajó la bandeja que tenía delante y colocó las fotografías de los cuatro hombres en fila. Luego puso la foto de Tessa encima, formando una especie de pirámide. Se quedó observando largamente los ojos de la adolescente de trece años.

Al final miró su reloj. Los motores zumbaban, había alguna que otra turbulencia. Miami se hallaba aún a una hora de distancia, así que supuso que estaban sobrevolando el océano. Pensó que era interesante el modo en que el cielo negro se mezclaba con el agua negra para hacer que el mundo pareciera infinitamente profundo, sin contornos, sin materia. Mirar por la ventanilla era como ver el mundo de los recuerdos del inspector O'Hara: vacío.

«No —pensó—, me equivoco.

»Casi vacío.

»El anciano dijo: Tessa.»

Suponía que Marta se enfadaría con él. No creía que a ella le gustara que la dejaran de lado.

Pasó la noche en un anodino motel cerca del aeropuerto, y se sorprendió a sí mismo absteniéndose de beber. Había unas cuantas prostitutas trabajando, entrando y saliendo de habitaciones de viajantes. Desde su ventana, vio cómo se realizaban un par de pequeñas transacciones de drogas. Un coche patrulla pasó por el aparcamiento justo después de la medianoche, con las luces puestas, lo que despejó la zona de prostitutas, chulos y camellos durante unos veinte minutos, pero luego volvieron a ocupar sus posiciones. A Gabe le gustó aquello. Denotaba la inevitabilidad del crimen urbano de baja estofa. No ocurría nada especial, nada que generara titulares, que hiciera hablar a la gente. Lo que veía desde la ventana no era más que la rutina constante de la delincuencia, tan regular como el sol que sale por la mañana y se pone por la noche. Aun con la pistola en su bolsa de viaje y la placa sobre la mesita de noche, le parecía que solo estaba indirectamente relacionado con ese mundo. Este pensamiento le ayudó a dormirse poco antes de la una de la madrugada, a pesar de unos insistentes crujidos de la cama de la habitación contigua, donde un viajante perdió cien dólares y seguramente pilló una gonorrea.

A media mañana Miami se cocía ya bajo un despejado cielo azul. Gabe se dirigió al mostrador de las Urgencias del Jackson

Memorial Hospital, pasando del inusual calor del exterior al frío del aire acondicionado del nosocomio. Una seria enfermera estaba sentada a una mesa tras un cristal blindado. Cuando la mujer levantó la vista, Gabe se enderezó la corbata y se ajustó la chaqueta, lo justo para que ella viera la pistola que llevaba al cinto. «Que parezca que sabes lo que estás haciendo», se recordó a sí mismo.

—¿Sí? —preguntó ella.

—El doctor Lister —repuso él. Le mostró fugazmente la placa, esperando hacerlo con la suficiente rapidez como para que no se diera cuenta de que era de otro estado.

—¿Tiene cita?

—No. Se trata de una investigación. Serán un par de preguntas, nada más.

Detrás de Gabe, en las paredes, había letreros de prohibido fumar a los que nadie hacía caso, y carteles llenos de advertencias: sobre las drogas, el sexo sin protección, las afecciones coronarias y la diabetes. Había hileras de asientos de plástico verde atornillados al blanco suelo de linóleo. Dos tercios estaban ocupados por una heterogénea variedad de personas de todas las razas y edades, algunas zarrapastrosas, otras vestidas de punta en blanco. Algunas vestían de modo llamativo, gente de la vida nocturna con minifalda y largas cadenillas de oro. Otras parecían cubiertas de costra de suciedad. Gabe oyó un rumor constante hecho de toses, estornudos, leves gemidos y gente que se removía en el asiento, incómoda y desdichada. Algunos musitaban plegarias, un par hablaban consigo mismos, y más de uno se quejaba de la espera sin dirigirse a nadie en particular. Al fondo, dos hombres jóvenes de esmoquin y una joven pálida con vestido de noche rojo se comportaban como si aquel fuera el último lugar del mundo en que quisieran estar, lo que sin duda así era en su caso, y seguramente en el de todos los demás. Al menos tres personas se cubrían la boca o la nariz ensangrentadas con pañuelos sucios. «Seguramente han perdido la pelea en el bar», pensó Gabe. Una mirada a la enfermera de admisión, con su aspecto severo e implacable de quien considera que lo ha visto prácticamente todo y no admite que le molesten, bastaba para impedir que la gente aporreara el cristal exigiendo atención. Gabe se preguntó cuántas personas morirían mientras esperaban.

—Bueno, no sé... —empezó la enfermera.

—Una niña desparecida. Homicidio —se apresuró a explicar Gabe. Pegó la fotografía de Tessa contra el cristal para que la enfermera viera la sonrisa de la inocencia.

Eso hizo que la mujer vacilara. Sobre su mesa, Gabe vio un marco barato con la fotografía de dos niños sonrientes, y la señaló con la cabeza al tiempo que se metía la foto de Tessa en el bolsillo.

«Ha sido un poco rastrero —pensó—, pero apuesto a que funciona.»

Reprimió una sonrisa cuando la enfermera se volvió hacia la pantalla de su ordenador y pulsó unas teclas.

—El doctor Lister tenía que supervisar el turno de la mañana, ocuparse de las visitas ambulatorias y luego reunirse con residentes. Vaya a su despacho y hable con su secretaria. Pero su agenda está llena casi siempre. —Y señaló una amplia doble puerta.

Gabe se dirigió hacia allí, notando las miradas envidiosas de quienes esperaban detrás de él.

Recorrió un pasillo de boxes con cortina. En cada uno de ellos había alguna persona —hombre, mujer, joven, vieja, ensangrentada, enferma— tumbada en una camilla. Enfermeras, médicos, sanitarios, todos con pijamas verdes o azules, se afanaban en atenderlas. A Gabe le pareció pasar por todos los tipos de urgencia, desde la inexistente hasta la más mortal, en aquel reducido espacio. De las cuñas a los carros de parada cardiorrespiratoria. Nadie le prestó atención.

Pasó por otra doble puerta y siguió los letreros que conducían a Administración. Pasó por la UCI, los quirófanos y la sección de cuidados paliativos y llegó a un laberinto de mesas rodeadas de despachos. En todas las puertas había placas con los nombres correspondientes. Divisó a una secretaria sentada a una mesa y se acercó a ella.

—El doctor Lister —pidió, y mostró de nuevo fugazmente su placa.

—¿Le esperaba?

—Sí. —Gabe dejó que la mentira brotara fácilmente de sus labios.

La secretaria revisó un horario.

—No veo... —empezó, pero Gabe se apresuró a interrumpirla.

—Es una investigación confidencial —dijo—. Dudo mucho que el doctor quisiera incluir nuestra cita en su horario. Creo que me dijo que tenía primero una reunión con los residentes...

—De acuerdo —concedió la secretaria, alargando las palabras para denotar la duda que contenían. Señaló una puerta abierta—. Pero puede que tarde bastante. Esas reuniones a veces se alargan mucho.

—No hay problema. Eso es lo bueno de investigar un homicidio. A las víctimas no les molesta un pequeño retraso.

Su cinismo le divirtió.

Se sentó a esperar. El despacho era típico: diplomas y premios enmarcados, libros de texto y documentos de investigación en las estanterías, algunas fotos familiares, rostros sonrientes en Disneylandia. Rostros sonrientes en un barco en los Cayos. Rostros sonrientes a caballo en algún lugar que Gabe supuso en el oeste, por la cordillera del fondo. Sin pensar, contempló una foto que parecía del mismo lugar. Una foto artística de la familia tomada desde lejos, por lo que no se les veía el rostro, recortados contra el sol que se ponía entre las montañas. El médico tenía una ventana que daba al patio interior del hospital. Desde su mesa, podía ver varias palmeras agitadas por la suave brisa. Era todo tan increíblemente normal que Gabe se sintió fuera de lugar. Estando en el hospital, imaginaba su presencia como uno de esos puntos oscuros en una radiografía, la clase de puntos oscuros que hacen fruncir el ceño a un radiólogo, porque saben que ese punto casi insignificante puede ser el preámbulo de la desesperación.

Le distrajo de esa idea el propio doctor Lister al entrar en el despacho.

—Inspector —dijo con tono enérgico—. Lo siento, pero ¿de qué va todo esto?

Un rápido apretón de manos.

—No soy de aquí —dijo Gabe.

—Bueno, ¿y de dónde es usted?

Gabe reparó en que no se parecía a su foto. Era un hombre franco, decidido, claro y directo, que no se andaba con rodeos. Seguramente acostumbrado a tratar con inspectores de policía; muchos delitos acababan en Urgencias. El hombre afable y seguro de sí mismo de la fotografía no era exactamente el hombre que tenía delante de sí. El doctor Lister parecía torcido, como un árbol que ha echado peligrosas raíces en un desierto y lucha por florecer, retorcido por el viento y la arena, sediento de una gota de agua al menos.

—Del norte —respondió—. De donde vivía usted antes.

El médico asintió.

—¿Y el caso que lo ha traído hasta aquí?

—Tessa. —Y prestó atención al modo en que reaccionaba el médico.

33

«Sorpresa momentánea diluyéndose en consternación. Luego se recobra rápidamente y mantiene la compostura con voluntad férrea.» Gabe observó cada una de estas reacciones en el rostro del médico de Urgencias.

—¿Tessa?

—Correcto.

—Hace años que no pienso en Tessa.

Gabe esperaba esta respuesta y no estaba seguro de creérsela. Buscó algo distinto, en los ojos, en la voz, en la pose.

—¿Veinte más o menos?

—Eso es. Más o menos. Es decir, durante los primeros años transcurridos... —Se interrumpió para sentarse tras la mesa e hizo un gesto a Gabe para que se sentara delante de él. Meneó la cabeza y luego se reclinó en la silla. Cogió una pluma de la mesa y dio tres golpecitos en la superficie, luego otros tres en sus dientes, como si usara el ritmo para ordenar sus pensamientos—. Fueron todo pesadillas —concluyó—, para todos nosotros.

Gabe permaneció en silencio, deseando que el médico continuara.

—Fue una noche horrible. Un recuerdo horrible.

—Sí. Eso es lo que dice mucha gente.

—¿Y están volviendo a investigar el caso ahora? ¿Después de tanto tiempo?

—Así es.

—¿Han descubierto información nueva o alguna prueba sobre lo que ocurrió?

—Alguna cosa. —Observó al médico atentamente.

Este se removió en el asiento.

—Bueno, esa es una gran noticia —dijo. Su expresión era de curiosidad e interés, como si evaluara el aspecto de Gabe del mismo modo que examinaría a un paciente si detectara algún síntoma. Aun así, vaciló antes de preguntar—: Bueno, ¿ha encontrado alguien el cadáver de Tessa?

—No. Todavía no.

—¿Ha confesado alguien haberla raptado?

—No.

—¿Pero sí otra cosa?

—Sí.

—¿Y qué es?

«Cuatro tipos muertos.»

—Hemos descubierto que la desaparición de Tessa está relacionada con cuatro asesinatos posteriores en mi jurisdicción.

—¿Asesinatos? —repitió el médico con cierto asombro—. ¿Cómo? ¿Por qué? No acabo de comprenderlo. Esta es la primera vez que oigo algo así. ¿Qué asesinatos?

—Cuatro hombres que estuvieron relacionados de distintas maneras con su desaparición —contestó Gabe, procurando salirse por la tangente.

—¿Qué clase de hombres?

—De reputación dudosa.

—¿Dudosa por qué?

—Me refiero a delincuentes sexuales. De diferentes clases.

—Pero ¿por qué?

Gabe no respondió a esta pregunta. No creía que pudiera contestarla. Así que dijo:

—Soy el jefe de la brigada de casos sin resolver y estamos reexaminando detenidamente la desaparición de Tessa. —Sonrió—. Al igual que esos cuatro asesinatos. Piense en ello de este modo, doctor. Simplemente estamos revisando viejos informes y entrevistas para ver qué pudimos pasar por alto cuando ocurrió todo. Y, al hacerlo, hemos descubierto algunos detalles intrigantes. Cosas que se dejaron de lado. Vías de investigación que no se siguieron del modo debido. No es muy diferente de lo que hará usted algunas veces cuando se le presente en Urgencias un paciente que repite visita. Reexaminará su historial médico para ver si se ha pasado por alto algún problema en una visita anterior.

Lister asintió.

—¿Historial médico?

La reacción del médico no era la que esperaba Gabe y no supo interpretarla. Algunas personas dejan entrever su culpabilidad exteriormente, otras muestran ansiedad, en las ocasiones propicias, otros expresan su alegría. La reacción del médico le pareció clínica, y Gabe tomó nota mentalmente. También dejó que el silencio fuera su siguiente pregunta.

—Entiendo —añadió el médico, aunque Gabe no sabía qué era lo que debía entender. El tono era cauto—. ¿Hay alguna pregunta concreta que le haya traído hasta aquí para verme sin previo aviso? La desaparición de Tessa fue traumática y revivir aquellos sucesos es realmente difícil, pero me gustaría poder ayudarles.

Gabe pensó que le estaba diciendo exactamente lo que se esperaba que dijera, en lugar de lo que quería decir. Miró al médico sin verlo, imaginando de nuevo a Tessa en la última noche de su vida. Después de acabar los deberes con una amiga. Volviendo a casa. Sonriente. Toda juventud y entusiasmo. Y esperanza. Lista. Guapa. Privilegiada. Con un futuro por delante que se abría a infinitas oportunidades. «¿En qué se habría convertido? En una mujer con talento. Famosa. Importante.» Esta ráfaga de imágenes e ideas le provocó una fría frustración. «¿Quién fue el responsable de la muerte de Tessa? El hombre que tengo frente a mí tuvo su responsabilidad. Dejó que volviera sola andando de noche. Y entonces ella desapareció.»

—Su esposa y usted fueron las últimas personas que la vieron. Por lógica teníamos que hablar con usted. Siempre he creído que las entrevistas cara a cara son más útiles que hablar por teléfono o por e-mail.

A Gabe le pareció que empezaba a dársele bien representar

el papel de detective. Estuvo a punto de sonreír al pensar: «No lo soy en realidad, pero podría interpretar a uno en el cine.»

—La desaparición de Tessa nos cambió a todos.

—Sí. Se lo he oído decir a varias personas relacionadas con el caso.

—Nada fue igual después. Nos vimos obligados a replantearnos muchas cosas de nuestra vida. Incluyendo el lugar donde vivir.

«Querían seguridad —pensó Gabe—, ¿y se mudaron de la pintoresca Nueva Inglaterra a un barrio residencial de Miami?» No le espetó este comentario, aunque habría querido hacerlo.

—El estrés, la tristeza, la repentina sensación de impotencia y frustración... No sabe usted, inspector, lo mucho que sufrimos. No solo aquella noche. Todas esas emociones persistieron durante días, semanas, meses. No estoy seguro de querer hablar de ello en realidad... ni yo ni nadie. Solo volver a oír el nombre de Tessa me pone tenso de nuevo.

Gabe también esperaba esta respuesta.

—Creemos que es importante hallar algunas respuestas —dijo. Utilizaba el «nosotros» mayestático para conferir más autoridad a sus trilladas frases, y esperaba que sirviera para animar al médico a mostrarse más comunicativo—. Estoy seguro de que también a usted le gustaría hallar esas respuestas, doctor.

Se equivocaba.

—Yo no estoy tan seguro, inspector. Algunas de las cosas que nos ocurren en la vida son tan difíciles que parece preferible dejarlas atrás. Claro que no soy psiquiatra. Tal vez mis colegas de ese campo discreparían.

Gabe respiró hondo. «Prueba con otro enfoque», se dijo.

—También me gustaría hacerle unas preguntas sobre la familia de Tessa.

Esta afirmación hizo que el médico se inclinara hacia delante.

—¿Sobre su familia? ¿Qué clase de preguntas?

—Muy a menudo la desaparición de un adolescente está vinculada a temas familiares —explicó Gabe, expresándose con la certeza de un académico.

—Eso me resultaría muy difícil de creer. Felix y yo éramos

muy buenos amigos. Solíamos salir juntos a correr, tres veces a la semana, con sol o con lluvia, aunque después de la desaparición de Tessa... bueno, como podrá imaginar, inspector, nos resultaba difícil incluso mirarnos a la cara. No creo que haya hablado con él en los últimos diez, quizá quince años. Ya no nos enviamos ni postales por Navidad. Espero que esté bien.

—Y Ann Gibson... —empezó Gabe. El médico lo cortó.

—No éramos tan amigos. En realidad no la conocía. Era muy reservada. No se relacionaba mucho con los amigos o los colegas de Felix, ni con los vecinos ni con nadie, que yo sepa.

Gabe no replicó. Prefirió formular una pregunta que era más de padre que de policía:

—Siento curiosidad —dijo—. ¿Por qué dejó que se fuera de su casa sola aquella noche? Estaba muy oscuro. Era de noche. Yo diría que lo normal habría sido acompañarla al menos buena parte del camino hasta su casa.

Lister abrió la boca como para contestar rápidamente, pero se contuvo. Hizo girar un poco su silla.

—Yo mismo me lo he preguntado con frecuencia —respondió en voz baja—. Es de esos sentimientos que ya nunca te abandonan, como cuando perdemos a alguien en Urgencias que quizás habría tenido una oportunidad si hubiéramos hecho otra cosa, o si la ambulancia hubiera llegado cinco minutos antes. Pasados muchos meses desde la desaparición de Tessa, aún me sentía culpable. Quería castigarme a mí mismo, inspector. Pero nadie imaginaba que hubiera algún peligro acechando justo allí, en una calle como la nuestra, en un vecindario como el nuestro, en una ciudad como la nuestra.

—Pero se equivocó.

Una pausa. Luego una fría respuesta.

—Sí, inspector, me equivoqué. Todos estábamos en un error pensando así. Y nunca he llegado a perdonarme por ello.

Todo lo que decía era predecible. Gabe se sentía como si estuviera atrapado en una especie de culebrón, en el que todas las frases se adivinaran antes de ser pronunciadas.

—Bien —insistió—, en cuanto a los padres de Tessa, ¿qué puede usted...?

—Lo que sé es lo siguiente: no podían quererla más —lo interrumpió el médico—. ¿De verdad creen que están cerca de resolver el caso? El de la desaparición de Tessa, quiero decir.

—Muy posiblemente —mintió Gabe.

—Esa es una buena noticia. Imagino que si encontraran su cuerpo, o identificaran al asesino que se la llevó, bueno, eso ayudaría a muchas personas.

—Eso intentamos.

El médico alzó una mano para impedir que Gabe formulara más preguntas. Consultó su reloj. Cuando levantó la vista, su expresión mezclaba el apremio con lo inevitable.

—Lo siento, inspector, pero tengo una serie de reuniones administrativas muy importantes a las que no puedo llegar tarde —dijo—. Le pido disculpas. Tengo una agenda muy apretada y su llegada, bueno, me ha pillado por sorpresa. Pero si quiere saber más sobre Tessa, y dudo mucho que yo pueda decirle algo que usted no sepa...

Gabe lo interrumpió.

—Su mujer también estaba allí aquella noche, ¿verdad?

—Sí, sí, por supuesto, ya sabe que sí.

—¿Y su hija? ¿Sarah se llama?

—Sí, Sarah. Obviamente. Eran muy buenas amigas.

—Quizás ellas pudieran aportar algún comentario que me sirviera de ayuda.

—Mi hija ya no... —se detuvo, como midiendo sus palabras—. La desaparición de Tessa fue... bueno, tuvo un efecto negativo sobre ella. Muy fuerte. Influyó en toda su vida. A pesar de la terapia, también ella se consideraba responsable de alguna manera. Ese sentimiento no la abandonó hasta el día de su muerte.

—¿Murió? —Gabe lamentó al instante haber soltado así la pregunta. «Qué poco tacto.»

—Sí. Hace unos años. En un accidente de coche. La noche de su graduación en la universidad. Se puso al volante después de haber bebido demasiado. Mi única hija.

—Lo siento —balbuceó Gabe—. Siento mucho su pérdida.

—Yo estaba trabajando en Urgencias cuando la trajo la ambulancia —prosiguió Lister. Su voz se volvió débil, como si cada palabra le cortara la lengua—. Fui incapaz de salvarla.

Ambos guardaron silencio unos instantes.

—Lo intenté con todas mis fuerzas. Más que... —Se interrumpió y se reclinó en el asiento—. La palabra pérdida —añadió en voz baja— no se acerca ni remotamente a lo que fue.

Un nuevo e incómodo silencio invadió la habitación. El médico pareció reflexionar sobre varias cosas antes de seguir hablando.

—Tal vez, inspector, si no es mucha molestia para usted, podríamos continuar con esta conversación más tarde, cuando termine mi jornada. Espero que mi mujer pueda encontrar un hueco en su horario de trabajo en la universidad para reunirse con nosotros, y así podremos contarle todo lo que recordemos de aquella noche con mucho más detalle.

Gabe intentó imaginarse al médico trabajando desesperadamente en el cuerpo ensangrentado de su propia hija moribunda, pero la imagen parecía pertenecer a un reino más allá de las pesadillas.

34

Ya iban siete llamadas y cuatro SMS al móvil de Gabe desde que este no apareciera por la Mazmorra. Tras una hora más de esperar sin recibir noticia alguna, Marta fue hasta la casa de Gabe. Llamó a la puerta, rodeó la casa hasta la parte trasera y vio el sitio por donde debían de haber entrado los dos hombres enmascarados, ya que la puerta de atrás tenía el cristal roto. Marta lo llamó por la abertura, pensando que tal vez estaba inconsciente en el suelo o algo peor, pero no obtuvo respuesta. Tampoco estaba su coche. Acabó volviendo a intentar otro SMS inútil y otra llamada perdida.

Estaba furiosa, mascullando palabrotas por lo bajo, pero solo servían para ocultar su preocupación.

«¿Dónde coño estás, Gabe?», era la pregunta más reiterada y apremiante. En el último mensaje que le dejó en el buzón de voz, le pidió que la llamara inmediatamente, pero sin dejar traslucir en la grabación que, con toda lógica, estaba preocupada.

Antes de subir al coche para marcharse, Marta pensó en hacer un intento que ya imaginaba infructuoso, y llamó a la diócesis local. Se identificó y pidió hablar con quien se ocupara del caso del padre Ryan.

Le habían pasado la comunicación con otro sacerdote.

—Necesito hablar con el padre Ryan.

—Si se trata sobre... —empezó el sacerdote.

—No. Sean cuales sean sus problemas con ustedes, ahora mismo no me interesan. Está relacionado con un caso que investigo y tengo que hacerle unas preguntas. —Y añadió—: Por cieto, ¿para qué fueron a hablar con él?

Vacilación. Marta trató de interpretarla. «Tres segundos sería por alcohol; hora de desintoxicarse. Cinco segundos, seguramente dinero. Me pregunto cuál será el patrón de los contables forenses. Más tiempo significa monaguillos y demandas civiles, titulares en la prensa y seguramente la amenaza de una acusación penal si el delito no ha prescrito.»

—No sé...

—Sí, sí sabe —le espetó ella.

—Bueno —dijo el sacerdote despacio. Marta notaba que estaba considerando varios aspectos a la vez—. No puedo hablar sobre asuntos internos de la Iglesia. Y no puedo obligarle a hablar con usted.

—Déjeme preguntarle una cosa —dijo Marta—. Un sacerdote atribulado podría necesitar un tiempo de reflexión a solas, ¿no? ¿Y adónde iría para hallar paz y soledad?

Había un pequeño letrero de madera junto a la puerta principal de un caserón clásico de Nueva Inglaterra, con gabletes y lleno de recovecos, situado en una tranquila calle arbolada, no lejos de un pequeño y verde prado comunal. Cerca había una universidad privada femenina, y todas las casas de la zona denotaban orden, espíritu académico y dedicación a la rutina. Marta no percibió ni las buenas ni las malas vibraciones del apartamento de la ciudad en que ella vivía. El letrero rezaba: CASA DE SAN JOSÉ PARA LA MEDITACIÓN. Se dirigió a la doble puerta de roble de la gran entrada, pensando en llamar al timbre, pero luego decidió: «A la mierda. Entro y ya está.»

La recibió un silencio revestido de paneles de madera. Una escalinata central conducía a un gran vestíbulo. Marta miró alrededor y divisó a un joven sacerdote que salía de lo que supuso serían las cocinas.

Le mostró la placa.

—Busco al padre Ryan —dijo.

El sacerdote se quedó mirando la placa y meneó la cabeza,

no como una persona que no piensa dar una respuesta, sino como alguien que ve llegar algo que hacía tiempo esperaba.

—El padre Ryan merece tener su privacidad. Esta es una casa para la contemplación.

Marta decidió que un farol le serviría tan bien como una amenaza.

—Bueno, eso también se puede hacer en la celda de una prisión, ¿verdad? Bien, ¿dónde puedo encontrar a Ryan?

Era evidente que lo que quería el joven sacerdote en aquel momento era alejarse de Marta para ir a reflexionar sobre cualquiera que fuera el motivo de su presencia en aquella casa. Contestó en voz baja, apenas audible, como si así disminuyera la importancia de lo que estaba comunicando.

—Tenemos una pequeña capilla —dijo, señalando hacia el fondo, con la resignación pintada en la cara—. Seguramente estará ahí. Pasa mucho tiempo allí dentro.

Allí estaba. En la primera fila. De rodillas y con la cabeza gacha. Los ojos cerrados y las manos entrelazadas. Musitando plegarias.

El padre Ryan no la oyó hasta que ella se colocó a su lado, y entonces se volvió sorprendido.

—¿Para qué rezamos hoy, padre? —preguntó Marta con aspereza—. ¿Para pedir una guía? ¿El perdón? Eso es lo que piden todos.

Ryan se echó hacia atrás como para incorporarse y huir. Hizo ademán de levantarse, pero Marta puso una mano sobre su brazo, devolviéndolo a su posición anterior.

—Inspectora, por favor —rogó él.

—Ni lo sueñe. —Se sorprendió un poco de la agresividad de su voz—. Creo que usted sabe algo y ya es hora de que lo cuente.

—Quería a Tessa —dijo él, casi en un gemido—. Rezo por ella todos los dias.

—Sí. Muchas personas la querían. ¿No cree usted que Dios querría justicia para ella?

Era un disparo a ciegas, un intento por sacar partido de las crispadas emociones del cura. Suponía que invocando a un poder superior lo abatiría aún más y podría aprovecharse de su vulnerabilidad.

Tenía razón solo en parte.

—¿No cree acaso —susurró el sacerdote enfáticamente— que ya se ha hecho justicia?

Marta pensó un momento y luego enlazó las manos.

—Creo que deberíamos rezar juntos, padre —dijo. El sacerdote la miró con suspicacia, pero juntó también las manos. Ella elevó los ojos al cielo y entonó con energía—: Padre nuestro que estás en los cielos y que sabes qué demonios les pasó a cuatro tipos muertos y a una niña de trece años desaparecida, santificado sea Tu nombre. Yo me pregunto: ¿piensas perdonar y olvidar? Porque desde luego yo no puedo...

Marta señaló con la cabeza un crucifijo de oro de la pared. «Esto no es justo —pensó—. Pero ¿en qué hay que ser justos?»

—Ya sabe por qué he venido, padre. Los dos sabemos que no pararé hasta obtener alguna respuesta. ¿Quiere que vuelva aquí todos los días hasta que lo consiga? ¿No hay una historia en la Biblia sobre la perseverancia?

Ryan pareció estremecerse, pero contestó:

—Lucas, once, cinco.

—Ahí lo tiene. Esa me la tengo que aprender de memoria.

Él cerró la boca con fuerza, pero Marta vio que le temblaba el labio superior.

—Cada día, padre. ¿Prefiere por la mañana o por la tarde?

—No hice nada malo —dijo él al fin.

«Eso no es cierto.»

—Bueno, de acuerdo. Quizá no. Pero ¿qué hizo?

—No puedo decirlo. —Vaciló antes de continuar—. Me castiga —añadió en voz baja. Sus palabras eran como alambre de púas.

Marta pensó: «¿No fue eso lo que dijo la ex mujer del profesor? Pero ella dijo que la castigaba Dios, y él habla de algo que lo castiga. No es lo mismo.»

—¿No cree que hablando conmigo se sentirá mejor? —dijo. No creía que esa sugerencia funcionara, pero valía la pena intentarlo—. ¿No es de eso de lo que trata la confesión? Es buena para el alma. Y para el corazón. Libera el peso de los recuerdos, descargándolos de los hombros —añadió, intentando ser contundente y sutil a la vez.

—Ya me he confesado, inspectora.

—¿Con quién, padre?

Él miró el crucifijo.

«Joder, eso seguro que no me va a ayudar en nada —pensó ella—. Prueba con algo que no pueda esquivar.»

—Usted sabe a quién le gusta de verdad la gente que guarda silencio ante un crimen, ¿no es así, padre?

Marta señaló el suelo con gesto teatral, sobreactuando. Pero su gesto tuvo un efecto singular sobre el sacerdote, que pareció encogerse en estatura, hacerse más pequeño, asustado y turbado. «Supongo que la idea de la condenación eterna tiene ese efecto —pensó Marta—. Solo espero que yo no tenga que responder a las mismas preguntas en el más allá.» Vio a Ryan respirar profundamente y santiguarse tres veces.

—¿No va a dejarme solo, inspectora? —suplicó—. Necesito estar solo.

—No está nunca solo, padre —repuso Marta, y señaló al crucifijo.

El sacerdote parecía al borde de las lágrimas. No era difícil adivinar la batalla que se libraba en su interior.

—Veinte años de silencio —dijo.

—Se sentirá mejor —insistió Marta, que se embaló con la idea de que podía estar a punto de oír algo de crucial importancia.

—Le diré una cosa, inspectora, pero debe prometerme que después me dejará en paz —susurró el sacerdote.

—Por supuesto. —Pensó que mentirle a un sacerdote en una capilla debía de ser lo menos apropiado del mundo. «Los grandes pecados superan a los pequeños pecados», se dijo, esperanzada.

—Lo único que hice aquella noche fue representar mi papel. El papel que me correspondía de forma natural y que no era un delito, sobre todo lo que consideran ustedes un delito. De eso estoy seguro. Eso es todo.

—¿Qué papel fue ese, padre? Tendrá que explicarse mejor.

—El papel que me pidieron que representara.

—¿Quién se lo pidió?

Él negó con la cabeza.

—¿Cómo sabe que sea lo que sea que hizo... no fue un delito?

Él le volvió la cara. Marta se dio cuenta de que no le iba a responder.

—Esa noche fue a consolar... —empezó Marta, pero el sacerdote la interrumpió meneando la cabeza y estremeciéndose.

—No. Fui allí a asegurarme de que nadie recibía consuelo.

Marta se quedó atónita. Antes de que pudiera preguntar, él prosiguió:

—No hace las preguntas correctas, inspectora. ¿Delito? No. Debería preguntar por el amor. Porque muchas personas querían a Tessa, y cuando se la llevaron, siguieron queriéndola. Nunca dejaron de quererla. —Respiró hondo y a Marta le pareció que los recuerdos le quemaban la piel—. Buen amor. Mal amor. Amor correcto. Amor equivocado. Todo eso hubo allí esa noche y las noches siguientes. Aunque ella hubiera abandonado nuestras vidas para siempre.

Se santiguó de nuevo tres veces obsesivamente, moviendo las manos tan deprisa como un crupier en un casino. Cuando terminó, juntó las manos y musitó:

—Es más de lo que debería haber dicho. —Se volvió en parte hacia Marta, enseñando los dientes, como un perro rabioso—. Todos hacemos cosas buenas —siseó—. Y cosas malas. Yo. Usted. Todo el mundo. Ustedes los policías quieren respuestas, pero son respuestas simples a preguntas estúpidas. «¿Quién hizo esto, quién hizo aquello?» Son inútiles. Aquí, en esta capilla, preguntamos el porqué. Y cuando encontramos nuestras respuestas, porque sabemos dónde buscarlas... —señaló el crucifijo con la cabeza— todo nos es perdonado.

Antes de que Marta pudiera replicar, él añadió con tono tenso:

—He violado la confianza de otras personas. He roto promesas. Me resultará difícil encontrar la paz. Pero lo conseguiré.

Se santiguó de nuevo a la velocidad del rayo.

Y luego cerró los ojos y empezó a recitar el Salmo 23, aquello de «aunque pase por un valle tenebroso, ningún mal temeré». Marta esperó a que lo completara una vez, pero volvió a empezar una segunda y ella tuvo la sensación de que seguiría repitiendo el salmo durante horas, quizás incluso días, para convencerse y reconfortarse con él. Pero Marta dudaba de que el padre Ryan llegara a conseguirlo.

35

En el exterior de la Casa de Meditación, el sol brillaba resplandeciente en contraste con las sombras del interior de la capilla. Marta volvió la vista hacia la puerta principal y repasó todo lo que le había dicho el cura.

—Preguntas correctas. Preguntas equivocadas. Maldita sea. —Midió las palabras como una modista al confeccionar un vestido de novia—. Representabas un papel. ¿Qué coño de papel? Y ahora rezas por Tessa y crees que con eso todo va bien y no pasa nada. Joder.

Para ella no cabía duda de que el sacerdote sabía más cosas, pero tenía escasas esperanzas de lograr sonsacárselas.

Alzó la vista, cegándose momentáneamente antes de protegerse los ojos con la mano, y paseó la mirada por el despejado cielo. Tenía la abrumadora sensación de estar viendo algo terrible desde lejos, como si se encontrara en la misma situación de *La ventana indiscreta* de Hitchcock.

«Bueno, si el cura no quiere hablar, ¿quién coño hablará?»

«Pide refuerzos.

»Que venga un coche patrulla con un par de agentes para cubrirte.

»No seas estúpida. No entres ahí sola.»

Haciendo caso omiso de esas inteligentes advertencias, Marta se apeó del coche. Comprobó el arma que llevaba al cinto y tuvo la sensatez de meter una pequeña linterna en la cartera, que fue a dar contra el arma de apoyo que llevaba en ella.

Delante tenía una valla de tela metálica de tres metros de altura con un único acceso cerrado con candados y que exhibía un cartel: DECLARADO EN RUINAS – NO PASAR. Tras la valla había una gran casa de madera y ladrillo de dos plantas. Era de esas casas señoriales y elegantes, que habían sufrido una drástica decadencia paralela al barrio. Todo lo que había por allí y que antes pertenecía a la clase alta había caído inexorablemente en la pobreza. Los polvorientos ladrillos rojos estaban sucios y se iban desmoronando. Los adornos de madera estaban combados y astillados. La pequeña franja donde en otro tiempo había césped era ahora un pequeño lago de barro y suciedad salpicado de basura. Los peldaños de la entrada, pintados de un soso gris, estaban medio podridos. Solo faltaban un par de ratas corriendo por allí, pero Marta se dijo que esperarían a la noche.

Caminó a lo largo de la valla, dándole empujones de vez en cuando, hasta que encontró un sitio donde el tejido se había soltado: la auténtica entrada.

Apartó el alambre a un lado y atravesó el antiguo jardín. Los peldaños se hundieron bajo su peso y estuvieron a punto de ceder. La puerta principal colgaba de las bisagras. Con una sacudida, Marta la abrió lo suficiente para colarse dentro. La madera crujió bajo sus pies: ruidos débiles, fantasmales, que sugerían que el entarimado iba a desplomarse en cualquier momento. Entró en lo que había sido un imponente vestíbulo, pero luego se había dividido para crear varios apartamentos. Un antiguo radiador roto reposaba tumbado en un rincón; era de hierro, demasiado pesado para que se lo llevara un ladrón. Topó con un endeble tramo de escaleras. Se detuvo a escuchar por si se oían ruidos que denotaran presencia humana.

Una mezcla de olor a cerrado, humedad y basura y el hedor de excrementos humanos lo invadía todo. Marta temió que una docena de enfermedades tóxicas la aguardaran entre las sombras. La única luz que entraba en el edificio desde el exterior se filtraba por las sucias ventanas y los cristales rotos. Marta respiró tratando de cerrar la nariz a los olores.

«Hogar, dulce hogar», pensó.

Finalmente se arriesgó a subir por la escalera.

Un peldaño. Dos. Se agarraba a una barandilla de madera tan estropeada que sus astillas amenazaban con cortarle la mano. Se imaginó cayendo al desplomarse la escalera, y quedándose tirada entre un montón de escombros, incapaz de alcanzar su móvil. «Moriría aquí sola y no me encontraría nadie.»

El rellano del primer piso era como la línea de costa para un náufrago, y cuando lo alcanzó, soltó el aire lentamente. Vio tres puertas, cada una de las cuales presumiblemente conducía a un apartamento. Sabía que existían muchas probabilidades de que Russell Williams, el antiguo vendedor de coches y ahora yonqui, estuviera en algún lugar de aquella casa; drogado, muerto, o simplemente acurrucado en un rincón esperando su siguiente dosis entre dolores agónicos. No sabía qué procedimiento debía seguir. Si se hubiera tratado de una redada de drogas, se habría hecho acompañar por un equipo de los SWAT y de un fornido inspector de Narcóticos, que habría usado un mazo para derribar las puertas. Pero no pretendía arrestar a nadie por drogas. Solo quería hacer preguntas.

Cautelosamente se acercó a la primera puerta y escuchó a través de la madera.

Nada.

Le resultaba difícil oír a causa del zumbido de la adrenalina y los latidos de su propio corazón.

Empujó la puerta para abrirla.

Vacío. Más basura.

Segunda puerta. Honda inspiración. Oreja pegada a la madera.

Nada.

La abrió empujándola con el pie.

Vacío. Completamente.

Se acercó a la tercera puerta. «Tiene que ser esta —se dijo—. No llames. Ábrela de una patada.»

Iba a hacerlo, cuando oyó un débil ruido. Era parecido al susurro de las ramas de los árboles agitadas por el viento en una noche de octubre.

Un crujido, algo que rascaba.

«Abajo.»

Le llegó apenas el sonido de pasos amortiguados.

Se pegó a la pared, escuchando. Echó mano a su arma.

Unos haces de luz parecieron luchar contra las sombras. Notaba la piel como si todos los poros estuvieran abiertos al miedo. Era como si se hubiera sumergido en un retrato de la decadencia, donde el suelo amenazaba con desplomarse bajo sus pies, y el techo quizá le caería sobre la cabeza. Se sentía casi vencida por la sensación de estar sola y no estarlo a la vez, dudando de qué paso dar.

Con la espalda pegada aún a la pared, se desplazó hasta la escalera. Cada paso que daba parecía un grito, por la vieja madera que gemía bajo su peso.

«Uno. Dos. Tres.»

Marta descendió, tratando de determinar de dónde procedían los ruidos que oía. Los miedos que se habían apoderado de ella al subir por la escalera parecieron redoblarse. Cada escalón que descendía la acercaba aún más al campo de minas de la podredumbre.

«Nada es sólido. Nada es estable. Muévete con cuidado.»

Hizo un esfuerzo por continuar, alejándose ahora de la escalera en dirección a la parte posterior de la casa. Intentó tranquilizarse: «Has estado en una docena de casas y guaridas de crack y heroína. Ya sabes lo que vas a encontrar.» Lo que se decía mentalmente tuvo escaso efecto. Le pareció que una sombra la engulliría, haciéndola desaparecer para siempre.

«¿Dónde estás?»

Llegó a lo que había sido una cocina. Unas tuberías oxidadas y retorcidas sobresalían en el sitio donde había habido un fregadero. Una cucaracha pasó por el suelo. Marta desvió los ojos hacia una puerta, disimulada a un lado.

«El sótano.»

Luego: «No puedo.»

Los recuerdos llegaron en tropel. Se tambaleó hacia atrás, como si le hubieran dado un puñetazo. Todos sus músculos se tensaron, todas las fibras de su ser se pusieron tirantes de repente.

«Que no sea ahí abajo.»

Intentó discutir racionalmente consigo misma en un tenso debate interno: «Vamos. Estás armada. Te han entrenado. Eres una profesional. ¿De qué tienes miedo? ¿De un yonqui? Venga, tía.» Ninguna de estas observaciones pareció tener el menor efecto. Permaneció paralizada, agarrotada por el pánico.

Miró la puerta. Estaba entreabierta. La franja de negra oscuridad era como la hoja de un cuchillo. Desenfundó la Beretta.

«No puedo bajar ahí. Sola no. Ni siquiera con un pelotón de policías a mi lado.» Tenía la sensación de estar en medio de un fuego cuyas llamas devoraban su piel. «No puedo bajar ahí» era lo único que oía, como un disco rayado.

Tosió como si se hubiera atragantado con humo.

«No puedo bajar ahí.»

Y luego, haciendo acopio de fuerzas, una Marta distinta, la vieja Marta, la Marta de antes del otro sótano, dio un paso adelante y escuchó.

Oyó una voz. Una respuesta. Distante. Amortiguada.

Marta hurgó en su cartera hasta encontrar la pequeña linterna. Sosteniéndola paralela a la pistola, abrió del todo la puerta del sótano y se plantó en lo alto de la escalera.

«Aquí es donde voy a morir.

»No. Haz esto y podrás vivir.»

Por un momento «vivir» y «morir» le parecieron lo mismo.

Marta avanzó. Se le ocurrió que jamás se enteraría de lo que ocurrió con Tessa ni con los cuatro tipos muertos, si no era capaz de bajar por aquella escalera. Movió la linterna a derecha e izquierda, como una escoba barriendo sombras.

La escalera pareció oscilar bajo sus pies.

Oyó palabras susurradas que parecían plegar la oscuridad.

—¿Qué es eso?

—¿Quién anda ahí?

Y luego un ruido como de una rata corriendo.

Marta siguió bajando con cautela. Era como descender a una caverna y temía perderse al caer por una grieta.

—¡Policía! —gritó. Su voz resonó en el pequeño y sombrío

espacio, donde la oscuridad succionó las palabras—. ¡Que nadie se mueva!

El tufo a desperdicios y el olor a humedad y cerrado hizo que se atragantara.

—¡Policía! —repitió.

Sus pies pisaron el suelo de hormigón. Estaba frío, húmedo, pegajoso. Oyó un goteo. Estaba rodeada de escombros. La única luz que había era la de su linterna, y la de una única ventana cercana al techo en una pared mohosa.

Esto es lo que vio:

Un colchón sucio y desastrado en el suelo. Un saco de dormir raído tirado de cualquier manera. Una cocina rota en un rincón con cacerolas que tenían costras negras. Grafitis en las paredes: palabras que no significaban nada, figuras que parecían incompletas. Suciedad por todas partes y más peste a inmundicias. Se tapó la nariz con la mano mientras inspeccionaba aquel sótano abandonado.

Entonces detectó movimiento.

—¡No se muevan! —gritó.

Acurrucados en un rincón con la espalda contra la pared había tres cadáveres.

Solo que no estaban muertos.

—Policía —repitió ella. Con la adrenalina a tope, el miedo desapareció. De repente estaba enfadada, furiosa. Fue como si en ese instante la nueva Marta recuperara a la vieja Marta. Todo lo que amenazaba su autocontrol, todo lo que antes parecía suelto y desgarrado en su interior, se ajustó, como un coche que derrapara un momento pero al siguiente recobrara la adherencia.

—¡Las manos donde pueda verlas!

Los tres cadáveres dieron una sacudida, se movieron.

Marta vio su mundo esparcido por el suelo: agujas, papel de aluminio, cucharas dobladas y mecheros.

Les apuntó con su arma. «Podría apretar el gatillo, matarlos a los tres, pero sería una redundancia. Están ya tan cerca de la muerte como puede estar un ser humano.»

—Williams —dijo—. Ponte de rodillas. Gatea hasta aquí.

Williams ocupaba el centro del tríptico. A su derecha una mujer flaca, consumida y llena de moretones, se echó a llorar. A su izquierda, otro hombre flaco y consumido, con los mismos mechones de pelo sucio, la misma expresión furtiva, quizá más joven, quizá más viejo. Tenía una costra de mugre que hacía imposible determinarlo.

—No nos mate —rogó la mujer. El hombre se tapó los ojos con las manos—. No nos mate, por favor —repitió la mujer.

Williams se separó gateando de los otros dos, manteniendo la vista fija en la Beretta.

Parecía incapaz de controlar su cuerpo y oscilaba mientras avanzaba de rodillas como un cangrejo. Cuando se hallaba a menos de un metro de ella, Marta hizo un gesto con la pistola y él se detuvo.

—Que todo el mundo ponga las manos donde pueda verlas.

Los tres yonquis alzaron las manos obedientemente.

—¿Estás colocado? —preguntó Marta.

Williams negó con la cabeza, pero contestó:

—Un poco. Lo justo.

«El peor testigo de la historia en todo el mundo», pensó Marta.

—¿Me recuerdas?

El yonqui asintió.

—La poli de casos sin resolver —dijo.

La piel del tipo estaba más blanca que en el refectorio de la iglesia. La suciedad que tenía bajo las uñas parecía más negra. A Marta le pareció oír las moscas zumbando alrededor de su cuerpo, aunque sabía que era imposible.

Sin dejar de apuntarle con el arma, mientras él permanecía de rodillas en el suelo, Marta metió la mano libre en su cartera y encontró el monedero. Lo abrió y sacó un billete de veinte dólares. Lo mostró en alto.

—¿Quién era el hombre que salió del coche donde encontraron el cuerpo de Mark? Tú lo viste.

—Ya se lo dije —contestó él, asintiendo—. Lo vi. No oculté nada.

—Sí, sí lo hiciste. Mentiste.

—No, no... —Él no apartaba los ojos del dinero.

—Bueno, quizá no mentiste. Pero no contaste lo que viste en realidad, ¿a que no? —«Todo el mundo miente. Nadie cuenta nunca la verdad. Da lo mismo que seas cura o yonqui.»

El yonqui se frotó las manos. Se retorció como si cada palabra fuera una aguja que se le clavara.

—No quería mezclarme en eso. Y...

Vaciló. Atrapado. El pasado enmarañando el presente. Un simple deseo: veinte dólares. Otro simple deseo: ocultar lo que recordaba. Marta veía esos dos deseos enfrentados en los ojos del yonqui.

—¿Y bien? —lo apremió Marta, dándose cuenta de que el billete de veinte dólares que agitaba con una mano era tan poderoso como el arma que empuñaba con la otra.

—No lo vi bien en realidad, ya se lo dije, inspectora. Y eso fue lo que declaré entonces.

—Pero no era cierto, ¿verdad que no?

El yonqui parecía a punto de echarse a llorar. Su tono era servil, nervioso.

—Yo quería. Quería contar lo que había visto. Pero ¿cómo iba a hacerlo, inspectora?

Marta reflexionó antes de formular su siguiente pregunta. Lo hizo muy despacio:

—Dime por qué no pudiste contar la verdad aquella noche.

Los ojos del yonqui pasaron rápidamente del arma y el billete a las sombras, luego volvieron, rebotando como las notas musicales en las paredes de una sala de conciertos. Williams tragó saliva. Respiraba entrecortadamente, con tensión.

—Habría muerto —dijo en voz baja.

—¿Por qué habrías muerto? —Marta probaba con todos los tonos, todos los enfoques posibles, de la amenaza al soborno y viceversa, para conseguir que el yonqui hablara. No estaba segura de qué estrategia funcionaría. Combinó varias, bajando un poco la pistola, levantando un poco más el billete.

—Me habrían matado. Igual que mataron a Mark.

—¿Quiénes?

Williams echó la cabeza atrás, alzando los ojos al cielo como sometido a un terrible sufrimiento. Marta pensó que el recuerdo debía de haber sido como un taladro penetrando en su pasado.

—El mismo hombre que mató a Mark vino más tarde aquella noche para preguntarme quién había matado a Mark. O al menos eso parecía. Dos personas se bajaron de aquel coche. Al más grande lo vi bastante bien, y cuando se presentó más tarde en mi puerta con su placa y su pistola y los demás policías, me entró el pánico porque pensé que a lo mejor lo sabía. A lo mejor. No estaba seguro. Del otro solo había visto que era más bajo. Estaba bien jodido, inspectora. No estaba seguro de nada y estaba muy asustado, y cuando me asusto, bueno, las cosas no salen bien, así que no dije casi nada, solo lo suficiente para que se fueran. Y en realidad, ¿qué había visto? No lo suficiente. Se lo juro, inspectora, es la verdad.

«Hace frío —pensó Marta—. Hace un horrible frío invernal.

»No, hace calor. Como en el desierto del Sáhara.»

—Te creo —dijo.

—De todas formas, nadie quería saber nada —la interrumpió él—. A nadie le importaba Mark porque sabían lo que hacía para ganarse un dinero extra. Hablaban de él como si fuera menos que basura. Y desde luego yo no pensaba mezclarme con eso. A lo mejor lo que le había ocurrido a Mark me hubiera ocurrido a mí.

Williams respiró hondo. Seguía asustado. Le temblaba el labio. Marta vio la ironía: «El yonqui que se inyecta muerte en las venas tenía miedo de otro tipo de muerte.»

—¿Me dará ahora esos veinte? —preguntó él con voz temblorosa.

—Todavía no. Tienes que ganártelos. Pero puedes conseguirlos si sigues hablando.

—¡Díselo! —le instó la mujer desde detrás.

—No, espera —la interrumpió el otro hombre—. Pídele más dinero.

«Práctico —pensó Marta—. Repugnante pero práctico.»

—Le he contado todo lo que puedo contarle —aseguró Williams.

«Joder —se dijo Marta—. Fiabilidad cero, pero...»

Se inclinó y dejó caer el billete al suelo, pero lo tapó con un pie. Williams y sus dos compañeros se arrastraron un poco hacia él. Marta volvió a alzar la pistola.

—Todavía no —dijo.

Los tres se quedaron inmóviles.

Una vez más, Marta hurgó en su cartera sin dejar de apuntarles.

—Más dinero —susurró la mujer con vehemencia—. Consigue más dinero.

Marta sacó su móvil

—Que nadie se mueva —ordenó—. No me pongáis nerviosa. Soy peligrosa cuando estoy nerviosa.

Necesitó de toda su destreza para sujetar el móvil con una mano y usar el diminuto teclado, sin que el cañón de la pistola dejara de apuntar a aquellos tres. Tuvo suerte con su búsqueda por internet. En la hemeroteca del periódico local encontró un viejo artículo con una fotografía: «Fiesta de jubilación para veterano oficial de Homicidios.»

La foto era de Terrence O'Hara recibiendo su reloj y una placa conmemorativa por sus muchos años de entregado servicio. A su lado estaba Joe Martin, sonriente, mientras el jefe y O'Hara se estrechaban la mano. Marta vio a RH un poco más lejos. Sonriente también.

Se agachó hacia Williams y puso un dedo sobre la imagen de Martin.

—¿Es este el tipo que viste? —preguntó.

Él agarró el móvil.

—Sí —contestó—. Estos son los inspectores que vinieron más tarde aquella noche. Y quizás el alto sea el que vi antes bajando del coche. Sí. Quizá. Fue hace mucho tiempo. —Hizo una pausa.

—Pero aquella noche pensaste que...

—Pensé que era él. No lo sé. Estaba asustado y no quería verme mezclado. —Marta comprendió que Williams iba a repetir ese estribillo una y otra vez. Él se removió en el sitio—. Intento ayudarla, inspectora. Pero no creo que mintiendo la ayude.

Quizás esto fuera lo más sincero que podía haber dicho el yonqui en aquel momento, y a Marta la dejó casi atónita.

—Hace mucho tiempo —repitió Williams—. Se me confunden las cosas. Ahora mi memoria está muy borrosa, no sé lo que vi o no vi. Ya sabe por qué.

Una vez más, sinceridad. Seguramente Marta no iba a conseguir nada mejor.

—De acuerdo —dijo, y levantó el pie del billete—. Es tuyo.

Para su sorpresa, el yonqui no se lanzó a por el billete. Lo que hizo fue seguir mirando la imagen del móvil. Finalmente se estremeció un poco, le devolvió el teléfono y recogió el dinero del suelo.

—Sí, los otros también —dijo.

Marta había dado un paso atrás y estaba metiendo el móvil en la cartera. Se detuvo.

—Repite eso —pidió.

—Los otros también.

Marta dudó. «Yonqui. Confuso. Veinte años. Drogado hasta las cejas. Dinero. Quiere decirme lo que sea con tal de sacarme otros veinte.»

—¿Qué quieres decir?

Williams señaló el teléfono.

—Esos tipos —dijo.

Marta volvió a entregarle el móvil con la foto del periódico. Él dio unos golpecitos sobre los rostros de la imagen.

—Estos dos, aquella noche, a estos dos los recuerdo. Y luego, no sé, unos meses después, los otros dos vinieron buscándome. Hicieron las mismas preguntas. Querían saber qué había visto.

—¿Les dijiste la verdad?

Williams asintió.

—Bueno, más o menos —dijo—. No les conté exactamente lo que acabo de contarle a usted. No quería mezclarme más, ya sabe.

—Ya —dijo Marta.

—Ellos también me dieron dinero. —Williams meneó la cabeza—. Cuando vinieron a hablar conmigo, yo estaba... —vaciló. Miró a un lado y otro, como evocando toda su vida adulta con solo ver los desperdicios del abandonado edificio. Luego completó la frase—. Yo estaba, bueno, más enganchado.

«¿Cómo ha logrado mantenerse con vida?», se preguntó Marta. No creía que le quedara mucho tiempo en esta tierra, claro que ya era sorprendente que siguiera vivo, si se podía llamar vivir a lo que hacía en aquel sótano.

—¿Estás seguro de que fueron estos otros dos hombres?

Él se encogió de hombros.

—Ya no estoy seguro de nada. No creo que vuelva a estar seguro de nada nunca más.

«Yonqui y filósofo», se dijo ella.

Sacó otro billete de veinte dólares y lo dejó caer delante de él. Williams lo recogió y volvió gateando a colocarse entre los otros dos.

«Me pregunto —pensó Marta, viendo desaparecer los cuarenta dólares—, si el jefe y RH le dieron al yonqui dinero cuando fueron a verlo. Seguramente querían la misma verdad, lo sobornaron de la misma forma. No sé si recibieron las mismas respuestas. Quizá.»

Marta detestaba esa palabra. Parecía acosarla a cada paso que daba.

«Si vieron lo mismo que yo, no les gustó lo que vieron. Si...»

Marta meneó la cabeza. «Si...» era el primo rico de «quizá».

Lentamente retrocedió con la vista fija en aquellos tres cuasi cadáveres. Al llegar a la escalera, se dio la vuelta y subió rápidamente. Sabía que había descubierto algo importante, pero la necesidad de salir de aquel sótano prácticamente soterraba esa sensación. Pensó que se llevaba un recuerdo consigo y dejaba otro tras de sí, pero ambos eran igualmente peligrosos. Sin embargo, en aquel momento solo quería salir de allí y respirar aire fresco. La suciedad que lo cubría todo, el insoportable hedor, las agujas usadas y los residuos de droga, la desesperación y todo lo que acababa de oír, amenazaban con ahogarla. Con cada paso que daba para alejarse del sótano sentía como si una energía invisible la llevara. Casi saltaba. Salió por la puerta del sótano precipitadamente y corrió por el pasillo de la cocina a la puerta principal, que casi cruzó de un salto. Bajó tambaleándose hasta el sucio jardín y cedió a todos los miedos, pasados y presentes, a todos los olores y todas las dudas, y vomitó.

36

Gabe fue a la playa más o menos a la misma hora en que Marta se metía en la guarida del yonqui, aunque esto él no lo sabía.

Al móvil no le hacía mucho caso. Llevaba vibrando desde temprano por la mañana. La mayor parte de las llamadas perdidas y los mensajes sin responder procedían de Marta. También había mensajes de voz del jefe y de RH. Esos no los escuchó, aunque seguramente debía hacerlo. Lo que estaba esperando era una llamada del doctor Lister y un punto de encuentro. Encontró aparcamiento en Ocean Drive, metió monedas en el parquímetro y echó a andar. Pasó por delante de varias palmeras que flanqueaban la playa y por una pista de voleibol donde resonaban voces y los golpes sordos de una pelota. Continuó hasta la larga y famosa franja de límpida arena de Miami Beach. Vestía un traje azul oscuro que servía igual para asistir a una reunión que a un funeral, pero cuando llegó a la arena se quitó los zapatos y los calcetines, se aflojó la corbata, se enrolló las perneras de los pantalones y luego se arremangó la camisa. Se echó la chaqueta por encima del hombro de un modo desenfadado que no casaba con lo que sentía.

Un socorrista encaramado a su silla lo miró y tomó nota de la pistola que Gabe llevaba al cinto, pero volvió a desviar la mirada hacia el mar. Gabe se dejó caer en la arena. A un lado tenía a una familia tipo unos jóvenes padres parecían agobiados vigilando a dos niños revoltosos e impidiendo que un bebé saliera gateando y comiera arena—. Al otro, un grupito de universitarias, todas de escuetos biquinis y tangas. No muy lejos, dos hombres de cuerpo escultural se pasaban una pelota de fútbol americano, pero Gabe solo observaba las olas que se rizaban sobre la playa. El ritmo del leve oleaje emitía un rumor constante que se mezclaba con el ruido del tráfico en Ocean Drive.

Dobló la chaqueta y dejó encima los zapatos y los calcetines, se puso en pie y se acercó al borde del agua. Dejó que la espuma se arremolinara en torno a sus pies. El agua era de un claro tono azul, apetecible. No se parecía en nada al gris negruzco del lago Adirondack en el que se había ahogado su anterior vida.

Clavó la vista en las pequeñas olas que rompían sobre la playa. Le parecieron casi hipnóticas, y amenazaban con darle sueño. Alzó los ojos para escudriñar el horizonte. Vio un par de relucientes cruceros a lo lejos, pero en su imaginación no cabían más que imágenes de muerte y de Tessa. Era interesante, pensó, mirar la extensión de agua desde Miami Beach. Parecía inofensiva. Quizás ocultaba corrientes peligrosas, remolinos fatídicos y tiburones hambrientos. Decidió que si podía hallar respuesta a una pregunta, si lograba marcar al menos un casillero que indicara que sabía que tal persona había hecho tal cosa, entonces sería capaz de seguir adelante con lo que le deparara la vida o la muerte.

Cuatro tipos muertos y Tessa.

No creía que fuera pedirle demasiado a la Providencia.

Volvió a ocupar su sitio en la arena y consultó el móvil; aún no tenía ningún mensaje del médico.

Más tarde, después de un breve chaparrón y de que el sol se hundiera en el horizonte, Gabe entró en la oficina del motel picadero. El empleado que había detrás del mostrador, equipado con una vistosa variedad de condones y una 9 mm oculta, y unas cuantas de las prostitutas baratas lo miraron y trataron de calcular cómo convertir su presencia en dinero.

El empleado del motel, que sin duda hacía también las veces de una especie de controlador del tráfico de talento local, se dirigió a él.

—¿Busca algo de diversión, quizá? —Sus palabras eran como guiños.

Gabe metió la mano en el bolsillo de su chaqueta, asegurándose de que el empleado viera la pistola, y sacó un papel con la dirección del domicilio del médico. No le había sido difícil obtenerla en la base de datos nacional de la policía. «Creo que se impone una segunda visita sorpresa», pensó.

—Sí —dijo Gabe—. Diversión. Exactamente. Puede decirme cómo llegar aquí.

El empleado tenía el pelo grasiento y los dedos manchados de nicotina. Gabe pensó que seguramente formaba parte de los requisitos de su trabajo. El tipo miró la dirección y soltó un lento resoplido.

—Vaya, esto está muy lejos de aquí. O sea, cerca de los Glades. ¿Tiene GPS en el móvil? Lo va a necesitar para encontrar este sitio.

Gabe enfiló un amplio bulevar salpicado de neones. Las luces se reflejaban en las calles mojadas por el chaparrón, un fenómeno típico de Miami cuando la lluvia es reemplazada inmediatamente por una humedad sofocante y una densa oscuridad nocturna que parece adherirse a la piel.

Dentro del coche alquilado reinaba el silencio de la alta tecnología. No se oía el ruido del motor, tan solo un modesto zumbido. Nada de radio. Ni cambio de marchas. En el exterior, Gabe vio que el mundo urbano de luces brillantes y rascacielos de hormigón iba desapareciendo, sustituido por las hileras de tiendas de escasa altura que abundan en muchas zonas de Miami. Después también estas quedaron atrás, cuando la voz electrónica que le daba indicaciones dijo: «Gire a la derecha en Florida Turnpike en dirección sur. Siga diecisiete kilómetros hacia el sur.» Las luces y la energía de la ciudad se desvanecieron a su espalda.

La oscuridad pareció engullirlo.

Echó un rápido vistazo a la imagen del mapa en su móvil. Solo mostraba calles cada vez más escasas y una gran extensión verde que llegaba hasta el borde mismo de la autopista de peaje. «Los Everglades», se dijo.

Siguió todas las indicaciones y abandonó la autopista para recorrer una serie de calles cada vez más oscuras. A los lados, a cierta distancia, grandes casas se ocultaban tras vallas altas y denso follaje, de modo que solo asomaban los tejados.

Gabe no conocía el condado de Miami-Dade, más allá de las imágenes tópicas de turistas al sol, y no era consciente de que no estaba muy lejos del mismo pantano enmarañado que había recibido a Ponce de León cuatro siglos atrás. En él habitan caimanes, cocodrilos, boas constrictoras, mosquitos implacables y la rara pantera de Florida. No se tarda mucho en llegar en coche desde South Beach, con su sonora música hip-hop y su energía cocainómana, hasta las enmarañadas enredaderas, los zarcillos trepadores, las aguas pantanosas y el olvido. Gabe supuso que en otro tiempo aquel sería uno de los lugares predilectos de los narcos para deshacerse de incómodos rivales. Al contrario que el lugar donde habían dejado a Charlie el del Bosque, los Everglades eran perfectos para tirar un cadáver: una tumba superficial, un poco de tierra húmeda y la naturaleza en forma de calor, sol, lluvia y humedad se ocuparían rápidamente del problema.

Gabe miró las marañas de árboles y arbustos iluminadas por los faros del coche. Le pareció que penetraba en un túnel. Una parte de sí mismo pensó: «Vacío.» Otra parte pensó: «Salvaje.» Y a continuación: «Por amor de Dios, ¿quién puede vivir aquí?»

«Su destino se encuentra a la izquierda», dijo la voz del GPS.

Gabe vio una entrada abierta en la espesura. Le pareció una cueva. Enfiló el sendero de tierra y barro, siguió unos cuantos metros y se detuvo. Apagó los faros y bajó del coche. Al doblar una pequeña curva, divisó apenas una casa grande de una sola planta que tenía en parte el aspecto de una plantación y en parte el del refugio de una estrella de cine.

Había varias luces encendidas en el interior. Fuera había un coche aparcado, un sedán Lexus negro último modelo. Vio una enorme puerta de doble hoja de madera tallada a mano con un intrincado motivo de los indios seminola y un único foco de luz sobre el dintel. Gabe se desplazó cautelosamente entre las sombras, dirigiéndose a la entrada. La soledad que sentía en aquel momento parecía resonar en su interior.

Llegó a la puerta, respiró hondo y llamó con los nudillos tres veces.

Sin respuesta.

Buscó con la vista y encontró el timbre. Lo pulsó varias veces. Oyó su sonido en el interior. Esperaba oír pasos y que abrieran la puerta, pero no obtuvo más que silencio.

Volvió a aporrear la puerta. Nada.

Gabe vaciló. Miró alrededor, y lo único que vio fue la exuberante y negra vegetación. La casa parecía a punto de ser engullida, bien por la noche, bien por los lindes del pantano. Ambas cosas parecían ser lo mismo.

«A la mierda», se dijo. Cogió el pomo de la puerta y lo giró.

La puerta se abrió.

«Aquí pasa algo.»

No sabía si la puerta abierta era una invitación o una trampa. En ese momento no tenía muy claro si él era un ladrón o un policía. No sabía si estaba en peligro o no, pero el inquietante y tenebroso mundo del pantano cercano lo perturbaba. La quietud del interior resultaba intimidante.

—¡Doctor Lister! —llamó, al tiempo que sacaba su pistola y deslizaba la corredera para meter una bala en la recámara.

A cada paso que daba le acometían las dudas. De este modo Gabe entró lentamente en la casa. Avanzó sigilosamente, empuñando la pistola, aunque no sabía cuál era la amenaza, alerta ante cualquier sonido que no fuera su respiración entrecortada. La casa en sí era ultramoderna, a medio camino entre un quirófano esterilizado y una galería de arte, con paredes blancas desnudas, salvo por algunos cuadros abstractos de colores vibrantes, mobiliario minimalista y esculturas extrañamente retorcidas. Parecía un lugar desprovisto de sentimientos. Cuanto más se adentraba, más le parecía que se estaba sumergiendo en un mundo estéril.

Sala de estar: vacía.

Comedor: vacío.

Cocina: vacía.

Entró en un austero despacho. Una gran mesa ocupaba el centro de la habitación. A un lado vio una estantería danesa de diseño moderno. En ella había tres hileras de libros de medicina, un estante con novelas de misterio, y dos zonas reservadas a premios, diplomas y certificados. Encima había unas fotografías, todas de tipo profesional: apretones de manos en cenas formales. Gabe se acercó a la mesa, sobre la cual había una gran pantalla de ordenador. Justo detrás de la silla de formas modernas, vio una trituradora de papel profesional.

La luz verde del *on* estaba encendida.

Se inclinó y vio que la cesta interior estaba llena de trocitos de papel blanco y gris.

En el suelo junto a la trituradora había una carpeta marrón de las que tienen sujetapapeles metálico. Habían arrancado la carátula y, por lo visto, la habían metido en la trituradora. Había quedado un trozo en la parte superior en el que se veía tan solo la punta de las primeras letras de dos palabras. Dedujo que eran una W y una H en caracteres de imprenta. «¿Western Hospital?» Gabe se estrujó los sesos tratando de recordar el lugar donde había trabajado el doctor Lister. En la parte inferior había otro trozo roto donde también aparecían restos de letras y números. Le pareció que podían ser J, U, y un 9 y un 3. Junio o julio de 1993, dedujo. Eso era más de tres años antes de la desaparición de Tessa, cuatro años antes de que mataran a los cuatro tipos muertos. Abrió lo que quedaba de la carpeta, pero estaba vacía. No se necesitaba mucha imaginación para suponer que lo que hubiere en aquella carpeta había acabado también en la trituradora.

—Mierda —masculló en voz baja. No podía saber si se había triturado alguna información sobre Tessa, pero estaba claro que algo se había eliminado.

Rápidamente registró la mesa del médico. Nada. Se volvió hacia el ordenador. Apareció el salvapantallas: una mujer joven y sonriente de veintipocos años, con gorra y toga negras, sosteniendo un diploma en una mano y levantando el pulgar con la otra.

«Debe de ser Sarah, la hija muerta», pensó.

Le pareció curioso. Ver aquella imagen cada vez que encendiera su ordenador, ¿no sería como clavarse un cuchillo en el corazón? La naturaleza inocente y cariñosa de la imagen contrastaba con la deprimente frialdad de la habitación. Era una imagen muy cálida. Todo lo demás parecía glacial. No había gran cosa, aparte del salvapantallas, que reflejara la personalidad del médico. Pero entonces decidió que su percepción era errónea. «Quizá todo lo que hay aquí refleja su personalidad.»

Clicó con el blanco ratón del ordenador, pero requería una contraseña de acceso. Gabe dejó la pistola a un lado para teclear «Sarah», pero no funcionó. «Tal vez su cumpleaños —se dijo—, pero no lo sé.»

En el escritorio solo encontró un soporte para bolígrafos y un pequeño archivador de madera para cartas, donde había tres facturas: de la luz, la hipoteca y la televisión por cable, nada más.

Miró alrededor en busca de un archivo. La mesa, con la superficie de cristal y patas de acero, no tenía cajones. Supuso que tenía que haber algo en alguna parte, solo que él aún no lo había encontrado. Recordó una de las clases recibidas: «Cómo llevar a cabo un registro sistemático de un lugar sospechoso», de su época en la academia. Prácticamente había incumplido ya todas las recomendaciones que le habían dado entonces. Se suponía que debía ser organizado y metódico. «Yo no soy así», pensó.

Recogió su arma y siguió inspeccionando la casa.

Un pasillo iba desde el despacho a lo que debía de ser el dormitorio principal. La puerta estaba entornada, y la abrió empujándola con el cañón del arma. Una vez más, debatiéndose entre la idea de que estaba allanando una casa y la de que estaba investigando, alzó la voz:

—¿Doctor Lister? ¿Señora Lister?

Nada.

Entró en el dormitorio. El desorden fue como una bofetada en la cara. Los cajones de la cómoda estaban abiertos y los habían vaciado. Había colgadores de los dos vestidores esparcidos por todas partes. En los rincones había prendas abandonadas o desechadas. Una pequeña maleta vacía había quedado abierta sobre una esquina de la cama, como si la hubieran llenado y luego la hubieran descartado.

Dejó caer la mano que empuñaba el arma.

—Joder, sí que tenían prisa.

Echó un vistazo al cuarto de baño del dormitorio. En el lavabo había maquillaje, dentífrico, algunos medicamentos comunes. Estaba claro que alguien había pensado en llevárselo y luego se lo había pensado mejor.

Gabe suspiró.

—Han volado, han volado —susurró.

En un lado del dormitorio había una puerta que no parecía de otro armario. Se acercó y la abrió. Un corto pasillo lo condujo a un segundo despacho.

Así como el despacho del médico era impersonal, este estaba atestado de cosas. Estanterías de madera cubrían tres paredes, y la cuarta estaba dedicada a más de una docena de fotografías familiares cuidadosamente dispuestas. En todas aparecían el médico, la mujer que Gabe dedujo al instante que debía de ser su esposa, y la hija. En todas las fotografías estaban los tres juntos. Parecían dispuestas en orden cronológico, desde que la hija era bebé, luego niña, adolescente y joven adulta. La última foto era parecida al salvapantallas del ordenador, pero en ella aparecían los padres sonrientes flanqueando a la hija ataviada con la toga universitaria. Delante de las fotografías había una mullida butaca y un reposapiés, además de una lámpara de aluminio para leer. Sobre el reposapiés había una Biblia abierta. Al lado, en el suelo, un librito tipo panfleto: la obra de teatro de Thornton Wilder *Nuestra ciudad*. Gabe reparó en que la butaca estaba dispuesta de tal manera que, siempre que la persona que la ocupara levantara la vista de lo que estuviera leyendo, vería todas las fotografías de la pared. Pensó que sería como contemplar una suave corriente de recuerdos.

No estaba seguro de si eso constituiría el mayor de los sufrimientos o una amarga dicha.

Fue a echar un rápido vistazo a las abarrotadas estanterías. Las llenaban sobre todo novelas históricas y ensayos. *En la corte del lobo*, de Hilary Mantel, estaba metido entre *Analyzing Chaucer* y *The Complete Annotated Shakespeare*.

Se detuvo, volvió a mirar la butaca situada frente a las fotografías. «No es exactamente *Nuestra ciudad*», pensó, como si completara una frase.

Se acercó luego a la mesa, que también era muy distinta de la otra: madera antigua y en una esquina, un reloj que parecía centenario, parado a la una y treinta y tres. Una lámpara de antiguo estilo Tiffany con una pantalla multicolor. Junto a una pila de papeles sueltos había una pluma Montblanc. Eran exámenes de alumnos. El que estaba a la vista tenía un 10. También había un comentario en rojo: «Un trabajo excelente, Kyle.»

Pero al otro lado de la pila de papeles había una pequeña caja de cartón con casquillos de 9 mm. Estaba medio llena y había unas cuantas balas esparcidas alrededor.

—¿Y pará que necesitarían estos un arma? —se preguntó Gabe. No se le ocurrió ninguna respuesta.

Se fijó en que había un papel distinto metido entre los exámenes. Era una hoja impresa por ordenador de varios artículos de la Wikipedia y del *Huffington Post*. En ambos casos se hablaba del director de cine Roman Polanski, de sus problemas legales en Estados Unidos y de la negativa de un país europeo a extraditarlo. «*¿La semilla del diablo?* —pensó Gabe—. *¿Chinatown?* ¿Sexo ilícito con una menor tras ser asesinada la esposa?»

Contra una pared había una papelera grande de malla metálica negra. Gabe la examinó y vio un portátil Dell en el interior. Lo habían destrozado: carcasa rota, teclado abierto a la fuerza, pantalla aplastada. En la papelera también había un pequeño martillo y dos destornilladores.

«Alguien que no sabía cómo sacar el disco duro. Al parecer al final lo consiguió.»

Ya se alejaba, cuando se fijó en un libro caído en el suelo. La solapa era morada con brillantes letras blancas. Era de tapas blandas, pero grueso y pesado. Dejó la pistola sobre la mesa y recogió el libro, perdiendo la página por la que estaba abierto. Dos pósits amarillos revolotearon hasta el suelo.

—Mierda.

Miró la tapa: *Manual diagnóstico y estadístico de trastornos mentales*. Quinta edición. Asociación Americana de Psiquiatría.

Había visto aquella edición en un estante de la consulta del psicólogo del departamento. Imaginó que se encontraría a sí mismo en un par de páginas al menos, aunque no estaba seguro de cuál sería su categoría: «¿Accidente de barco y un puto desastre después?»

Lo hojeó esperando ver alguna sección resaltada o subrayada, o alguna página con la esquina doblada. Mientras pasaba del Trastorno Bipolar al Trastorno Neurocognitivo y luego al Trastorno de la Personalidad, se preguntó si debería llevárselo consigo para examinarlo más detenidamente. Iba a recoger su pistola de la mesa, cuando oyó una voz detrás de él:

—Quieto ahí, capullo.

37

Marta estaba encorvada sobre su mesa, perpleja por la extraña ausencia de Gabe y la falta de respuesta a sus mensajes de voz y de texto. «Se lo han cargado», se temía, pero no se le ocurría que también cabía la posibilidad de que hubiera huido. Miró la mesa de Gabe y decidió que, a pesar de haber trabajado junto a él durante semanas, seguía siendo un misterio, y eso le parecía muy raro. En su opinión, se suponía que las mujeres eran quienes estaban llenas de misterio e intriga. Los hombres eran obvios. Fútbol americano, cerveza, palmadas en la espalda, chistes verdes. Todo muy directo y fácilmente descifrable. Deseó que la relación con su compañero fuera más tópica y segura.

El silencio de Gabe era tan inquietante como un disparo e igual de estridente.

Marta sabía que debía hacer algo, pero no sabía qué. En su interior se habían activado todas las alarmas, pero no era cuestión de levantar el teléfono y llamar a Emergencias.

«¿En quién confías?

»En nadie y en nadie y en nadie.

»¿Yonquis? ¿Curas? ¿Profesores? ¿Otros polis?»

Furiosa, arrojó un bolígrafo al otro lado de la habitación. Se estrelló contra la pared y cayó al suelo con un repiqueteo.

«¿Dónde estás a salvo? ¿Aquí? No. ¿En casa? No. Entonces, ¿dónde? No lo sé.»

Marta se levantó presa de una desagradable y sudorosa ansiedad y recorrió la Mazmorra dos veces hasta detenerse frente a la sucia ventana para mirar al otro lado del aparcamiento. Vio coches que entraban y salían.

Tuvo un rápido arrebato de celos, recordando su época de Narcóticos. «Al menos sabía quiénes eran los buenos y quiénes los malos y dónde encontrarlos. Ahora ya no.»

Volvió la vista hacia los expedientes de los cuatro tipos muertos y Tessa.

«Hay un asesino. No; cuatro asesinos. No; cinco. Pero ¿quiénes? Hay asesinos vivos. Hay asesinos muertos. Todo el mundo actúa como un asesino. Hay un centenar de asesinos. Un millar. Un millón. Ejércitos de asesinos. Ciudades enteras de asesinos. Las calles están plagadas de asesinos.»

Gritó. Dejó que su voz resonara en aquel espacio cerrado. Fue un chillido de ira, agudo, sobrenatural, como el de un fantasma lamentando la vida perdida. El sonido reverberó en las paredes, cuarteando la pintura desvaída. Fue tan sonoro que su ordenador explotó y en una papelera se prendió fuego. Los cristales de las ventanas se hicieron añicos. Los muebles volaron por los aires como arrebatados por un viento huracanado. El grito era como una sombra revoloteando entre las esquinas. Marta desenfundó su arma y empezó a disparar a todas las sombras oscuras e informes, y cada disparo ensordecedor se mezclaba con el prolongado grito.

Nada de todo eso ocurrió en realidad.

Abrió la boca, pero no emitió ningún sonido.

Pero ella lo vio. Lo sintió. Lo oyó.

De pie en el centro de la Mazmorra, pensó que estaba volviéndose loca.

Nada le parecía real.

«Hace mucho tiempo, Tessa era real. Charlie el del Bosque era real. Y también Larry, Pete y Mark.»

Reales pero muertos. Han pasado veinte años: así que ya no son reales.

«Llamaron a mi puerta y luego desaparecieron. No los vi. Pero eran reales.»

Por un momento decidió que ya no quería ser quien era. No quería ser policía, ni una inspectora con un compañero desaparecido, ni madre, ni hija. Y desde luego no quería ser viuda. No quería su pasado. No quería su futuro.

Regresó a su mesa y se dejó caer en la butaca. Al cabo de un rato, descolgó el teléfono. Poniéndose el auricular entre el hombro y la oreja, hizo una rápida búsqueda en internet y encontró el número de teléfono de la hermana de Charlie el del Bosque, la persona que sin darse cuenta le había hablado a Gabe del arresto de su hermano y los había lanzado a los dos a lo que Marta veía como una vertiginosa espiral de muertes. Si la hermana no le hubiera dicho nada a Gabe, seguramente los dos estarían ahora sentados en la Mazmorra sintiéndose desdichados: Gabe jugaría solitarios pensando en su siguiente trago. Ella estaría pensando: «Nunca volveré a ser lo que era» y «Tengo miedo de todos los sótanos». Pero ambos estarían a salvo. Marcó el número.

—Soy la inspectora Rodriguez-Johnson. ¿Recuerda que el inspector Dickinson fue a hablar con usted y le preguntó por el asesinato de su hermano?

—Sí —contestó la hermana. Voz desvaída, monótona y fría.

—Los inspectores que investigaron su muerte le hicieron preguntas sobre su hermano, ¿verdad?

—Sí. Ya se lo dije al inspector Dickinson.

—¿Volvió a visitarla alguien más? ¿Unos meses después del crimen, quizá?

La hermana hizo una pausa. Marta percibía cómo intentaba recordar.

—Sí —dijo la mujer tras un prolongado silencio—. Unos cuatro meses después. Querían saber qué me habían preguntado los primeros inspectores. No me preguntaron gran cosa sobre Charlie. Solo querían comprobar lo que habían hecho los dos primeros. No recuerdo exactamente lo que les dije, pero seguramente repetí todo lo que les había dicho a los otros la primera vez. Hace demasiado tiempo para acordarse.

Marta respiró despacio y profundamente.

—¿Tiene móvil ahí? —preguntó—. ¿Podría enviarle una foto? Y usted me dice si reconoce a alguien.

Le envió la misma foto que había mostrado al yonqui. Luego esperó.

Un minuto. Dos. Marta imaginó a la mujer examinando atentamente la fotografía.

Tres minutos. Cuatro.

«Ya sé lo que va a decir.»

El móvil de Marta vibró. Miró el SMS:

«Los dos primeros, sí, y los dos segundos unos meses después.»

Marta pensó que debería enviarle una respuesta más amplia, pero se limitó a darle las gracias. Luego paseó la mirada por las paredes de la Mazmorra.

«Los cuatro tipos muertos —se dijo—. Y tanto el jefe como RH sabían que pasaba algo raro, porque revisaron el deficiente trabajo de Martin y O'Hara. ¿Qué averiguaron en realidad? ¿Y qué decidieron hacer con esa información?»

—Joder, joder, joder, Gabe, ¿dónde demonios estás? —Marta ya no sabía si su voz era un grito o un susurro.

Pensó en todo lo que ambos habían descubierto. Nada concreto. Nada que pudiera considerarse una prueba. Una telaraña.

«No te conviertas en el quinto muerto y no permitas que Gabe lo sea.»

Y entonces sonó el teléfono de su mesa.

Marta pegó un respingo que casi la hizo caer.

Su primer pensamiento fue: «Por fin, joder. Gabe, ¿dónde demonios has estado?»

Se equivocaba.

El número no era el suyo.

Pero inmediatamente comprendió de quién era.

Al instante dio un tono glacial a sus palabras, un tono que contrastaba con el remolino de sus emociones. Debía ser la inspectora que jamás perdía la calma ni la compostura, que no se andaba con rodeos, dura y curtida en las calles, que no se iba a sorprender por nada que oyera o viera.

—Dos Lágrimas —dijo—. Qué sorpresa. Me alegra que me hayas llamado. ¿Dispuesto a confesar? Le ahorrarías tiempo y problemas a mucha gente.

Marta oyó su forzada risa al otro lado de la línea.

—¿Sigue viva, inspectora? —No esperó a la obvia respuesta—. ¿Quiere seguir viva, inspectora?

Fue como ver una repetición de la misma escena:

Paredes de bloques de hormigón pintadas de blanco. Un letrero en la pared. Mesa de acero con sillas de acero. Cámara de seguridad en la esquina y botón de seguridad oculto pero a su alcance.

Dos Lágrimas llevaba la misma ropa, exhibía la misma sonrisa despreocupada, y parecía fumar incluso el mismo cigarrillo cuando otro guardia fornido y ceñudo lo introdujo en la sala de interrogatorios de la prisión.

—¿Qué tal, inspectora?

Como si unos viejos amigos se hubieran encontrado dando un paseo por el parque. Solo faltaba el abrazo.

—Muy bien. Aunque tus chicos me despertaron la otra noche aporreando mi puerta. Tardé unos minutos en volver a dormirme. Pero por la mañana desperté fresca como una puta lechuga —añadió Marta con el tono más duro del que fue capaz.

—¿Mis chicos? —dijo Dos Lágrimas, mientras el guardia encadenaba sus esposas al anillo de metal soldado a la mesa—. ¿Está segura de que eran los míos?

Ella no contestó.

—Déjeme hacerle una pregunta, inspectora. ¿Usted cree que a mí me va eso de asustar a niñas y ancianitas? —Pronunció «asustar» como si fuera un concepto ajeno a él, y despreciable—. No es mi estilo.

—Creo que haces cualquier cosa que necesites hacer —replicó Marta.

El traficante esperó a que el guardia acabara de sujetar las cadenas, mirara a Marta y se fuera. Dos Lágrimas miró a la cámara, luego al falso espejo de la pared. Marta puso un bloc de notas y un bolígrafo sobre la mesa.

¿Para qué me has hecho venir? Y no empieces a mentirme. Últimamente no oigo más que mentiras. Una más y me habré ido antes de que acabes de hablar.

—Nada de mentiras, inspectora.

—Vale. Tus chicos, los que enviaste a intimidar a mi compañero con un machete. ¿Es ese tu estilo?

Dos Lágrimas negó con la cabeza.

—¿Mis chicos? —Soltó un bufido—. Jamás he conocido a ningún inspector al que se pudiera asustar de verdad. ¿Y usted? ¿Conoce a alguno?

Marta guardó silencio.

—¿Está asustada ahora, inspectora?

Ella negó con la cabeza.

—Pues quizá debería estarlo —añadió Dos Lágrimas, como si fuera algo divertido—. Pero quizá no es de mí de quien debería asustarse.

—Dime, Dos Lágrimas, ¿qué hay de esos dos pandilleros que me enviaste a la puerta de mi casa. ¿De esos sí que debería preocuparme?

Dos Lágrimas se reclinó en la silla. Su sonrisa se diluyó solo un poco.

—Pido disculpas —dijo—. Estaba furioso. No pensé las cosas bien. Debería compensarla por eso, inspectora.

Marta tuvo dudas. Había supuesto que los golpes en su puerta, el machete en la garganta de Gabe y los hombres en la entrada de su edificio formaban parte de la misma estrategia para asustarla. Pero lo que oía ahora era muy distinto. Si creía lo que le decía el traficante.

Dos Lágrimas apagó su cigarrillo, hizo ademán de sacar otro, se detuvo y sonrió con tristeza a Marta. Ella sacó un paquete nuevecito de su cartera y se lo arrojó por encima de la mesa. El soborno habitual en la prisión.

Él encendió un cigarrillo y exhaló un par de anillos de humo con aire relajado. Miró la punta incandescente.

—Un mal hábito —dijo—. Estas cosas pueden matarte. Claro que muchas cosas pueden matarte. —Miró alrededor distraídamente—. ¿Cree que tienen micrófonos, grabadoras y esa clase de cosas aquí dentro?

—¿Tú qué crees?

Marta lo miró. Todo en él le resultaba familiar, la barba y el engominado cabello negro, los tatuajes y los músculos. Bajo la camisa, Marta sabía que había cicatrices. De dos tipos. Las que dejaban las armas como pistolas y cuchillos representaban la lucha por ascender en la profesión escogida. Y luego había un segundo tipo que se obtenía de otra manera: durante la iniciación en la banda callejera a la que pertenecía. Las primeras marcas significaban que había sobrevivido. Las segundas, que pertenecía a un grupo. Y eran de gran importancia en la vida de Dos Lágrimas.

—¿Sabe? —dijo él lentamente, y su sonrisa desapareció bajo la barba—. Yo iba unos cursos por delante en la escuela. Recuerdo haberla visto por aquellos pasillos. Siempre iba con la cabeza gacha, con la nariz metida en algún libro.

Marta ya lo sabía. Trató de recordar a Dos Lágrimas en aquella época. Pero todos los chicos que había conocido, que se daban aires y no iban a ninguna parte excepto de vuelta a los barrios bajos, se mezclaban en sus recuerdos. No logró situar la cara de Dos Lágrimas entre los demás, la mayoría de los cuales debían de estar muertos o en la cárcel, o encaminándose rápidamente hacia uno de esos dos finales.

—Usted se fue —prosiguió Dos Lágrimas—. A aquella escuela católica.

A Marta la impresionó la memoria de Dos Lágrimas.

—Sí. Mi madre me llevó a las monjas. Eran duras. Me llevaron por el camino recto, igual que a todos los demás.

—Le cambiaron la vida. Le salvaron la vida. Acabó el instituto. Luego fue a la facultad y consiguió un buen trabajo como poli.

—Ya.

—La mantuvo lejos de las calles.

—No exactamente. Me colocó del lado correcto de la calle.

Esto hizo sonreír a Dos Lágrimas.

—¿Por qué volvió? —preguntó—. Quiero decir, había conseguido salir.

—Pensé que podría hacer algo bueno.

Dos Lágrimas soltó una carcajada.

—¿Y qué tal le va, inspectora?

Marta cerró su bloc de notas de un golpe.

—Fin de la entrevista —dijo, y se dispuso a hacer una señal al falso espejo.

—Eso sería un error —repuso Dos Lágrimas en voz baja. Casi un susurro, un tono que detuvo a Marta.

—Entonces di algo que signifique algo —replicó.

Dos Lágrimas se balanceó en su asiento.

—Tenemos muchas cosas en común, inspectora.

—No lo creo —le espetó ella.

—Puede negarlo todas las veces que quiera, pero sabe que es verdad. Y aquí estamos ahora. Después de tantos años haciendo esto y aquello. En el mismo sitio. —Señaló con la cabeza la sala de interrogatorios.

—Solo que yo puedo levantarme e irme cuando quiera.

—Eso también lo haré yo, en un par de días —repuso Dos Lágrimas—. La junta para la condicional será mañana. Estoy en el plazo, y he sido un preso modelo. No he causado problemas a nadie.

—Y yo que me lo creo.

Él se encogió de hombros y volvió a sonreír.

—Lo único que quizá me impida salir es usted. Pero puede que no sea la única que no quiere verme fuera. —Y prosiguió en voz baja, con tono conspirador—. ¿Sigue intentando colgarme el asesinato de dos personas a las que yo quería de verdad? Aparte de mi madre, las quería más que a nadie del mundo.

Marta mantuvo la cara de póquer. «Un sociópata hablando de amor. He entrado en un universo paralelo.»

—Lo tomaré como un sí. Pero los dos sabemos que es una gilipollez.

Ella siguió mirándolo fijamente.

—He estado pensando mucho —prosiguió él—. Estar aquí dentro te da tiempo para pensar. Ver con perspectiva. Ver el juego.

Ella se encogió de hombros como diciendo que era obvio.

—A lo mejor está haciendo las preguntas equivocadas, inspectora.

—No he hecho ninguna —repuso ella, aunque no era cierto.

De nuevo él sonrió.

—Sí que las ha hecho. Fuera. —Señaló la puerta con la cabeza, refiriéndose al mundo exterior, más allá de las cerraduras, los barrotes, el alambre de púas y los altos muros—. ¿Sabe lo que veo desde aquí dentro? Veo que le está preguntando a la gente equivocada las cosas equivocadas en el momento equivocado. ¿Y le sorprende recibir las respuestas equivocadas?

A Marta la desconcertó un poco la intuición de Dos Lágrimas.

—Estoy escuchando —dijo—, pero quizá no por mucho tiempo.

Vio una sonrisa formándose en los labios de Dos Lágrimas, porque sabía que su amenaza de irse era ociosa.

—¿En qué otros casos está trabajando?

—Casos pendientes de resolver. Ya lo sabes.

—¿Qué clase de casos pendientes?

Marta no creyó improcedente contestarle.

—Unos homicidios antiguos. Una niña desaparecida.

Él reflexionó un momento.

—¿Hay alguien en alguna parte que espere que resuelva alguno de esos casos pendientes? —preguntó.

Marta quería responder que por supuesto, pero supuso que la respuesta correcta era que no, en absoluto.

—¿Asesinatos por drogas? —Dos Lágrimas lo preguntó inclinándose hacia delante de pronto, como si tuviera sumo interés en esa clase de asesinato.

Marta se encogió de hombros por segunda vez.

—No. Bueno, tal vez uno. Un tipo joven en su apartamento que quizá vendía algo de hierba en la universidad. Hace mucho tiempo.

Dos Lágrimas asintió. Abrió la boca para decir algo, pero cambió de opinión y preguntó otra cosa.

—¿Y quién desapareció?

—Una chica llamada Tessa. A lo mejor la recuerdas. Salió mucho en los periódicos.

—Una chica blanca de barrio residencial, ¿verdad? ¿Una que vivía en la parte rica del condado?

Marta asintió.

—La gente se volvió loca cuando desapareció, ¿verdad? ¿Con helicópteros y perros y *boy scouts* buscándola?

—Sí.

Dos Lágrimas hizo una pausa. Marta percibió que estaba pensando, como un alumno tratando de resolver un problema de matemáticas difícil pero a su alcance.

—Lo recuerdo. Mire, inspectora, quizá no sea yo quien deba preocuparle. Quizá debería interesarse por saber quién de ahí fuera quería que yo le hiciera algo. Le pedí que me diera una buena razón para hacerlo.

Dos Lágrimas se echó hacia atrás, siguiendo con la mirada el humo del cigarrillo que se elevaba entre ellos.

—Dime por qué querías verme, Dos Lágrimas.

—Acabo de decírselo. —Soltó una carcajada—. Yo también debería haberme hecho policía. —Se movió en el asiento—. ¿Sabes una cosa, Marta? —Era la primera vez que la llamaba por su nombre—. Yo no olvido de dónde procedo. Y quizás algún día no muy lejano tú también lo recuerdes. —Miró el falso espejo—. ¡Hemos terminado de hablar! —exclamó de repente.

38

Con la cara pegada al duro suelo, los brazos sujetos a la espalda, la rodilla del hombre en el centro de la espalda, aplastándolo de modo que apenas podía respirar, a Gabe lo estaban esposando. Notó sabor a sangre en el labio.

—¿Va a dejarme hablar? —graznó mientras le cerraban las esposas alrededor de las muñecas.

—¿Tiene algo que decir?

—Pues sí: bolsillo interior de la chaqueta, capullo.

Un segundo uniformado estaba en cuclillas delante de Gabe, apuntándole con una pistola.

—Vale. ¿Qué lleva en el bolsillo? —preguntó.

—Mi placa, joder —contestó Gabe.

Incluso aplastado contra el duro suelo, Gabe vio al policía alzar la vista para mirar a su compañero. La presión sobre su columna pareció disminuir un poco, y notó la mano del policía por encima de su hombro hacia el bolsillo de la chaqueta. Tras unos segundos buscando a tientas, el hombre encontró la pequeña cartera y la sacó.

Se produjo una breve pausa.

—¿Es auténtica? —preguntó el otro.

—Eso parece. —Le tendió la placa.

El otro la sujetó con una mano y bajó su arma un poco, relajándose ligeramente mientras examinaba la placa.

Esto no es de este estado —dijo—. ¿Qué demonios está haciendo aquí? —Al mismo tiempo hizo un gesto a su compañero, y Gabe notó que este se apartaba de su espalda.

—Quizá podría quitarme las esposas —pidió Gabe.

Se produjo una breve vacilación. Luego notó la llave al ser insertada.

—Lo siento, inspector —dijo el policía—. Pero es el procedimiento, ya sabe.

Gabe se dio la vuelta para sentarse.

—Alarma silenciosa —añadió el hombre—. Se ha disparado cuando entró por la puerta principal. Vimos la puerta abierta y el desorden. Pensamos que se trataba de un robo o algo peor. No sabíamos... —Hizo una pausa antes de preguntar—: ¿Tiene una orden judicial?

Gabe se frotó las muñecas y negó con la cabeza.

—Entonces, ¿qué está haciendo aquí? —preguntó el hombre.

—Mi trabajo. Investigo un caso.

—Creo —dijo el otro— que debería venir con nosotros al puesto y contarnos exactamente en qué está trabajando.

El policía miró alrededor.

—¿Dónde demonios están el doctor y su mujer?

Gabe no respondió.

—¿Podría devolvérmelas? —preguntó, señalando su placa y su pistola.

El uniformado se mostró muy reticente.

—De momento me quedaré con su arma.

Pasaba de la medianoche cuando un inspector de paisano se sentó frente a Gabe. Era un hombre de mediana edad, algo barrigón. Llevaba la corbata torcida y su rostro parecía demacrado. Gabe supuso que la habría cagado de alguna manera, o que habría cabreado a un superior lo suficiente para que lo destinaran al turno de noche en una subcomisaría de los Everglades en los confines del condado. Gabe imaginó que tendría una actitud de mierda en un trabajo de mierda.

El inspector sostenía la placa de Gabe en la mano. La arrojó sobre la mesa.

—De acuerdo —dijo—. He hablado con un oficial de su departamento, allá en el norte. Parece que es quien dice ser y que la placa es auténtica. Bien, ¿a qué ha venido aquí?

«Bueno, mañana el jefe y RH sabrán dónde estoy. No les va a gustar.»

Por enésima vez desde que lo habían metido en aquella habitación y le habían hecho esperar durante horas, Gabe paseó la mirada a su alrededor. Era una estancia estrecha y pequeña, con una cruda luz en el techo, tres duras sillas metálicas y una mesa. Un falso espejo ocupaba media pared. En un rincón, cerca del techo, una cámara de circuito cerrado grababa toda la sesión. Era un lugar para confesar delitos, para que a uno lo acorralaran con hechos, detalles, declaraciones y pruebas. Pensó que seguramente aquellas paredes habían oído a centenares de personas desmoronándose tras ser machacadas sin piedad por las circunstancias. Se le ocurrió una extraña idea. Aquella habitación era una especie de purgatorio, un lugar de tránsito entre dos mundos en conflicto: uno entraba en la habitación aferrándose a la idea de que era libre. Pero salía con destino a una serie de celdas con barrotes y cerraduras. A pesar de su austeridad, era una habitación donde cambiaba la vida de las personas.

—Un caso antiguo sin resolver. Visitaba a unas personas que fueron testigos del hecho. Intentaba averiguar en qué erró la primera investigación. Fui a su casa, llamé a la puerta y no contestaron. La puerta estaba abierta, así que entré. Vi indicios de que habían huido. Entonces llegaron sus hombres. No se mostraron muy amigables. —Gabe se señaló el labio levemente hinchado tras el rudo trato recibido.

El inspector escuchó este rápido resumen con escepticismo.

—¿El doctor y su mujer son sospechosos?

—Actualmente no.

—Entonces, ¿por qué habían de huir?

—Bueno, supongo que esa podría ser también mi primera pregunta.

El inspector meneó la cabeza.

—¿Qué clase de caso es?

—La desaparición de una adolescente. Y cuatro homicidios posiblemente relacionados.

Su respuesta hizo que el inspector enarcara las cejas y expresara un fugaz interés.

—¿Cree que el médico y su mujer tuvieron que ver con todo eso? Son personas muy destacadas de nuestra comunidad. Pero que muy destacadas.

Gabe decidió que era el momento de mostrarse más agresivo.

—¿Sabe, inspector? Somos mi equipo y yo quienes debemos valorar si existe o no una relación. Usted no necesita saber una mierda sobre mi presencia aquí. Ya le he dicho lo suficiente para todos los informes con que se quiera cubrir las espaldas. Así que creo que esta charla ha terminado. Bien, quiero que me devuelvan mi arma. Y que uno de sus hombres me lleve de vuelta a la casa para recoger mi vehículo. Y sigo esperando que se ofrezca a emitir una orden de búsqueda del doctor y su mujer.

La cara del inspector pasó del cansancio al desagrado.

—¿Se ha llevado algo de la casa?

«Observaciones. Valoraciones. Sospechas.»

—No.

—¿Por qué me miente?

Gabe, que estaba acostumbrado a mentir a todo el mundo, incluido él mismo, se sorprendió un poco. «Considerando todas las mentiras que he dicho últimamente, es un poco injusto que me acusen de mentir ahora que no miento.»

—¿Lo encuentra divertido? —preguntó el inspector.

—No estoy mintiendo. Mire, inspector, acabemos con esto. Tengo que...

El otro lo interrumpió.

—No iría a su casa a matarlos, ¿no?

Gabe abrió la boca, atónito.

—Esa es quizá la pregunta más estúpida que me han hecho nunca. Felicidades, inspector, se ha llevado la palma.

Le daba igual enfurecer a su colega. Gabe simplemente quería marcharse, dormir un poco, y seguir luego con lo que le quedara por hacer, que supuso no sería gran cosa. Intuía que todo estaba llegando a su desenlace final.

—¿Oculta usted algo, inspector Dickinson? Porque desde luego actúa como si lo hiciera.

«Todo el mundo oculta algo», pensó Gabe.

—¿Sigue queriendo hablar con ellos? —añadió el inspector, poniéndose en pie y sacando las llaves de su coche.

Gabe guardó silencio durante todo el trayecto. Aún no le habían devuelto el arma, pero sabía que el inspector que conducía la había colocado en el asiento del acompañante. Viajaban en un coche sin distintivos, pero Gabe iba sentado atrás, separado por un panel de metacrilato. Las manillas de atrás no funcionaban. Estaba encerrado, casi prisionero, pero no del todo: tenía las manos libres.

Reparó en que recorrían parte del camino por el que había circulado él unas horas antes, cuando se dirigía a los Everglades. Ahora casi estaba amaneciendo, veía las primeras luces grisáceas en el horizonte, pero los reflejos de neón en las calles mojadas por la lluvia parecían los mismos, como si la noche tropical se mostrara reacia a ceder el paso al día abrasador.

Estuvo a punto de quejarse: «Eh, mi coche estaba ahí, joder, justo por donde hemos pasado. ¿Y adónde coño vamos?» Pero decidió mantener la boca cerrada y prestar atención.

Reconoció la salida que llevaba a su motel. Pasaron de largo. Vio un letrero que indicaba el Aeropuerto Internacional de Miami y giraron al llegar a esa salida. «¿Este tipo pretende meterme en un avión?»

Mientras continuaban en dirección al aeropuerto, Gabe vio los habituales paneles de Salidas y Llegadas, y la lista de aerolíneas en cada una de las diferentes terminales. También había una gran señal indicando el edificio de aparcamientos.

El inspector giró hacía allí.

Subieron hasta la última planta. Cuando llegaron, Gabe divisó los destellos rojos y azules de coches patrulla. Vio las luces antes de ver la cantidad de coches que atestaba el aparcamiento.

Aparcaron detrás de tres coches con distintivos y una ambulancia. El inspector se apeó, rodeó el coche y abrió la puerta a Gabe. Hizo un simple gesto con la mano para que lo siguiera.

Se acercaron a la cinta policial que acordonaba una sección del aparcamiento, aislando del resto un BMW SUV negro. El coche estaba rodeado de técnicos y policías, todos con monos blancos, guantes y cubrezapatos desechables. Un hombre espolvoreaba diversos sitios en busca de huellas dactilares. Un químico extraía muestras del volante. Un fotógrafo se movía alrededor del BMW, inclinándose de vez en cuando para tomar instantáneas.

Su flash arrojaba luz al interior del coche, pero Gabe aún no distinguía qué estaba fotografiando.

El inspector de la corbata torcida hizo una seña con la mano a otro par de inspectores. Uno se acercó rápidamente.

—Este es el tipo —dijo el inspector.

El otro llevaba un bloc de notas en la mano.

—¿Usted es el tipo al que encontraron en casa de los Lister?

—Soy el inspector de policía al que encontraron en casa de los Lister —corrigió Gabe sin disimular su irritación—. ¿Qué está pasando aquí?

El otro no respondió.

—Cierto. ¿Y por qué estaba en esa casa?

El segundo inspector era más joven, con el pelo negro engominado y un leve acento hispano. A un lado del cinto llevaba la placa, y al otro la 9 mm. Su camisa blanca parecía hecha a medida, prístina. Todos los demás sudaban de lo lindo por la humedad, pero Gabe tenía la impresión de que aquel policía era de los que podían perseguir a pie a un sospechoso a través de un túnel de lavado de coches y salir inmaculados.

—Ya saben por qué. Quería interrogarlos.

—Ya le había hecho unas preguntas al doctor Lister unas horas antes, ¿no es así?

—Sí, en su despacho del hospital. Pero él creía que su esposa debía estar presente para seguir hablando.

—Bueno, pues ya no van a contestar a más preguntas —dijo el del pelo engominado, señalando con el pulgar por encima del hombro hacia el BMW.

En ese momento, un técnico abrió con cuidado la puerta del conductor. Gabe vio el cuerpo de una mujer. La cabeza hacia atrás. Sangre manchando su blanca camisa, oscureciendo sus rubios cabellos. Sangre manchando el interior del coche. La boca abierta, como un agujero negro y ensangrentado en su rostro.

Gabe vio una segunda figura a su lado, menos clara.

Más sangre. Más muerte.

—¿Qué...? —empezó, pero se quedó simplemente mirando, tratando de asimilar lo que veía. El retablo de un asesinato. Como el macabro bodegón de un artista.

—Asesinato y suicidio. O suicidio y suicidio. O asesinato y asesinato, pero llevado a cabo con una gran pericia, si se trata de lo último. Un auténtico profesional. Como podría hacerlo un policía —comentó el del pelo engominado.

«Inteligente —pensó Gabe—. Sabe lo que ven sus ojos, pero sigue teniendo sus sospechas.» De la misma forma que Gabe había observado al médico horas antes, tratando de captar la verdad en su reacción al oír la palabra Tessa, así miraba ahora el engominado a Gabe. Con la misma intensidad y la misma curiosidad.

39

La madre del traficante preparó té.

Lo sirvió con galletas glaseadas en un servicio de antigua porcelana mucho más elegante que el barrio en que vivía. En aquellas calles se veían tiroteos y muertes, y se vivía con la inquietante amenaza de una violencia diaria. Pero el interior de la casa de la madre de Dos Lágrimas era un oasis de tranquilidad. Los muebles eran nuevos y caros. Había una enorme pantalla de televisión montada en una pared sobre una pulida mesita de caoba que servía de apoyo para varias imágenes religiosas: un marco de pan de oro para un retrato de Jesús resplandeciente, mirando hacia el cielo; un crucifijo de plata finamente tallado; varios cirios en candelabros de latón pulido; y también una nota discordante: un trío de fotografías. La primera de la madre y de Dos Lágrimas del brazo; la segunda de Dos Lágrimas, su mujer muerta y su hijo muerto con Disneylandia de fondo; la tercera, un retrato formal de Dos Lágrimas y su mujer vestidos de novios. También había una servilleta bordada que rezaba: «Todos somos hijos de Dios», y un par de banderitas en un soporte: de Puerto Rico y de Estados Unidos. La suma total de aquel despliegue era un altar a la vida de aquella mujer. Solo le faltaba un kilo de heroína pura, en opinión de Marta.

—¿Leche, querida? —preguntó la madre.

Marta asintió. Le parecía que había entrado en un extraño país de madres y abuelas, de cabellos grises y servilletas de encaje, y seguramente una Uzi oculta bajo un cojín de seda.

—Su hijo...

—Cuida de mí.

—Usted sabe a qué se dedica...

La madre levantó una mano para cortarla. «Todos somos hijos de Dios —se dijo Marta—, lo que en este caso quizá sería llevar las cosas un poco lejos.»

—¿Qué desea saber, inspectora? Ha venido en busca de información, ¿no? Y no me haga ninguna pregunta que vaya a... —la madre vaciló, tratando de medir sus palabras, al tiempo que se sentaba pesadamente en una butaca— crear problemas a mi hijo.

—Eso es algo que no desearía —le aseguró Marta, con una expresión sonriente y amenazadora a la vez—. Espero que no me obligue.

No pasaba de ser un simple farol, pero esperaba que funcionara. «¿Qué madre no desea que su hijo vuelva a casa?»

La mujer esbozó más o menos la misma sonrisa empleada por Marta, pero no sirvió para ocultar lo que se adivinaba como una voluntad férrea.

—La conozco, inspectora —dijo—. Todos la conocemos. Todos en la calle. Creo que ya no trabaja en Narcóticos, ¿verdad?

—En efecto —contestó Marta. Dio un pequeño sorbo a su té. Por un momento, se preguntó si debería empuñar su pistola en lugar de la taza de té.

—¿Y ahora es otra clase de inspectora?

—Sí, de casos sin resolver.

—¿Son los casos en los que nunca se ha arrestado a nadie?

—Sí.

—¿Los que son, qué, ignorados?

—No exactamente. Solo están pendientes. Son un misterio.

—¿Como los asesinatos de mi nieto y de su hermosa madre?

—Sí, como esos.

—Entonces, ¿son esos los que está investigando, inspectora? ¿Va a encontrar a la escoria que les disparó y los dejó tirados en la calle?

—Son otros casos.

—Entiendo. ¿Quizás esos asesinatos que investiga son más importantes que los de mi nieto y su madre?

Marta no quería responder a aquella pregunta tan razonable. Veía la ira en los ojos de la mujer. Era la ira natural de cualquier vecino de aquel barrio. Una ira que reflejaba el abandono. Una ira que reflejaba la pérdida.

—Hay algo que usted no comprende, inspectora. Mi hijo amaba a su mujer y al bebé. Más que lo que usted se puede imaginar. Habría hecho cualquier cosa por ellos. Cuando los mataron, estuvo a punto de morir él también. Eso jamás lo olvidará. Usted lo mira y ve a un gánster. Pero no era así cuando estaba con ellos.

«Narcotraficante. Sociópata. Asesino. ¿Y también Padre del Año?»

—Debería encontrar a sus asesinos —añadió la mujer—. ¿No merecen mi nietecito y su madre asesinada la misma justicia que los demás?

De nuevo Marta esperó un momento antes de contestar.

—Tal vez a los asesinos ya los encontraron. Solo que no fue la policía.

La mujer sonrió.

—Supongo, inspectora, que podríamos hablar sobre diferentes tipos de justicia. Desde luego está la falsa justicia de la policía y los tribunales. A veces aciertan. Lo sé. Pero a veces se equivocan. Eso también lo sé. Y a veces hay justicia ahí fuera... —Señaló la ventana y el mundo del exterior—. Y ahí fuera quizá las reglas sean distintas. —Bebió un sorbo de té—. Y si otros encontraron a los asesinos que mataron a mis bebés, creo que sería justo. ¿Usted no?

Era una mujer menuda, con el cabello negro como la noche, veteado de gris. No llevaba joyas caras y vestía ropa de marcas normales en cualquier centro comercial. Tenía la espalda y los hombros un poco encorvados, como si hubiera llevado una carga muy pesada durante demasiados años. Llevaba las uñas pintadas de rojo y escaso maquillaje. Pero sus ojos llameaban, y Marta se dijo que no debía subestimarla en ningún momento. «Tan dura como mi madre —pensó—. Se entenderían entre sí a la perfección.»

Marta metió la mano en su cartera y sacó la fotografía que había mostrado al yonqui: la de la fiesta de jubilación de O'Hara.

—Quiero saber si reconoce a alguno de estos hombres. Y si alguno de ellos tuvo algo que ver con su hijo en algún momento.

—¿Por qué cree que se lo diría, si lo supiera, inspectora?

—Porque no quiere que le busque problemas a su hijo cuando tiene la vista para la condicional. Quiere que vuelva a casa, para prepararle arroz con plátano y puede que unas empanadillas de carne, y para seguir sin preguntarle cómo se gana la vida y de dónde sale el dinero que le da.

La mujer la fulminó con la mirada, pero sin soltar el móvil de Marta con la fotografía.

—Así que quiere que le diga algo y, a cambio, ¿solo voy a obtener promesas?

—Eso es.

—Pues no es un buen trato para mí, porque a lo mejor no confío en usted.

Marta se encogió de hombros sin apartar la vista de ella. La madre de Dos Lágrimas pareció reflexionar un momento, antes de replicar con el mismo encogimiento de hombros que acababa de emplear Marta. Muy teatral, pero era una actuación excelente, digna de un escenario de Broadway.

—Usted quiere ayuda, inspectora, pero yo no creo que la necesite. —La mujer meneó la cabeza lentamente y volvió a mirar la fotografía—. Si me da su palabra de que no dirá nada sobre mi hijo... quizá podamos llegar a un acuerdo.

Marta asintió, preguntándose si estaba haciendo una promesa que no iba a cumplir.

—De acuerdo, inspectora. Sí. Quizás haya visto a estos hombres.

—¿Cómo y cuándo?

La madre sonrió y meneó la cabeza.

—Sí. Uno de ellos vino a verme. Parecía conocer muy bien a mi hijo.

—¿Cuándo fue?

—También quería mi ayuda —dijo la mujer, volviendo a menear la cabeza.

Esto sorprendió a Marta.

—¿Qué clase de ayuda?

—Quería que yo le dijera a mi hijo que tuviera cuidado con usted.

—¿Conmigo?

—Sí. Dijo que quería que le transmitiera una advertencia. Me dijo que usted era peligrosa. Me dijo que estaba loca, que haría cualquier cosa para que mi hijo se pudriera en la cárcel. Me contó que usted había perseguido a alguien hasta un sótano, y que por eso y porque ese hombre trabajaba para mi hijo, se había vuelto loca. Pero eso no me lo acabé de creer. —Miró a Marta—. ¿Está loca, inspectora?

«Sí. No. Quizá. Claro. Si es necesario. Pero no lo estoy.» Notó un nudo en la garganta. Tenía los labios secos y se los lamió sin darse cuenta.

—Ese hombre, ¿cuál es de los de la foto?

La mujer sacudió de nuevo la cabeza.

—Estos hombres... ¿son policías?

Marta no contestó. No era necesario. Sabía que su anfitriona sabía exactamente quiénes eran.

—¿No va a decirme cuál de ellos vino a verla?

—No. —Apartó los ojos de la foto y le devolvió el móvil a Marta—. Quizá debería preguntárselo a la madre de otro.

—¿La madre de quién?

—La madre que quizá quiera todo esto —respondió la mujer, señalando el apartamento—. Quiere una pantalla de televisión más grande para ver telenovelas todo el día. Y quiere que se la regale su hijo. A lo mejor lo hace. Si mi hijo se queda entre rejas un poco más.

Marta se echó hacia atrás. Hizo sus cálculos mentales rápidamente. «¿Quién dirige el negocio mientras Dos Lágrimas cumple su sentencia? Rico, su mejor amigo. ¿Quién querría hacerse con su puesto? Rico, su mejor amigo. ¿Quién tiene una madre que quiere una pantalla grande de televisión? Rico, su mejor amigo. Y ¿quién no se sorprendió en absoluto cuando lo encontré en el club?»

La mujer miraba a Marta con ojos sagaces que adivinaban sus cálculos. Tras unos instantes de silencio, dijo:

—Tengo una pregunta para usted, inspectora.

—¿Cuál es?

—Supongamos que se va ahora de mi apartamento. Baja por las escaleras y sale a la calle. Pero antes de que pueda ir a ninguna parte, pasa un coche por su lado, las ventanillas bajan, asoma un arma y la matan a tiros, igual que a mis angelitos...

Marta permaneció impávida.

—Luego se van tal cual, y nadie se entera de nada. Nadie ha visto nada. Y usted se queda ahí muerta. —Clavó su mirada glacial en Marta—. ¿A quién culparían, inspectora?

Marta entreabrió la boca para contestar, pero se detuvo antes de decir nada.

La madre dejó su taza de té sobre la mesa y se inclinó hacia delante.

—Quizá me culparían a mí, porque usted salía de mi casa. Quizá culparían a mi hijo. Quizá pensarían que su muerte tendría algo que ver con algún antiguo caso, con algún tipo al que molestó en el pasado y que debe de ser la persona que le ha pegado un tiro como si tal cosa. Porque nadie quiere complicaciones, ¿comprende? Todo el mundo lo quiere siempre todo muy fácil. Quizá nadie piense que a lo mejor ha muerto no por lo que ha hecho, sino por lo que podría hacer. —Hizo una pausa, sonrió desagradablemente y añadió—: ¿Cree que podría convertirse usted también en un caso sin resolver, inspectora?

Marta no respondió.

—Creo que ha sido una charla muy interesante, inspectora. Pero ya hemos terminado y ahora debe marcharse.

Marta tenía docenas de preguntas bullendo en su cabeza, pero no formuló ninguna porque vio una respuesta, como si hubiera barajado los naipes y tuviera ahora la baraja en la mano, lista para repartir. También reconoció mentalmente: «Desde luego la vieja sabe jugar.»

—Gracias por el té —dijo, poniéndose en pie.

La mujer inclinó la cabeza.

—Tenga cuidado cuando salga. Nunca se sabe quién podría estar esperándola con un arma.

Cuando salió del apartamento, Marta vaciló sin poder evitarlo, se llevó la mano a la pistola y siguió andando, volviendo la cabeza atrás y mirando a todos los del edificio con suspicacia. Las palabras de la madre del traficante parecían resonar en sus oídos, sustituyendo los ruidos de la ciudad.

Se recordó a sí misma: «No te asustes.»

Sin embargo, se mantuvo entre las sombras, procurando pasar desapercibida. Se pegó contra una fachada de ladrillo, lejos de la luz, y volvió a revisar el móvil por si tenía algún mensaje de Gabe.

Nada.

Miró a un lado y otro. «No deberíamos habernos separado», pensó. Entonces se dio cuenta de que eso no solo era cierto en aquel momento, sino también para el momento en que su antiguo compañero y ella habían bajado a aquel sótano, donde él estaba vivo y al minuto siguiente estaba muerto.

Respiró profundamente.

«En los casos de asesinato, siempre pensamos: ¿quién lo hizo? Cuando los inspectores logramos responder a esa pregunta, consideramos que todo ha acabado y que ya no hay nada más que hacer. Una palmada en la espalda. Felicitaciones del jefe, que quizá te dará las gracias públicamente en la siguiente reunión del departamento. Redactas el informe y se lo das a un fiscal y esperas a que te llamen a declarar ante el tribunal, pones la mano sobre la Biblia, juras decir la verdad, o al menos una aproximación a la verdad, y prestas tu testimonio. Y una basura va a la cárcel. Pero no siempre es cierto.»

Por primera vez, Marta vio algo muy distinto de una serie de crímenes al azar. Miró alrededor, como si alguien fuera a acercársele de repente en la calle, al lado de la casa de la madre del traficante, y ella pudiera contarle a aquel desconocido lo que veía con la mente. Aún no era una imagen completa, sino una perspectiva distinta sobre aquellos crímenes a los que por primera vez hallaba sentido.

Era como si por fin viera una forma oculta tras una sombra. Se quedó quieta, lo que sabía que la convertía en una diana perfecta. Pensó que debería estar asustada. Cualquier persona en su sano juicio estaría asustada. Debería dejarse llevar por el pánico y echar a correr. Pero en lugar de tener miedo a todo lo que se le venía encima, era un miedo nuevo: el miedo a que todo se destapara.

40

El análisis del escenario de un crimen no era parte de la experiencia de Gabe, pero no quería que ninguno de los inspectores de Miami lo sospechara. Lo acompañaron hasta el BMW, pero vigilándolo de cerca. Gabe se daba cuenta de que, para la policía de Miami, se encontraba en una especie de limbo en el que no era un sospechoso, pero tampoco dejaba de serlo del todo. Era lo que la policía llamaba «una persona de interés». Su presencia la tomaban con tiento.

—No toque nada —le advirtió el del pelo engominado—. De hecho, necesitaremos tomarle las huellas digitales. ¿Le parece bien? Y puede que también una muestra de ADN.

«¿Le parece bien?» A pesar de ser una pregunta inocente en apariencia, Gabe sabía que era una provocación.

—Por supuesto —dijo con una falsa sonrisa—. Si lo consideran necesario.

—Solo rutina —mintió el inspector.

«Ya, claro», pensó Gabe sarcásticamente.

Lo condujeron junto a uno de los técnicos forenses, que le tomó las huellas y la muestra de ADN.

—¿Ha disparado su arma recientemente? —le preguntó el del pelo engominado.

—No. Compruébelo usted mismo. —No era la primera vez que se alegraba de no haber disparado al repartidor de pizzas.

—Es del mismo calibre que el arma usada para matar a estos dos —señaló el inspector.

—Ya —replicó Gabe—. Y del mismo calibre que la pistola que lleva usted. Y apuesto a que el arma que usaron anoche está en el suelo de ese BMW.

El del pelo engominado no replicó, lo que indicó a Gabe que tenía razón. El inspector le hizo una seña para que le siguiera, y se acercaron al coche. Las sombras nocturnas se desvanecían al salir el sol y darle a todo un desvaído tono gris. Se habían colocado unos grandes y potentes focos para iluminar la zona, pero empezaban a difuminarse bajo el sol que comenzaba a imponerse. Cuanto más tiempo pasaba, más rutinaria se volvía la escena y, sin embargo, también más surrealista; un cráneo destrozado y una camisa ensangrentada pierden parte de su dramatismo cuando la noche se convierte en día.

Los cuerpos del médico y su esposa parecían de porcelana, como esculturas en una grotesca instalación artística.

Intentó asimilar todo lo que veía. Comprendió que era un rompecabezas inacabado. Lo que estaba oculto era la forma y el tamaño y las piezas que lo formaban.

Gabe sintió una frialdad que lo rodeaba y se estremeció, aunque ya hacía mucho calor.

Miró la escena con detenimiento.

—¿Ve eso? —preguntó al inspector del pelo engominado.

—¿El qué?

Gabe señaló: mano derecha y mano izquierda. La pareja muerta tenía las manos unidas.

—¿No le dice eso lo que necesita saber?

Se volvió hacia el inspector del pelo engominado.

—¿Nota de suicidio?

El inspector asintió.

—¿Una sola arma? ¿La nueve milímetros que concordaba con los casquillos de su casa? ¿Solo dos balas disparadas y el resto del cargador lleno?

De nuevo el inspector asintió.

Gabe volvió a mirar los cadáveres.

—¿Dónde han encontrado el arma?

—Bajo la mano de la esposa. El doctor estaba sentado en el

asiento del acompañante. Tiene el orificio de entrada en la sien izquierda. El orificio de ella es en la boca y hacia arriba.

—Me pregunto si era zurda —dijo Gabe. El del pelo engominado lo miró y Gabe le hizo una demostración: mano derecha de ella hacia mano izquierda de él. Dándose ánimos. Mano izquierda empuñando el arma. Disparo. Luego el arma en la boca y apretar el gatillo otra vez. «Una gran sangre fría para ser una profesora de literatura isabelina —pensó Gabe—. Y al revés de lo habitual. Debería ser él quien disparara primero y luego se volara la cabeza. En un asesinato y suicidio, esa es la secuencia habitual.»

—Ya lo capto —dijo el otro, levemente impresionado.

—¿Dónde estaba la nota?

—En el salpicadero.

—Donde la encontraran fácilmente. ¿Podré verla?

—Tal vez. Aún la están analizando.

—¿Qué más?

—Las maletas estaban llenas, listas para un viaje.

—¿Han encontrado un disco duro de ordenador? ¿O un lápiz de memoria o algo parecido?

—Todavía no. Aún no hemos revisado las maletas.

Gabe siguió procesando la información.

—Apuesto a que también han encontrado billetes de avión.

—De Miami a Minneapolis. De Minneapolis a Bozeman, Montana. Siete horas de espera, y luego de Bozeman a Chicago, y de Chicago a París, Francia, sin más paradas.

«Bueno, menudas vacaciones», pensó Gabe.

—Una ruta bastante extraña, incluso para las rutas que se hacen hoy en día. Billetes de primera clase. Solo de ida.

—¿Por qué Bozeman?

—La hermana del doctor vive allí.

—¿Se han puesto en contacto con ella?

—La policía local debe de estar llamando a su puerta. Pero yo ya la llamé.

—¿Qué le dijo?

—¿Qué cree usted? Estaba conmocionada. Dijo que hacía muchos años que su hermano y ella no se hablaban. Se habían distanciado, dijo. Ella también es médica. Psiquiatra.

A Gabe eso le pareció interesante.

—Entonces, ¿solo iban a estar en Bozeman el tiempo suficiente para una rápida conversación cara a cara y una rápida despedida con una persona con la que no habían hablado en años?

—Parece la deducción más razonable —dijo el inspector del pelo engominado.

—¿Dinero? —preguntó Gabe, continuando con su rápido interrogatorio.

—Mucho. No sé la cantidad exacta. Lo bastante para el viaje que habían planeado. Pero no tanto como para deducir que huían de algún problema financiero grave. Tampoco fueron primero a vaciar sus cuentas bancarias. No hay ninguna maleta con tres o cuatro millones de pavos.

—¿Reservaron los billetes de avión ellos mismos?

—La esposa. A las cuatro cuarenta de ayer. Debió de ser un par de horas antes de su última clase.

—¿Móviles?

El inspector asintió.

—Fuera del coche, justo al lado de la puerta del conductor. Con la tarjeta SIM en el suelo, pisoteada. Aplastada. El teléfono está destrozado, como si lo hubieran tirado contra el pavimento con mucha fuerza.

Gabe reflexionó un momento.

—Ha visto muchas películas —dijo—. Aun así se pueden comprobar las últimas llamadas. La compañía de teléfonos tendrá la lista.

—Se encargarán los forenses. Es importante seguir el procedimiento. Necesitamos una orden para obtener una copia certificada de la compañía del móvil. Tardará un par de días.

«No es exactamente una mentira, pero tampoco es la verdad —pensó Gabe—. Es más o menos lo que yo habría dicho.»

—Claro —repuso—, pero de todas formas usted lo ha comprobado.

El del pelo engominado asintió.

—He llamado a un conocido que trabaja en la compañía telefónica. Media docena de llamadas en un corto intervalo de tiempo. Unos quince minutos como máximo. Estamos esperando que identifiquen a los titulares de los números.

El doctor: «No he hablado con Felix en diez o quince años.»

—¿Le han dicho si una de esas llamadas se ha hecho al prefijo cuatro uno tres?

—¿No es ese el prefijo de donde viene usted?

—Sí.

—Bueno, ha acertado. Pero fue a un número que ya no está en servicio. El tipo de la compañía ha dicho que la llamada duró lo suficiente para dos tonos y un mensaje grabado. No ha podido decirme a quién pertenecía el número.

Gabe guardaba silencio, pensando. «A lo mejor llamaron a un número de veinte años atrás.»

—¿Llamaron a información para pedir el número nuevo y lo marcaron luego?

—Ha vuelto a acertar, inspector —respondió el del pelo engominado, asintiendo.

«Sé a quién pertenecía el número. Al compañero con el que salía a correr», pensó Gabe.

Paseó la mirada desde las manchas de sangre al lugar donde estaba aparcado el coche. «La planta superior. Deben de haber pasado por varias plazas vacías para subir hasta aquí arriba, donde tendrían más intimidad.»

—¿A qué hora entraron en el aparcamiento? —preguntó. «Buena pregunta. La respuesta va a librarme de toda sospecha.»

—Su comprobante muestra que el coche entró a las seis y cuarenta y siete de la tarde. Hay una cámara de seguridad aquí arriba, pero aún no tenemos la cinta. Si había alguien con ellos...

—No —dijo Gabe—. Lo dudo.

«Maletas hechas apresuradamente. Incluso olvidaron cerrar la puerta. O quizá les daba igual porque habían decidido que, de un modo u otro, no iban a volver jamás.»

«¿Qué hace que alguien lo abandone todo de esa manera?»

Miró al médico. El daño en el cráneo y la sangre que le chorreaba por el rostro lo hacían casi irreconocible.

«Llegaron hasta aquí. Huían. Tenían un plan. Quizá lo trazaron a toda prisa. Quizá se dejaron llevar por el pánico. Pero era un plan.

»Iban a abandonar todo lo que habían construido en su vida. Absolutamente todo.

»Y luego cambiaron de opinión.»

Gabe recordó lo que había encontrado en la casa: una exposición de la hija perdida. *Nuestra ciudad* y la Biblia. El manual de trastornos mentales. Roman Polanski en la Wikipedia. Piezas de un rompecabezas.

Reflexionó unos instantes: «Los franceses y los suizos se negaron a extraditar a Polanski a Estados Unidos. Quizás el doctor y su mujer querían irse a un sitio desde donde no los extraditaran. Apuesto a que en el disco duro perdido habrá una búsqueda en Google: países reacios a extraditar personas a Estados Unidos.

»Solo hay una razón para eso: temían que los acusaran de un crimen. Un crimen grave, de los que te mandan a prisión y lo pierdes todo.

»¿Te meterías un arma en la boca por eso?»

Gabe se imaginó a sí mismo unas semanas atrás, sentado en su coche frente a su casa vacía, sin nada más que las ruinas de su propia vida acechando entre las sombras y su arma en el regazo.

—Cuénteme por qué ha venido —pidió el inspector del pelo engominado—. Sin dejarse nada en el tintero.

—De acuerdo —concedió Gabe, pero lo que hizo primero fue acercarse más al coche lleno de muerte. Quería poner todos los elementos en una especie de compartimento mental para pesadillas.

Miró al del pelo engominado.

—Le contaré por qué he venido después de que me enseñe la nota y todo lo que han encontrado aquí.

Gabe miró el coche unos instantes más. Luego volvió a mirar al inspector. Sonrió, respiró hondo y decidió dar otro palo de ciego.

—Sé lo que ustedes han encontrado —dijo—. En una maleta sobre un asiento, quizá con la nota, muy cerca de ellos. Una fotografía. De una adolescente y sus padres. Y en la foto el doctor se ve feliz. Todos se ven felices.

El otro se sorprendió.

—¿Cómo lo ha adivinado?

—Otra deducción. —«No soy detective, pero podría hacer de detective en el cine.»

—Sí —admitió el inspector a regañadientes—. Hemos encontrado algo así, pero no exactamente como dice.

Gabe volvió la vista hacia el coche y sus dos ocupantes muertos. Tres hombres de la oficina forense empezaban a levantar los cuerpos. Tuvieron problemas para liberarlos. «A veces la muerte es etérea, pero otras veces es tan pesada como el cemento.» Por segunda vez, pensó:

«Bueno, cambiaron de opinión.

»Pero menuda decisión: París, romance, la torre Eiffel, Folies Bergère, la Mona Lisa y el Louvre, cruasanes crujientes por la mañana y magníficas cenas por la noche. Adiós Urgencias. Adiós universidad. Adiós amigos y colegas. Bienvenido nuevo mundo.

»Pero no podrían volver jamás.

»¿Por qué?

»Porque son unos delincuentes y creen que los van a arrestar.

»O una bala en la cabeza y el olvido total. Una forma distinta de volver a casa.»

Alzó la vista. El sol ya estaba alto, así que tuvo que protegerse los ojos. El del pelo engominado le hacía gestos para que subiera a otro coche sin distintivos. Gabe supuso que, por muy cansado que estuviera, por mucho que necesitara dormir, tendría que seguir respondiendo a preguntas. No tenía la menor intención de decir la verdad, aunque tampoco tenía intención de mentir. Se encontraba en una posición imposible, pero a él le pareció una pequeña broma, y sonrió al subir al coche del inspector.

41

Marta se dirigió a la Central de Policía, aparcó y se quedó sentada tras el volante mirando fijamente el imperturbable edificio de ladrillo y hormigón. El aire en el interior del coche se enrareció rápidamente y empezó a hacer calor. Aun así, no se movió. Una parte de sí misma insistía en que debía apearse e ir a la Mazmorra, imaginando que allí estaría segura. Otra parte, más grande, veía el edifico y suponía que no estaría a salvo en ninguna parte.

«Me detestan.

»¿Dónde está Gabe?

»Qué está pasando?»

Marta oscilaba entre uno y otro miedo.

Mirando alrededor para asegurarse de que no la había visto nadie, volvió a poner el coche en marcha y abandonó el aparcamiento, manteniendo la cabeza gacha y procurando no cruzar la mirada con nadie hasta que hubo recorrido varias manzanas.

Fue directamente a una vieja bolera venida a menos, situada cerca de su barrio junto a un restaurante de comida rápida y al otro lado de un gran supermercado. La bolera había conocido tiempos mejores. El llamativo letrero de la entrada se iluminaba entonces con luces blancas, rojas, azules y negras que recreaban la secuencia de una bola derribando los bolos, y había sido un lugar emblemático. Pero hacía mucho que el letrero no funcionaba.

En el interior, había siempre olor a cerrado y humedad en el aire, y se oía el bullicio de las partidas jugadas sin orden ni concierto. Había una habitación aparte, sin ventanas, para jugar a la máquina del millón y otros juegos recreativos, por lo que se oían constantes tintineos y agudos silbidos. Al lado había un bar que parecía servir cerveza barata a gente que no jugaba a todas horas del día y la noche. Desde la barra se veían las pistas de la bolera, muy desgastadas a pesar de tener numerosas capas de reluciente barniz. A Marta le gustaba aquel sitio porque nadie a quien ella conociera jugaba nunca a los bolos; ni la gente de su barrio, ni adolescentes en busca de un sitio donde quedar, ni ninguno de los camellos ni de los delincuentes de poca monta atraídos por las calles familiares, ni la pasma, ni ninguna persona que luchara por abandonar los suburbios, y desde luego nadie que tuviera un trabajo de nueve a cinco. De hecho, Marta dudaba mucho que conociera a alguna de las personas que usaban la bolera, y por eso le gustaba. Por la intimidad. Aunque técnicamente estaba de servicio, pidió una cerveza, que le sirvieron tibia, un par de zapatos para jugar, que seguramente portaban toda clase de hongos, y una pesada bola negra con orificios para el pulgar y los demás dedos. Estaba tan desgastada, se dijo, como todas las ideas que se le ocurrían.

Miró el móvil por enésima vez ese día, esperando encontrar un mensaje de Gabe.

No hubo suerte.

Aparte de ella, solo había un cuarteto de ancianos a media docena de pistas de distancia. Eran los típicos hombres que llevaban sombrero de fieltro y pantalones de cuadros. La miraron. Marta vio sonrisas y sospechó que hacían comentarios de mal gusto sobre lo que les gustaría hacer con ella, sin reconocer que eran demasiado viejos para hacerlo. No les hizo caso. Se anudó los zapatos de bolera, sopesó la bola en la mano, apuntó y lanzó su primera bola por la pista. Para su sorpresa, no se desvió fuera de la pista y derribó media docena de bolos.

El repiqueteo de los bolos resonó.

Mientras esperaba a que volviera la bola, siguió sumida en sus pensamientos, como un saltador en el trampolín más alto en el momento de lanzarse al agua:

Primera entrevista con Dos Lágrimas: «Conozco a algunas personas.»

Segunda entrevista con Dos Lágrimas: «Se la están jugando.»

La bola salió escupida del final de la pista y empezó a rodar hacia ella.

«De acuerdo, Dos Lágrimas. Si esto es un juego, ¿cuáles son las reglas?»

Esperó a que llegara la bola.

No podía sentirse más sola.

Se le ocurrió que podía repasar las conversaciones sobre Larry el Corredor Matutino y Pete el del Apartamento... pero ya sabía lo que iba a descubrir:

«Después de que los dos mejores detectives del Cuerpo no investigaran los cuatro asesinatos con la misma precisión y el mismo éxito de siempre, RH y el jefe, que dirigían la Brigada de Investigación Criminal, investigaron los cuatro asesinatos por su cuenta. Meses más tarde.

»Y ahora no quieren que se vuelvan a investigar aquellas muertes.

»La burocracia, dijo Gabe. No quieren que salgan a la luz unos asesinatos que quedaron sin resolver bajo su mando.

»Tiene sentido.

»Es una valoración razonable.»

Respiró lentamente.

«Que no es cierta.

»O no lo bastante cierta.

»O sea que los dos tipos que mandaban hicieron lo más natural del mundo: dejaron de investigar. Lo archivaron todo. Dejaron que se pudriera alegremente en el sótano, hasta que yo tropecé con dos firmas y me pareció lo bastante raro como para investigar un poco más, igual que ellos, solo que diecinueve años más tarde.

»Pero ¿por qué esos cuatro tipos muertos? ¿Por qué ellos? No sabían nada. No eran más que unos tipos repelentes de baja estofa y unos pervertidos. Y si Williams el Yonqui estaba en lo cierto, ¿por qué iba a matarlos Joe Martin? Podría haber sonsacado fácilmente a palos toda la información que quisiera de cualquiera de los cuatro tipos muertos.

»Pero en realidad no sabían nada.

»Entonces, ¿por qué tenían que morir?»

En ese instante, Marta lo comprendió: «No se trata de quién respondía a las preguntas, sino de quién las hacía.»

De pronto empezó a aspirar el aire con dificultad, con una respiración asmática, sibilante, entrecortada, como si fuera a sufrir un ataque al corazón. Notó que le temblaba la mano. Notó el sudor en las axilas y la frente. Se sentía como si súbitamente hubieran succionado todo el aire de la bolera y ella fuera un pez que boqueaba fuera del océano.

Se dijo que debía poner la mente en blanco. Alargó el brazo para recoger la bola del depósito de retorno. Acarició la bola levemente, metió los dedos en los orificios, la levantó y miró el resto de los bolos que quedaban al final de la pista. Respiró hondo, contuvo el aliento y se lanzó hacia delante, doblando cintura y rodillas al tiempo que soltaba la bola con un único y fluido movimiento. La bola recorrió la pista por el centro y golpeó el resto de bolos con gratificante estrépito.

«La gente necesita una razón para matar.

»No tiene por qué ser una buen razón, pero será una razón de todas formas.»

No esperó a que la bola volviera para jugar de nuevo. Recogió sus cosas y se dirigió a la salida. De camino a la puerta, dejó caer los zapatos de bolera en el mostrador, delante de un empleado aburrido que ni siquiera se había sorprendido ante la poli que se había bebido una cerveza, había jugado una única partida y ahora se iba.

42

Gabe empezaba a sentirse como un escolar recitando obedientemente el juramento de lealtad por enésima vez en otros tantos días.

—Dirijo la unidad de casos sin resolver. Hemos descubierto unas anomalías... —le gustaba usar palabras que obligarían al inspector del pelo engominado a consultar un diccionario— en una serie de asesinatos y en la desaparición de una niña de trece años. Todo se remonta a hace veinte años.

El otro tomaba notas rápidamente.

Estaban sentados a su mesa, en una amplia oficina abierta. Otros inspectores iban y venían, lanzándoles miradas de vez en cuando. Ambos iban ya por la cuarta taza de café. La pistola de Gabe se encontraba entre los dos, sobre la mesa del inspector. El cargador fuera, las balas desparramadas al azar. Gabe se fijó en que su arma parecía acercarse cada vez más a su sitio en la pistolera.

Se inclinó hacia delante.

—Pero mis casos no afectan al suyo, ¿no?

El del pelo engominado no respondió.

—Quiero decir que, para su investigación, lo único que necesita es determinar si ha sido un homicidio-suicidio, y todas las pruebas lo demuestran, ¿no? La nota. El arma. Balística. Análisis forenses. En realidad no necesita saber por qué hicieron eso en lugar de irse a París, ¿no?

—Ya —contestó el inspector—. Pero creo que usted sí.

Gabe sonrió a pesar de su agotamiento, cada vez mayor.

—Puede que tenga razón a ese respecto.

—Aún estamos haciendo un inventario de todo lo que llevaban en las maletas. Y tendré que dedicar cierto tiempo a revisar sus finanzas. Para ver si existe alguna razón lógica para volarse los sesos escondida en el informe de algún agente de bolsa. También revisaré los últimos casos del doctor. Haré algunas preguntas en el Departamento de Inglés de la universidad. Tal vez ella estuviera envuelta en algún sucio escándalo sexual que estuviera a punto de arruinar su carrera. Pero los dos sabemos cuál será el resultado de tanto husmear, ¿verdad, inspector?

Gabe asintió. Era como si los dos estuvieran de acuerdo sobre algo de lo que no se hablaba.

—En realidad aquí usted es el comodín, ¿verdad?

Gabe guardó silencio.

—¿Qué le dijo al médico?

«El nombre de Tessa mató al inspector Joe Martin. ¿Mató también al doctor y a su mujer?»

—Le dije que estábamos más cerca de descubrir lo que le había ocurrido a aquella niña de trece años. Su mujer y él fueron las últimas personas en verla con vida... aparte del tipo que se la llevó, claro.

—¿Y es cierto?

—Sí. Puede. Seguramente exageré un poco cuando hablé con el doctor en su despacho.

El del pelo engominado reflexionó sobre esto.

—Lo normal sería que obtener la respuesta a una pregunta que ha afectado a tu vida durante veinte años tendría el efecto contrario. Es decir, después de que usted le dijera eso, ¿no estarían impacientes por hablar con usted?

—Eso parece lo lógico —asintió Gabe. No creía que la lógica fuera especialmente útil—. A menos que en el fondo no quisieran oír esa respuesta.

—Y ese es el muro con el que se ha topado, ¿no es así, inspector?

—Eso parece —confirmó Gabe.

El del pelo engominado se agachó para agarrar un maletín de piel y colocarlo sobre la mesa. Lo abrió despacio y sacó una funda de plástico en la que se leía la palabra PRUEBA escrita en rojo con letras mayúsculas, además de una anotación en bolígrafo negro con la fecha, el número del caso y la hora en que había sido recogida. Gabe vio una hoja de papel escrita en su interior. El papel estaba manchado de polvo gris para huellas.

—Tome —dijo el otro.

Gabe agarró la funda de plástico.

Las frases eran concisas y directas:

> La gente no lo entenderá. Nunca lo entenderá. Ahora no tenemos elección. Elegimos entonces. Tuvimos que hacerlo. De lo contrario estaba muerta. Ahora todo desaparecerá. Cuando murió Sarah, nosotros morimos también. Ahora nos reuniremos con ella para siempre.

Gabe lo leyó media docena de veces, esperando cada vez que le dijera más de lo que decía. Miró la letra garabateada: era letra de mujer. Idéntica a la del «Un trabajo excelente, Kyle» que había visto en el examen que había en su casa, sobre su mesa. Era una declaración sencilla, en cierto sentido clara y concisa, y en otro, obtusa e incomprensible. Se había escrito rápidamente. Con prisa. Lo primero que vio fue: «Elegimos entonces», y se preguntó qué habían elegido. Luego se concentró en el uso del tiempo futuro: «desaparecerá».

—¿Le sirve de algo?

—Sí. No. No lo sé —contestó Gabe, bastante sincero—. Pero a usted sí —dijo, y el otro asintió. Gabe volvió a leer la nota antes de devolvérsela por encima de la mesa—. Había algo más. Una fotografía.

El del pelo engominado volvió a meter la mano en el maletín, sacó otra prueba en una funda de plástico y la dejó caer delante de Gabe, esperando ver su reacción.

Era una fotografía a color de 13 × 18 cm, informal, espontánea, del tipo que todos los padres pegan en una caja de recuerdos o en la puerta de la nevera. De una fiesta de cumpleaños.

Siete niñas apiñadas en torno a un pastel de intenso color rosa, donde unas letras en glaseado negro decían: «¡Felices 13 años!» Al fondo se veían regalos y papeles de envolver de colores. Una de las niñas se inclinaba hacia delante y soplaba sobre las velas.

«Sarah.»

Se veía claramente que las otras niñas la animaban. La foto captaba emoción y felicidad aunadas en un único instante.

Gabe observó la foto detenidamente. Alegría inconfundible en todos los rostros, incluyendo el de la niña que estaba detrás de Sarah, y tenía una mano sobre su hombro. «Tessa.»

—Me ha sorprendido una cosa —dijo el otro—. Que se llevaran una fotografía es natural. Pero sería más lógico que hubieran elegido una foto familiar, o alguna foto especial de su hija, en lugar de la foto corriente de una fiesta de cumpleaños de hace un montón de años. Los padres ni siquiera salen en ella. ¿Qué tiene esta foto para ser la elegida antes de dirigirse al aeropuerto? —Hizo una pausa—. ¿O la que querrían ver antes de volarse la tapa de los sesos? —Miró a Gabe—. Quizás usted conozca la respuesta.

Gabe meditó sobre ello. Un par de ideas le vinieron de pronto a la cabeza, pero no eran respuestas, sino más bien otras preguntas. Le dio la vuelta a la fotografía para examinar el reverso. Vio una única línea con la fecha, impresa en la tienda de fotografía que la había revelado: «Septiembre de 1996.» Tres semanas antes de la desaparición de Tessa. De repente se sintió vencido por la fatiga. Hacía demasiadas horas que no dormía. Las imágenes llenaban su mente como formas entrevistas a través de una densa bruma. Pero la idea que consiguió penetrar en su cabeza era muy simple: «A todo el mundo puede parecerle una fotografía normal y corriente, sin ninguna relevancia. Pero no lo es. En absoluto. Después de ese cumpleaños, iban a producirse grandes cambios en no pocas vidas.»

Naturalmente, se guardó esta observación para sus adentros. Sacó su móvil e hizo la única llamada que sabía que necesitaba hacer y que los demás esperaban de él.

43

Una vez más, todo el mundo estaba furioso con Gabe.

Lo esperaba. «Supongo que así será siempre a partir de ahora», pensó.

El jefe le había gritado por teléfono cosas como: «Se comporta como un perro sin bozal», «Es una vergüenza para todo el departamento» y «¿Qué demonios creía que iba a conseguir yendo allí?». Seguidas de: «¡Dos cadáveres! ¡De un médico, por amor de Dios! ¡Y una profesora universitaria!» Y la más importante: «Ha traspasado la línea.» Gabe no sabía dónde estaba la línea ni lo que significaba, pero creía que hacía ya mucho tiempo que la había traspasado, así que le daba igual.

Sabía lo que todo aquello significaba en realidad. Pero a él solo le importaba la ira de Marta, que al principio supuso que estaba motivada por haberla dejado de lado. «¡No es así como actúan los compañeros!»

Pero la tensión que notaba bajo la ira de Marta parecía tener otro origen. Así que escuchó atentamente cuando se calmó y le dijo con frialdad:

—Esto es más peligroso de lo que pensaba.

—Vamos, Marta. Despiden a mucha gente todos los días —replicó él con bravuconería forzada.

—No hablo de ser despedido —replicó ella.

Entonces Gabe supuso que se refería a los tres golpes en la puerta de ella y al machete en su garganta, pero no sabía exactamente por qué. Igual que había hecho aquella noche, intentó valorar las amenazas potenciales basándose únicamente en el tono de Marta.

«Ten cuidado», le había dicho entonces.

Gabe no creía que eso fuera ya posible.

—Si no hablas de despido, ¿de qué estás hablando? —preguntó.

—Por teléfono no —replicó ella.

Esto hizo reflexionar a Gabe, pero al final se mostró de acuerdo. Seguramente ella tenía razón. Nada era tan simple como debería ser. Esta idea hizo que Marta le gustara más aún de lo que ya le gustaba.

Gabe esperaba frente a la recepción de su motel, cuando el inspector del pelo engominado llegó en un coche sin distintivos para llevarlo al aeropuerto. Gabe tenía en sus manos un *Miami Herald*. El titular principal de la primera página rezaba: «Aparente suicidio de médico de Urgencias y su esposa, profesora universitaria, en el aparcamiento del Aeropuerto Internacional de Miami.» Gabe había leído el artículo media docena de veces, luego había releído la versión *online* en el iPhone del empleado del motel, por lo que el tipo solo le había cobrado cinco pavos. Gabe había asimilado todos los logros profesionales, galardones obtenidos y comentarios de amigos y colegas conmocionados, pero no del todo: «Tras la muerte de su hija, se sumieron en su trabajo, aunque era obvio que sufrían de depresión. Pero no teníamos ni idea...», y «La verdad es que se volvieron muy retraídos...».

Subió al coche y se volvió hacia el inspector del pelo engominado.

—Tengo una dirección que me interesa. ¿Cree que podríamos pasarnos antes de ir al aeropuerto?

El otro lo miró un poco sorprendido, luego se encogió de hombros.

—Es un poco extraño, ¿no cree? —añadió Gabe—. ¿Quién corre tanto para luego suicidarse? ¿O prepara las maletas? ¿Y quién se suicida con un billete de avión para París en la mano?

—Gabe señaló al exterior por la ventanilla—. Claro que esto es Miami. Aquí pasan cosas extrañas a cada momento, ¿no?

El inspector se echó a reír.

—Ya, claro —dijo. Le tendió a Gabe su 9 mm—. Tenga. —Sin más explicaciones. Luego resopló y miró la dirección que le entregaba Gabe—. Ajá —dijo con cierto escepticismo—. ¿Y qué es lo que espera encontrar en ese sitio?

—Una confirmación —contestó. Y para cambiar de tema, preguntó—: ¿Siempre hace tanto calor en Miami?

—Sí. Sobre todo en esta época del año —respondió el otro, y volvió a reírse—. ¿Todos los inspectores del norte son como usted, Dickinson?

—No. Absolutamente ninguno.

—Eso imaginaba.

Hileras de majestuosas palmeras flanqueaban el único sendero de entrada al cementerio. Una suave brisa mecía las largas frondas, como si los espíritus tomaran nota de la llegada de Gabe. Los aspersores lanzaban chorros de agua sobre las hileras de deslucidas lápidas grises. Algunas flores parecían frescas. Algunas flores estaban marchitas. Gabe imaginó que resultaría difícil mantener alegres colores en las tumbas de Miami, bajo aquel sol implacable. El aire cálido que lo rodeaba parecía desmentir la idea del poeta de acabar en la dura y fría tierra. La tierra bajo los pies de Gabe parecía caliente. «Quizá simplemente está un poco más cerca del infierno», pensó. Al final de todo, había un pequeño y polvoriento edificio de ladrillo con techo de tejas rojas. Al lado había dos cortacéspedes y una excavadora. Un recordatorio, imaginó Gabe, de que por mucho dinero que se gastara uno en un entierro, seguía siendo necesaria una ruidosa excavadora para ser enterrado.

Llamó una vez a la puerta y luego la empujó. El inspector del pelo engominado lo siguió.

Había tres hombres en la habitación: un anciano negro con pantalones caqui sucios y raídos y una camisa de trabajo, y un par de hispanos más jóvenes, vestidos también de jardineros.

Era una reunión de cabellos canosos, piel curtida, músculos que se habían usado con excesiva frecuencia, y peste a tabaco. Estaban reunidos en torno a una pequeña mesa, jugando al dominó.

Las placas que sacaron tanto Gabe como el del pelo engominado los pusieron tensos.

«Viejas órdenes judiciales de expulsión, tal vez. A lo mejor no tienen papeles.» Gabe supuso que ese tipo de tensión la veía su colega casi todos los días en Miami.

—¿Qué andan buscando? —preguntó el negro, mostrando la seguridad propia de un capataz—. Aquí nadie ha hecho nada malo.

—Solo un par de preguntas —anunció Gabe—. ¿Tienen un libro para registrar dónde está enterrado todo el mundo?

El negro asintió.

—Justo aquí —dijo—. ¿A quién buscan?

—A Sarah Lister.

El viejo sacó un gran libro mayor con encuadernación negra. Estaba en orden alfabético, pero él fue directamente a la hoja correcta.

—No necesito buscarla. Décima calle, quinta fila, tumba número cuatro —dijo—. Todos conocemos el sitio. ¿Quieren que los acompañe?

Había un anticuado aparato de aire acondicionado colocado en una ventana, que emitía un zumbido y soltaba aire frío generosamente.

—Las tumbas que tiene a cada lado, ¿a quién pertenecen? —preguntó Gabe.

—No necesito mirarlo —repitió el viejo—. Tengo al doctor Lister a un lado en una tumba doble. Y a otra familia al otro lado. —El negro meneó la cabeza—. Una propiedad de lujo —añadió—. Esas tumbas están a la sombra, sobre un montículo, con unas bonitas palmeras al lado y unos hibiscos para dar buen olor. Hay que tener bastante dinero para permitirse ese sitio.

Gabe sacó su ejemplar del *Miami Herald*. Lo abrió para mostrarle las fotografías del doctor y su esposa.

—¿Los reconocen?

Los tres sepultureros miraron las fotografías. Los tres asintieron.

El viejo pareció entristecerse.

—No había visto el periódico de hoy. Es una noticia muy triste.

—¿Usted los conocía?

—Eran habituales —contestó el negro—. Los conocíamos muy bien a los dos. Traían flores frescas todos los fines de semana. A veces también entre semana. Nosotros nos asegurábamos de que la tumba siempre estuviera bien limpia y arreglada, ¿saben? Nunca dejamos que se acumulen las hojas. Siempre regamos la hierba para que esté verde y bonita, incluso en verano. Los padres... el doctor era muy generoso. Venía y sacaba su cartera del bolsillo de atrás. Bueno, ya sé que no deberíamos aceptar propinas por nuestro trabajo, pero nos esforzábamos más por ellos. Una vez el padre sacó un billete de cincuenta y me lo dio, diciendo: «Cada vez que salvo a alguien en Urgencias, me acuerdo de ella.» Era una gran carga la que llevaba, inspector. Muy pesada. Y la madre, a menudo la veíamos sentada ante la tumba, charlando, como si conversara con su hija. Quizás a veces leía poemas. La dejábamos sola. A algunas personas les resulta muy duro aceptar una pérdida.

—¿Cuándo los vio por última vez?

Los tres sepultureros se miraron unos a otros.

—Pasaron por aquí ayer a última hora. Pusieron flores en la tumba. No se quedaron mucho, lo que era extraño. Por lo general se quedaban allí sentados bastante rato.

«Tenían que huir. Intentaban despedirse. Pero no funcionó.»

El negro se interrumpió, meneó la cabeza y luego abrió la boca como para añadir algo.

—¿Qué iba a decir? —preguntó Gabe.

—Bueno, a veces venían a nuestra pequeña casa. En los días más calurosos, ¿comprende? Tenemos una neverita con agua embotellada para las personas que vienen y a lo mejor no recuerdan que puede hacer mucho calor. El doctor y su mujer venían, se bebían un botellín, se sentaban un rato para refrescarse, y luego nos daban las gracias con mucha amabilidad y se iban. Y a veces llamaban por teléfono por anticipado, para asegurarse de que la tumba estaba bien limpia, ya sabe. Era como si no les gustara la idea de que la tumba de su hija no estuviera siempre bien arreglada, como ya he dicho.

—Entonces, ¿tenían el número de teléfono de aquí?

—Sí. Es un teléfono viejo. No es como esos tan modernos que llevan ustedes los inspectores en el bolsillo.

Gabe reflexionó un momento.

—Y ese teléfono tiene contestador de los antiguos, ¿verdad?

El sepulturero asintió. Luego señaló:

—Solo tiene que apretar el botón para los mensajes.

Gabe fue hasta el teléfono, que estaba en un estante sobre el contestador. Apretó el botón.

Oyó la voz del médico. Débil, tensa, pero firme, sin miedo, como cabía esperar de un hombre acostumbrado a muertes repentinas. «Señor Lewis...»

—Ese soy yo —aclaró el viejo sepulturero.

«O señor Gonzalez...»

—Ese es mi nombre —dijo otro sepulturero.

«Soy el doctor Lister. Disculpen por dejarles este mensaje tan tarde. Por favor, vayan y abran la tumba contigua a la de mi hija. Serán dos ataúdes esta vez.»

Nada más.

«Bueno —pensó Gabe—, ahora sé para quién era una de las llamadas que hicieron. Puede que París suene estupendamente para la mayoría de la gente, pero, hicieran lo que hicieran en el pasado que les obligara a huir en el presente, decidieron que no podían irse dejando a su hija atrás.»

Usó su placa para pasar el control de seguridad sin hacer cola. «Pronto ya no podré hacerlo», pensó.

Cuando llegó a la zona de Salidas, vio a un par de empleados de la aerolínea muy atareados... y un aviso de que su vuelo se retrasaba. Gabe oyó gemidos y quejas de las personas sentadas a su alrededor. Pero a él le daba igual. No tenía prisa por llegar para que lo despidieran. Pensó en quién estaría allí: «El jefe.

RH. ¿Quién más querrá unirse al grupo para entregarme el finiquito?»

Sopesó esa idea, contraponiéndola a la palabra que le había dicho Marta: «peligroso».

Gabe se dejó caer en un asiento vacío. Miró hacia el otro lado de la zona de Salidas y vio una fila de personas esperando para embarcarse en otro vuelo. Distraídamente, miró cuál era su destino: Minneapolis.

«La primera parada en la ruta de huida que el doctor y su mujer decidieron no tomar.» Trató de imaginar la discusión final entre ellos: ¿París o 9 mm?

Una extraña sensación se adueñó de él. Fuc un poco como ver una columna de humo a lo lejos, sabiendo que indicaba un fuego e imaginando las llamas y los camiones de bomberos y toda la actividad que requería la emergencia, pero sin ver nada de todo eso en realidad, comprendiendo simplemente que ocurría en otro lugar.

Se colocó el portátil sobre las rodillas y lo abrió. Tras teclear brevemente, apareció un mapa en la pantalla, y luego una serie de fotografías del río Big Hole.

Sacó el móvil y llamó a Marta.

—Oye —dijo ella—, no deberíamos hablar por teléfono. Ya te lo he dicho antes. ¿Estás ya de camino? —Se interrumpió. Sentía deseos de decirle: «Quédate ahí, donde estarás a salvo.» Pero, por otro lado, una voz interior le gritaba: «Te necesito. Esto no ha terminado. Esto no va nada bien.»

—Lo comprendo —dijo Gabe—, pero necesito que compruebes algo por mí.

No esperó a que Marta insistiera en sus temores sobre el teléfono. Simplemente siguió embalado:

—Uno de los documentos que el médico trituró antes de irse a París o al cielo parecía la carpeta de antiguos expedientes médicos. Solo se veía que era de algún día de junio o julio de 1993. ¿Podrías intentar averiguar qué hacía el médico en aquella época?

—Alguna cosa más habría —dijo Marta.

—Sí. Lo que parecía parte de una W y parte de una H.

—¿Western Hospital?

—Es lo que pensé. Me pregunto si el doctor Lister llegó a tratar a Tessa. Profesionalmente, quiero decir. Mira a ver si consigues averiguarlo.

—¿Qué vas a hacer tú?

—Aprender a pescar con mosca en el oeste.

Marta respiró hondo.

—Gabe, ¿lo tuyo es cabrear a todo el mundo hablando para que no se te entienda?

—Sí, pero en este caso no.

—Gabe —repuso ella lentamente, para hacerle ver que no era momento para bromas—, ha muerto mucha gente por un antiguo caso sin resolver que ya no le interesa a nadie.

Él tosió para ocultar una media carcajada. Seca.

—Comprueba esos expedientes —dijo—. ¿Sabes lo que se me ha ocurrido? Siempre existe la posibilidad de que haya otras personas muertas de las que aún no sabemos nada.

—Ya. O que quizás estén a punto de morir.

44

Marta entró con el coche en el aparcamiento del Western Hospital y esperó, asegurándose de nuevo de que no la habían seguido. La sensación de paranoia, no del todo racional, resultaba casi abrumadora. Durante cinco minutos, observó todos los coches que entraban y salían. Cuando se convenció de que estaba sola, rápidamente caminó a lo largo de las hileras de coches aparcados, dirigiéndose a la entrada principal.

Era un hospital pequeño, moderno, con una sala de urgencias a la derecha y el edificio principal a la izquierda. Atendía a las necesidades de una pequeña ciudad a treinta kilómetros al norte de la ciudad de Marta, cerca de la universidad en la que daba clases el padre de Tessa. No tenía la caótica energía urbana que Marta asociaba con luces, sirenas, heridas de bala, sobredosis y accidentes de coche. En aquel hospital se arreglaban tobillos fracturados de futbolistas adolescentes, o se les hacían electrocardiogramas a los profesores que sufrían dolores en el pecho.

No tardó mucho en encontrar a un empleado servicial en el archivo. Era un hombre de pelo cano, un poco grueso, y mostraba la actitud de alguien que pasa demasiado tiempo en su mesa, solo con su ordenador. Saludó a Marta con entusiasmo. La visita de una policía rompía la rutina cotidiana.

—¿En qué puedo ayudarla, inspectora?

—El doctor Thomas Lister...

—Oh, terrible. He visto en el periódico que ha muerto.

—¿Lo conocía usted?

—Sí. Era un buen hombre, siempre meticuloso con el papeleo, lo que a nosotros nos ayuda mucho aquí. El mejor. A nadie le sorprendió cuando se fue por un trabajo mejor.

Marta sacó un bloc de notas.

—Si le doy una fecha... —empezó.

El empleado meneó la cabeza.

—Puedo decirle si trabajaba aquí, pero poco más.

—Junio o julio de 1993.

—Fácil. Justo entonces lo nombraron jefe de Urgencias. El más joven de la historia. Se fue a principios de 1997.

—Los casos que llevó...

—Imposible. O casi imposible. Seguramente trató a cientos de pacientes distintos esos meses. Tendría que ir al sótano, donde guardamos los expedientes antiguos y sacarlo todo. En aquella época, de principios a mediados de los noventa, fue cuando empezamos a informatizarlo todo. La mayor parte de los expedientes están en papel. Tardaría días en encontrar todos sus casos. De todas formas, sin una autorización, inspectora, imposible. Lo siento.

«¿Autorización? ¿Y qué más?», pensó Marta.

—Si alguien se hubiera llevado algunos de esos viejos expedientes, los que siguen en papel...

—No habría sido una violación de las reglas del hospital, pero podría ir contra la ley, dependiendo de lo que se hubiera llevado.

—¿Podría comprobar usted un nombre más? Solo necesito saber si a esa persona la trajeron aquí cuando el doctor estaba en Urgencias.

—Claro. Eso es mucho más fácil.

—Theresa Gibson. Era una menor.

El empleado abrió la boca para decir algo y miró a Marta con cautela.

—Podría perder mi trabajo —dijo—. ¿Esto es importante de verdad?

—No lo preguntaría si no lo fuera. No necesita una autorización para comprobar si falta un expediente o dos. Theresa Gibson. Junio o julio de 1993. O cualquier otra fecha en la que pudieran traerla aquí, hasta octubre de 1996.

—¿Quiere que yo...? —empezó él antes de interrumpirse—. Me está pidiendo un enorme favor. —El empleado miró alrededor. Estaban solos en la oficina—. Espere aquí —dijo—. Si entra alguien, invéntese algo. No me haría ninguna gracia que algún supervisor me preguntara por qué la estoy ayudando sin autorización.

Apartó la silla de la mesa para levantarse, meneó la cabeza como si no diese crédito a lo que estaba a punto de hacer, y desapareció por una puerta trasera.

Marta miró el reloj de pared. «Cinco minutos —dijo, esperanzada—. No; diez.»

Fueron casi treinta. Cuando el empleado regresó, venía limpiándose las manos con una toalla de papel. Se sentó de nuevo a su mesa, agarró el dosificador de desinfectante para manos y se frotó enérgicamente palmas y muñecas.

—Lo siento —dijo—. No hay ningún expediente de Theresa Gibson. Ninguno. He comprobado todos los expedientes con la G. Pero también una caja que contenía algunos expedientes de Urgencias de julio de 1993. No puedo asegurarlo al cien por cien, pero... —Se interrumpió.

—Faltan expedientes —terminó ella.

—Eso parece. Es decir, tendría que hacer una búsqueda exhaustiva, porque algunas cosas se archivaron mal, ¿sabe? Sobre todo desde que se hizo la transición a los ordenadores...

—Entonces, si a Theresa Gibson la trataron en Urgencias...

—Todo registro de cualquier visita ha desaparecido.

—Y si el doctor Lister fue el médico que la trató...

—Sus expedientes han desaparecido.

«Bueno, seguramente eso explica lo de la trituradora de Miami», pensó ella.

El empleado se inclinó hacia delante para hablar en voz baja.

—Podría darle el nombre de algunas enfermeras y residentes que trabajaban en Urgencias por aquel entonces.

—Fue hace mucho tiempo. ¿Cree que lo recordarían?

—Depende de por qué la trajeran a Urgencias. —Vaciló antes de continuar—. La mayoría de las veces los niños vienen por cosas nimias. Gripe, anginas, por caerse de la bici y cosas así.

—¿O?

—A veces la gente viene a Urgencias con sus hijos porque no quieren ir a un pediatra, porque esos médicos están mejor entrenados para reconocer otras cosas.

—¿Qué quiere decir?

—Heridas y enfermedades que no las causan caídas de bicicleta —respondió en voz baja—. Formas de maltrato. Y eso es lo que suelen recordar las enfermeras cuando traen a los niños. Un brazo roto, un ojo a la funerala, moretones, marcas de quemaduras. Se ven toda clase de cosas. Cosas malas. Incluso en un hospital como el nuestro. Y ellas lo recuerdan.

El empleado se echó hacia atrás. Marta percibió su tensión.

—Si un médico sospecha de algún tipo de maltrato —empezó, pero el hombre la interrumpió.

—Está obligado a informar directamente a Protección de Menores. Tienen que llamar de inmediato.

—Y eso...

—Es obligatorio —zanjó el empleado con contundencia—. Si un médico no informa, podría perder su licencia. Podrían demandarlo. El hospital también se metería en problemas. Grandes problemas. Feos titulares, abogados, quizás incluso audiencias públicas y todo eso. Podría perder la acreditación, lo que supondría el fin. El estado es muy estricto con esas cosas.

—¿Qué pasa después de que hayan informado?

—Intervienen los servicios sociales. Se llama a la policía. Hay visitas a la casa, evaluaciones psicológicas. Tal vez se retire la custodia a los padres y se dé al menor en acogida, si corre peligro en su casa. Eso es lo primero que determinan, y enseguida, además.

—Si alguien hubiera llamado y hubiera hecho uno de esos informes obligatorios en 1993 o más tarde, ¿se reflejaría en sus archivos?

Él meneó la cabeza al tiempo que tecleaba brevemente en el ordenador y miraba la pantalla.

—No veo nada. Pero esos expedientes que faltan... podría estar en ellos. Si el doctor Lister hubiera ordenado una evaluación psiquiátrica, o hubiera llamado a Protección de Menores o hecho alguna cosa además de tratar a un paciente que hubiera acudido a Urgencias, estaría en esos expedientes. —Y prosiguió en voz baja—. Existe otra posibilidad. Quizá debería haber informado como era su obligación... pero no lo hizo. —Vaciló un momento—. Pero, inspectora, no suele ser tan sencillo.

—¿A qué se refiere?

—Los médicos de Urgencias siempre son reacios a llamar a la caballería a menos que estén absolutamente seguros, porque pueden destrozar a una familia. Una llamada de esas es como una bomba atómica lanzada sobre un hogar.

Antes de que Marta pudiera replicar, el empleado volvió a mirar alrededor, aunque ambos sabían que no había nadie cerca de la oficina y que nadie escuchaba su conversación.

—Recuerdo a la perdida Tessa —dijo él—. Recuerdo a gente de la plantilla hablando de ella cuando desapareció. Algunos fueron a ayudar a los equipos de búsqueda, ya sabe, por si se necesitaban médicos o enfermeros. Y creo recordar que alguien dijo haberla visto aquí. En Urgencias, como decía usted. —Hizo una pausa—. Ojalá pudiera recordar quién fue para decírselo. Porque sería agradable convertirme en el tipo que ayudó a descubrir lo que le ocurrió a Tessa, aunque sea después de tantos años.

Había salido el sol. Marta caminó lentamente de vuelta a su coche. Hacía calor en el interior, cuando se sentó al volante. Tenía la sensación de que le ardía la piel. Debería haber abierto la ventanilla o encendido el aire acondicionado, pero no lo hizo. Dejó que el calor la abrasara. Dentro del coche, incluso su aliento parecía arder.

Desvió la vista hacia la entrada de Urgencias. Había una ambulancia aparcada delante. Las luces rojas y amarillas aún parpadeaban.

Recordó la única visita que había hecho a Urgencias con su hija. «Una vez, por un corte con el columpio del parque. Le pusieron la antitetánica y le dieron seis puntos. Cruzamos la ciudad con el coche a toda velocidad: lágrimas y sollozos en la parte de atrás. Y yo diciéndole: "Todo irá bien, mi amor, tú sujeta fuerte la toalla."»

Marta tenía un nudo en la garganta. «Cuando vi la sangre en el pecho del inspector Tompkins me quedé conmocionada, pero sabía lo que debía hacer. Cuando vi la sangre en el brazo de Maria, estaba aterrada.»

Su memoria se llenó de imágenes de aquella única visita a Urgencias. «Me preguntaron tres veces cómo se había hecho el corte Maria. Primero la enfermera de admisión, luego el médico que limpió la herida y la cosió; después la enfermera jefe que vino con la receta para los antibióticos. Comprobaban si cambiaba mi historia. Querían asegurarse de que el corte se lo había hecho jugando en el parque, no provocado por mí. Que era un accidente. Que no era deliberado. Que no era maltrato.»

Marta respiró profundamente. El aire caliente levantó ampollas en sus pensamientos. «Entonces, Felix y Ann Gibson llevaron a Tessa a las Urgencias que dirigía su amigo, una persona a la que podían presionar para que no llamara a Protección de Menores.

»¿Fue eso lo que ocurrió?

»Las pruebas han desaparecido. Trituradas veinte años después. Pero a veces, cuando una cosa no está donde debería, te dice tanto como lo que sí está.

»Bien por ti, Gabe. Aunque solo fuera una corazonada, ha sido cojonuda.»

Marta sintió náuseas.

Trató de imaginarse el momento en que Tessa salió de casa del médico, después de despedirse de su mejor amiga y de sus padres. Fuera era de noche. Pero quizá, pensó, no era la oscuridad lo que le daba miedo al médico de Urgencias. Lo que quizá temía era el momento en que Tessa llegara a casa.

45

Cuando Marta era joven, había visto un documental sobre animales en que la cámara había captado a una madre pata atrayendo deliberadamente a un coyote lejos de su nido y sus crías, fingiendo estar herida, aleteando un ala provocativamente, pero cada vez que el coyote se acercaba a pocos pasos, echaba a volar unos metros más allá. Lo bastante lejos para que el coyote no la alcanzara, y lo bastante cerca como para que el depredador lo siguiera intentando. Marta no volvía a su apartamento. Si había alguien siguiéndola, no pensaba guiarlo hacia su madre y su hija. Así que volvió al departamento.

Después de abandonar el hospital, se detuvo en un Barnes & Noble. Dejó atrás novelas románticas y de suspense, libros de historia y de política, hasta que encontró un libro de texto: *Psicología anormal.*

Lo llevaba en el asiento del coche cuando llegó al departamento. Miró el edificio. No sabía muy bien si quería entrar, pero no se le ocurría otro sitio al que ir.

Esperó a que la entrada quedara vacía y no llegaran coches. Luego, encorvada y cabizbaja, caminando deprisa pero sin atraer la atención, recorrió el aparcamiento. La entrada para el personal tenía un sistema de seguridad por tarjeta. Rápidamente metió su identificación en el lector y cruzó la puerta en cuanto se abrió con un zumbido. Se metió por el primer pasillo que encontró, dejando de lado los ascensores para dirigirse a la escalera de incendios. Salió al pasillo donde se encontraba la Mazmorra, caminando todavía deprisa. Se cruzó con dos inspectores y con tres agentes uniformados que se encaminaban al cambio de turno. Evitó mirarlos a la cara y se metió en la Mazmorra.

Dentro estaba la luz apagada.

Se apoyó en una pared y esperó en la penumbra, alegrándose por un momento de que no hubieran limpiado la mugre de las ventanas.

Al cabo de un rato fue a su mesa. Se daba cuenta de que estaba actuando más como madre que como inspectora. Abrió *Psicología anormal* sobre su regazo y empezó a leer. Cada vez que surgía una palabra, frase u opinión interesante, se aseguraba de comprenderla bien buscándola en internet. Trastorno límite de la personalidad. Antisocial. Narcisista. Síndrome de Münchhausen por poderes. Fue un curso acelerado sobre maldad potencial. Los minutos transcurrían mientras ella se sumergía en las posibilidades del horror. Apenas podía contener la ira pensando en que hubieran abusado de Tessa. «Abusado —pensó—. Qué palabra tan floja e insustancial para describir una pesadilla.» La embargó una extraña sensación de indignación: veinte años atrás, le había ocurrido algo terrible a una adolescente, y ahora ella sentía una rabia casi irrefrenable. Rabiosa, mientras esperaba a que Gabe regresara, Marta descendió al peor de los mundos: el de los padres que matan a sus hijos.

O lo intentan.

O quieren matarlos.

Era peor que la pornografía.

Leyó atentamente secciones sobre maltrato infantil. Una búsqueda en internet produjo 136 millones de resultados. Estudios científicos, estudios académicos y decenas de miles de artículos de prensa.

—Joder —murmuró.

Padres que hacían tragar a sus hijos ácidos y productos de limpieza. Padres que inyectaban materia fecal a sus hijos. Padres que asfixiaban a sus bebés con almohadas y los revivían en el último momento. Luego estaban los padres que rompían brazos, azotaban con correas o con varas de abedul, que obligaban a sus hijos a sumergir las manos en agua hirviendo. Que los mataban de hambre. Los recluían. Los torturaban físicamente. Una lista interminable de salvajadas. Cada caso era distinto. Al mismo tiempo, todos eran iguales.

—Joder.

Hasta entonces Marta suponía que la maldad se circunscribía a los estratos más pobres de la sociedad, o a cultos extraños, o a una mezcla de ambas cosas. A parques de caravanas y suburbios infestados de ratas, a valles remotos y granjas solitarias convertidas en lugar de reunión de fanáticos religiosos. Lugares de gentes incultas donde el mal anidaba con extraordinaria facilidad. Lugares donde los vecinos podían volver la espalda y fingir que no existía, o que era normal, o peor aún, que no era malo en absoluto.

Se equivocaba.

Maltrato en Park Avenue. Maltrato en Back Bay, Georgetown, Shaker Heights y Palm Springs. No había fronteras para esa clase de delitos, que amenazaban con engullirla.

La diferencia estaba en que el dinero, la raza, los privilegios, la educación y la relevancia social ocultaban la depravación en aquellos lugares.

Marta recordó a Ann Gibson entrando con actitud altiva en el despacho del psiquiátrico, con todo el aspecto de un miembro de una familia real, levemente molesto. Lo que no parecía era una persona a la que trataran por maltrato infantil.

Tampoco el marido, Felix Gibson, que había rescatado a una alumna de una relación peligrosa.

¿Asesinos? ¿Torturadores?

¿Cuál de las dos cosas? ¿Ambas?

No encajaban exactamente en ninguno de los perfiles psicológicos que resaltaban en las páginas que estaba leyendo. El síndrome de Münchhausen era distinto de otros tipos clínicos de maltrato infantil.

No encontró gran cosa sobre alguna pareja dedicada a algún tipo de tortura sistemática. Encontró ejemplos de parejas de asesinos en serie, parejas de ladrones de bancos, parejas de timadores, parejas sexualmente depravadas... pero ¿parejas de maltratadores? Eso sobrepasaba los niveles de lo extraño.

Y luego estaban el médico de Urgencias y su mujer, profesora de inglés. ¿Habrían denunciado a su vecino, a su amigo? ¿A los padres de la mejor amiga de su hija? ¿Habrían realizado esa llamada que tal vez arruinaría sus vidas pero también salvaría otra? ¿No tendrían que estar seguros?

«Sí. No. No tengo ni idea.»

La cabeza le daba vueltas.

Hizo ademán de llamar al psicólogo del departamento para ver si él podía explicárselo, pero se detuvo antes de marcar el que era el último número del listín policial. Agarró el expediente de Tessa de su mesa y lo revisó por enésima vez. Intentó imaginarse al médico de Urgencias y a su mujer muertos en el coche en el aparcamiento del aeropuerto de Miami. «Si él sospechaba que había malos tratos, estaba obligado a informar a las autoridades. No lo hizo.» La obligación de informar a Protección de Menores no solo habría sido fundamental, sino que debería haber sido lo primero que se comprobara la noche de la desaparición de Tessa. «Incluso RH lo habría sabido, a pesar de lo verde que estaba entonces. El jefe, que apareció por allí y luego se fue, también.» El doctor podría haber hablado incluso a hurtadillas con RH o con el jefe esa misma noche, para comunicarles sus sospechas, y todo habría cambiado.

Sin embargo, no encontró mención alguna a sus suposiciones, ni ningún otro informe, en el expediente de Tessa. Ni del FBI. Ni de la Policía Estatal. Ni de ninguno de los que estaban presentes aquella noche. Nada indicaba que a Felix y Ann Gibson los consideraran sospechosos de ningún delito en ningún momento.

«¿Qué te dice todo esto, Marta?

»A lo mejor los malos tratos fueron en aumento hasta llegar al asesinato, cuando ella volvió a casa de noche en contra de los deseos de sus padres.

»A lo mejor su cadáver ya estaba enterrado en el sótano.»

Se estremeció ante la idea. Pero repasó la cronología de los hechos y le pareció posible.

¿Cuánto tiempo necesitarían? ¿Minutos? ¿Segundos? Marta dejó escapar un gemido.

Había oído la grabación de la llamada realizada a emergencias, ya que la cinta se incluía en el expediente. En la voz de la madre se detectaba auténtico pánico.

Pero quizá fingía. ¿Pánico fingido?

Balanceándose en su asiento, dejó que las diferentes piezas del caso dieran vueltas en su cabeza. Trató de organizar sus ideas, hacer que parecieran razonables, pero no pudo.

De repente todo lo que leía y todo lo que imaginaba le produjo náuseas. Notó que le subía la bilis a la boca cuando pensó en la pesadilla que debía de haber sido la vida de Tessa. Alargó la mano hacia la papelera metálica y se inclinó para vaciar el estómago con la frente cubierta de sudor. Cuando remitieron las arcadas, permaneció doblada sobre sí misma como si alguien la hubiera golpeado en el estómago. Seguía en esa posición cuando apareció Gabe.

—El Muerto Andante —dijo él animadamente.

Marta se levantó al instante y no pudo evitarlo: le dio un abrazo. La sensación de no estar ya sola fue abrumadora. Le hacía muy feliz verlo.

Pero lo que dijo fue:

—Debería darte un puñetazo.

—Culpable —replicó él—. Tu heterodoxo enfoque obtendrá una confesión completa.

—Tenía miedo por ti —explicó ella—. Seguramente el jefe te estará buscando.

—Sí, sin duda. Querrá verme nada más llegar.

—¿Y bien?

—A lo mejor no he llegado todavía. —Gabe sonrió: una fanfarronada de héroe romántico ante el pelotón de fusilamiento, un rictus irónico en los labios. «No, gracias, no necesito venda en los ojos.»

—Bueno, ¿has ido al hospital?

Marta recogió *Psicología anormal* y lo colocó abierto delante de Gabe. Dio unos golpecitos en él con el dedo índice.

—Joder —dijo él—. ¿Crees que los padres...?

—Creo muchas cosas. Pero lo que podría, podríamos, declarar bajo juramento en un tribunal es lo mismo que nada.

—Hizo una pausa y resopló. Era el típico dilema del policía entre lo que sabe y lo que puede demostrar. Marta meneó la cabeza—. Alguien se está yendo de rositas —añadió con firmeza.

—Bueno, si el doctor Lister y su mujer hicieron algo, no se han ido de rositas precisamente. O quizá sí. Es difícil saberlo. —La voz de Gabe había cambiado. Todas las bromas y la despreocupación demostradas a su llegada se habían esfumado.

—Supongo que podría decirse lo mismo de Joe Martin.

—Bueno. Sé cuál es el siguiente de la lista.

—Yo también —aseguró Marta—. Tenemos que volver a hablar con el profesor de Química y con la señora tocada del ala. Y preguntarles por sus visitas a Urgencias hace veinte años.

Gabe asintió.

—¿Cuánto tiempo dura el sentimiento de culpabilidad? —preguntó Marta.

Él se lo pensó antes de contestar.

—¿Un minuto? ¿Un año? ¿Veinte años? —«Yo no me solté del costado de la embarcación. ¿Me atormentará eso para siempre?» Miró a Marta. «Disparó al oír un ruido. ¿Cómo se libra uno de ese recuerdo?» Añadió—: Creo que tendré que salir a escondidas de aquí, antes de que alguien se dé cuenta de que he vuelto.

Señaló la Mazmorra con un gesto de la mano.

—¿Quién habría pensado que meternos en este cuchitril donde nadie puede vigilarnos acabaría por ayudarme? —Esta idea le hizo reír.

Marta pensó: «Al parecer le encanta la ironía.»

—Oye —dijo—. Hemos hablado con un montón de gente. ¿No te parece que las personas que deberían comportarse como si se sintieran culpables son las que no lo hacen? Y las que sí, quizá no deberían.

«La culpa —pensó Gabe— es una emoción hecha a la medida de cada persona.»

—Me pregunto si alguna de las personas involucradas en todo esto estará dispuesta algún día a contarnos la verdad —comentó.

—Lo dudo —dijo Marta—. ¿Lo harías tú?

—No. ¿Y tú?

Ella se lo pensó antes de contestar.

—No —respondió—. Jamás.

Vio que Gabe iba a levantarse de la silla, pero se inclinó hacia él y le puso una mano sobre el brazo para detenerlo.

—Creo —dijo despacio— que quizás estemos en peligro.

—¿Por qué lo crees?

—Por Dos Lágrimas. Alguien quería que viniera a por mí. Y supongo que también a por ti.

—¿Alguien?

Marta sacó su móvil y buscó la foto de la fiesta de jubilación. Se la enseñó sin decir nada. Él la miró.

—¿Crees...?

—No sé qué creer. Solo sé que todo está relacionado de alguna manera que aún no logramos ver.

Gabe trató de asimilar sus palabras.

—No sé si... ¿Crees que el peligro podría ser distinto para ti que para mí? A ver, como somos compañeros, damos por supuesto que lo que le ocurra a uno le ocurrirá al otro igual. Pero a lo mejor no es ese el caso.

Marta entreabrió la boca para responder, pero se detuvo. La observación de Gabe era aún más aterradora. «Estamos juntos. Somos compañeros. Trabajamos en los mismos casos. Pero quizá no.»

—Joder —musitó.

Gabe se volvió hacia su ordenador.

—Me pregunto... —empezó—. Uno no deja de ser burócrata. Aún tengo todos los códigos de acceso.

Marta vio que había buscado el expediente personal de RH. Gabe lo leía rápidamente, buscando un vínculo con Dos Lágrimas. No lo encontró, pero detectó otra cosa.

—¿Te dice algo el nombre Tompkins?

Ella se sintió como si le hubieran rodeado el pecho con una cincha y la apretaran tan fuerte que no pudiera respirar.

—Sí —gruñó en un suspiro—. Me dice algo. —Se esforzó por recobrar la compostura. Era mi compañero en Narcóticos. Fue el tipo al que... —se interrumpió. «¿Qué digo? ¿El tipo que me lo enseñó todo? ¿El tipo al que disparé?»

Gabe seguía mirando el expediente.

—¿Sabías que hace mucho tiempo, cuando RH no era más que un uniformado de patrulla, antes de conseguir su placa dorada y pasar a la brigada, Tompkins fue su compañero de patrulla?

«No. No lo sabía», pensó Marta. No tuvo que decirlo en voz alta. Gabe lo notó en su rostro.

Él cerró la pantalla del ordenador y recogió sus cosas de la mesa.

—Muchas personas han muerto por unos casos antiguos sin resolver.

—Sí —replicó Marta.

—¿Crees que alguien está dispuesto a matar por el mismo motivo? —Gabe se echó a reír, como ríe alguien a quien dan una mala noticia o un diagnóstico terrible, porque la reacción verdadera sería insoportable.

Cuando abandonaron la Mazmorra, por alguna razón a Gabe le vino a la memoria un dinámico libro que le leía a Michael-no-me-llames-Mike, cuando su hijo tenía seis años. Imaginó la solapa del libro y los colores de sus páginas: rojos vibrantes, amarillos resplandecientes, verdes y azules exuberantes. Recordó los fantásticos versos del doctor Seuss y sus personajes maravillosamente estrafalarios.

—*Y pensar que lo vi en la calle Porvenir* —dijo, aludiendo al título del libro.

46

Tras ponerse al día sobre lo que había averiguado cada uno por su cuenta, detalles que deberían haber aclarado las cosas pero que amenazaban con volverlo todo aún más confuso, siguieron circulando en silencio, aunque Gabe tarareaba de vez en cuando una animada melodía que contrastaba con su presente tan sombrío. Marta creía que entre los dos habían descubierto todo lo que necesitaban saber, pero las piezas del rompecabezas estaban desperdigadas sobre la mesa, por así decirlo, y aún no se habían encajado unas con otras para formar la imagen: inspectores de homicidios e informes incompletos o que faltaban; maltrato infantil y médicos de Urgencias; hospitales psiquiátricos, suicidios y mentiras; yonquis, camellos y sus madres; *Nuestra ciudad* y el *Manual diagnóstico y estadístico de los trastornos mentales*; la instantánea de la fiesta de cumpleaños de una niña de trece años. Marta creía que sencillamente les faltaba un pequeño detalle que estaba en alguna parte y que haría que todas las piezas encajaran y cobraran sentido. El problema era que la pieza había caído detrás de una silla, o se había perdido al guardar el rompecabezas en la caja.

Se preguntó si Tessa y los cuatro tipos muertos habían descendido a una especie de reino donde descubrir lo que les había ocurrido solo importaba a dos personas: a Gabe y a ella. Nadie más quería descubrir la verdad. Y, mientras reflexionaba sobre esto, pensó: «Estaría bien simplemente saber la verdad, sin presentar ninguna prueba ni demostrar nada. Podría dejarlo todo atrás. Pasar a algo nuevo. Dormir por la noche.

»Si sobrevivo.»

Miró a Gabe de reojo. Cada paso que avanzaban, cada conversación, cada nueva pieza que parecía encajar aumentaban el riesgo que corrían.

Él parecía animado, relajado. Casi feliz.

Daba la impresión de que cada nuevo peligro con que se enfrentaban lo relajaba más.

Marta tuvo la idea fugaz de que su compañero había decidido abandonar el departamento antes de que el jefe y RH pudieran darle la patada. Sería la típica escena: «No pueden despedirme, porque me voy yo.» Él mismo renunciaría. Buscaría una nueva vida. Tal vez se reconciliaría con su ex mujer y su hijo... al menos un poco. Aceptaría un empleo como asesor en alguna empresa de seguridad privada, y ganaría diez veces más que siendo policía.

O se dejaría crecer la barba, compraría una motosierra y desaparecería en los bosques canadienses para convertirse en ermitaño. «Podría recordarlo como "el perdido Gabe".»

No obstante, no veía razón alguna para que estuviera tan tranquilo. Para ser un hombre, antiguo burócrata además, que parecía haber escapado a la muerte por los pelos en más de una ocasión, estaba demasiado relajado.

Ella tenía los nervios crispados. Quería meterse en un búnker armada de cuchillos, pistolas, cañones, minas terrestres y obuses, y tener un dron cargado de misiles Hellfire que la sobrevolara dispuesto a lanzar su carga mortífera contra cualquiera que se acercara a ella.

—¿Sabes? —dijo finalmente—, el jefe y RH se enterarán de que has vuelto de Miami. Alguien te habrá visto seguro. Sabrán que los estás evitando.

Gabe sonrió y sujetó el volante con una mano para meter la otra en el bolsillo de la chaqueta. Sacó su móvil y se lo tendió a Marta. Ella lo miró y vio que el panel de mensajes estaba lleno de llamadas perdidas recientes de ambos superiores.

—Que les den. Y que esperen.

—¿Que esperen a qué?

—Bueno, a lo que descubramos cuando hablemos con el señor Química, defensor de jóvenes e impresionables universitarias, y con la señora tocada del ala a la que no le gustan los ciclistas sucios. Estoy impaciente por saber por qué creen ellos que esas dos personas tan respetables de Miami relacionadas con todo este lío se suicidaron —respondió Gabe.

Luego meneó la cabeza, como si tratara de hallarle sentido.

—Porque a ver, sé que en parte lo hicieron por su hija. Es una emoción interesante: la idea de no poder volver a visitar su tumba hizo que la muerte les pareciera más deseable. Pero eso solo lo explica a medias. Y creo que la pareja con la que queremos hablar conoce el resto.

Gabe entró con el coche en una zona de aparcamiento de la universidad.

—No le va a gustar volver a vernos —avisó Marta.

—No parece que le guste vernos a nadie. Eso es lo único con lo que esta brigada de casos sin resolver... —sonrió— ha podido contar siempre.

Atravesaron el campus caminando deprisa, observando a los estudiantes que se apartaban como el agua rodea las rocas.

Sus veloces pasos los llevaron por los pasillos del Departamento de Química; sus zapatos repiqueteaban en el suelo como castañuelas.

Intercambiaron una mirada al llegar al despacho del profesor, y Marta asintió con la cabeza. Gabe llamó entonces con los nudillos en el oscuro cristal.

No hubo respuesta.

Volvió a llamar.

Nada.

—¿Estará en clase? —preguntó Marta.

Esta sencilla pregunta no fue tan fácil de responder. Tuvieron que encontrar a la secretaria del departamento, que hubo de revisar dos veces los horarios de las clases y luego un segundo horario para las prácticas de laboratorio. Finalmente, solo pudo aconsejarles:

—Supongo que no ha venido hoy, aunque casi siempre está en su oficina cuando no tiene clase. Pero quizás hoy tenía algún otro asunto. Yo probaría en su casa.

Era un lugar hermoso y solitario. «La zona más cara de la ciudad», pensó Marta. La casa del profesor se encontraba al final de una larga calle arbolada sin salida, flanqueada por dos casas más grandes. Estaba alejada de la calzada y apenas se veía desde la calle. El jardín lucía un césped bien cuidado y macizos de flores dispuestos con esmero, bordeando un pulcro sendero de ladrillo. Era el equivalente a la casa en que había vivido Tessa, solo que más pequeña. Gabe pensó que era del tamaño adecuado para alguien que vivía solo con una carga de malos recuerdos.

Aparcaron delante y enfilaron el sendero. Gabe llamó al timbre de la puerta principal. Esperaron.

Nada.

Llamó con los nudillos.

Nada.

Por un momento, Gabe pensó que quizás el profesor Gibson había elegido la misma ruta de escape que su antiguo amigo, con el que iba a correr.

Ambos se separaron para rodear la casa y husmear por todas las ventanas.

Marta vio platos amontonados en la cocina.

Gabe esperaba ver un cadáver.

Pero lo que vio fue unos papeles diseminados por el suelo de la sala. No distinguía qué eran, aunque tenían toda la pinta de una compleja tarea. Le recordó el lío que se les formaba a algunos al hacer la declaración de Hacienda.

Marta miró por la ventana de lo que debía de ser un estudio, pero parecía una copia del despacho del profesor: estanterías, un enorme y antiguo póster con la tabla periódica de los elementos, y una pizarra llena de ecuaciones, ninguna de las cuales pudo distinguir. En una pared más lejana había un soporte de madera para cañas de pescar y media docena de cañas aparejadas. En un par de ganchos había unos sombreros.

Se reunieron de nuevo frente a la puerta principal.

—¿Dónde estará nuestro buen profesor? —ironizó Gabe—. Muy ocupado salvando a universitarias, supongo.

—¿Deberíamos solicitar una orden de búsqueda?

—¿Y qué delito le vamos a imputar si lo encuentran?

—Mierda —dijo Marta—. ¿Siguiente paso? —Sabía la respuesta antes incluso de que Gabe contestara.

—¿Cómo lo llamó aquel chaval? El sitio para los locos.

El director del hospital se mostró molesto.

—No puedo ayudarles, mejor dicho, no quiero.

Gabe le lanzó una dura mirada. Le pareció que el director era la clase de persona que siempre tiene una mesa de despacho muy grande para poder ocultarse tras ella. Se dijo que el jefe y el director del hospital estaban hechos con el mismo molde, así que volvió a emerger esa nueva actitud suya de pasar de todo.

—Bueno, ¿en qué quedamos? ¿No puede o no quiere?

El hombre frunció el ceño, pero su voz se mantuvo serena.

—No puedo —decidió—. La señora Gibson ya no es paciente nuestra. Pidió el alta ayer... en contra de los consejos de sus médicos.

Gabe sonrió e indicó a Marta con un gesto que debían irse.

—Supongo que aquí no la ayudaban lo suficiente —dijo al director.

La carretera que conducía a la casa de Ann Gibson parecía, si cabe, aún más aislada y retirada que antes, silenciosa como un cementerio al anochecer. Los rodeaban los colores de la campiña, verdes profundos y tonos marrones. Las arboledas se abrían a las vistas de las colinas y el modesto perfil de las montañas Berkshire montaba guardia en la distancia. Ningún otro coche circulaba por la carretera, y las pocas casas por las que pasaban estaban alejadas las unas de las otras y parecían deshabitadas.

—¿Crees realmente que hablará con nosotros? —preguntó Marta—. Si le pregunto por qué Tessa tuvo que ir a Urgencias tantas veces... —Airada, no acabó la frase.

—Quizá. Tenemos que ser optimistas.

—Lo dudo —replicó Marta.

Gabe sonrió.

—Es una sensación extraña, ¿verdad? Cuando uno está absolutamente seguro de que alguien sabe algo fundamental para lo que intenta descubrir, pero esa información se le niega.

—Es algo habitual en el mundo de los policías —dijo Marta.

Él miró el paisaje. Era la última hora de la tarde, y la sensación de la oscuridad cerniéndose sobre ellos era palpable.

—Ahí está el camino que lleva a su casa —dijo—. Espero que la encontremos allí.

Gabe enfiló el largo y sinuoso camino. Cuando llegaron, vieron dos coches aparcados delante de la antigua granja, un caro Range Rover SUV rojo y un Audi sedán. Este era plateado y parecía resplandecer a la luz del crepúsculo.

—¡No me jodas! —exclamó Gabe, atónito.

Felix Gibson estaba apoyado contra su coche, con la vista clavada en la casa y los brazos cruzados, como sumido en hondas reflexiones. O como si temiera acercarse. O como si esperara que ocurriera algo.

Cuando vio a los dos inspectores, a Gabe le pareció distinguir una expresión resignada en su cara.

Marta fue la primera en salir del coche.

—Le hemos estado buscando, profesor.

Gibson suspiró.

—No me sorprende —dijo—. Sospecho que creen que he hecho algo malo.

Gabe también se apeó. Estaba a punto de hacer un comentario sarcástico, pero Gibson se le adelantó con la seguridad de un hombre acostumbrado a sentar cátedra delante de un público de inquisitivos alumnos.

—No he hecho nada malo —afirmó—. O quizá sí. No está tan claro como seguramente piensan ustedes.

47

Marta se acercó al profesor buscando acortar distancias, hacer que se sintiera incómodo.

—Quiero que me hable de aquellas visitas a Urgencias —dijo en voz baja, recalcando cada palabra con intensidad y determinación—. Hace más de veinte años. Cuando llevaba a Tessa a ver a su amigo y vecino.

—Ya —dijo Gibson, asintiendo—. Las visitas a Urgencias. ¿Qué más? —Sonaba como un camarero que anota el pedido en un restaurante.

—El padre Ryan me dijo que representó un papel la noche que desapareció Tessa. ¿Cuál fue ese papel?

Una leve sonrisa curvó las comisuras de la boca de Gibson.

—¿Eso dijo? Seguramente el buen padre no debería haberle dicho nada. Pero es un hombre honesto atrapado en una situación que requiere una gran deshonestidad. Mantener las mentiras año tras año es una carga muy pesada.

—Puede que haya un par de monaguillos que discrepen sobre su concepto de la honestidad —replicó Marta.

El profesor se encogió de hombros.

—En eso tiene usted razón, pero está fuera de mis parámetros. Es una situación distinta derivada de una serie de circunstancias distintas. Aunque es interesante: el buen padre es fuerte en un aspecto y débil en otro. El cerebro contra la carne. Fascinante.

Gabe intervino antes de que Marta pudiera responder.

—¿Por qué se suicidaron el doctor Lister y su esposa? ¿Habló usted con ellos antes de que lo hicieran?

La sonrisa se desvaneció de los labios del profesor.

—Era muy buen amigo. Quizás el mejor que he tenido, o que podría haber tenido. Íbamos juntos a correr. Charlábamos sin parar durante kilómetros. ¿Sabe usted cuántas vidas salvó Lister, inspector? ¿Cientos? Quizá miles. Desde luego salvó la mía. Si no fue capaz de salvar la suya propia, ¿no cree usted que merece llevarse ese fracaso a la tumba sin que lo perturben?

—¿Habló con él antes de que su mujer le pegara un tiro en la cabeza? Un simple sí o no, profesor. —Gabe esperaba que su brusquedad se tradujera en una respuesta menos esquiva. Ya sabía que había habido una llamada. Solo quería oírselo decir al profesor.

Gibson frunció los labios antes de contestar.

—Las respuestas raras veces son tan sencillas, inspector. Pero empecemos con un sí. Era la primera vez que hablábamos en muchos años. Solo fueron un par de minutos. Acordamos quedar algún día en un lugar mejor, aunque ambos sabíamos que había muy pocas posibilidades de que eso ocurriera. Ninguno de los dos teníamos la fe del padre Ryan. Ni la de mi mujer, ya puestos. Y después murió.

—¿Qué crimen cometió él, profesor?

—El crimen de ser un buen amigo.

Marta se acercó más, encarándose con él a escasos centímetros. Los dos inspectores flanqueaban al profesor de Química, que seguía apoyado en la puerta de su coche.

—Eso no es una respuesta.

—¿Quieren que les diga que era culpable? ¿Creen que estoy aquí para facilitarles el trabajo? No diré nada sobre mi amigo.

Gibson levantó la vista hacia la granja que pertenecía a su ex mujer.

Marta y Gabe siguieron su mirada. Ambos vieron lo mismo: Ann Gibson en el porche de la casa, observándolos.

A Marta le pareció inmóvil como una estatua.

Gabe pensó que los miraba como un espectro colérico.

El profesor no pareció inmutarse.

—El amor es curioso, ¿verdad, inspectores? Nos impulsa a hacer toda clase de cosas que van más allá de nuestras capacidades, que están fuera de nuestro alcance. —Señaló a su ex mujer—. Leí en una ocasión la historia de una mujer que vio a su hijo atrapado bajo un coche. Sin ayuda, levantó el coche para liberar las piernas de su hijo. Una fuerza inimaginable. Desafía toda explicación científica. Mi mujer también tenía esa fortaleza. Fue mi primer amor. Eso significa algo. Hubo un tiempo en que la quise mucho. Supongo que aún la quiero, aunque no debería. Pero cuidar de ella, incluso después de separarnos, ha sido siempre mi prioridad. Y mi lucha.

Vieron a Ann darse la vuelta y entrar en la casa. A Marta le pareció vislumbrar su silueta tras un ventanal, pero no estaba segura. Era como una sombra moviéndose por una pared.

Gabe se volvió hacia el profesor. Formuló su pregunta con la mayor frialdad de que fue capaz:

—Pero había otra persona a la que también quería, ¿no es así?

El profesor lo miró lanzando chispas por los ojos.

—Por supuesto. Tessa era perfecta. Lo era todo para mí. Si alguna vez tuve esperanza, fue gracias a ella.

—¿Todo?

—Mas que cualquier otra cosa. —El profesor hizo una pausa para aspirar una profunda bocanada de aire—. Igual que lo era todo para mi mujer. —Volvió a vacilar antes de proseguir—. Pero su amor se volvió algo completamente distinto. No sé cómo ni cuándo ni por qué. Lo he repasado todo mentalmente un millón de veces, tratando de hallar la respuesta. Nunca la encontré, al menos ninguna que pudiera dar por cierta. Pero lo que ocurría era real. Un amor obsesivo. Un amor que se transformó inexorablemente en algo malvado. Un amor que no podía controlar ni refrenar, y que yo me vi impotente para detener.

Se volvió de pronto hacia Marta.

—Ha preguntado usted por las visitas a Urgencias. Bueno, la respuesta es que cada vez que íbamos allí nos acercábamos más a la muerte. —Su mirada osciló entre Marta y Gabe—. Ustedes los policías creen que el asesinato doméstico es repentino. Una decisión rápida y precipitada. Quizás una discusión que se enrarece por culpa de las drogas o el alcohol. Un disparo. ¡Bang! Y ya no hay más que decir o hacer. Eso no era lo que ocurría en mi casa. Estábamos atrapados en un proceso largo y prolongado. Era una batalla diaria. Una batalla que no cesaba nunca. Había durado años. Pero llegó el día en que comprendí que no duraría mucho más.

Sus palabras no parecían las de un hombre que confiesa, sino más bien las de un hombre que presenta sus argumentos.

—Yo lo vi. Tom Lister lo vio. El padre Ryan lo vio.

—Y entonces... —lo animó Gabe.

Gibson meneó la cabeza.

—Estaba atrapado entre las dos personas que más quería en el mundo. Las únicas que he amado de verdad. —El profesor lanzó un hondo suspiro y pareció meditar un momento antes de continuar—. Soy un experto en arsénico, inspectores. Es una sustancia maravillosa y sofisticada. A S dos O tres. Así es en su estado natural. Seguro. Corriente. Se utiliza de muchas formas positivas. Los chinos lo utilizan en medicina tradicional para curar toda clase de enfermedades. Extraordinario. Pero mezclado, procesado, oxidado, cambia su base química, puede volverse volátil y altamente tóxico. Puede matar con facilidad. —Miró a los dos inspectores—. Lo que padecía mi mujer era muy difícil de tratar, algunos dirían que imposible. Por supuesto, hay algunos resultados positivos con antipsicóticos y antidepresivos, pero el problema está en que, como ocurre con muchas enfermedades de tipo narcisista, el paciente no quiere ni puede admitir lo que es en realidad y lo que es capaz de hacer, y por tanto es prácticamente inmune a los tratamientos disponibles. A falta de una manera mejor de expresarlo, se convierte en una enfermedad existencial.

Gibson miró alrededor como inspeccionando las alargadas sombras que había frente a la casa.

—Pero no había nada existencial en lo que iba a ocurrirle a mi hija. Era inevitable. Alguien iba a morir. —Meneó la cabeza—. Pero ¿cuándo? ¿Cómo? O Tessa o Ann o yo. Alguien iba a ser asesinado. Era una tortura... para todos nosotros. Nos aguardaba la ruina, nos rodeaba. Y era yo quien debía hallar el modo de escapar de ese tornado. —Hizo una pausa antes de agregar—: Solo yo. —Su tono era inmensamente triste—. Interesante, ¿no? El viejo tópico: vida o muerte. No parece una pregunta académica, sino más bien romántica o poética... hasta que tienes que enfrentarte con ella personalmente.

—Lo sé —dijo Gabe en voz baja—. Y también la inspectora Rodriguez-Johnson.

—Yo soy un científico. Pienso como un científico. Eso me confiere cierta arrogancia. ¿Hay alguna pregunta que no pueda resolver mediante la investigación y el estudio, aplicando la razón? Yo creía que no. Me equivocaba. Cuando conocí a Ann y luego me casé con ella, sabía que ya la habían hospitalizado dos veces. Pero me cegaba mi propia presunción. Y cuando nació Tessa... bueno, pensé: «Ah, el amor la curará.» También me equivocaba sobre eso.

—Entonces, ¿decidió tomar otras medidas? —preguntó Gabe.

—Por supuesto. Y, en mi situación, una cosa estaba absolutamente clara: jamás iba a parar, por mucho que ella luchara contra su enfermedad. No puedo decirles qué sinapsis del cerebro, qué cuadrante de las emociones controlado por la corteza prefrontal definía su obsesión, pero era real. Las vidas de todas las personas que yo amaba corrían peligro. ¿Qué podía hacer? Usé el ingenio. Elegí un delito menor para impedir uno mayor. Pediré perdón por eso, aunque básicamente soy inocente.

—¿Básicamente? —terció Marta—. ¿Cómo se puede ser básicamente inocente?

El profesor asintió.

—Buena pregunta. Digamos que subestimé su determinación. Juzgué mal su obsesión.

Marta alargó el brazo y le dio tres toquecitos en el pecho con el dedo índice.

—¿Qué ocurrió, profesor? Díganoslo de una vez.

—Lo haré. Pero tienen que entender el dilema al que me enfrentaba: si a una niña de seis o siete años su madre le da un vaso de zumo envenenado con arsénico, ¿acaso no confiará en ella y se lo beberá? Supongan que esa misma niña sobrevive y llega a la adolescencia, pero la obsesión de la madre no ha cambiado.

¿Qué ocurrirá? ¿Huirá la niña? ¿Se defenderá? Tal vez se meta a hurtadillas en el dormitorio de su madre a medianoche con un cuchillo de cocina y le cercene la garganta. O quizá la madre pase del zumo a algo peor. Quizá se lance a un lago con el coche en el que van. ¿Cómo predecir lo que va a ocurrir? ¿Cómo mantenerlas alejadas, para que todo el mundo esté a salvo? —Miró a los inspectores—. No quería que nadie fuera a la cárcel. No quería que nadie muriera. Quería seguridad.

Tragó saliva y carraspeó, como si hubiera bebido de aquel vaso de zumo envenenado. Luego añadió:

—¿Siguen preguntando qué ocurrió? Bueno, aquí tienen la respuesta: incumplí la ley, pero no hice nada malo. Mi amigo Tom incumplió la ley para ayudarme, pero no hizo nada malo. La mujer de Tom, Courteny, incumplió la ley, pero tampoco hizo nada malo. Y el padre Ryan, bueno, para representar ese papel sobre el que preguntaban, tuvo que incumplir muchos de sus votos. Debió de ser una tortura para él rezar al lado de alguien, sabiendo que esas plegarias eran falsas. Porque él le pedía a Dios que nos ayudara a encontrar a Tessa, pero no era eso lo que quería decir, sino lo contrario. Y finalmente, mi mujer, la mujer que está ahí dentro... —movió la mano en dirección a la granja— quebrantó muchas leyes. Y tuvo ayuda. Pero no mía, sino de otros... —Intentaba hallar las palabras adecuadas—. Porque en su obsesión... —ordenó sus ideas y añadió—: siguió buscando a nuestra hija muerta en los lugares equivocados y del modo equivocado. Yo ya sospechaba que pediría ayuda a su hermano, y que él la ayudaría, porque también quería a Tessa. Ya se lo dije, la adoraba. Hizo todo cuanto mi mujer le pidió. Miró hasta debajo de las piedras. Pero yo sabía que siempre serían las piedras equivocadas. Lo lamentaba de veras, pero no podía hacer nada, porque le daba credibilidad a la búsqueda de Ann.

—¿Cuántas personas han muerto por lo que usted llama búsqueda? —preguntó Marta.

—Lo lamento por ellos. Pero, inspector, déjeme preguntarle una cosa. ¿Eran personas queridas? ¿Eran personas a las que echaron de menos? ¿Acaso no eran unos delincuentes? —Hizo una breve pausa—. ¿Quién les lloró, inspectores? Yo se lo diré: nadie.

«Eso no es del todo cierto», pensó Gabe, pero no lo dijo.

—No era a usted a quien le correspondía juzgarlos —le recriminó.

—Necesitamos una declaración completa —insistió Marta—. Un relato completo de los hechos.

—Ya. Lo entiendo. Simplemente no imaginaba que iba a llegar este día. Pasan los años y uno cree que todo lo que ocurrió se desvanecerá. Que lo cubrirá el musgo. O que se oxidará y desintegrará. Me equivocaba... A menos, claro está, que se vayan ustedes de aquí ahora mismo. Eso sería muy útil, porque nadie más quiere saber las respuestas que ustedes están buscando.

Los tres guardaron silencio unos instantes, como si el profesor esperara una reacción a su sugerencia. Sin mirarse siquiera, ni Gabe ni Marta veían una solución clara. Pero ninguno de los dos dijo nada. Gabe notaba la noche cerrándose a su alrededor, y pensó que ninguna noche había sido jamás tan negra como lo que empezaba a adivinar que había ocurrido veinte años atrás. Su mente no dejaba de llenarse de preguntas, igual que el cielo seguía oscureciéndose implacablemente. Pero lo que preguntó fue:

—Profesor, ¿qué le parece si hablamos de su excursión anual de pesca?

Gibson sonrió. Y asintió.

—Sí, por supuesto. Debería haber adivinado que preguntarían por eso. Es una ciencia, ¿saben?, engañar a una trucha para que se coma la pequeña imitación de un insecto, en diferentes etapas de la vida de ese insecto. Son muchos los elementos que forman parte del engaño.

—Su declaración —repitió Marta con severidad, pronunciando la palabra como si pudiera darle un sonido rocoso—. Ahora.

—Sí —se resignó el profesor—. Quizás haya llegado finalmente el momento de... —Se interrumpió y miró a ambos inspectores—. Si están ustedes convencidos de que la verdad servirá realmente para algo.

«No voy a responder a eso. Ahora no», pensó Gabe.

Marta sacó su móvil sin apartar los ojos de Gibson. Marcó el número de la comisaría de la Policía Estatal más cercana.

Pidió hablar con un inspector, se identificó, e indicó dónde se encontraban.

—El inspector Dickinson y yo misma vamos a ir con un par de personas de interés para unos casos sin resolver que estamos investigando. Necesitaremos una sala de interrogatorios con todo organizado.

Gibson escuchó atentamente todo lo que dijo.

«La hora de la realidad», pensó Marta mientras el policía le decía que los recibirían con mucho gusto en sus instalaciones.

—Estupendo —dijo ella, y se volvió hacia Gabe—. Está a dieciséis kilómetros. —Luego dijo por el móvil—: Les llamaremos en cuanto nos pongamos en camino.

Gibson miró al cielo, como si quisiera organizar sus ideas.

—Las personas como nosotros, inspectores —dijo tranquilamente—, no van a la cárcel. —Meneó la cabeza y, alargando las palabras para darles mayor énfasis, agregó—: Miren alrededor, inspectores. ¿Dónde vivimos? ¿A qué nos dedicamos? ¿Quiénes son nuestros amigos? Tenemos prestigio, somos importantes, tenemos dinero en el banco. ¿Cuál es el color de nuestra piel? No, no vamos a la cárcel.

Gabe se abstuvo de responder.

—Ustedes quieren saber la verdad —prosiguió el profesor—. Bien por ustedes. —Su voz estaba llena de cinismo—. Pero déjenme decirles una cosa. ¿Qué pruebas de esos delitos creen que van a encontrar? ¿Pruebas que pueden presentarse ante un tribunal? No, no lo creo. Personas mucho más expertas que ustedes se encargaron de impedirlo. —Soltó un resoplido—. La verdad es que podría contarles ahora mismo que yo fui el segundo tirador que esperaban en la loma cubierta de hierba cuando la limusina de JFK pasó por delante del depósito de libros, o quizá fui el verdadero cerebro del Helter Skelter de Charles Manson. O quizá preferirían que les dijera que soy el asesino del Zodíaco. —Hizo una pausa antes de continuar—. Si dijera cualquiera de esas cosas, tendrían respuesta a viejos enigmas. Pero no podrían hacer nada sobre lo que ocurrió entonces. Las palabras que pueda pronunciar ahora no tendrán consecuencias. Después de veinte años, no podrán encontrar nada en que apoyarlas. Ustedes lo saben y yo también.

Gibson parecía totalmente dueño de sí mismo.

—¿Quieren una declaración? La tendrán. Pero no significará nada. Cuando empiece el semestre, volveré a mis clases. Y Ann estará aquí, en su granja, sufriendo con sus recuerdos. Nada cambiará. —Sonrió a Gabe y a Marta con expresión irónica—. En serio, inspectores. Sé que les costará mucho creerlo, pero aquí yo soy el bueno. —Meneó la cabeza, como si fuera una broma—. Quizá —añadió.

Luego se irguió y echó los hombros hacia atrás.

—De acuerdo —dijo—. Vayamos a por Ann.

Los tres se dirigieron a los peldaños que subían hasta el porche.

Marta pensó que había interrogado a muchos asesinos en su vida, pero ningún criminal era como el profesor. Miró a Gabe de reojo. «¿Qué harías tú por mantener a salvo a tu hijo? ¿Qué haría yo por proteger a Maria?

»Mentir. Engañar. Robar. Sacrificar.

»Matar.

»Cualquier cosa.»

Los pensamientos de Marta parecían rezagarla, ya que iba un paso por detrás de Gibson, que marchaba con decisión hacia la casa con Gabe al lado. Subieron los peldaños y se acercaron a la puerta principal. Marta se sentía emocionada, como si al abrirse la puerta fueran a desvelarse muchas respuestas. Supuso que Gabe sentía lo mismo.

No exactamente.

«El tiempo —pensaba Gabe— es un gran ocultador de errores, equivocaciones y quizá cosas peores. Y nosotros hemos conseguido borrar veinte años. Tantos años y ahora solo faltan minutos. —Sentía una increíble satisfacción—. Cuando arreglas una vieja y raída conexión eléctrica y la corriente vuelve a pasar por ella y chisporrotea, es peligroso pero también un éxito gratificante.»

Gabe alzó la mano para llamar a la puerta, pero se detuvo. Gibson y él estaban uno al lado del otro. Marta un poco apartada.

Finalmente dio tres golpes en la puerta.

—¡Policía! —gritó.

No hubo respuesta.

Lo intentó una segunda vez.

—¡Policía!

Por algún motivo que Marta no logró discernir, Gabe se volvió levemente hacia ella y se encogió de hombros como diciendo: «Bueno, ¿no es acaso lo que podíamos esperar?»

Entonces ella oyó un grito apagado que procedía del interior. Histérico:

—¡¿Dónde está Tessa?!

Y la puerta explotó.

48

«Una escopeta.»

Eso Marta lo supo al instante.

«Ruido.

»Sangre.

»Conmoción.

»Defensa.

»Amenaza.

»Muerte.»

Eran tantas las sensaciones que invadieron a Marta que sufrió un mareo momentáneo, cegada por la confusión y el miedo. Retrocedió tambaleándose, como si la hubieran golpeado en el pecho. A Gabe parecía que una ráfaga de viento lo hubiera arrojado a un lado. El disparo, que le había dado en el cuerpo, lo había lanzado fuera del porche y había aterrizado boca arriba en el sendero. Se quedó hecho un guiñapo como una papelera abandonada. Los ecos de recuerdos terroríficos acudieron a la mente de Marta, tratando de superar la sorpresa y recuperar el entrenamiento y el instinto, nublados por el miedo. Tenía la boca abierta, pero no surgía de ella ningún sonido.

Gibson estaba paralizado, mirándola con ojos como platos, como si de todas las cosas que esperaba, aquella no fuera ni siquiera una posibilidad remota. Se volvió hacia la puerta, haciendo ademán de levantar los brazos, bien para protegerse de lo que se avecinaba, bien para recibirlo.

Una segunda detonación le estalló en la cara.

Salió despedido hacia atrás en medio de una lluvia de sangre, huesos y sesos.

Un grito gutural emergió finalmente de los labios de Marta. Notó sus manos toqueteando la Beretta, tratando frenéticamente de sacarla de la pistolera de la cintura, tratando de recordar las prácticas delante del espejo o en la galería de tiro, temiendo que de alguna manera inexplicable el arma se hubiera quedado pegada. Al principio era como si los dedos pertenecieran a otra persona. Giró sobre sí misma, encorvándose repentinamente como un boxeador al que hubieran dado un puñetazo en el estómago. Detrás de ella, oyó el primer resuello de Gabe, agudo, fatigoso, como un asmático tratando de tomar aire.

Una tercera detonación resonó sobre su cabeza. Se lanzó al suelo, tratando de salir de la línea de fuego, y cayó de rodillas.

Le siguió rápidamente una cuarta detonación, que destrozó aún más la puerta, esparció muerte por encima de ella y de Gabe, que gemía y se retorcía en el suelo.

Marta rodó hacia un lado apuntando con el arma, aunque no tenía un blanco claro. Apretando el gatillo una y otra vez, devolvió el fuego a través de los agujeros de la puerta. Notaba el retroceso del arma en la mano y cada disparo resultaba ensordecedor. Enseguida perdió la cuenta de las veces que había disparado.

«Ponte a cubierto.

»Protege a Gabe.

»No; está muerto.

»No; se está muriendo.

»¿Quieres morir tú también?

»Protégete.

»Huye.

»Pide ayuda.»

Se colocó en cuclillas, sin dejar de apuntar a la puerta. No veía quién disparaba, así que no tenía blanco. Solo sabía que se balanceaba en el fino borde de un precipicio. Apenas fue consciente de sus propios movimientos cuando se apretó contra la pared de la casa, a un lado de la puerta, bajo una ventana que daba a la sala. Alzó el arma, dispuesta a disparar al primer sonido.

O al primer movimiento.

O cualquier otra cosa.

Quería gritar. Le parecía que se ahogaba. La garganta se le cerraba y no podía tragar. Tenía la boca seca.

Entonces pensó: «¿Por qué está todo tan silencioso?»

Se concentró con todas sus fuerzas. Los únicos ruidos que distinguió, aparte del zumbido en los oídos que le habían dejado los disparos de escopeta y los suyos propios, fueron los borboteos de Gabe, su respiración entrecortada. Había oído un estertor de muerte en otra ocasión, en un sótano, y ahora temía volver a oírlo en cualquier instante.

El silencio puede ser elástico. Marta tuvo la impresión de que permanecía paralizada durante horas, días, años, cuando solo transcurrieron unos segundos.

Justo cuando decidió moverse, oyó un aullido de absoluta desesperación, como si a alguien le hubieran arrancado salvajemente el corazón. El grito reverberó en el aire. Cuando empezaba a debilitarse, otro disparo de escopeta hizo pedazos la ventana bajo la que se hallaba Marta, y rápidamente le siguió otro.

Los añicos de cristal cayeron sobre ella. Una cascada de cristales afilados como cuchillas.

Esta vez Marta soltó un aullido animal provocado por la angustia, el miedo y la ira. Impulsiva y deslavazadamente, giró sobre sí misma, apuntó y empezó a disparar a través de la ventana rota. Cuando vació el cargador de la automática, Marta volvió a acurrucarse contra la pared y se apresuró a insertar el cargador de repuesto.

Se preguntó por qué no estaba muerta y supuso que estaba malherida, en alguna parte. Le corría tanta adrenalina por las venas que no notaba nada. Quería ver si tenía sangre, pero no podía apartar los ojos de la puerta de la casa.

Tomó aire bruscamente.

En ese momento el silencio volvió a adueñarse de todo. La quietud era como una mortaja caída sobre su cabeza, cegándola como la oscuridad del sótano en que había matado a su compañero por error. De pronto, todo lo que la rodeaba parecía igual, pero sin serlo. Era como estar atrapada en su pasado.

Aguzó el oído, esperando oír el sonido de una escopeta cargándose, de pasos, de voces... cualquier cosa. Echó un vistazo a Gibson: parecía una gárgola atropellada por un camión, arrollada por una fuerza repentina, demasiado pesada y veloz para poder esquivarla. Entretanto, Gabe se desangraba en el sendero. Vio que se movía, apenas un leve movimiento de los brazos, y comprendió que estaba agonizando y que ella debía hacer algo al respecto. Metió la mano en su cartera y encontró el móvil.

—Policía Estatal. Great Barrington.

Marta cedió al pánico. Todo lo que tan fácil parecía en la televisión o el cine, desde ponerse a cubierto hasta devolver los disparos y pedir ayuda, en la realidad le resultaba casi imposible. Necesitó de toda su fuerza de voluntad para gritar:

—¡Soy la inspectora Rodriguez-Johnson! ¡Agente abatido! ¡Agente abatido! ¡Nos están disparando! ¡Necesitamos ayuda inmediata!

Aquellas frenéticas palabras fueron todo lo que pudo articular, pues otra descarga de escopeta traspasó el aire sobre su cabeza y una muerte azarosa se cernió sobre ella. Estaba tan cerca que alzó los brazos y se cubrió la cara, y notó la onda que creaba la munición al pasar por encima de ella.

Dejó caer el móvil, levantó la pistola y disparó sin mirar hacia dentro, hasta vaciar de nuevo su arma.

Luego esperó.

Durante un segundo, dos, tres... no oyó nada. Luego el sonido de pasos rompió el silencio.

Marta volvió a gritar. Fue un grito de guerra, pues creía que el tirador se acercaba a ella. Alzó la Beretta y apuntó a la puerta... pero el arma se atascó inmisericorde, vacía de balas. Marta la dejó caer como si le quemara, pensó: «Estoy muerta», y volvió a meter la mano en la cartera, palpó el interior frenéticamente, apartando el bloc, el pintalabios y el estuche de maquillaje, los lápices y los bolígrafos, y un paquete de pañuelos de papel, hasta encontrar el revólver. «Arma para distancias cortas.»

De pronto se dio cuenta de que los sonidos que creía que se acercaban para matarla, en realidad se alejaban de ella.

Levantó el revólver, lista para disparar.

Oyó un ruido sordo, que situó en la puerta posterior de la casa. Fue como si todo lo que se abalanzaba sobre ella tan velozmente se tomara su tiempo para examinar y evaluar. Tardó un par de segundos en comprenderlo: habían cerrado la puerta de golpe.

Su primer pensamiento fue: «Estoy a salvo. Ha huido.»

El segundo fue: «Persíguelo.»

No era consciente de haberse puesto en pie. Volvió la vista hacia Gabe. En su interior una voz gritaba «¡Ayúdale! ¡Ayúdale!», y replicaba con igual firmeza: «¡No puedes! ¡Encuentra al que ha disparado!»

Vacilando entre dos responsabilidades opuestas, tratando de ahuyentar malos recuerdos y temores, Marta empujó la puerta destrozada, luchando además contra la asfixiante sensación de que estaba entrando en otro sótano, empuñando el pequeño revólver.

Se desplazó de lado, pegada a la pared, arma en ristre, girando a derecha e izquierda. Toda sombra era una amenaza. Le parecía que la insidiosa oscuridad acabaría envolviéndola. Se sentía como una máquina con una pieza rota, funcionando a duras penas, a punto de romperse del todo y detenerse.

Todos sus sentidos estaban alerta.

«¿Dónde está la muerte?»

Quería disparar contra cualquier cosa. Soltó un gemido y siguió adelante, tratando de ver a través de las paredes, tratando de imaginar la disposición de la casa, consciente de que los rincones de la antigua granja podían esconder una escopeta apuntándole a la cara.

Se movía con cautela, deprisa, de cualquier manera. Ya ni lo sabía. Era como si la experiencia, el entrenamiento y la memoria dieran tumbos en su interior, luchando entre sí.

Entonces lo vio: un largo pasillo y la puerta trasera.

Avanzó a trompicones por el pasillo, yendo de un lado a otro como la bola en una máquina del millón, cubriendo con su arma hasta el último cuadrante, hasta que entró en una cocina vacía. «Nadie.» Tendió la mano libre hacia la puerta de atrás y la abrió de un empujón.

Vio una figura a unos cuarenta metros de distancia, avanzando con dificultad campo a través, medio corriendo medio cojeando. A Marta le pareció que se había metido en la escena de una película.

«Una elección.

»Volver y ayudar a Gabe.

»Seguir avanzando.»

Respiró hondo y echó a correr hacia delante.

Las órdenes que le habían enseñado, como «¡alto!», «¡policía!» o «¡deténgase!», eran inútiles y redundantes. Solo era vagamente consciente de que en algún lugar a su espalda, Gabe estaba muy cerca de la muerte. Corrió tras la figura que huía, moviendo los brazos acompasadamente y avanzando por terreno embarrado, como una maratoniana olímpica que vislumbra la línea de meta y de pronto percibe los vítores de la multitud *in crescendo*, envolviéndola. Se sintió más joven, más fuerte, más veloz de lo que había sido jamás, y se esforzó al máximo por acortar distancias. Con la cabeza levemente hacia atrás, los brazos moviéndose frenéticamente, la boca abierta para absorber bocanadas de aire, siguió corriendo.

Su arranque inicial acortó diez metros la distancia de separación.

La figura parecía arrastrar la pierna derecha.

Marta vio la escopeta en sus manos.

A veinte metros, las cosas parecieron enfocarse, volverse más nítidas. Pero la figura que huía no se dio la vuelta.

Marta sabía exactamente quién era; sin embargo, su apariencia era más de una forma anónima que reconocible. Aceleró el paso, forzando aún más la máquina, ajena a cuanto la rodeaba, la vista clavada en un único objetivo.

—¡Alto! ¡Policía! —probó una vez. No tuvo efecto.

Diez metros de separación.

—¡Alto!

Más allá, a cincuenta y tantos metros de distancia, Marta vio una hilera de árboles que señalaba la linde de un bosque. El temor de que su presa podía esconderse allí y desaparecer para siempre la acicateó aún más.

Cinco metros de distancia.

—¡Alto! —Inútil.

Se detuvo en seco, alzó el arma y adoptó la postura propia de la galería de tiro. Se encontraba en medio de un campo, pero a ella le parecía estar en aquel sótano.

«Cuidado», se dijo.

«Apunta.

»Aspira.»

Disparó dos veces.

«Espira.»

Los disparos alcanzaron a su presa en el centro de la espalda, lanzándola hacia delante. Cayó de bruces en el barro y la escopeta voló a un lado.

Marta se mantuvo en posición de tiro y se acercó lentamente. Dispararía al menor movimiento.

Llegó junto a la figura.

Ningún movimiento. Era como si hubiera quedado todo congelado en hielo.

Un paso más y vio el rostro de Ann Gibson manchado de tierra. La mujer tenía los ojos abiertos, sin vida. Marta vio que su primer disparo debía de haberle destrozado el corazón. El segundo debía de haberle seccionado la columna vertebral. «Estas balas de punta hueca ilegales han hecho su trabajo.» Sabía que le preguntarían por el arma que había utilizado y se recordó a sí misma: «Ve a por la Beretta. Diles que has usado esa y entrégala a Balística. Descubrirán la mentira muy pronto, pero al menos no te quedarás desarmada.» Sin embargo, antes de que pudiera moverse, se fijó en una gran mancha de sangre en la pierna derecha de Ann Gibson, y Marta comprendió que al menos uno de los tiros que había disparado antes al azar hacia el interior de la casa había dado en el blanco.

Bajó el revólver.

Haciendo un esfuerzo por serenar su acelerado pulso, echó un nuevo vistazo a la mujer muerta. Comprendió que todas las respuestas que Gabe y ella habían estado buscando con tanto ahínco yacían despatarradas en el barro.

«Respuestas muertas.

»Respuestas de loco.

»Respuestas desaparecidas.»

Llena de dudas, se dio la vuelta y rápidamente retrocedió hasta donde Gabe yacía agonizante, si es que no había muerto ya.

«Veo la noche acercándose.

»Una noche maravillosa, acogedora e infinitamente oscura.

»Solo unas cuantas estrellas tempranas brillando allá arriba.

»Hace una buena noche. El final de un buen día. Mi último día en el trabajo.»

Gabe siguió mirando al cielo. Fijó la vista en una estrella y pensó que, si podía mantenerla enfocada, concentrándose, le diría que aún estaba vivo. Si la estrella desaparecía, bueno, todo habría acabado. Le pareció un modo razonable de calcular su muerte.

Todo era dolor. No sabía dónde le habían disparado, los detalles se le escapaban. ¿Le dolían los pies? Sí. ¿Le dolían las piernas? Sí. ¿Y el estómago, el pecho, la cabeza, los brazos, los dientes? Sí. Su visión, que tanta importancia parecía tener en aquel instante, estaba borrosa, casi ausente en un lado. Quiso levantar una mano y frotarse la cara para eliminar el dolor, pero no le respondía ninguna parte del cuerpo. Pensó que todos los tendones y músculos de su cuerpo se estaban aflojando.

Reinaba un profundo silencio.

«Es agradable —pensó—. Nadie quiere morir rodeado de ruido.»

Notaba su corazón bombeando con fuerza, como si corriera junto a la muerte, codo con codo, hacia una línea de meta.

A lo lejos, en un mundo del que Gabe no creía que formara parte en el futuro, oyó una sirena.

Entonces se dio cuenta de que Marta estaba arrodillada a su lado. Al parecer le decía algo, pero no sabía qué. Era como intentar oír bajo el agua.

Mantuvo la poca vista que le quedaba en su estrella. Sintió una brisa que se convirtió en viento y se arremolinó por encima de él, aumentando en fuerza y volumen, aullando súbitamente.

Deseó aferrarse a algo con fuerza, a una cuerda o una rama, tal vez a una cadena de hierro. Quería atarse al suelo con algo para impedir que aquel huracán lo arrastrara, así que adelantó la mano buscando la de Marta, como se había agarrado aquella noche a la borda de su embarcación volcada. Luchó con todas sus fuerzas, en ese momento luchó más que en toda su vida.

Eso lo sorprendió.

49

Marta aparcó en la calle desierta a unas manzanas de su casa y apagó el motor. Una única farola arrojaba algo de luz sobre su coche; por lo demás, la rodeaban las oscuras sombras y los intensos reflejos veteados de una ciudad a punto de dar la bienvenida al amanecer. Se miró las manos. «Manchadas con la sangre de Gabe», pensó.

Tanto las manos como los tejanos y la camisa blanca tenían oscuras manchas amarronadas.

Cerró los ojos, se reclinó en el asiento y exhaló el aire lentamente.

«Gabe morirá esta noche. Quizá. No lo sé. Debería volver al hospital y estar allí por si ocurre, así no estará solo.»

Extrañamente, se preguntó:

«¿Lo he matado yo?

»Debería haber sido yo quien llamara a esa puerta.»

No lograba librarse de aquella sensación de culpa irracional. Esperó tras el volante a que se diluyeran aquellos sentimientos, temiendo llevárselos a casa con ella.

Una hora antes, el cirujano había salido del quirófano y había hablado en primer lugar con la ex mujer de Gabe y con su hijo adolescente. Marta había observado sus rostros esperando ver su reacción. Pero sus semblantes siguieron lívidos y se limitaron a asentir a todo lo que les decían. Luego el cirujano se acercó a Marta. Su informe fue concienzudo, pero sin dar muchas esperanzas; dijo cosas como: «coma inducido, situación impredecible, múltiples heridas en cara, ojo, corazón, pulmones, pérdida de sangre de un treinta por ciento, una escopeta de calibre 12 puede producir importantes daños a corta distancia, y las astillas de la puerta han actuado como metralla».

Ella había escuchado, pero la mayor parte de lo que dijo el médico pareció rebotarle o, más bien, alojarse en un sitio recóndito e inaccesible de su interior. Quería hacer alguna pregunta inteligente, pero no se le ocurrió ninguna. Quería chillar, pero no habría sido apropiado. Pensó en permitir que los ojos se le llenaran de lágrimas, pero también eso le pareció mal. Instintivamente decidió que debía mostrarse estoica y fuerte, pero no sabía exactamente por qué.

«Váyase a casa —le había dicho el médico—. Esta noche no puede hacer nada.»

Marta se preguntó si en realidad quería decir que nunca podría hacer nada.

Alzó los ojos hacia el paisaje familiar que la rodeaba, pero no vio nada. Permaneció sentada en silencio, recordando imágenes del largo día:

Primero:

Dos sanitarios se afanaban en atender a Gabe. Vías intravenosas. Desfibrilador.

Vendas ensangrentadas arrojadas al suelo.

«¡Abran paso! ¡Abran paso!», gritaban al trasladarlo a una camilla para meterlo en la ambulancia.

Las ruedas escupían grava al acelerar para salir disparados.

La sirena subrayaba la necesidad de ir deprisa.

Luego:

Técnicos forenses diseminándose por la casa y el campo que se extendía más allá de la puerta posterior.

Docenas de policías locales, estatales e inspectores de la Brigada de Investigación Criminal recorriendo el lugar de los hechos. Destellos de luces rojas y azules por todas partes.

Cámaras y periodistas apiñados en la calle al otro lado del cordón policial, convirtiendo el mundo aislado, bucólico y rural de las Berkshire en una especie de pesadilla urbana.

Luego:

Un par de inspectores de Homicidios de la Policía Estatal se acercaron a ella. «Necesitamos una declaración completa sobre lo ocurrido aquí», dijo uno de ellos.

Ella replicó: «Sí. Completa. Lo haré con mucho gusto.» No se le escapaba la ironía de la situación: Gabe, el profesor y ella se habían acercado a la puerta de aquella casa porque ella quería una declaración.

Había acompañado a los policías estatales hasta un coche sin distintivos. Como una autómata, Marta había descrito solo lo que había visto y hecho desde el momento en que habían llegado y se habían encarado con Felix Gibson, hasta la persecución de la ex mujer armada con una escopeta. Omitió el arma no reglamentaria y la munición prohibida que había utilizado. Ambos inspectores habían intentado que incorporara a su declaración los motivos por los que se encontraban allí, pero Marta había esquivado todas sus preguntas. Ella misma no acababa de entender del todo por qué había ocurrido lo que había ocurrido. No estaba segura de que algún día lo llegara a entender.

Luego:

Estaba junto a los mismos inspectores, cuando un par de ayudantes del depósito habían aparecido por la esquina de la casa con una bolsa negra plastificada para cadáveres.

Ann Gibson.

Asesina hoy. ¿Y antes?

Marta observó cómo metían la bolsa con el cadáver en una ambulancia. «El misterio de una obsesión», pensó.

Poco después se alejaban de la casa con una segunda bolsa reluciente en una camilla.

Felix Gibson.

¿Asesino? ¿O algo más?

Uno de los inspectores de la Policía Estatal se acercó a ella. Señaló la ambulancia con el cuerpo de Ann Gibson. «Creo que le dio primero en la pierna —dijo—. Luego en el centro de la espalda. Buen disparo, inspectora.»

Marta recordó la espalda de la mujer que huía en su punto de mira. De algún modo, apuntar y disparar al blanco que tenía delante hacía que lo ocurrido pareciera razonable y racional. Supuso que seguramente no era así. No estaba segura de que lo ocurrido aquella tarde pudiera considerarse así jamás. Este fue el único pensamiento que se permitió mientras conducía hacia el hospital.

Luego:

Había llamado a su madre y su hija desde la sala de espera del hospital, dando por sentado que alguien del departamento las había telefoneado para decirles que se había visto involucrada en otro tiroteo. A Gabe se lo habían llevado al quirófano, y Marta no tenía nada que hacer, excepto llamarlas y luego esperar. Pidió a su madre que le pasara el teléfono a Maria.

—Mamá está bien. No te preocupes por nada, amor mío.

—¿Y qué ha pasado con los malos?

—Ya no están.

Eso era lo que debía decir en ese momento a su hija de siete años, aunque fuera una mentira total.

—¿Cuándo vuelves a casa?

—Pronto. Pero será ya muy tarde.

—Te esperaré levantada.

La mayoría de las personas habrían dicho que no, que debía irse a la cama y que ya se verían por la mañana. Pero Marta no.

—Si quieres... —dijo.

La idea de abrazar a su hija tuvo un efecto narcótico sobre ella. Intentó imaginar la diferencia entre rodear a Maria con sus brazos y las chispas de electricidad que saltaban siempre que la madre de Tessa estaba con su hija. No sabía si había una fina línea entre ambas situaciones o el mayor de los abismos. Se estremeció, aunque no hacía frío, preguntándose cómo el amor puede convertirse en obsesión y desembocar en la locura.

A su madre le dijo:

—Estaré en el hospital hasta... —No había podido acabar la frase.

Su madre le había contestado:

—Rezaré por el inspector Dickinson.

—Gabe —le había replicado ella—. Llámalo Gabe en tus oraciones.

No sabía por qué había dicho esto, pero esperaba que una oración más personal quizá funcionara mejor. Deseó no haber sido tan cínica cada vez que iba a la iglesia, como si los cielos fueran a tenérselo en cuenta.

Escudriñó las sombras a un lado y otro de la calle. Era su barrio, su hogar, un sitio tan familiar... Sin embargo, aquella noche parecía ajeno a ella como un extraño y virgen paisaje lunar, desconocido, deshabitado, una jungla que ocultaba criaturas prehistóricas. Tuvo que seguir mirando el vacío que la rodeaba sin comprenderlo durante unos minutos más, antes de reunir la fuerza suficiente para volver a poner el coche en marcha y recorrer las últimas manzanas hasta su casa. Pensó: «Todos los que trabajan a mi lado acaban muriendo.» La oscuridad de su interior era tan densa como la noche. Supuso que les ocurría lo mismo al profesor de Química y a su ex mujer.

En su apartamento, Marta encontró a su hija y su madre dormidas, una al lado de la otra, en la cama de la niña. En un primer momento pensó dirigirse a su dormitorio para no molestarlas, pero cambió de opinión y se tumbó también, apretándose contra ellas. Marta pensó que estaría increíblemente incómoda, pero al notar la respiración regular de su hija, se sumió en un sueño profundo a causa de la extenuación. Al cerrar los ojos temió sufrir las habituales pesadillas en que se ahogaba o sofocaba, pero supuso que nada de lo que acechaba en su subconsciente podía ser más aterrador que lo que había hecho durante el día.

50

Por la mañana, tras unas horas de sueño irregular, tras poner cara de fingida animación cuando despidió a su madre y a su hija, que se iban a la escuela, hizo la llamada ineludible.

—No, lo siento, inspectora. No ha habido ningún cambio durante la noche.

—Iré de todas formas.

—Puede que sea una espera muy larga.

Eso era algo que Marta estaba dispuesta a hacer.

Pero primero se deshizo de toda la ropa manchada de sangre.

Luego salió e hizo la primera de las dos paradas que tenía planeadas.

Tenía la impresión de hallarse en un extraño limbo, algo parecido a la situación de Gabe, que se debatía entre la vida y la muerte. Pero su péndulo era distinto: ella oscilaba entre lo que sabía y lo que podía descubrir, preguntándose si ese conocimiento la salvaría o la mataría.

Quizá las respuestas la mantuvieran a salvo.

O quizá no.

El dueño de la tienda de armas estaba limpiando el mostrador cuando ella entró. Rociaba el cristal con un producto limpiador y luego lo frotaba vigorosamente con un trapo sucio. Se había arremangado y Marta vio un tatuaje en su brazo. El símbolo del Cuerpo de Marines —águila, orbe y ancla— se movía como un émbolo mientras limpiaba el cristal.

Marta recordó dónde había visto un tatuaje similar: en el antebrazo derecho de Joe Martin. El hombre dejó de limpiar cuando la vio acercarse al mostrador.

—Estamos todos con él —dijo él.

—Lo sé.

Se produjo un breve silencio, antes de que el dueño se inclinara sobre el mostrador y susurrara:

—¿En qué puedo ayudarla hoy, inspectora?

Primero Marta señaló otra pistola semiautomática negro mate que había en la vitrina.

—Quiero esta —dijo en voz baja, aunque en realidad no había ido allí a por un arma nueva.

Él asintió.

—¿Quizá prefiera llevarse una prestada para probarla? —preguntó, sacándola del mostrador.

—La mayoría de la gente se lleva un arma prestada y dispara unas cuantas veces, a ver qué tal le va, ¿no? —dijo Marta.

—Sí, la mayoría.

—Yo no.

Observó al dueño de la tienda mientras este marcaba el importe de la transacción y pasaba la tarjeta de crédito. Luego sacó el archivador de acero gris. Era lo que esperaba Marta. Lo vio anotar la información del arma en su ficha.

—Todos los chicos del Cuerpo que vienen aquí están en ese archivo, ¿verdad? —dijo en voz baja.

—Joder, sí —respondió el hombre, sonriendo—. No me gusta todo ese rollo moderno de los ordenadores, aunque ahora los federales lo exijan. Así que cumplo con lo que debo hacer por ley, pero sigo manteniendo mi propio archivo. A mí me gusta así.

—Saque a Joe Martin y Terrence O'Hara para mí.

El hombre se removió incómodo.

—¿Y para qué quiere que los saque?

—Me interesa ver qué armas pudieron probar cuando estaban en la Brigada de Investigación Criminal.

Él meneó la cabeza.

—Merecen su intimidad, inspectora. Sobre todo después de que uno de ellos muriera.

Morir no era lo mismo que meterse la pistola en la boca porque uno es un poli asesino que está a punto de ser descubierto:

—Esto no tiene nada que ver con la intimidad —le replicó Marta.

—¿Tiene que ver con el motivo por el que su compañero está en la UCI?

—Sí.

—Eran amigos míos. Me bebí más de una cerveza con ellos dos. Joder, Joe Martin y yo abandonamos los Marines casi al mismo tiempo. Usted es demasiado joven para recordarlo, pero en los sesenta no te daban las gracias por el servicio a tu país, ni ninguna mierda de esas de ahora. Entonces todo eran abucheos y a veces hasta escupitajos. No querría hacer nada que pudiera... —se interrumpió antes de añadir—: causarles problemas ahora. O manchar su legado. Algunas cosas, inspectora, es mejor dejarlas enterradas.

Marta pensó que tal vez estaba en lo cierto, o tal vez no.

—Déjeme preguntarle una cosa: Joe o el Irlandés... —recordó usar el apodo de O'Hara— ¿usaron alguna vez una Magnum 44?

—¿El arma de Harry el Sucio? No hay muchos que quieran esa bestia. Las balas atravesarían una pared de ladrillos. Los guías de pesca las llevan en Alaska por los osos pardos que algunas veces no retroceden. Pero ¿aquí? —Frunció el ceño—. No me gusta esto —añadió.

Ella mantuvo la boca cerrada. El hombre repasó las fichas de su archivo hasta sacar finalmente un par. Las sostuvo para que Marta pudiera leerlas.

—Es extraño —dijo.

Ella persistió en su silencio.

—Martin no compró una 44, pero... bueno, se llevó una para probarla un par de días y luego la trajo. Pero se quedó con su vieja 357.

Marta asintió.

—Un poco más tarde, hizo lo mismo con una 25 automática. Supuse que era para su mujer. Quería mucho a su mujer. Siempre temía por ella cuando tenía que hacer el último turno en la Asociación de Veteranos. Era un mal barrio. Y la 25, ya sabe, es pequeña, fácil de manejar. Pero también esa la devolvió.

—¿Y el Irlandés?

El dueño dejó la primera ficha boca abajo. Recogió la segunda y la miró. Marta lo vio esforzándose en recordar.

—¿Qué dice?

—Bueno, el Irlandés empezó con un 38 de cañón corto como todos los de la vieja escuela, luego pasó a una Glock Nine como esta... —Se palmeó la cadera.

—¿Sí?

—Pero ese mismo año se llevó dos armas y las devolvió, igual que Joe. Pero una era una 357, prácticamente la misma que llevaba su compañero regularmente. No sé por qué no probó la de Joe en la galería de tiro. Quiero decir, ¿para qué venir aquí y tomarse la molestia de llevarse una de las mías, y tener que volver luego a devolverla?

—No lo sé. —Pero en realidad Marta sí lo sabía.

—Y la otra fue una nueve milímetros, como la que al final acabó comprando, pero no la misma arma. Al parecer, se llevó una, la probó, la devolvió, pero luego compró otra distinta de la misma marca y modelo.

—Esos cuatro cambios fueron en 1997, ¿verdad? —Lo preguntó, pero Marta ya sabía la respuesta.

El dueño de la tienda asintió.

—¿Y las armas? ¿Las que devolvieron?

—Vendidas. Podría intentar rastrear los números de serie y descubrir adónde fueron a parar, pero no quiero hacerlo. Y no lo haré, a menos que venga con una orden. Y aun así podría decirle que no.

Marta lanzó un profundo suspiro. «Cuatro tipos muertos. Y ahora sé de dónde salieron las armas que los mataron a todos. Muy inteligente: armas distintas hacen pensar en asesinos distintos. Y luego las ocultaron a la vista de todo el mundo. Es la clase de detalle que solo se le ocurriría a un veterano.

—No me gustaría causar ningún problema al Irlandés —añadió él—. Sé por lo que está pasando en ese asilo.

Miró a Marta detenidamente, un poco como un mago leyendo la mente a un espectador de su espectáculo. Fue a decir algo, pero se arrepintió. Luego, despacio y con cuidado, recogió las fichas de Martin y O'Hara y las rasgó por la mitad. Después en cuartos.

—No —dijo Marta—. Por nada del mundo querríamos causar un problema.

Observó al dueño romper las fichas y lanzar los pedazos a la papelera.

—*Semper fi* —dijo. El célebre lema del Cuerpo de Marines: «Siempre leal.»

—Eso es —confirmó el dueño, dándose unos toquecitos en el tatuaje con un dedo—. *Semper fi.*

Marta se apoyó en la puerta de su coche y levantó la vista hacia el despejado cielo azul. Se protegió los ojos del sol de mediodía. El móvil vibraba en su cartera. Imaginó que era el enésimo mensaje del jefe, pero lo ignoró... igual que había hecho Gabe.

Se encontraba en la primera fila de un aparcamiento casi vacío. Delante tenía una carretera de negro asfalto de un solo sentido. Más allá, la entrada principal a la prisión. Una alta verja metálica coronada con alambre de concertina la rodeaba. Al otro lado se extendía el complejo de ladrillo y hormigón. Miró su reloj: casi las diez de la mañana. Al igual que muchos otros en el departamento, tenía conocimiento de la rutina diaria de la cárcel. Horarios de comidas. De ejercicio. De visita. De trabajo.

Y de soltar a los que salían.

Marta escudriñó la zona. Sabía que no estaría sola mucho tiempo.

Tenía razón. Vio un Mercedes sedán acercándose por la carretera. Las lunas tintadas desafiaban la legalidad y el coche lucía un brillo resplandeciente. El coche pasó por delante de la puerta de la cárcel y aminoró la velocidad. Marta notó más de un par de ojos observándola.

El Mercedes aparcó en una plaza cercana. No apagaron el motor y nadie se apeó.

«Bueno, todos hemos llegado puntuales», pensó Marta. Se llevó la mano a la culata de la nueva arma que llevaba al cinto. Era una simple demostración de fuerza.

Se volvió hacia la puerta de la cárcel justo cuando esta se abría.

Dos Lágrimas apareció en el umbral. Llevaba su traje azul para presentarse ante los tribunales, pero no se había cambiado las zapatillas sin cordones de la prisión. Bajo el brazo llevaba la sempiterna bolsa marrón con sus pertenencias. Marta lo vio fijándose tanto en el Mercedes como en ella al mismo tiempo. Luego vio que echaba a andar hacia donde ella lo esperaba.

—No esperaba verla —dijo él.

—Tampoco me viste en la audiencia para la condicional, ¿no?

Dos Lágrimas señaló el Mercedes.

—Mis chicos han venido a recogerme.

—Pueden esperar unos minutos —dijo ella.

—Han esperado un par de años —admitió él, asintiendo—. Unos minutos más no importan. —La observó con cautela—. Me he enterado de lo de su compañero. ¿Sobrevivirá?

—Es un tipo bastante duro. Si alguien puede conseguirlo es él.

Dos Lágrimas asintió por segunda vez.

—Bueno, ¿y para qué ha venido, inspectora?

—Para hacerte un favor.

—¿Y cómo es eso?

Marta miró el Mercedes.

—¿Es tu viejo amigo Rico?

—Eso creo.

—No sé yo si me metería en ese coche, Dos Lágrimas.

Él sopesó estas palabras.

—Yo también tenía esa sensación —dijo tras un breve silencio.

—Rico se ha buscado amigos nuevos, Dos Lágrimas.

—Gente que usted conoce, ¿eh, inspectora?

—Eso es. Gente a la que conozco bien.

—¿Y quizás a esos nuevos amigos no les gusto mucho?

—No creo que tampoco les guste yo.

Él vaciló.

—¿Tiene un móvil por ahí, inspectora?

—¿A quién quieres llamar?

—A nadie importante.

Ella le tendió su móvil. Él marcó un número rápidamente. Marta observó su rostro mientras él esperaba respuesta. Luego Dos Lágrimas dijo:

—¿La compañía de taxis? Oigan, ¿saben dónde está la entrada principal de la cárcel? Quiero que me envíen un taxi ahora mismo. —Tras un corto silencio, añadió—: Cinco minutos. Bien. Esperaré.

Se volvió hacia Marta.

—¿Sabe cuánto tiempo llevo en el negocio? Veinte años. Jo, eso es mucho para algunos. En mi trabajo soy como un anciano. Quizá no dure mucho más. Pero empecé muy joven. He visto y oído muchas cosas. A veces ves y oyes cosas que no deberías haber visto ni oído, ¿entiende?

—Creo que deberías ir al grano, Dos Lágrimas.

—Tiene que ser más paciente, inspectora, y dejarle hablar a uno. Bueno, el caso es que uno de mis primeros socios... jo, yo no era más que un adolescente y él era joven, solo un poco mayor que yo. Hacía poca cosa. Vendía en la universidad para mí. Hierba sobre todo. Un poco de coca. Píldoras. Ya sabe, lo típico para universitarios. Era un buen tipo, y se le daba de coña mover el producto. Los tratos siempre muy claros. Nunca me engañó, siempre pagó a tiempo. Tipos como esos son muy raros en mi negocio. Yo creía que quizá montaríamos un gran negocio juntos, aunque era un tipo blanco universitario. Era listo y me caía bien. ¿Qué le parece? Y creo que a lo mejor usted sabe de quién estoy hablando.

Pete el del Apartamento.

Sí, Marta lo sabía.

TERCERA PARTE

Daisy: No sabía que fueras tan realista, pensaba que eras más poética. ¿Dónde está tu imaginación? Hay muchos tipos de realidad. Elige el que sea mejor para ti.

EUGÈNE IONESCO, *Rinoceronte*, 1959

1.22 horas – 6 de agosto de 1997. Nueve meses después de perder a Tessa

Faltaban años para que se convirtiera en Dos Lágrimas, pero tenía ya todos los elementos esenciales. Rafael Espinosa estaba acurrucado en una escalera, doblado sobre sí mismo, tratando de no vomitar al mismo tiempo que notaba cómo el pánico se adueñaba de él. Contuvo las ganas de echar a correr. Trató de controlar la respiración porque pensó que le oiría cualquiera que estuviera cerca. Una única idea dominaba sus pensamientos con la fuerza de un motor a reacción: «No dejes que te maten a ti también.»

Fueran quienes fueren.

La violencia no le asustaba. Tampoco la sangre. Ni los disparos. Ni morir. Todas esas cosas formaban ya una parte importante de su vida.

Pero había algo más en lo que había oído y visto esa noche que lo perturbó hasta el punto de hacerle respirar con dificultad, de que le sudaran las manos y de que su rostro adquiriera una palidez cadavérica. Un observador anónimo habría pensado que Rafael Espinosa sufría una fuerte gripe. Lo que le asustó en aquel momento fue algo que comprendería y asimilaría años más tarde, pero que se le escapaba en el presente: una clase especial de crueldad. Irracional. Equivocada. Desconectada de cualquier cosa que él reconociera como parte del mundo del crimen predecible y habitual en el que él medraba.

Había oído los sonidos de una brutalidad singular.

No se formó la palabra tortura en su cabeza, pero eso era lo que pensaba.

«Yo también habría muerto si hubiera llamado a la puerta.»

No sabía qué había detenido su mano en el aire cuando estaba a punto de anunciar su llegada al apartamento de Peter. Más tarde pensaría:

«La Virgen María sujetó mi mano.»

No era especialmente religioso, no había estado en una iglesia en años, pero seguía creyendo que quizá fuera una inspiración divina lo que alejó sus nudillos de la puerta.

*«Más bien sería san Jesús Malverde.»**

Había oído un profundo gemido de dolor a través de la puerta. Amortiguado, desesperado. El sonido de alguien que sufría extraordinariamente y cuyos labios estaban sellados por cinta americana o por un pañuelo metido en la boca.

La puerta del apartamento era de mala calidad, endeble. Cuando se quedó paralizado, tuvo la extraña idea de que podían oír los latidos de su corazón desde el interior de la casa. Pero siguió inclinado, tratando de oír lo que se decía.

Esto fue lo que pudo distinguir:

Una voz de mujer: «¿Dónde está Tessa?»

Otro gemido. En su imaginación, veía la cabeza de Pete negando.

La voz de mujer: «¿Dónde está Tessa?»

El sonido de una violenta bofetada.

La voz de mujer: «Sé que vendes drogas. Sé que violas a chicas. ¿También eres un asesino?»

Un sollozo, parcialmente ahogado por la mordaza.

La voz de mujer: «Por última vez, ¿dónde está Tessa? Sé que tú te la llevaste. Sé que la mataste. ¿Dónde está mi hija?»

El siguiente sollozo fue de pánico, casi un chillido, agudo y

* Jesús Juárez Mazo, apodado Malverde (1870-1909), fue un bandido del estado de Sinaloa, en México. Venerado por muchos como santo, aunque la Iglesia católica no lo reconoce como tal. Lo conocen como el Ángel de los Pobres y también como el Santo de los Narcos. *(N. de la T.)*

aterrador. Denotaba tal desesperación que él se apartó de la puerta tambaleándose antes de oír el disparo. Que fuera capaz de huir hacia la escalera, donde se ocultó, fue su tercer golpe de suerte. El segundo fue no llamar a la puerta de Pete. El primero fue que no le hubieran visto entrar en el edificio. Más tarde, comprendió que esto último había sido quizá lo más afortunado, porque cuando se abrió la puerta del apartamento de Pete y salieron dos personas, a una la reconoció de la calle y sabía que, de haberlo visto, también lo habrían reconocido. Y eso habría significado que era hombre muerto. O que podría serlo.

51

Marta y Dos Lágrimas divisaron el taxi que se acercaba lentamente por el camino de acceso a la cárcel. El traficante agitó la mano para llamarlo.

—Me voy —dijo—. Ya he terminado.

Marta pensó que eso no era del todo cierto. Pero la imagen que había trazado con sus palabras confirmaba todo lo que había deducido ella. Comprendió que en realidad no necesitaba oír la historia para comprender lo que había ocurrido.

Dos Lágrimas se dirigió al taxi.

Lanzó una única mirada asesina al Mercedes, la mirada de un hombre afirmando: «Aún no estoy acabado.» Pero al abrir la puerta del taxi, se volvió hacia Marta.

—No he dejado de pensar en la voz de aquella mujer a lo largo de los años, una y otra vez. Y aquel nombre. Tessa. Dicen que esa clase de cosas no te las puedes sacar de encima. Mire, inspectora, he visto otras veces cómo le sonsacaban información a alguien, y a veces es de lo más desagradable. Pero aquella voz fue algo distinto. Nunca había visto que a alguien que no sabía nada le exigieran respuestas que no podía dar. Eso no está bien. No sé por qué buscaba a Tessa, pero apostaría todo lo que tengo a que nunca dejó de hacerlo.

«No —pensó Marta—. Nunca lo dejó.»

—Yo no me asusto de casi nada. Pero aquella voz sí que me asustó.

«Sinceridad de un criminal —pensó Marta—. Mentiras de policías. El mundo al revés.»

—Y hay una cosa que no me cabe en la cabeza. Si va a un tipo como yo, por ejemplo, ya sabe, con mi aspecto y mi forma de hablar y a lo que me dedico para salir adelante, y me pide que encuentre algo que quiere, sean cuales sean mis métodos, ya me entiende, bueno, no le extrañaría a nadie, ¿verdad? Lo que quiero decir es que no se sorprendería si fuera yo quien le hiciera eso a Pete. Pero una madre de buena familia, de un barrio rico, que por su aspecto debería estar en su club de lectura, o planeando las vacaciones en su casa de verano en Cape Cod... pues no. No encaja, ¿no?

Marta pensó que Dos Lágrimas tenía razón.

—¿Por qué no me dijiste esto cuando vine a verte a la cárcel?

Él enarcó levemente las cejas, sorprendido.

—¿Cree que era un buen sitio para contarle esta historia? ¿Con todas esas cámaras y micrófonos grabando?

Subió al asiento de atrás del taxi.

—Quizás ahora estemos en paz, inspectora. O quizá no. Supongo que tendremos que ver cómo va la cosa.

Cerró la puerta y Marta vio cómo se alejaba el taxi.

Se dio la vuelta rápidamente y vio también que el Mercedes viraba hacia el camino de acceso. Se apartó entonces de su coche, se plantó frente al Mercedes y levantó la mano para detenerlo. Se llevó la otra mano al arma, como había hecho antes.

El Mercedes se detuvo.

Marta permaneció inmóvil.

Esperó. Contó unos segundos, el tiempo justo para que el taxi de Dos Lágrimas abandonara el aparcamiento y pusiera distancia de por medio.

No sabía si le había hecho otro favor o no.

Marta agitó la mano, sonrió y se hizo a un lado para dejar que el Mercedes negro se fuera.

«Seguramente no es lo más inteligente que has hecho en tu vida —se dijo—. Pero ha sido divertido.»

52

Era mediodía cuando entró en Urgencias, imaginando que quizás aún habría equipos de televisión en la entrada principal del hospital.

Esperaba que Gabe hubiera muerto.

Esperaba que Gabe siguiera igual.

Esperaba que Gabe hubiera mejorado.

Lo que le explicaron abarcaba todas las posibilidades. A medianoche, una crisis le había parado el corazón, pero los dispositivos conectados a sus constantes vitales habían dado la alarma y lo había revivido con rapidez y eficacia un equipo de la UCI dándole una única descarga eléctrica. Entonces Gabe había vuelto a sumergirse en su coma, manteniéndose de un hilo, médicamente hablando, hasta que hacia el amanecer su pulso había recobrado la regularidad, lo que había animado a los médicos que trataban de mantenerlo con vida. No había esperanza exactamente, pero tampoco resignación ni desesperación.

Marta observó a su compañero desde el pasillo. Apenas era reconocible, todo vendado, conectado a múltiples cables y tubos, al otro lado de un cristal. La parte de su cara que veía Marta estaba magullada e hinchada, deforme. Un No-Gabe, imaginó Marta. Zombi-Gabe.

Vio a la ex mujer y a Michael-no-me-llames-Mike dormitando en unas sillas dispuestas en un rincón de la habitación de la UCI. Imaginó que no habrían dormido mucho. Volvió a sopesar la idea de presentarse y decidió no hacerlo. Pensó que tenía cierto derecho a una pequeña cobardía emocional.

Habría querido acercarse a la cama y susurrarle a Gabe al oído: «Sé qué ocurrió...», aunque aún faltaran un par de piezas del rompecabezas. Pero le pareció que sugiriéndole esa certeza sobre Tessa o los cuatro tipos muertos quizá lograría traspasar todas las heridas y drogas y proporcionar a Gabe una sensación de alivio inconsciente, lo que a continuación se traduciría en una rendición, y Gabe dejaría de librar su batalla particular.

Pensó que necesitaba susurrarle algo distinto.

Marta permanecía en el pasillo exterior de la UCI sin saber muy bien qué hacer, cuando oyó pasos que se acercaban a ella rápidamente. Se dio la vuelta y oyó:

—¿Qué demonios está pasando?

Era el jefe. Estaba furioso. Tenía la cara roja que ella ya había visto antes. Lo acompañaba RH, que preguntó sin más preámbulos:

—¿Qué coño hacían allí ustedes dos?

Furia, segunda parte. La ayuda que RH le había prometido ya era historia.

Trepidante sucesión:

—La hemos estado llamando.

—La hemos estado buscando.

—¿Se da cuenta del lío en que se ha metido?

«No tan malo como el de mi compañero.» Marta se dio la vuelta para encararse con los dos jefes. Ambos mostraban esa furia que alterna la palidez con el tono rubicundo, fruncían los labios y hablaban precipitadamente, aunque midiendo sus palabras. Vestían trajes oscuros de enterrador, tenían un aire enérgico y se les veía muy seguros. Marta se preguntó si la ira podía planchar o arrugar un traje. Ella estaba más que agotada y su aspecto era un desastre. No sabía exactamente cómo responder y, por primera vez en semanas, la idea de mentir le pareció muy cansina.

Se apoyó en una pared y pensó: «Son ellos los que deberían responder a muchas preguntas.»

Oía a los dos hombres espetándole cosas, pero era casi como

si hablaran en un idioma extranjero. Entendió «Gabe», «Felix Gibson», «Ann Gibson», «Miami» y «Dos Lágrimas», todo formando parte de un batiburrillo de amenazas coléricas. No escuchó nada de todo eso. Se limitó a mirar con dureza a los dos hombres, que habían reducido la distancia con ella a unos centímetros.

—Volvamos atrás en el tiempo... —dijo Marta en voz muy baja y tono cínico.

Con esto logró que los dos hombres dejaran de atosigarla.

—Hace veinte años, imaginen a dos hombres ambiciosos que hacían lo posible en la brigada por ascender hasta los niveles más altos del departamento. La clase de tipos que lo dirigen todo con puño de hierro, sin dejar cabos sueltos. Se enorgullecían de ello. Porque todos los casos resueltos y su cómodo liderazgo... bueno, todo eso hacía que la carrera de esos dos hombres fuera viento en popa. No más patrullar por la calle. No más peligro. Mejor salario. Erigirse en pilares de la comunidad. Pero un día se dan cuenta de que tienen un cabo suelto de la peor especie y que les ha aterrizado en su mismísimo regazo. Se dan cuenta de que sus dos mejores hombres quizá no han sido los mejores en cuatro casos. Así que empiezan a hacer comprobaciones por su cuenta. Y lo que descubren es que quizá, solo quizás, es mucho peor de lo que pensaban al principio... —Su propia agresividad la sorprendía.

Ambos hombres parecían suspendidos en el aire. Su forma de encararlos los había dejado paralizados a mitad de un gesto, como fotogramas de una película súbitamente detenida.

—Unos polis bajo su mando habían hecho algunas cosas terribles.

—Inspectora, ¿adónde quiere llegar con esto? —preguntó el jefe con la crudeza de quien en realidad pretende decir: «No siga por ahí.»

—Supongo que fue bastante duro para esos dos hombres ambiciosos descubrir que los hombres en que más confiaban, los hombres a quienes consideraban amigos, los hombres cuyos éxitos hacían progresar a todos, bueno, ¡sorpresa!, se dedicaban a matar a tipos malos en lugar de atrapar a asesinos. Esa es la clase de cabos sueltos que pueden costar el trabajo y la carrera, acarrear la deshonra y quizás incluso una larga condena en prisión. La clase de cabos sueltos que es mejor ignorar, o tapar, enterrar y olvidar.

Cada vez que Marta decía «cabos sueltos», añadía un toque de sarcasmo.

—No sabe de lo que está hablando.

Marta tragó saliva. Se sentía un poco como un personaje de dibujos animados sentado en la rama de un árbol, serrándola por detrás.

—En realidad no sé cómo acaba mi pequeña historia, jefe. ¿Descubrieron esos dos hombres ambiciosos lo suficiente para llamar a sus dos mejores inspectores y ordenarles que interrumpieran sus actividades, o quizá se limitaron a decirles que sería mejor que se jubilaran? O que se trasladaran a Tráfico.

Marta miró a ambos hombres.

—Podrían desbaratarse muchas cosas, ¿verdad? No solo carreras, sino también los casos que esos dos inspectores habían resuelto durante tantos años. Todo lo que se relacionara con ellos se pondría en tela de juicio, ¿no es así?

Cara de póquer. Marta no sabía si había puesto el dedo en la llaga.

—Es increíble, ¿no cree, jefe?, cuando uno piensa en todo lo que ha ocurrido porque reparé en las cuatro firmas de unos expedientes, y pensé que era extraño que los mejores fracasaran en cosas en las que nunca fracasaban. Solo que en realidad no fracasaron, ¿verdad?

Se volvió hacia RH, luego hacia el jefe otra vez.

—Inspectora Rodriguez-Johnson, será mejor que tenga mucho cuidado con lo que diga a continuación —le advirtió el jefe en voz baja y tono duro como el acero.

—Marta —intervino RH—, no haga acusaciones a lo loco.

Ella los fulminó con la mirada.

—Muchas decisiones importantes en aquel momento, ¿verdad? —No había la menor posibilidad de que respondieran a su pregunta. Ella lo sabía—. Sobre todo —añadió—, la decisión de no hacer nada.

Un breve silencio.
Luego el jefe meneó la cabeza.
—¿Eso es todo?
Ella sacudió la cabeza.
—Tengo una pregunta: tres golpes en mi puerta.
—No sé de lo que habla —replicó RH.
—¿Y los hombres encapuchados en casa de Gabe?
—Inspectora —dijo el jefe—, lo que dice no tiene sentido.
—Alguien envió a alguien a decirnos que dejáramos lo que estábamos haciendo. ¿Quién debía un favor a quién? ¿Quién estaría dispuesto a provocar miedo a cambio de... bueno, qué? ¿Quizás unos amigos de Narcóticos que ya no prestarían demasiada atención a sus actividades? Muy inteligente. Cualquiera en su sano juicio habría dejado correr lo que estuviera haciendo en aquel momento y se habría dedicado a otra cosa. —Hizo una pausa antes de proseguir—. ¿Cree usted que estoy en mi sano juicio, jefe?
Él le lanzó una mirada penetrante.
—Empiezo a tener mis dudas —dijo.
Ella continuó.
—Y después de eso, si nos ocurría algún accidente a alguno de los dos... bueno, ¿quién sería el primer sospechoso? ¿Dos Lágrimas? Es decir, a nadie se le ocurriría buscar más cerca, ¿verdad?
Ninguno respondió.
Marta pensó en la madre del traficante: «¿A quién le echan la culpa?»
«Buena pregunta, joder.»
Esa pregunta estaba en el centro de todo.
RH soltó un profundo suspiro. El jefe la miró.
—¿Eso es lo mejor que puede hacer? —preguntó.
Ella no se levantó.
Él dejó escapar una risita falsa.
—Menuda historia, inspectora. ¿En serio piensa que alguien se la va a creer?
Marta se apartó de la pared. Era unos centímetros más baja que ellos y pesaba veintitantos kilos menos, pero en ese mo-

mento creía haberse vuelto más alta y más fuerte. Se irguió con la espalda recta, como un soldado en posición de firmes.

—Este es un momento interesante —dijo con frialdad—. Grandes decisiones entonces, hace tanto tiempo. Grandes decisiones aquí y ahora. ¿Se desvela lo que ocurrió hace veinte años y vuelve a ponerse de actualidad? ¿O se queda todo tal como está, enterrado y olvidado? ¿Y saben qué hace que este momento sea realmente especial?

Marta comprendía el riesgo que estaba asumiendo con cada palabra que pronunciaba. Los dos hombres permanecían callados, con miradas de gran dureza.

—La única persona que no puede elegir hoy está ahí dentro... —Señaló la UCI con la cabeza—. A menos que esté eligiendo entre vivir o morir.

Tras decir esto, empujó a los dos policías para alejarse.

—Inspectora, mejor será que reflexione sobre lo que va a hacer ahora —dijo el jefe.

Por su tono, Marta no supo si pretendía amenazarla o avisarla. «Esta vez no vendrán a llamar tres veces a mi puerta. Podría ocurrir tal como dijo la madre de Dos Lágrimas: saliendo a la calle en una cálida tarde sin preocuparse por nada. O no.»

Marta desechó sus dudas encogiéndose de hombros.

—Siempre reflexiono sobre lo que voy a hacer.

El jefe la miró con desprecio.

—Implicada en un tiroteo por segunda vez. Eso no es bueno. Nada bueno. Deja en mal lugar al departamento, ¿no cree? Eso significa suspensión automática como mínimo. Me pregunto si los disparos estuvieron justificados, inspectora. Le disparó por la espalda mientras huía, ¿no? ¿Cree que Asuntos Internos le dará el visto bueno?

Marta sintió una fría sacudida.

«Arma de apoyo: contra las normas del departamento y cargada con munición prohibida.»

No dijo nada.

—¿Cómo cree que afectará eso a su credibilidad? —añadió el jefe.

—Ha llegado el momento de dejarlo, Marta —dijo RH.

Ella se volvió y retrocedió un paso. Miró a los dos hombres. Quería encararse con RH y decirle: «Usted sabe y yo sé que no quería matar a su antiguo compañero. Usted quería que me fuera, ¿verdad? De un modo u otro.» No dijo nada. Mejor no dejar ver sus cartas. Se sentía como si todo lo que había ocurrido se midiera en una balanza. Farol contra farol. Alguien en la mesa de juego tenía un par de ases, pero ninguno de ellos sabía quién era.

—Asuntos Internos quiere tomarle declaración —dijo RH.

—Todo el mundo quiere una declaración —repuso Marta en voz baja. Luego dio media vuelta y echó a andar por el pasillo. Estaba segura de que no oirían lo que dijo entre dientes: «Nadie quiere la verdad. Nunca la ha querido nadie.» Faltó añadir: «Y nadie la querrá jamás.»

Salió del hospital y se detuvo al sol para recibir su calor. «Un bonito día», pensó. Luego reflexionó sobre la extensa lista de personas y organizaciones que querrían oír su versión de lo ocurrido en la granja y cómo había acabado de un modo tan sangriento. No solo sería Asuntos Internos, sino también la Brigada de Investigación Criminal, Homicidios de la Policía Estatal, Balística y el Departamento Forense, la oficina del Fiscal, los periódicos y las cadenas de televisión locales, tal vez incluso los de nivel nacional, la prensa sensacionalista, los blogueros dedicados al mundo del crimen, el FBI, la Fiscalía del Estado. Todo el mundo querría saber por qué habían disparado a un inspector, por qué un eminente profesor de Química y su ex mujer habían muerto, y qué había llevado a todas esas personas a esa granja con tan funestos resultados. No le extrañaría que llamaran también de alguna funeraria para saber qué debían hacer con su cuerpo cuando los demás la hubieran despedazado.

No confiaba en nadie que quisiera preguntarle algo.

Estuvo a punto de estallar en carcajadas cuando se dio cuenta de que la única persona en quien confiaba, además de su anciana madre, su hija de siete años y el moribundo Gabe, era Dos Lágrimas, y que seguramente eso duraría muy poco, o solo hasta que él cometiera su siguiente delito, lo que probablemente sería lo mismo.

Comprendió entonces ciertas cosas sobre una noche en particular.

¿Creería alguien que Ann Gibson era una asesina?

Nadie. «Pero lo era.»

Se sintió mareada.

«Preguntas. Respuestas. Ahora ya no tienen importancia. Todo el mundo ha muerto», pensó.

No se veía a sí misma diciendo: «Perdón. Perdón por desengañar a todo el mundo respecto a su amado profesor y la elegante esposa, pero ella era una asesina obsesiva. Y aquí está lo más gracioso: en su obsesión recibió ayuda de su querido hermano mayor y del leal compañero, los dos mejores policías, que sabían exactamente cómo taparlo todo.

»Hace veinte años: Ocurrió. No ocurrió.»

De repente recordó la improvisada cita del doctor Seuss que había recitado Gabe: *Y pensar que lo vi en la calle Porvenir.*

53

Transcurrió un día. Seguía viva.

Transcurrió otro día. Aún seguía viva.

Silencio.

Del jefe. De RH.

Era como si, tanto la burocracia que la rodeaba durante el día como las calles que la rodeaban de noche, estuvieran esperando su siguiente movimiento. El silencio que la enclaustraba debería haberla inducido a mantenerse alerta en todo momento, vigilando su espalda y atenta a la vuelta de cada esquina, pero se estrelló contra su duro caparazón. Por primera vez desde que se había dado cuenta de que había disparado a su compañero, se sentía inmune, como si le hubieran inoculado una vacuna contra la muerte. Tenía la impresión de que bajar al sótano donde vivía aquel yonqui para encararse con él la había ayudado más que descubrir lo que les había ocurrido a los cuatro tipos muertos.

Pasaba varias horas al día en la UCI, donde Gabe seguía en coma. Se había convertido en una rutina: «Sin cambios. Un cambio, bueno. Un cambio, malo. Horas de esperanza, horas de incertidumbre.» Las enfermeras le llevaban café de vez en cuando y se sentaban con ella, sin hablar nunca de su trabajo, ni de las posibilidades de Gabe, ni de nada relacionado con el motivo por el que estaba allí. La conversación giraba siempre en torno a niños, colegios, vacaciones. «¿Ha estado alguna vez en Hawái?», o: «Cape Cod debe de ser bonito en esta época del año.» A veces bromeaban o chismorreaban sobre los médicos de la UCI que visitaban la habitación de Gabe. «Se acaba de comprar un Porsche. Me parece que quiere engañar a su mujer. O quizás es su mujer la que le engaña a él.»

Marta valoraba aquellas conversaciones. Hacían que se sintiera menos sola. Sabía que las enfermeras también hablaban con la ex mujer de Gabe y con Michael-no-me-llames-Mike. Esas conversaciones respaldaban las sugerencias de los médicos: «Váyanse a casa. Esperen. Les llamaremos si se produce algún cambio.»

De vez en cuando regresaba a la Mazmorra. Realizaba declaraciones breves y desprovistas de detalles para los de Asuntos Internos, que se enfurecían por las escuetas respuestas a sus preguntas. Marta sabía que todo lo que les contara acabaría llegando a oídos del jefe y de RH. No sabía muy bien si sus crípticas respuestas la blindaban o invitaban a represalias. Le daba igual. «Sé cuidar de mí misma», insistía para sí. Rellenó muchos impresos por triplicado. Solo lo hacía a última hora de la tarde o por la mañana temprano, tratando de pasar desapercibida.

Todo le parecía una gran broma.

«La perdida Marta. Eso es lo que soy ahora.»

Esto se le ocurrió mientras esperaba a que Gabe viviera o muriera, o se fuera apagando. Todas las opciones parecían posibles. También esperaba otro momento, pero este se lo reservaba para ella sola, porque no quería que nadie, sobre todo el jefe y RH, supiera que lo estaba esperando.

Dos relucientes ataúdes marrones, idénticos. Crucifijos dorados. Una luz brillante que se filtraba a través de las vidrieras de colores, tiñendo los blancos paños del altar de rojos, azules, dorados y amarillos. Los primeros bancos estaban llenos. La música del órgano flotaba suavemente en el aire. Al entrar, después de dejar atrás los altos robles y el verde césped que flanqueaban el acceso a la iglesia, Marta examinó el gran tablón de noticias en que había dos fotografías: del profesor de Química y de su ex mujer. La del profesor era una imagen espontánea, dando clase a sus estudiantes; en la otra aparecía su ex mujer iluminada por las candilejas en una producción amateur de *Rey Lear*; hacía de Cordelia. No había ninguna foto de la hija.

Recogió el programa del funeral con bordes negros de una mesita y se sentó en uno de los bancos de madera del final.

«Esto es bonito —pensó—. Una numerosa reunión de amigos, colegas, vecinos y muchos ex alumnos del profesor a los que ayudó a lanzar su carrera. Una despedida mucho mejor que la que tendré yo. Y si Gabe muere, seguro que solo estaré yo en su funeral, aparte de su ex y su hijo, a menos que vayan RH y el jefe para asegurarse de que está muerto.»

Echó un vistazo al programa y esperó.

El director del Departamento de Química de la universidad se levantó y contó una anécdota sobre un experimento que había salido mal en un laboratorio, y con su rápida reacción Felix Gibson había convertido una explosión potencial en una presta evacuación y una clase en los jardines, sin perder jamás la ocasión de «una oportunidad pedagógica». Esto provocó risitas entre el público. A continuación se lanzó a una larga explicación de los efectos beneficiosos que había tenido la investigación de Gibson en las zonas pobres del mundo. «Llevó agua pura, libre de todo peligro, a personas que la necesitaban desesperadamente», afirmó el director. Marta no le prestó mucha atención. Se dedicó a examinar a la multitud, tratando de identificar a los desconocidos. «Esa mujer es una colega. Ese hombre es un vecino.» El director del Departamento de Química terminó diciendo: «Felix ayudó a muchas personas. Personas de todo el mundo están en deuda con él.»

Marta reconoció al siguiente orador: el terapeuta de Ann Gibson. Su breve discurso se centró en lo mucho que se había esforzado Ann por vencer a sus demonios. A Marta le pareció extraño oír la palabra demonios dicha por un psiquiatra en una iglesia.

Marta vio al padre Ryan ocupar el púlpito.

El sacerdote la había ignorado deliberadamente, aparte de una única vez en que se habían cruzado sus miradas y él había meneado la cabeza con tristeza.

Ryan habló de redención y perdón.
A Marta le pareció curioso.
Ryan habló de amor.
También eso era curioso.
El padre terminó diciendo: «A Felix y a Ann les unieron muchas cosas en vida, y ahora están unidos en la muerte, que es lo que ellos habrían deseado.»
Aún más curioso, en opinión de Marta.
Ryan concluyó con una lectura de la Biblia, la habitual: «Un tiempo para plantar, y un tiempo para cosechar...»*
Y entonces Marta vio que el sacerdote lanzaba una mirada fugaz a uno de los presentes, que era lo que ella estaba esperando. No buscaba las emociones que reflejaban los rostros de amigos, vecinos o colegas. Buscaba unas lágrimas distintas.
Dos mujeres, sentadas solas. La mayor llevaba escrita la pérdida en la mirada. A su lado, la más joven, rubia, alta, tenía las mejillas húmedas.
Marta siguió observándolas mientras un guitarrista interpretaba *Jesús, alegría de los hombres*, de Bach, y de pronto el funeral había terminado.
Las dos mujeres se pusieron en pie. Amigos y colegas se pusieron en pie.
El pasillo central se llenó de gente. Como en tantos funerales, se produjo una mezcla de tristeza y familiaridad cuando los asistentes se reconocían unos a otros.
Marta aguardó.
Como esperaba, el director del Departamento de Química y el psiquiatra salieron y se quedaron junto a la entrada. Abrazos. Apretones de manos. Unas lágrimas más. Una risa burlona pareció resonar junto a la enorme puerta de doble hoja de la iglesia. Recordaba que había ocurrido lo mismo en los dos funerales en que había recibido o dado el pésame. Marido. Compañero. Resultaba difícil no sentir cierto alivio al pensar en el muerto y dar gracias a Dios por estar vivo. Marta se preguntó si volvería a encontrarse en la misma situación si Gabe moría.

* Eclesiastés, 3. *(N. de la T.)*

Más allá, Marta vio los coches en hilera, preparados para salir hacia el cementerio. Los primeros eran dos negros y relucientes coches fúnebres, llenos de vistosos ramos de flores.

Vio al padre Ryan a un lado con las dos mujeres. Apretó las manos de la más joven antes de alejarse.

Marta pasó por delante de Ryan, que tendió una mano como queriendo sujetarla, pero luego la retiró. Marta fue directa hacia las dos mujeres. La mayor era alta, delgada, y no se teñía los cabellos, que le llegaban hasta los hombros, por lo que tenían un brillo plateado. La más joven se mantenía pegada a ella. Marta vio que se daban la mano y juntaban las cabezas, como si el roce las consolara. La más joven tenía los ojos enrojecidos, llenos de aflicción, pero ni siquiera ese visible sufrimiento menoscababa su electrizante belleza. Cuando se soltaron las manos, para que la más joven pudiera secarse los ojos con un pañuelo, Marta se plantó delante de las dos y tomó la mano de la mayor.

—Mi más sentido pésame —dijo.

—Gracias —replicó la mujer mecánicamente.

—¿Es usted médica? —preguntó Marta sin soltarle la mano.

—Sí. ¿Y usted quién es?

—Soy la inspectora Rodriguez-Johnson.

—Encantada —dijo la mujer.

—¿Conocían bien a los Gibson?

Las dos mujeres vacilaron antes de contestar.

—Sí —contestó la mayor—. Podríamos decir que sí.

Tras un breve silencio, Marta añadió:

—Claro que en realidad era a Felix a quien conocían bien. A Ann solo la conocían por, bueno, su reputación, ¿no?

Las mujeres palidecieron. Marta siguió sujetando la mano de la mujer, apretándola, como si temiera que fuera a desasirse para huir. Marta respiró hondo y se dijo: «Pregúntales lo que les preguntaría Gabe. Utiliza todo lo que te ha contado.»

—Son de Bozeman, Montana, ¿verdad? Las Montañas Rocosas, espacios abiertos y mucha tranquilidad para llevar una vida retirada.

La mujer mayor asintió. Sus ojos miraban rápidamente a derecha e izquierda, pero ella no se movió.

—Este es su segundo funeral en poco tiempo, ¿no? También fue al de su hermano, el médico de Urgencias, y su esposa, la profesora, en Miami. Son muchas las pérdidas que han de asimilar, ¿verdad?

La mujer asintió.

Marta la miró, preguntándose: «¿Es una delincuente o una víctima? ¿O ambas cosas?»

—¿Le gusta pescar en... —trató de recordar el lugar que había mencionado Gabe— el río Big Hole?

Marta notó que la mujer le apretaba la mano.

—¿Truchas, eh?

No hubo respuesta.

Marta se volvió hacia la más joven, que escuchaba atentamente.

—¿Y esta es su...?

Fue como si la psiquiatra volviera a la realidad con una sacudida.

—Sobrina —dijo casi en un susurro—. Amy, esta es la inspectora... Lo siento, no recuerdo su apellido.

Marta no respondió mientras miraba a la cara a la más joven.

—Amy —dijo, notando que se le aceleraba el corazón—, intuyo que eras muy amiga de tu prima Sarah. Pero en realidad no erais primas, ¿verdad? Más bien amigas íntimas. Amigas inseparables. Y por supuesto Sarah, Tom y Courtney... —Hizo una pausa para recalcar sus palabras, usando los nombres de pila para dar mayor efecto— te salvaron la vida, ¿verdad?

La joven asintió.

—Sí, lo hicieron —confirmó con naturalidad.

Marta tomó aire. Notaba el sol de mediodía en la cabeza, y por un momento se le ocurrió que podía arder, tan intenso era el calor. Tenía la sensación de que el suelo había cedido y de que estaba suspendida sobre el negro y vasto abismo del destino.

—Hola, Tessa —dijo—. Te he estado buscando.

Cinco conversaciones en el pasado

Primera conversación:

Kilómetro cinco de los quince previstos.

Respiración acompasada. Músculos perfectamente estirados y calentados.

Ritmo de seis minutos y medio por kilómetro.

—La matará, Tom. Lo sé.

—Puedo contactar con Protección de Menores. Es lo que se supone que debo hacer.

—Y nos la quitarán. La meterán en algún albergue donde no conocerá a nadie y Dios sabe qué podría ocurrirle. Y si no se la llevan, si Ann logra convencerlos de que no es nada, de que es todo un gran error o un malentendido, ¿qué ocurrirá entonces? Todo seguirá igual. Me daré la vuelta un segundo y Tessa morirá. Lo sé. Tú lo sabes. Tessa lo sabe, aunque no se atreva a decirlo.

—Joder, Felix, ¿qué puedo...?

—Debería matar a Ann. Afrontar las consecuencias. Así al menos Tessa estaría a salvo. Si lo hago, ¿quizá podría ir a vivir con vosotros? A ver, todo se iría al traste pero ella estaría a salvo.

—Joder, Felix, ¡no puedes hacer eso!

—¿Qué alternativa tengo? Iría a prisión, ¿y qué? Mi vida no es lo que importa. Importa Tessa.

Los dos hombres siguen corriendo kilómetro y medio más. Empieza a caer una fina llovizna, pero ellos no le hacen caso.

—¿No podrías enviar a Tessa en secreto a vivir con algún pariente?

—¿Cómo? Ese sería el primer sitio en que la buscaría Ann. La encontraría. ¿Y luego qué? Supón que están a solas diez segundos. Diez minutos. Una hora. ¿Cuánto se necesitará? ¿Cómo voy a arriesgarme?

—¿No puedes buscarle ayuda?

—Lo he intentado. Una y otra vez. Supongamos que ella va a terapia y supongamos que toma medicación. Y si la hospitalizo, acabará saliendo. ¿Qué garantía tengo de que algo de eso funcione?

El médico de Urgencias reflexiona.

—Ninguna —replica.

Silencio, salvo por la lluvia que empieza a arreciar, y el ruido del calzado sobre el asfalto mojado.

—Tengo una idea —dice el profesor de Química—. Será difícil. Muy difícil. Voy a necesitar tu ayuda.

—Lo que quieras.

—Es algo parecido al asesinato, pero sin que muera nadie.

Sobre eso se equivocaba.

Segunda conversación:

—Tu madre te quiere.

—Lo sé.

—Pero no puede evitarlo. Es una enfermedad.

—¿No puede tomarse algo?

—No hay nada que pueda servirle. Pero si hacemos esto, quizás en un par de años se pondrá mejor. Eso espero. El padre Ryan reza por ello. Y entonces quizá podamos volver a estar todos juntos y felices.

No dijo lo que pensaba: «No, ni por casualidad. Es mentira. Jamás mejorará.»

—Tengo miedo.

—Lo sé, cariño. Nada de lo que tengas que hacer en el futuro te dará tanto miedo como lo que vamos a hacer ahora. Pero la

hermana del padre de Sarah es una mujer muy agradable y lo comprende y cuidará de ti mientras mamá se pone bien. Ella te ayudará.

—No conoceré a nadie.

—Y así es como ha de ser. ¿Lo entiendes? Todos, tu madre, el tío Joe, sobre todo el tío Joe, tienen que creer que alguien te ha secuestrado, un hombre malo. Así no podrán encontrarte.

—El tío Joe me buscará. Y también mamá.

—Te esconderemos donde no sabrán buscarte.

Ella asiente con la cabeza. Él le acaricia la mejilla. Le pasa una mano por el pelo.

—No será por mucho tiempo. Iré a verte muy pronto.

—Pero ni siquiera podré hablar contigo hasta...

—Eso es. Ni conmigo ni con Sarah, ni con ninguna otra amiga. Ni con nadie que te conozca. Ni siquiera con el padre Ryan. No podrás ponerte en contacto de ningún modo con nadie, por muy triste y sola que te sientas. Es muy importante. Será duro. Como volver a nacer por segunda vez. Lo sé. Pero creo que es el único modo.

Ella asiente por segunda vez. Los ojos se le llenan de lágrimas.

—Eres la chica más valiente que conozco. Mucho más valiente que yo. O que cualquier otra persona.

La rodea con sus brazos. Ella ha empezado a llorar.

—El próximo verano. Cuando ya no te busque nadie y crean que has desaparecido para siempre, te enseñaré a pescar, te lo prometo.

—Me gustaría —musita ella entre sollozos.

Es lo único que logra decir.

Tercera conversación:

No puede decirle: «Puedes cambiar de opinión», porque no cree que sea ya posible. Se han puesto en marcha demasiados engranajes. Así que intenta animarla.

—Procura estarte quieta, Tessa. Solo será un segundo. No te dolerá.

Le ha puesto el torniquete alrededor del brazo y le ha frotado la vena con alcohol. Ella está temblando y él no quiere fallar. Tiene miedo de empezar a temblar también él, aunque seguramente ha sacado sangre más de mil veces en su trabajo. Pero nunca de esta forma y por este motivo.

Ella aparta la vista cuando la aguja se hunde en la piel.

—Eso es —dice él—. Sé valiente.

—Lo intento —replica ella.

—Sally cuidará de ti —le asegura él—. Te gustará mucho. —Quiere decir algo sobre la confianza, pero no encuentra las palabras. La jeringuilla se ha llenado de sangre de Tessa—. Ahora déjame tu mochila.

Agarra la mochila rosa y rocía parte de la sangre en las correas y la parte superior.

—Parecerá que alguien te ha golpeado —dice—. Bueno, recuerda... —empieza a explicar, pero Tessa lo interrumpe.

—Nada salvo la ropa que llevo. Eso es lo que me ha dicho mi padre.

—Buena chica —dice él. No sabe qué más decir. Le parece inapropiado desearle buena suerte, pero sabe que es lo que van a necesitar todos.

Cuarta conversación:

Empieza con unas órdenes apresuradas:

—¡Agáchate! En el asiento de atrás. ¡Deja la mochila!

Al cabo de un rato, la voz vuelve a hablar, sin resuello, un poco aguda por la tensión.

—Hola, Tessa. Soy la hermana de Tom, Sally. Mantén la cabeza agachada, pero escúchame con atención. Ahí tienes una manta. Tápate con ella. Tenemos un largo trayecto por delante. ¿Estás bien?

La respuesta, con voz ahogada:

—Sí.

—Sé que estás asustada, cariño, pero todo irá bien. Yo también estoy asustada. Pero funcionará. Confía en tu padre.

Massachusetts Turnpike, el ramal oriental de la interestatal 90. Solo los sollozos de Tessa quebrantan el silencio en el interior del coche. Al cabo de una hora, Tessa se incorpora en el asiento. Ya no llora. Contempla la carretera que fluye en medio de la noche, casi como en un trance. La hermana psiquiatra del padre de Sarah le lanza una mirada de reojo cada pocos minutos. Cuando divisa el peaje de la frontera del estado de Nueva York, ordena a Tessa que vuelva a taparse con la manta por si hay alguna cámara de seguridad y a algún policía se le ocurre comprobar las imágenes, aunque lo duda. De todas formas, ¿qué iban a ver? A una mujer conduciendo sola. Nada que ver con un secuestro. Piensa: «¿Se considera secuestro si la persona está de acuerdo en ser secuestrada?» Cuando pasa por la vía de pago electrónico del peaje, para que nadie se fije en ella, piensa: «Bueno, acabo de cometer mi primer delito federal al cruzar la frontera estatal. Un delito que en realidad es un rescate.»

Quince kilómetros más adelante, le dice a Tessa que vuelva a salir de debajo de la manta.

Las Berkshire dan paso a las montañas de Catskill. El río Hudson fluye a sus pies. Siguen por la interestatal 90 en dirección oeste, manteniéndose por debajo del límite de velocidad. Son tres días, quizá cuatro, hasta Bozeman. Es tarde, pero piensa que será mejor no detenerse a pernoctar hasta llegar a Ohio. Tiene medicamentos para ayudar a Tessa a dormir, pero espera no tener que usarlos. Imagina que la adolescente estará agotada. Ha llorado mucho. Ha pasado mucho miedo.

Ahora Tessa simplemente se siente vacía, pero la mujer sabe que cada kilómetro le hará sentir algo nuevo, aunque le asuste la incertidumbre.

—¿Está muy lejos? —pregunta Tessa.

—Mucho —replica la hermana psiquiatra.

Quinta conversación:

Nueve meses más tarde. Una calurosa tarde de julio, una hora antes de ponerse el sol.

—Es una Ephemera guttulata, *pero la llaman Dragón Verde. ¿Ves lo larga que es la cola y cómo tiene las alas hacia arriba? Ahora fíjate en la mosca que pongo en tu sedal. ¿Ves cuánto se le parece? ¿Crees que engañará a las truchas?*

—Si tienen hambre...

—Siempre tienen hambre en esta época del año. Ahora recuerda: mantén el hombro quieto y el codo hacia delante, y no gires la muñeca. La punta de la caña va de las diez a las dos, igual que en un reloj. Bien. Adelante y atrás. Sigue moviendo el sedal. Eso se llama falso lanzamiento.

Piensa: «Eso es lo que hice yo. Un falso lanzamiento.»

Pero en lugar de decirlo, anima a Tessa:

—Ahora, lanza el sedal...

—Mamá no está mejor, ¿verdad?

—No, lo siento, cariño. Quizá dentro de un año. —No le dice que está peor que antes.

Tessa lanza el sedal. Menea la cabeza. Es madura para su edad.

—No lo creo. No creo que vaya a ponerse mejor. Sally dice que es una enfermedad muy dura.

—La peor. O una de las peores.

—Eso es lo que dice Sally también.

Una pausa. Los dos observan la mosca que se desliza sobre la superficie del agua. La luz del día se difumina en el oeste, pero sigue haciendo calor, aunque notan el agua fría a través de las altas botas de pescador.

—¿Y qué tal las clases?

—Fue muy duro al principio. Pero ahora me va muy bien.

—¿Solo muy bien?

—Bueno, sí, me gusta mucho la ciencia. Como a ti. Como a Sally. Sally ha sido genial conmigo. Le dice a todo el mundo que soy su sobrina Amy. Nadie ha hecho demasiadas preguntas.

—Vuelve a lanzar la mosca. A ver si consigues colocarla delante de ese pequeño remolino y esa gran roca.

—De acuerdo. ¿Volverás pronto?

—Todos los años. Necesito mi excursión de pesca.

Tessa sonríe. Lanza la mosca a las rápidas y oscuras aguas del Big Hole.

—¿Así?
—Perfecto... y observa lo que sucede...
—¡Han picado!
—¡No lo pierdas!

El padre observa como Tessa lucha con el pez, imaginando que habrá otras luchas en su vida futura, pero confiado en que también esas las ganará. No piensa en su propia soledad. Simplemente imagina sus excursiones de pesca anuales.

54

Marta aguardaba frente al hospital, dentro del coche.

Había intentado hallar algo de contexto en su propia vida para lo que le había contado la joven, pero sus primeros recuerdos eran embarazosos y tópicos. Recordaba su primer día en el colegio, sintiéndose torpe, aislada, fuera de lugar. Pero eso no debía de ser ni una milésima parte de lo que había sentido Tessa la noche que había desaparecido y había sido rescatada al mismo tiempo. Sin poder evitarlo, recordó la visión del sacerdote y el oficial que acudieron a darle la noticia de la muerte de su marido por culpa de una bomba en una cuneta. Había sido repentino y terrible, pero no inesperado, porque comprendía los riesgos que él había aceptado. De modo que no había sido una sorpresa en realidad, aunque estuviera a punto de caerse, prorrumpiendo en sollozos. Finalmente, Marta trató de asimilar el recuerdo del momento terrible en que se dio cuenta de que le había pegado un tiro a su compañero.

«Quizá fue el momento en que más me acerqué a lo que sintió aquella niña de trece años cuando salió sola a la calle en medio de la oscuridad para cambiar su vida. Y seguir viva.»

Se preguntó si Gabe lo comprendería. Creía que el Gabe de antes del disparo lo entendería, pero no estaba segura del Gabe que se aferraba a la vida. Repasó todo lo que sabía sobre la perdida Tessa y los cuatro tipos muertos. Varias personas habían muerto para salvar una vida... o murieron porque se salvó una vida. «¿Es posible desencadenar una serie de actos abominables y ser un héroe al mismo tiempo? —pensó—. Tal vez.»

Se volvió hacia la joven sentada a su lado.

Tessa permanecía pensativa. «Supongo que cualquier persona estaría igual si le hubieran contado lo que ocurrió tras su marcha de la casa de los Lister. Locura. Obsesión. Asesinatos. Nada de lo que ella fuera responsable. Pero al mismo tiempo fue la causa de muchas cosas... Una gran carga con la que habrá de volver a Montana —pensó Marta—. Es inevitable.»

Marta intentó imaginarla cuando tenía trece años, aterrorizada, huyendo de todo cuanto le era familiar, dejando caer su mochila rosa en una calle que no volvería a ver jamás, sin otra cosa que la ropa que llevaba puesta y la promesa de su padre de que iría a verla al cabo de unos meses. Cuando subió al asiento trasero del coche de la hermana psiquiatra debió de comprender que ninguna de las personas a las que había conocido antes podría volver a formar parte de su vida. Ni la madre que iba a matarla, ni su tío Joe. Ni las amigas de la escuela, ni el médico que salvaba vidas en el hospital y que había aceptado salvarla a ella de un modo distinto. Ni siquiera del sacerdote que la había bautizado y luego colaborado en hacerlo una segunda vez. Seguramente una oscura voz interior le decía que, si llegaban a encontrarla algún día, la matarían. Era inevitable, aunque no fuera inmediatamente. Y aunque no habría podido expresarlo con palabras en aquel momento, Tessa había comprendido que no podría vivir hasta que muriera.

Pero no tendría jamás esa certeza. La mujer que se sentía impulsada a matarla de niña, ¿no iría a buscarla para matarla cuando fuera adulta? ¿Quién podía arriesgarse a descubrirlo?

Marta comprendió que esa pregunta no tenía respuesta.

—¿Lista?

—Sí —contestó Tessa.

Marta no se dio prisa en recorrer el pasillo del hospital. No arrastraba los pies exactamente, pero tampoco quería llegar enseguida a la UCI. Temía lo que le aguardaba y al mismo tiempo estaba impaciente por averiguarlo. Caminaba con paso lento y firme, parecido a la paciente marcha del séquito militar que había participado en el entierro de su marido. Por el contrario, Tessa caminaba a su lado con seguridad en sí misma. Cuando se acercaron al control de enfermería que había junto a la habitación de Gabe, Marta vio a uno de los médicos que lo trataban. Él dejó a un lado la historia clínica electrónica que estaba estudiando y la saludó con la mano. Marta era ya una visitante asidua a la que conocían.

—No hay cambios —dijo—, pero sigue estable, lo que es bueno. —Miró a Tessa—. ¿Es usted de la familia, o...?

—Una buena amiga —respondió Tessa.

El médico asintió.

—Vamos a intentar sacarlo del coma dentro de un día o dos. Parece que se está recobrando.

—¿Constantes vitales? ¿Funciones motrices? —preguntó Tessa—. ¿Nivel en la escala de Glasgow? —El médico la miró sorprendido, y Tessa aclaró—: Soy residente de neuropsiquiatría.

—Estable, y mejorando. Parece responder a los estímulos externos. Háblenle. Que oiga su voz. Cuando su hijo le habló ayer, hubo indicios de que podía oírle y entenderle, lo que es muy positivo.

—¿Cuál es el...? —empezó Marta, pero no quería usar la palabra diagnóstico.

Aun así, el médico sabía a qué se refería y respondió:

—Su situación aún es delicada. Ha perdido la visión del ojo derecho. No sabemos si ha sufrido algún daño cerebral. Dicho esto, soy cauto pero optimista. Aún queda un largo camino por delante.

—¿El ojo derecho? —preguntó Tessa.

—Sí —confirmó el médico.

—Odín —dijo Tessa, volviéndose hacia Marta.

—¿Quién?

—El dios nórdico. Dio el ojo derecho a cambio de conocimiento.

—Pues eso tienen en común —replicó Marta.

El médico asintió con la cabeza.

—Pero miren —dijo—, es necesario mantener la cautela. Aunque logre recuperarse, jamás podrá volver a trabajar en la calle.

—No pasa nada —le aseguró Marta, sonriendo—. Le gusta trabajar en una oficina.

Cuando entraron en la habitación, Marta no vio muy claro qué había cambiado en realidad. Las mismas máquinas seguían emitiendo pitidos y controlando la respiración de Gabe y la frecuencia cardíaca. Las vías intravenosas seguían introduciendo medicamentos en su brazo. Las vendas de la cara y el pecho eran de un intenso blanco. Seguía hinchado y magullado, pero bastante menos.

Marta respiró hondo y se inclinó sobre él.

—Hola, Gabe. Soy Marta. He traído a alguien conmigo. Alguien a quien quiero que conozcas.

Se retiró entonces.

La joven se acercó a la cama. Puso una mano sobre la de Gabe.

—Usted me conoce por otro nombre —dijo. Hizo una pausa antes de proseguir—. En otro tiempo me llamaba Tessa. Pero ya no estoy perdida.

Gabe dio una sacudida como si una leve corriente eléctrica hubiera recorrido su cuerpo. Marta vio que apretaba el puño derecho. Luego abrió la mano y cogió la muñeca de Tessa.

55

Tras dejar a Tessa en el aeropuerto para tomar el avión de vuelta a casa, Marta sabía que le quedaba un lugar por visitar ese día, antes de regresar al hospital.

—Estoy segura de que vivirá. —Eso era lo último que le había dicho Tessa antes de dirigirse al control de seguridad.

—Sí, yo también —dijo la inspectora.

Marta intuía que ella y Gabe habían entrado en una extraña zona en la que estarían absolutamente seguros para siempre, sin estar exactamente seguros del todo. Libres, pero sin ser libres. «Tessa tiene razón en lo de Odín. Hemos renunciado a muchas cosas por saber.» También era consciente de que la joven que se dirigía de vuelta a Montana era su póliza de seguridad. Imaginaba que los dos jefes con que se había encarado en la UCI comprenderían que la existencia de Tessa los convertía en unos cobardes, pero unos cobardes lo bastante listos para darse cuenta de que era mejor que nadie supiera la verdad sobre la perdida Tessa, y menos aún sobre los cuatro tipos muertos. Nada había cambiado para el jefe o para RH, salvo una cosa: «Yo lo sé. Gabe lo sabe. Y ahora Tessa también lo sabe.» Todo lo que sabían que había ocurrido en el pasado era cierto. No podían demostrar nada, tal como había pronosticado el profesor Gibson, no podían presentar pruebas que condujeran a arrestos y acusaciones formales y juicios ante los tribunales. Pero la amenaza de una publicidad imparable, de grandes titulares sensacionalistas e implacables cámaras de televisión era igual de peligrosa. «Ese peligro existirá mientras Tessa exista.

»La perdida Tessa.

»Los cuatro tipos muertos.

»Casos pendientes que deben permanecer para siempre sin resolver.»

Marta sabía que era una apuesta arriesgada, pero había funcionado durante veinte años y esperaba que funcionara veinte años más. Muchas vidas se habían perdido por conservar a salvo a Tessa, por intentar mantenerla oculta, y también por tratar de encontrarla. Ahora su existencia serviría para pagar al menos una parte de esa deuda.

Así pues, Marta atravesó la ciudad sintiéndose cada vez más optimista sobre su propio futuro. Se sentía como uno de esos fanáticos de la Biblia que se alzara de las aguas del bautismo para iniciar una nueva vida. No creía que Jesús estuviera necesariamente de su parte, pero imaginaba que a partir de ese momento no iba a necesitar más de su ayuda.

«Y de todas formas, debería concentrarse en mantener a Gabe con vida. Puede que sea un trabajo a tiempo completo durante algún tiempo más.»

Encontró una plaza para el coche y atravesó rápidamente el aparcamiento de negro macadán. Hacía una tarde apacible, cálida, pero con una brisa refrescante bajo un cielo despejado. El día era tan espléndido que incluso el imperturbable edificio de ladrillo rojo del asilo parecía menos descorazonador que antes.

Marta hizo caso omiso del registro de entradas de la recepción y no se molestó en sonreír a ninguno de los empleados. Entró en el desvencijado ascensor y subió a la segunda planta.

Como en la ocasión anterior, encontró abierta la puerta del apartamento. Se limitó a llamar una vez y entró sin más.

El inspector O'Hara y su mujer estaban sentados en el sofá, uno al lado del otro. La cama del antiguo policía seguía en el centro de la habitación, y la silla de ruedas de la anciana se encontraba junto al sofá. Constance se alarmó al ver entrar a Marta.

—Inspectora —dijo, después de toser—. No la esperábamos.

—Me parece que sí —replicó Marta en voz baja—, aunque no fuera hoy concretamente.

La anciana palideció un tanto. Con un gemido, soltó una profunda verdad que traspasó todo lo que había ocurrido:

—Por favor. No quiero quedarme sola.

«La lealtad —se dijo Marta— justifica muchas cosas.»

Marta miró al anciano inspector, otrora tan experto en encubrir crímenes como en resolverlos.

—Tessa —dijo O'Hara. Sonreía.

Marta se acercó a los dos ancianos y se acuclilló delante de ellos.

—No —dijo con prudencia—, no soy Tessa.

—Tessa —repitió O'Hara, y le acarició la mejilla, como la anterior vez.

Marta respiró hondo.

—No sé si me entiende o no, pero le diré algo de todas formas: la hemos encontrado. Tessa está viva. Es hermosa y es feliz. O bastante feliz, teniendo en cuenta todo lo que le ha ocurrido. No es de extrañar que esté estudiando Medicina, siguiendo los pasos de su tía adoptiva. Tiene la oportunidad de hacer algo bueno con su vida. Ya veremos. Pero es posible, muy posible.

O'Hara y su mujer escucharon atentamente todo lo que les contó Marta. Al cabo de unos instantes, el anciano se irguió, enderezando de pronto la espalda, y palmeó el brazo de su mujer. Luego, como si recordara todos los momentos de su carrera en Homicidios en que había tenido que ser más que duro, alzó las dos manos hacia Marta, apretando los puños y con las muñecas pegadas, como las pondría alguien que esperara ser esposado.

—Tessa —dijo, con una determinación más propia de años pretéritos que de los años que le quedaban por delante.

Marta negó con la cabeza.

Comprendió que aún habría de enfrentarse a muchas incertidumbres.

No sabía si Gabe iba a vivir o a morir. No sabía si, en el caso de recuperarse, sería el mismo Gabe o habría cambiado. No sabía si ella era la misma Marta, o si también había cambiado.

«Una cosa es segura —pensó mirando al anciano—: seguramente deberían darte otro diploma al valor, como el que tienes ya en la pared, porque fuiste el único que quiso contar la verdad. Quizá deberían darte un diploma al perdón.»

Sonrió a O'Hara. Intentó imaginar los centenares de confesiones que habría oído durante sus años en el Cuerpo, todas ellas olvidadas. La única que recordaba era la suya propia.

O'Hara volvió a tender las muñecas hacia ella, como instándola a hacer lo que estaba bien y estaba mal al mismo tiempo. Marta supuso que podría decirse lo mismo de muchas de las cosas que habían ocurrido.

—No —dijo en voz baja—. No es necesario. Todo ha terminado. La perdida Tessa ahora es la Tessa encontrada.

Miró al anciano y suavemente guio sus manos hacia el regazo. En ese momento se dijo que, fueran cuales fuesen los delitos que hubiera cometido O'Hara en el pasado, no era tarea suya prolongar su encarcelamiento. Y en su opinión, podía decirse exactamente lo mismo de otras personas, ella misma incluida.